J. G. BALLARD

Höllentrip ins Paradies

Buch

Niemand hatte je von dem Atoll im Pazifik gehört. Doch dann wird der sechzehnjährige Neil Dempsey niedergeschossen. Und plötzlich steht Saint-Esprit im Mittelpunkt des weltweiten Interesses. Die Ärztin Dr. Barbara Rafferty weiß diese Aufmerksamkeit geschickt für ihre Zwecke zu nutzen. Denn ihr einziges Anliegen ist die Bewahrung des Jahrtausende alten natürlichen Gleichgewichts auf dem Atoll. Unter allen Umständen will sie die einsame Insel vor der Zivilisation bewahren – und zwar auf ihre ganz persönliche Weise. Das bekommt auch das versprengte Häuflein aus Idealisten und Ökologen zu spüren, das sie bei ihren Bemühungen unterstützen soll. Schon bald wird der Gruppe klar, daß für Dr. Rafferty einige »Lebensformen« bewahrenswerter sind als andere.

»Höllentrip ins Paradies« – ein packender und zutiefst beunruhigender Roman über fehlgeleitete Ideale und die Abgründe der menschlichen Seele.

»Eine mitreißende Lektüre und eine Mischung aus grimmigem Humor und verzweifelter Obsession.« *Manchester Evening News*

Autor

James Graham Ballard wurde 1930 in Shanghai als Sohn eines englischen Geschäftsmannes geboren.1946 kehrte die Familie nach England zurück, wo Ballard zwei Jahre in Cambridge Medizin studierte, bevor er sich mit verschiedenen Jobs in London über Wasser hielt. 1961 veröffentlichte er seinen ersten Roman, 1984 erschien sein großer Bestseller »Das Reich der Sonne«, der den *Guardian* Fiction Prize erhielt und von Steven Spielberg verfilmt worden ist. Sein radikalster Roman, »Crash«, wurde von David Cronenberg verfilmt und bei den Filmfestspielen in Cannes 1996 mit dem Spezialpreis der Jury ausgezeichnet.

Außerdem als Goldmann Taschenbuch erschienen:

J.G. Ballard. Crash. Roman (43574)

J. G. BALLARD

Höllentrip ins Paradies

Roman

Deutsch
von Bernhard Riettz

GOLDMANN

Die Originalausgabe erschien 1994
unter dem Titel »Rushing to Paradise«
bei Flamingo, einem Imprint von Harper Collins, London.

Umwelthinweis
Alle bedruckten Materialien dieses Taschenbuches
sind chlorfrei und umweltschonend.
Das Papier enthält Recycling-Anteile.

Der Goldmann Verlag
ist ein Unternehmen der Verlagsgruppe Bertelsmann

Deutsche Erstausgabe März 1997

Umschlaggestaltung: Design Team München
Umschlagmotiv: Look/Rüffler
Satz: Uhl + Massopust, Aalen
Druck: Elsnerdruck, Berlin
Verlagsnummer: 43575
Redaktion: Tina Schreck
T. T. · Herstellung: Sebastian Strohmaier
Made in Germany
ISBN 3-442-43575-7

1 3 5 7 9 10 8 6 4 2

TEIL I

1
Rettet den Albatros

»Rettet den Albatros! Sofortiger Stopp aller Atomtests!«

Durchnäßt von der Gischt stand Dr. Barbara Rafferty im Bug des schlingernden Schlauchboots und stützte sich auf Neils Schulter, um nicht in die Brandung zu stürzen. Noch einmal füllte sie ihre Lungen, setzte das Megafon an die Lippen und brüllte zum leeren Strand des Atolls ihre Botschaft hinüber.

»Nein zum Krieg! Rettet den Albatros! Rettet die Erde!«

Ein hoher Brecher erfaßte das Boot und hätte ihr das Megafon fast aus den Händen gerissen. Sie fluchte auf das schäumende Wasser und versuchte das Echo ihrer Stimme zu hören, aber die Wellen hatten ihre Worte verschluckt. Sie hatten die Küste gar nicht erreicht.

»Scheiße! Wach auf, Neil! Was ist mit dir los?«

»Alles klar, Dr. Barbara!«

»Das ist Saint-Esprit! Die Albatros-Insel!«

»Saint-Esprit?« Neil betrachtete die verlassene Küste mit zweifelnden Blicken, bemühte sich aber tapfer, begeistert zu sein. »Sie haben es geschafft, Doktor! Wir sind da!«

»Ich hab's dir doch gesagt! Jetzt geht's los! Jetzt bringen wir die Dinge in Bewegung!«

»Sie bringen immer alles in Bewegung…« Neil rückte ein bißchen beiseite, um ihr hartes Knie nicht mehr im Rücken zu haben, und legte den Kopf auf die ölverschmierte Haut des Bootes. »Dr. Barbara, ich muß schlafen.«

»Aber jetzt doch nicht, um Himmels willen!«

Dr. Barbara ärgerte sich schon jetzt über diese blöde Insel, die sie ihren Reisegefährten während der dreiwöchigen Reise von Papeete hierher immer wieder in glühenden Farben geschildert hatte. Wütend hob sie zwei Finger zu einer obszönen, angewiderten Geste, und Neil erschrak. Im Ausschnitt ihrer grell orangefarbenen Öljacke sah man Salzwassergeschwüre, die aussahen wie Brandnarben. Als hätte man ihr Zigaretten auf der Haut ausgedrückt. Aber Neil wußte, daß der vierzigjährigen Ärztin ihr Körper egal war. Auch die verschmutzten Wasserbehälter der alten Ketsch *Bichon*, die sie aus Papeete hierhergebracht hatte, die mageren Rationen und die verrotteten Kojen waren ihr völlig egal. Nur die Albatrosse zählten. Wenn Saint-Esprit, dieses unbedeutende Atoll sechshundert Meilen südöstlich von Tahiti, ihren Erwartungen nicht entsprach, dann würde sie schon dafür sorgen, daß es sich in das bedrohte Paradies verwandelte, für das sie so unermüdlich gekämpft hatte.

»Das Riff, Dr. Barbara! Still jetzt... Ich muß den Korallen zuhören!«

Kimo, der Steuermann aus Hawaii, stemmte seine Knie beim Paddeln gegen die wulstige Bordwand des Bootes. Er hockte wie ein Cowboy auf dem Außenbordmotor, den er nach vorn gekippt hatte, um den Propeller vor den Korallenstöcken zu schützen. Neil sah zu, wie er das Schlauchboot durch die rollende See lenkte und sich bemühte, der Gischt auszuweichen. Für einen Sohn der Inseln war Kimo dem Ozean ziemlich feindlich gesonnen, fand Neil. Der ehemalige Polizist aus Honolulu schien jede einzelne Welle zu hassen und stieß den schwarzen Wogen das schlanke Paddel in die Flanken, als wäre es eine Harpune.

Ohne Kimo hätten sie diese Protestfahrt niemals unternehmen können. Saint-Esprit war eine jüngere und leichter zugängliche Schwesterinsel von Mururoa, dennoch war Serrou, der Kapitän der *Bichon*, mit seinem Schiff lieber weit draußen geblieben. Er war ein Fischer aus Papeete und wußte, daß er die *Bichon* nicht heil durch das Riff bringen würde. Nur Kimo hatte die Kraft und die Kaltblütigkeit, das Schlauchboot durch das trügerische Wasser zu steuern, unter dessen Oberfläche ein Himalaja von nadelscharfen Spitzen lauerte.

»Wir treiben ab!« Dr. Barbara hatte sich umgewandt und versuchte jetzt, Kimos Paddel zu packen. Tatsächlich kam das Schlauchboot kaum noch vorwärts, sondern tanzte wie ein Ball auf den Wellen. »Nicht nachlassen, Kimo!«

»Nur die Ruhe! Ich bring' Sie schon auf die Insel!«

Kimo lauschte auf die siedende Gischt, die über den Korallentürmen brodelte, dann krümmte er seinen Rücken und stieß das Boot mit ganzer Kraft vorwärts wie einen widerwilligen Elefanten. Er hatte eine schmale Rinne zwischen den Korallenstöcken gefunden, die wahrscheinlich von den französischen Ingenieuren mit Unterwassersprengstoff geräumt worden war. Auf der Südseite der Insel, wo die Versorgungsschiffe der Militärbasis anlegten, gab es breitere und weniger gefährliche Fahrrinnen, aber in der offenen Lagune wären sie eine leichte Beute der Soldaten geworden, die am Strand nur darauf warteten, sie wieder ins Wasser zu jagen. Hier an der dunklen Nordküste konnten sie unbemerkt an Land gehen und wurden vielleicht erst entdeckt, wenn Dr. Barbara die Albatroskolonie gefunden und Neil sein Video von der Aktion gemacht hatte.

Mit erhobenem Paddel wartete Kimo auf die nächste Welle, während unter ihnen der Schatten eines großen Raubfischs vorbeihuschte, der einen Blaubarsch verfolgte. Erst als sich die Rinne wieder füllte und die gefangene Luft mit lautem Zischen aus den Löchern und Spalten in den Korallenstöcken entwich, stieß er das Boot in den Wasserwirbel. Das Riff blieb hinter ihnen zurück wie das schräge Deck eines gesunkenen Flugzeugträgers, und sie glitten in stilleres Wasser. Kimo warf den Außenbordmotor an, um die letzten sechshundert Meter rascher zu überwinden.

»Kimo... Kimo...« Dr. Barbara kniete im Bug und sagte den Namen des Hawaiianers vor sich hin, als wollte sie für alle Zweifel Abbitte leisten, die sie an seiner Entschlossenheit und seinen Fähigkeiten gehabt hatte. Auf der langen Fahrt von Papeete nach Saint-Esprit hatte der große, schweigsame Mann sich meist abseits gehalten. Unbeweglich hatte er in seiner Kabine gesessen und sich auf die bevorstehende Konfrontation vorbereitet. Dabei hatte er sich gegenüber Dr. Barbara stets respektvoll verhalten und sich auch alle ihre Vorträge über Vögel und Fische mit stoischer Geduld angehört. Den sechzehnjährigen Neil Dempsey dagegen betrachtete er ganz offensichtlich bloß als Dr. Barbaras Kabinenboy. Kimo hatte seine ganzen Ersparnisse in den Flug von Honolulu nach Papeete und den Chartervertrag für die *Bichon* gesteckt, aber manchmal, wenn er mit dem Funkgerät der Ketsch hantierte, fragte sich Neil, ob Kimo nicht womöglich ein französischer Agent war, der ihre Expedition beobachten sollte.

Acht Tage, nachdem sie aus Papeete ausgelaufen waren, waren sie an einer japanischen Walfangflotte vorbeigekommen, deren Mutterschiff einen kilometerbreiten Streifen von Blut und Fett im Kielwasser hinter sich herzog. Der Anblick hatte Dr. Barbara so erschüttert, daß Neil sie fest um die Hüften gepackt hatte, weil er fürchtete, die Ärztin könnte sich aus Empörung in die blutige See stürzen. Sie hatten kurz miteinander gerungen, und Neil hatte das Gefühl, daß die Umarmung sie durchaus erregte, ehe ihn Dr. Barbara endgültig wegstieß und den Japanern eine Serie obszöner Flüche hinterherrief.

Kimo dagegen war unheimlich ruhig geblieben und hatte sich am Anblick der zahllosen Möwen erfreut, die sich auf die im Wasser treibenden Fleischfetzen stürzten. In den letzten Tagen der Reise hatte er sogar seine eigenen Rationen geopfert, um damit eine einsame Sturmschwalbe zu füttern, obwohl ihn Dr. Barbara warnte, er werde seine Kräfte bald brauchen.

Wahrscheinlich fütterte er die Vögel nicht nur, sondern träumte auch ihre Träume. Der Albatros, der frei durch die Himmelswüsten des Pazifiks segelte, war für Kimo vermutlich das gleiche wie ein freies Königreich Hawaii, das die französischen und amerikanischen Kolonialherren mit ihrer Touristenkultur, ihren Einkaufszentren, ihren Jachtclubs und ihrer Luftverschmutzung endgültig zerstört hatten.

Kimo war es gewesen, der Dr. Barbara darüber informiert hatte, daß die französischen Atomwissenschaftler nach Saint-Esprit zurückgekehrt und die zweihundert Ureinwohner bereits nach Moorea deportiert worden waren. Aber der Bau der Beobachtungsbunker und Kameratürme und die Drohung neuer Atomversuche hatten Dr. Barbara, die in Honolulu in einem Heim für behinderte Kinder arbeitete, gar nicht besonders beunruhigt. Erst als sie hörte, daß bei der Erweiterung des Flugplatzes eine der wenigen Brutkolonien von *Diomedea exulans* zerstört werden sollte, war sie aufmerksam geworden.

Der Wanderalbatros, hatte Dr. Barbara festgestellt, faszinierte die Öffentlichkeit weit mehr als unterirdische Atomversuche. Der Name der großen weißen Vögel weckte unbewußte, aber intensive Schuldgefühle und spielte in der Phantasie der Studenten, mit denen Dr. Barbara diskutierte, eine gewaltige Rolle. Coleridges Ballade vom Matrosen, der aus Übermut einen Albatros tötet, war ihnen schon aus der Schule vertraut. Und das wußte Dr. Barbara. Oft genug erklärte sie Neil, daß *The Ancient Mariner* eines der ältesten Bekenntnisse zum Tier- und Umweltschutz überhaupt war. Sie war allerdings klug genug, die bekannten Verse nie zu zitieren.

Jetzt allerdings, wo sie auf Saint-Esprit landeten, war weit und breit kein Albatros zu sehen. Während sie auf die Küste zutrieben, umkreiste sie lediglich ein Schwarm Rotfußtölpel, was insofern mißlich war, als damit jedes französische Patrouillenboot im Umkreis von sieben Meilen auf ihre Anwesenheit aufmerksam werden mußte. Obendrein waren die Vögel sehr aggressiv. Sie kamen durch die Wellentäler auf das Boot zugeschossen und stürzten sich auf die offenen Wunden an Neils Armen und Beinen. Dr. Barbara schlug mit dem Megafon nach ihnen und musterte die Küstenlinie. Sie war offensichtlich enttäuscht, daß sich kein feindliches Empfangskomitee zeigte. Widerstand beflügelte sie, und die kreischenden Vögel waren nun wirklich kein besonderes Publikum.

Der monotone Aufprall des Schlauchboots auf den Wellenkämmen hatte Neil den Magen umgedreht. Er beugte sich über die Bordwand, um sich zu erbrechen. Ein paar halbverdaute Haferflocken – Dr. Barbara liebte Körner und Haferflocken zum Frühstück – blieben auf dem öligen Gummi zurück. Während er einen besonders aggressiven Tölpel abwehrte, fragte sich Neil plötzlich, warum er an dieser Protestfahrt überhaupt teilnahm. Von Atomversuchen, die zu sehen ihn insgeheim sehr interessiert hätte, war vorerst keine Rede, und Albatrosse gab es offenbar auch nicht.

»Neil, wenn wir an Land sind, geht es dir gleich wieder besser.« Dr. Barbara wischte ihm den Speichel vom Mund. »Versuch durchzuhalten! Ich hab' genausoviel Angst wie du.«

»Ich hab' keine Angst. Wo sind die Albatrosse?«

»Die werden wir schon finden, Neil. Ich bin sicher, die Franzosen haben sie nicht umgebracht.«

»Fahren wir wieder weg, wenn keine da sind?«

»Albatrosse gibt es immer.« Dr. Barbara hielt seinen Kopf an ihrer Schulter, ein stolzes Lächeln auf den gesprungenen Lippen. Ihr ausgebleichtes Haar war straff nach hinten gekämmt und zeigte ihre hohe Stirn. »Wenn man lange genug sucht, dann findet man sie. Und jetzt reiß dich zusammen, wir können die Landung nicht zweimal filmen.«

Neil zog müde an seiner Kameratasche. »Ganz im Ernst, Doktor. Mir ist schrecklich übel. Das könnte Strahlenkrankheit sein...«

»Wohl kaum. Das kommt bloß von dem ganzen Gerede über Eniwetok und Mururoa. Außer dir kenne ich wirklich niemanden, der von diesen Atominseln träumt.«

»Rettet die Bombe…«

»Rettet Neil Dempsey.«

Neil erlaubte, daß sie ihn knuffte. Die Art und Weise, wie Dr. Barbara sich immer wieder von einer strengen Gouvernante in eine gütige Mutter verwandelte, entwaffnete ihn jedesmal. Ständig berührte sie ihn, untersuchte seine Augen und seinen Urin, als müsse sie seine Funktionstüchtigkeit prüfen. Es war ein Appell an seine Libido, dem zu widerstehen ihm schwerfiel. Neil war schließlich erst sechzehn, und welche Motive sie haben könnte, interessierte ihn wenig. Einmal, als sie ihn in der Kombüse mit einer Scheibe Süßkartoffel zwischen den Zähnen kameradschaftlich in den Arm nahm, hatte er plötzlich das Bedürfnis gehabt, sich splitternackt vor ihr auszuziehen.

»Neil, hol die Kamera raus. Ich rieche die Franzosen schon…«

Vorsichtig zog der Junge die Kamera aus der wasserdichten Hülle. Kimo hatte den Motor abgestellt, und sie glitten sanft auf den Strand zu, wo die Palmen eine dichte Palisade über dem schwarzen Sand bildeten. Dr. Barbara zog ihre Öljacke aus, stand auf und stellte sich breitbeinig in den Bug. Ihre Schultern strafften sich, und ihre blonden Haare flatterten wie eine Standarte im Wind.

Wie immer genoß es Neil, sie in Großaufnahme zu filmen. Im Sucher sah er den Sonnenbrand in ihrem Gesicht und die vorstehende linke Brustwarze, die sich dunkel unter dem nassen Baumwollhemd abzeichnete, ein attraktiver Blickfang fürs Fernsehen und für die Illustrierten. Er suchte Halt auf dem schwankenden Boden des Bootes, das gerade wieder von einer Welle angehoben wurde, die hinterrücks unter ihm durchlief, und zoomte auf Dr. Barbaras entschlossenen Mund und die hochaufgerichtete Nase. Ob sie wohl schön gewesen war oder häßlich, als Medizinstudentin in Edinburgh, zwanzig Jahre früher?

»Zeig viel von der Insel«, sagte sie; denn sie war nicht nur der Star des Films, den sie drehten, sondern auch Regisseurin und Drehbuchautorin. »Und so viele Vögel wie möglich.«

»Aber es sind ja keine Albatrosse da. Nur Tölpel.«

»Film sie. Wir brauchen Vögel. Mein Gott...!«

Neil lutschte seine erstarrten Finger und hantierte an seiner kleinen japanischen Video-Kamera. Er hatte als Teilzeitfilmvorführer an der Filmhochschule der University of Hawaii gearbeitet, als ihn Dr. Barbara rekrutierte und trotz seiner Proteste sogleich zum routinierten Kameramann hochstilisierte. Glücklicherweise war die Kamera vollautomatisch, und so konnte er bedenkenlos mit einem langsamen Schwenk über die Insel beginnen. Das Atoll bestand aus einer Kette von Koralleninselchen und Sandbänken rund um einen versunkenen Vulkankrater. Die Lagune in der Mitte hatte einen Durchmesser von ungefähr zehn Kilometern. Die größte Insel lag im Südwesten, ein dunkler Halbkreis am Rand der Lagune mit überwucherten Pflanzungen in der Ebene und einem etwa hundert Meter hohen, mit dichtem Dschungel bewachsenen Bergrücken, der von zackigen Felsen gekrönt war.

Immer auf der Suche nach den großen Wanderalbatrossen, die hier brüten sollten, ließ Neil die Kamera über die Felsschründe gleiten. Die blauen Lavatürme sahen aus wie das Gerippe eines Gebirges, das vor Jahrtausenden gelebt hatte und jetzt in seinem nassen Grab hockte. Eine zähe Vegetation klammerte sich an die Basaltsäulen, es war, als lägen lebende Kränze am Fuß von senkrecht stehenden Särgen. Albatrosse waren nicht zu sehen, aber auf dem Gipfel des Berges stand ein mit langen Kabeln verankerter, stählerner Turm.

Das schlanke Gitterwerk war zu schwach, um eine Bombe zu tragen, und Neil vermutete, daß es sich um einen alten

Sendemast handelte. Während sie auf den letzten Wellen zum Strand glitten, hielt er die Kamera auf den Mast und hoffte, dieser vertikale Fixpunkt würde seinen Magen stabilisieren. Er malte sich aus, wie es wäre, wenn auf der oberen Plattform eine Bombe gezündet und ein sonnenheißer Plasmaball über Saint-Esprit aufsteigen würde. Bei aller Leidenschaft für die Albatrosse, die Dr. Barbara in ihm geweckt hatte, beschäftigten ihn die Bilder von Atomversuchen, die er aus den Nachrichten kannte, doch noch mehr. Noch nie war eine Bombe hier explodiert, aber über der Insel lag die gleiche Stimmung wie über Eniwetok, Mururoa oder Bikini. Auch sie konnte jederzeit zum Versuchsmodell eines Weltuntergangs werden, wenn es jemandem einfiel.

Das Heck des Schlauchboots hob sich, als eine letzte große Welle sie erfaßte und zum Ufer trug. Gestützt auf die mittlere Sitzbank, schob Neil das Megafon und die Kamera in die Tasche und sicherte den wasserdichten Verschluß. Dr. Barbara kauerte wie bei einem Stoßtruppunternehmen im Bug. Mit dem Paddel in den großen Händen hockte Kimo rittlings über dem Motor und sorgte dafür, daß sie auf dem Wellenkamm blieben. Die Wassermauer brach sich schäumend, und das Boot kenterte. Das Paddel flog wie ein Windmühlenflügel zur Seite.

Mehrfach überrollt von den folgenden Brechern kämpften sie sich durch das hüfttiefe Wasser, während das Boot auf den Sand gespült wurde. Neil stemmte sich gegen den Sog der zurückflutenden Wellen und watete, die Tasche hoch über den Kopf haltend, mühsam an Land. Kimo zog das Boot über den schmalen Strand bis unter die Palmen und beruhigte den zitternden Gummirumpf mit den mächtigen Armen. Als Dr. Barbara das Paddel holte, riß eine Welle sie um. Sie fiel auf die Knie, stand wieder auf, machte ein paar Schritte im brodelnden Wasser und griff dankbar nach Neils Hand, als er ihr auf den Strand half.

»Guter Junge! Ist alles heil an Land gekommen? Wo ist die Kamera?«

»Alles in Ordnung, Dr. Barbara.«

»Paß gut darauf auf! Die ganze Welt beobachtet uns durch dieses kleine Objektiv...«

Keuchend setzte sie sich in den Sand, schneuzte sich und wischte sich das Wasser aus dem salzverkrusteten Gesicht. Neil ließ sich neben sie in den körnigen Sand fallen. Er war immer noch außer Atem, und nach der dreiwöchigen Reise auf dem schwankenden Schiff, dessen Deck sich ständig hob und senkte, wurde ihm schon davon schlecht, daß die Insel unter ihm völlig bewegungslos blieb. Die schwarze Asche war mit Kokosschalen, vertrockneten Palmwedeln, Treibholz und den Panzern von toten Krabben bedeckt. Über allem lag der Geruch von verfaulendem Fisch. Die Sonne war hinter dem Blätterdach des Waldes verschwunden, und kalte Nässe umhüllte die Insel. Nur wenige Schritte hinter ihnen begann das Reich der tropischen Vegetation, des feuchten Nebels und der sirrenden Insekten.

»Gut... jetzt müssen wir weiter.« Dr. Barbara stand auf und zog ihr Hemd aus, um es auszuwringen. »Kimo, wie kommen wir hier wieder weg?«

»Das schaffen wir, Doktor. Ich werde das Meer für Sie überlisten.« Während ihm von hinten die letzten Ausläufer einer schäumenden Welle die Füße umspülten, begann Kimo die Luftschlitze des Außenbordmotors vom Sand zu befreien. »In zwei Stunden ist die Flut am höchsten, dann können wir wieder rausfahren.«

»Zwei Stunden? Hoffentlich reicht das. Die Franzosen sind womöglich gerade beim Essen... Neil, wo bist du?«

Neil berührte sie am Knöchel. »Hier bin ich, Dr. Barbara, ich glaube...«

Sie hockte sich neben ihn und knöpfte ihr Hemd wieder zu. »Natürlich bist du da, Neil. Nur Mut. Ich brauche dich, du bist der einzige, der mit der Kamera umgehen kann.«

Sie strich ihm das nasse Haar aus der Stirn und ließ ihre Hände über seine muskulösen Oberarme gleiten, als wolle sie sich davon überzeugen, daß er immer noch der streitlustige, lässige junge Mann war, den sie eines Abends in Waikiki kennengelernt hatte. Ein Träumer, der an Atomversuche und Marathonschwimmen dachte. Auf der Reise hatte sie ihm die mühseligste Arbeit erspart. Beim Hissen der schweren Segel und beim Bedienen der Lenzpumpe hatte immer nur Kimo zupacken müssen, aber Neil hatte trotzdem das unbestimmte Gefühl, daß er nicht nur geschont wurde, weil er der Kameramann war.

»Wie lange werden wir in Saint-Esprit bleiben?« fragte er.

»So lange, bis wir den Film gedreht haben. Wir können den Albatrossen zwar nicht direkt helfen, aber wir können den Leuten zeigen, was hier passiert.«

»Doktor...« Neil zeigte auf den verlassenen Strand und die Wolken von Moskitos. »Hier passiert nichts.«

»Neil!« Sie zwang ihn, sich aufrecht zu setzen. »Jetzt schick mal ein bißchen Strom durch dein Hirn! Wir haben jetzt bald das Jahr 2000. Es wäre doch schön, wenn es unseren Planeten dann noch gäbe, oder?«

»Deshalb bin ich ja hier«, sagte Neil. »Ich will den Albatros retten, Dr. Barbara.«

»Ich weiß. Ich wünschte, es gäbe mehr junge Menschen wie dich. Wir müssen alles schützen, Neil. Nicht nur den Albatros, sondern jede Palme, jeden Grashalm und jede Schlingpflanze.« Sie wedelte einen Moskito von Neils Gesicht. »Sogar die Moskitos müssen wir retten.«

Daß sie kein Insektenschutzmittel dabeihatte, verstand sich von selbst. Manchmal fragte sich Neil, ob sie überhaupt eine richtige Ärztin war. Sein Vater, ein erfolgreicher Radiologe aus London, war vor drei Jahren gestorben. Er war völlig anders gewesen. Durch das feuchte Hemd konnte Neil ihre zerschlissene Wäsche und den Reißverschluß ihrer Hose sehen, der mit einer Sicherheitsnadel festgemacht war. Er folgte ihr zurück zum Schlauchboot, das Kimo schon zur Abfahrt vorbereitet hatte. Der Bug zeigte wieder aufs Meer. Dr. Barbara setzte sich auf den Rumpf, eine Hand auf den Motor gestützt, und starrte unentschlossen hinaus in die Wellen. Trotz ihrer unerschöpflichen Energie schien die Größe des Atolls sie plötzlich doch zu verwirren.

Erst als Neil die Kamera hob und sie zu filmen begann, rappelte sie sich wieder auf. Unter einer niedrigen, marmorierten Wolkendecke, die sich bis zum Horizont erstreckte, hatte sich graues Licht ausgebreitet, das zum Filmen geradezu ideal war. Trotz ihrer zerrissenen Kleider, der aufgesprungenen Lippen und der zerfransten Haare stellte das Surren der Kamera Dr. Barbaras Selbstvertrauen sofort wieder her. Wie immer fühlte Neil sich hingezogen zu dieser exzentrischen Frau und beschloß, sie um jeden Preis vor der Wirklichkeit zu beschützen.

Begleitet von den Moskitos machten sie sich auf die Suche nach dem Flugplatz. Der Strand war so schmal, daß sie unter den hochaufragenden Palmen entlanggehen mußten. Mit der Machete in der Hand marschierte Kimo voraus, aber immer wenn Dr. Barbara stehenblieb, um sich auszuruhen, blieb er ebenfalls stehen, ohne ein Wort. Während sie warteten, dachte Neil an den Sendemast, dessen Antenne sie zu verfolgen schien. In einem Tamarindendickicht stand ein kleiner Betonbunker wie eine vergessene Kultstätte des nuklearen Zeitalters. Kein Götterbild der Osterinseln hätte verlassener aussehen können.

Regenwasser rieselte den Abhang herunter und trat zwischen moosbewachsenen Bäumen hervor. Unter dichten Farnwedeln plätscherte ein kleiner Bach durch den Wald, bildete auf dem Strand mit seiner seidenweichen Vulkanasche ein schmales Delta und ergoß sich ins Meer.

Neil badete seine Füße in dem seichten Rinnsal. Es war das erste Süßwasser, das er seit Papeete auf seiner Haut spürte. Dr.

Barbara kniete sich neben ihn und wusch sich die Arme und das Gesicht. Aus ihrer Hüfttasche zog sie ein ledernes Kosmetiketui und kämmte ihre Haare zu feuchten Wellen. Unzufrieden mit ihrem Anblick grimassierte sie in den Spiegel und saugte an den Geschwüren auf ihren Lippen.

»Nicht gerade toll, aber was soll ich machen?«

»Sie sehen gut aus«, sagte Neil ernsthaft. Er war von der Ausstrahlung dieser oft so ungepflegten Frau fasziniert. »Die Leute sind sicher sehr beeindruckt!«

»Du bist beeindruckt, Neil. Aber das ist es nicht, was ich meine. Die Leute sollen sehen, daß wir seriös sind.«

»Sie sind sehr seriös«, sagte er, und um sie zu necken, fügte er noch hinzu: »Ich filme Sie von Ihrer besten Seite!«

»Habe ich eine beste Seite? Was für ein schrecklicher Gedanke.«

Neil filmte sie, während sie Kimo durch den Wald folgte und ihre Füße in den weichen Moosboden einsanken. Kimo schlug mit der Machete ein paar Farnwedel ab, und man sah die rostigen Gleise einer Schmalspurbahn. Es waren nicht die einzigen Überreste früherer Nutzung der Insel. Zerfallene Hütten mit eingestürzten Dächern standen auf wurmzerfressenen Stelzen am Waldrand; Hibiskus und Purpurwinden wuchsen zwischen den vermoderten Dielenbrettern. Auf einer Landzunge in der Lagune erhob sich eine kleine Kirche aus Wellblech, umgeben von den Gräbern eines überwachsenen Friedhofs, den die katholischen Missionare angelegt hatten. Die bescheidenen Pflanzungen hatte sich der Dschungel längst zurückgeholt. Brotfruchtbäume, Nagkas, Eukalyptus, Süßkartoffeln, Kolokasien und Jamswurzeln wuchsen in wildem Durcheinander.

Überlagert wurde diese zerstörte landwirtschaftliche Idylle von den Hinterlassenschaften der französischen Ingenieure, einer wahren Endmoräne von verrosteten militärischen Ausrüstungsgegenständen. Während er auf sie wartete, hatte Kimo sich auf ein leeres Ölfaß an der Schmalspurbahn gesetzt und hackte die Lianen ab, die es an den Boden fesselten. Leere Weinflaschen lagen in einer Kiste zu seinen Füßen, umgeben von Lastwagenreifen und Rollen von Telefondrähten. Aus den Farnwedeln erhob sich ein Beobachtungsturm, die Fensterschlitze starrten ins Leere.

Sie sprangen über einen Entwässerungsgraben und durchquerten den schmalen Palmengürtel, der sie von der neuen Rollbahn trennte. Wie ein riesiger weißer Gebetsteppich aus zermahlenen Korallenstöcken erstreckte sich das Flugfeld zwischen den Bäumen. Kaum fünfzig Meter entfernt stand eine getarnte Funkkabine im Dickicht, deren Antennen bedrohlich in den leeren Himmel ragten. Am südlichen Ende wurde die Rollbahn von einigen Dünen begrenzt, hinter denen ein Armee-Bulldozer mit gesenkter Schaufel im Sand hockte.

Kimo schlenderte auf den Bulldozer zu und tippte mit der Machete an die stählernen Ketten. Auf dem Fahrersitz stand eine leere Bierdose. Erhobenen Hauptes stand Kimo im starken Wind, das Sonnenlicht glänzte auf seiner Waffe. Aber dann schien ihn der Gedanke an das Königreich Hawaii zu verlassen, und er winkte bloß müde wie ein Reiseführer, der eine Besuchergruppe von einer weniger interessanten Sehenswürdigkeit fernzuhalten versucht.

»Was gibt's?« rief ihm Dr. Barbara zu. »Kannst du irgendwas sehen?«

»Albatrosse, Doktor ... nur Albatrosse.«

»Albatrosse ...?« Dr. Barbara packte Neils Arm und zog ihn über die Rollbahn. »Neil! Die Vögel sind noch da! Mach die Kamera fertig!«

Sie erreichten die Dünen und kletterten hinauf, immer wieder bis zu den Knien in dem schwarzen Vulkansand versinkend. Dr. Barbara schützte ihre Augen vor dem Wind und spähte hinauf in den Himmel. Kimo war zum Strand hinuntergegangen und marschierte mit entschlossenen Schritten auf die Wellblechkirche auf der Landzunge zu.

»Kimo, ich sehe nichts! Wo sind die Albatrosse? Ich kann keinen einzigen sehen!«

»Es sind genügend da!« Kimo zeigte mit einer lässigen Geste auf Dünen und Strandgras. »Mehr als genug.«

»Kimo ...?«

»Da drüben.«

»Dr. Barbara ...« Neil senkte die Kamera. Er wußte nicht, ob er sie filmen sollte, wenn sie so wenig darauf vorbereitet war. »Sie sind nicht mehr am Himmel. Sie sind um uns herum ...«

Tatsächlich hatten die Vögel direkt vor ihren Füßen genistet, eine ganze Brutkolonie, die sich darauf verlassen hatte, den Aufwind über den Dünen nutzen zu können. Die Nester waren nicht viel mehr als grob mit Federn und Gras gepolsterte Vertiefungen im Sand, aber alle waren zerstört. Überall waren die Spuren schwerer Stiefel zu sehen. Zerbrochene Eierschalen, an denen zitternde Daunenfederchen klebten, schaukelten im kalten Wind. Tote Küken lagen im zertretenen Gras, zum Teil noch mit dem gelben Magenöl bespritzt, mit dem ihre Eltern sie in ihrer Panik vergeblich zu schützen versucht hatten. Weiter unten am Strand lagen Dutzende von Altvögeln mit weit ausgebreiteten Schwingen, mit Knüppeln zu Tode geprügelt, als sie zu entkommen versucht hatten. Die geknickten weißen Federn glänzten im dunklen Sand wie eisige Blüten in einer schwarzen Abfallgrube.

»Achtunddreißig, neununddreißig ...«

Kimo ging mit starrem Lächeln zwischen den toten Vögeln umher. Erst allmählich wurde Neil bewußt, daß der Hawaiianer die toten Vögel zählte, so als würde eine feste Zahl das Verbrechen verkleinern.

»Kimo, warum töten sie die Vögel?«

»Wegen der Rollbahn«, sagte Kimo mit flacher, sachlicher Stimme. »Auf den Midway-Inseln hat die Air Force letztes Jahr dreißigtausend Albatrosse getötet, damit sie den Düsenjägern nicht in die Triebwerke fliegen.«

»Und wo sind die französischen Soldaten?« Mit blassem Gesicht musterte Neil die Rollbahn. »Die müssen doch hier irgendwo sein.«

»Vielleicht haben sie sich gelangweilt. Töten ist eine stumpfsinnige Arbeit...«

Unfähig, den Hawaiianer zu trösten, kehrte Neil zu Dr. Barbara zurück, die mitten unter den toten Vögeln stand. Ihre Haare standen über ihrer Stirn wie die drohende Rauchwolke eines Vulkans, und als der Wind die Federn der toten Vögel aufrichtete, schien der Strand unter ihren kalten Blicken zu zittern. Ihr Mund zeigte fast so etwas wie befriedigten Haß.

»Neil, ich will, daß das die ganze Welt sieht. Achte darauf, jeden einzelnen Vogel zu zeigen. Vor allem die toten Küken.«

»Aber Doktor, es sind zu viele.« Zögernd hob Neil die Kamera und versuchte es mit einer Weitwinkelaufnahme. »Sie sehen aus wie Chrysanthemen.«

»Alle, jeden einzelnen! Sie verdienen es, daß man sich an sie erinnert. Und vergiß Kimo nicht.«

Aber der Hawaiianer hatte das Interesse an den Vögeln verloren und ging auf einen Beobachtungsturm zu, der auf das vier Meilen entfernte Explosionsgebiet in der Lagune hinaussah. Der eisengraue Beton und die Kamera-Sehschlitze erinnerten Neil an die deutschen Bunker des Atlantikwalls, die er in der Normandie mit seinem Vater erforscht hatte.

Am nördlichen Ende der Rollbahn hatten die Franzosen ihr Lager errichtet. Eine hölzerne Landungsbrücke, an der ein Leichter festgemacht hatte, war in die Lagune gebaut worden. Unter den Bäumen, neben einer Lagerhalle, standen Kisten mit Signaleinrichtungen für den Flugplatz. Mehrere Scheinwerfer und ein Wasserturm aus Aluminium waren schon ausgepackt und aufgebaut worden. Irgendwelches Gerät zur chemischen oder nuklearen Kriegführung war nicht zu sehen. Mit einiger Enttäuschung stellte Neil fest, daß Saint-Esprit gegenwärtig nicht viel mehr als eine Zwischenstation zum Wiederauftanken der Flugzeuge auf dem Weg von Mururoa nach Tahiti war.

Nachdem er Dr. Barbara bei den toten Vögeln gefilmt hatte, wischte Neil sich die Eingeweide der Küken von den Turnschuhen und folgte der Ärztin die Rollbahn hinunter. Sie ging mit energischen Schritten, einen toten Albatros unter dem Arm, auf das Lager der Franzosen zu. Ihre Stirn war blutverschmiert, und weißer Korallenstaub stiebte hinter ihr hoch. Der Himmel hielt den Atem an. Neil war erschüttert über das Schicksal der großen Vögel, aber er spürte, daß er eine gut einstudierte Szene aus dem Theater des Widerstands filmte. Kimo stieg auf den Wasserturm und hängte ein Transparent an den kugelförmigen Tank, während Dr. Barbara mit einer Spraydose ihre Slogans auf die drei grünen Mannschaftszelte der Franzosen sprühte und auch die Khakihosen auf der Wäscheleine mit blutroten Spritzern versah. Dann stellten Kimo und Dr. Barbara sich nebeneinander: die weiße Umweltschützerin aus Europa und der einheimische Polynesier im gemeinsamen Kampf für den bedrohten Pazifik.

Zehn Minuten später, als er Dr. Barbara den Soundtrack noch einmal vorspielte, merkte Neil plötzlich, daß er nicht der einzige war, der die Szene im Bild festzuhalten versuchte. Hundert Meter oberhalb der Rollbahn, auf dem Weg, der zu dem stählernen Sendemast führte, standen drei französische Soldaten. Während seine Begleiter in aller Ruhe ihre Zigaretten rauchten, hatte der Sergeant in der Mitte seine Kamera gehoben wie ein Tourist, der eine folkloristische Darbietung fotografiert. Dann setzte er die Schutzkappe wieder aufs Objektiv und gab seinen Männern ein Handzeichen. Gemächlich schlenderten sie auf die Rollbahn hinunter.

»Sie kommen! Kimo, nimm die Kamera!« Dr. Barbara riß Neil die Videokamera aus den Händen und gab sie dem Hawaiianer. »Neil, steig auf die Leiter und halt das Transparent hoch.«

»Dr. Barbara, sollen wir nicht lieber hier warten? Die Soldaten haben Waffen...«

»Neil, so hilf mir doch endlich!« Dr. Barbara trieb ihn zur Leiter und legte seine Hände auf die Sprossen. Bei aller Aufregung waren ihre Augen ganz ruhig geblieben, so als hätte sie fest mit den französischen Soldaten gerechnet und sei jetzt erleichtert, daß sie endlich erschienen. Als sie ihn die Leiter hinaufstieß, rief sie hinter ihm her: »Neil, es gibt Millionen junger Menschen wie dich auf der Welt. Mir hören sie vielleicht nicht mehr zu, aber dir werden sie folgen.«

Kimo hatte die Machete fallen lassen. Er kniete auf der Rollbahn und filmte die herankommenden Soldaten mit einer Sicherheit, die Neil überraschte. Er zeichnete auf, was Dr. Barbara in ihr Megafon schrie, und endete mit einer Großaufnahme des verlegen lächelnden jungen Mannes auf der Leiter, dem das Transparent ungeschickt über der Brust hing.

»Jetzt lauf, Kimo! Schnell!«

Dr. Barbara zog den Hawaiianer hoch. Er hielt sie noch einen Augenblick an den Händen, als wüßte er nicht, ob er sie wirklich im Stich lassen sollte, dann riß er sich los und rannte mit der Kamera in der Hand in den Wald. Als er die Wellblechkapelle erreichte, blieb er einen Augenblick auf dem Friedhof stehen und stürzte sich dann, nachdem er über die Schulter gesehen hatte, daß Dr. Barbara ihm nicht folgen würde, in die hüfthohen Farnstauden.

Die französischen Soldaten machten keinen Versuch, ihm zu folgen. Als Dr. Barbara sie durchs Megafon anbrüllte, machten sie ihre Zigaretten aus und grinsten über die aufgeregte Engländerin mit dem toten Albatros in der Hand. Neil riß das Transparent mit herunter, als er von der Leiter sprang und sich bemühte, ihr das Blut von den Armen zu wischen.

»Kommen Sie, Dr. Barbara! Sonst verhaften sie uns.«

»Laß nur, Neil. Das will ich sehen. Kimo wird schon dafür sorgen, daß die Welt erfährt, was hier vorgeht.«

»Die Welt interessiert sich doch gar nicht dafür, Dr. Barbara.«

Er wollte schon hinter Kimo herlaufen, als der Sergeant plötzlich den Arm hob und seine Pistolentasche aufklappte.

»*Arrête-toi! Ne bouge pas!*« rief er und zeigte auf Neil.

Neil verfluchte Dr. Barbara und rannte los. Überall auf der Rollbahn lagen blutige Federn. Kimo war schon an der Schmalspurbahn zwischen den Bäumen. Neil war überrascht, wie leichtfüßig der Ex-Polizist war.

»Kimo! Warte auf mich, Kimo!«

Er schrie immer noch hinter dem Hawaiianer her, als er den Pistolenschuß hörte.

2
Zuviel Protest

Die Protestversammlung an der Universität von Hawaii hatte ihren Höhepunkt erreicht. Neil lag in seinem Zimmer im sechsten Stock des Nimitz-Memorial-Krankenhauses im Bett und betrachtete die vertraute Szene im Fernsehen. Als der letzte Sprecher, ein zum Umweltprediger konvertierter Basketballtrainer, seine Rede begann, drehte Neil den Ton ab.

Er wußte, was der Mann zu bieten hatte: religiösen Eifer, hochtrabende Metaphern aus der Welt des Sports und Drohungen gegen den französischen Konsul und jedweden Touristen aus Frankreich, der es wagte, den Strand von Waikiki zu betreten. Einen Citroen oder einen Seidenschal von Hermès zu kaufen war nach Ansicht dieses Mannes auch nicht besser, als zehn Hektar Regenwald zu zerstören oder hundert Albatrosse zu erschlagen.

Das Krankenhaus war fast eine Meile von der Protestversammlung entfernt, aber Neil konnte die Sprechchöre durchs offene Fenster ohne weiteres hören. Megafone verfolgten ihn bis in seine tiefsten Träume. Der Slogan »Rettet den Albatros« schien auch dann aus den Lautsprechern des Fernsehers zu dröhnen, wenn er den Ton ausgeschaltet hatte. Und obwohl der Wanderalbatros nie in Hawaii gebrütet hatte, wie ihm ein Hobby-Ornithologe aus der Nierenabteilung versichert hatte, verursachte inzwischen jede Erwähnung des Vogels neue Schmerzen in seinem Fuß.

»Rettet den Fregattvogel!« murmelte Neil. »Rettet den Quetzal!«

Die Kugel des französischen Sergeanten hatte Neil in die Fußsohlc hinter der großen Zehe getroffen und war zwischen den Mittelfußknochen wieder ausgetreten. Der Zeh war, wie die Ärzte sagten, fast abgetrennt worden. Auch jetzt, sechs Wochen später, konnte Neil nur unter Schmerzen durch das Krankenhaus humpeln, was vorwiegend daran lag, daß die Sanitäter in Papeete eine Sehnenscheidenentzündung vernachlässigt hatten, während die französischen Behörden versuchten, die weltweiten Proteste gegen seine Verhaftung zu ignorieren.

Die Wunde war noch immer nicht verheilt, als Neil schließlich zurück nach Honolulu fliegen durfte. Aber die blutigen Bandagen hatten sich als gutes Propagandamaterial erwiesen. Das Fernsehen hatte sich geradezu darauf gestürzt. Er war zum Heiligen geworden. Dr. Barbara hatte ihn umarmt, während er noch auf der Tragbahre lag, und den Kameras versichert, daß diese Blutstropfen ein Symbol für das Blut der abgeschlachteten Vögel auf Saint-Esprit seien.

Sogar seine Mutter und sein Stiefvater, Oberst Stamford, waren von Neils plötzlichem Ruhm sehr beeindruckt. Sie kamen aus Atlanta geflogen und saßen in der ersten Woche im Nimitz Memorial an seinem Bett, umgeben von den zahllosen Blumensträußen mit Genesungswünschen, die ihm geschickt worden waren. Seine Mutter betrachtete die rote Rose, die Neil ihr geschenkt hatte, als ob sie in das Herzblut ihres Sohnes getaucht worden wäre. Neil versprach seinem Stiefvater, daß er nach Atlanta kommen würde, sobald er aus eigener Kraft ins Flugzeug steigen könne, aber der Oberst sagte, er solle ruhig noch einen Monat länger auf Hawaii bleiben. Er schien der Ansicht zu sein, daß Neils neuer Ruhm ihm dabei helfen könnte, den Verlust seines Vaters zu verarbeiten.

Ein heliumgefüllter Ballon mit einem aufgemalten Albatros erhob sich vom Rand der Protestversammlung und segelte über den Parkplatz. Auf dem Fernsehschirm setzte der Basketballtrainer zum Höhepunkt seiner Ausführungen an. Neil hatte den Daumen fest auf der Fernbedienung, um ja nichts zu hören, aber dann kam Schwester Crawford herein, eine flotte Windsurferin aus Kapstadt, die er bei einer Beachparty in Waikiki kennengelernt hatte. Sie ging schnurstracks zum Fernseher und drehte den Ton laut.

»... und vor allem einen wollen wir nicht vergessen, der im Kampf gegen die Öko-Terroristen alles gegeben hat und jetzt hier im Krankenhaus liegt: Neil Dempsey. Die französische Kugel, die ihn getroffen hat, ist auf alle abgegeben worden, auf jeden Albatros, jeden Delphin und jeden Wal. Wir sind bei dir, Neil, wir liegen bei dir auf dem Schmerzenslager...«

Die Schwester hob kichernd sein Bettuch hoch und rollte die Augen, als er seine Blöße mit der Fernbedienung bedeckte. »Na sag schon, Neil, wer liegt da bei dir? Ich hoffe bloß, du hast dich nicht völlig verausgabt. Wir hoffen alle, du hast uns noch etwas zu bieten.«

Neil riß ihr das Laken aus den Händen und deckte sich wieder zu, konnte aber nicht verhindern, daß sie ihn kitzelte. »Schon gut, Carole«, sagte er. »Ich werde dir etwas aufheben.«

»Alle Herzen schmelzen, wenn dein Name fällt«, sagte sie und grinste in Richtung des Fernsehers. »Schau mal, wer jetzt kommt. Die große Medizinfrau, immer noch dabei, die Welt zu retten. Wie findest du ihre neue Frisur?«

Neil ordnete die Genesungswünsche neu, die er sich vom Nachttisch geholt hatte.

»Sieht gut aus. Dr. Barbara ist in Ordnung. Ich mag sie.«

»Ja natürlich. Ihretwegen hätten sie dich beinahe erschossen. Wer kann damit schon konkurrieren? Sei bloß vorsichtig, Neil...«

»Mir geht es gut. Wegen mir brauchst du dir keine Sorgen zu machen, Carole.«

»Als du mit Kimo losgeflogen bist, hast du das auch gesagt.« Obwohl sie ihn jetzt wochenlang betreut hatte, war Neil ihr immer noch ein Rätsel. Sie setzte sich zu ihm aufs Bett. »Warum bist du auf diese Insel gefahren, Neil? Die Albatrosse interessieren dich doch gar nicht.«

»Doch. Außerdem ist Saint-Esprit Atomversuchsgebiet, genau wie Eniwetok und Kwajalein. Das wollte ich mir mal ansehen.«

»Aber warum bloß?«

Neil zuckte die Achseln. »Ich weiß noch nicht. Ich hatte keine Zeit, es herauszufinden. Vielleicht hat es was mit der Zukunft zu tun.«

»Die Zukunft? Aber dieser ganze Atomscheiß ist doch vorbei.«

»Nicht für mich.« Neil zielte mit der Fernbedienung auf sie und stellte den Ton ab. »Das entscheidende ist, daß in Saint-Esprit noch nie eine Bombe explodiert ist.«

»Ja, und?«

»Die Insel wartet noch darauf. Es ist eine Sache auf Leben und Tod, Carole. Das sind Sachen, von denen sie in Waikiki noch nie etwas gehört haben.«

»Mit dem Leben haben wir sehr viel zu tun in Waikiki! Und daran halte ich mich! Aber deine Freundin, diese Dr. Rafferty, ist mir unheimlich.«

Neil hatte keine Lust, sich zu streiten. »Sie will den Albatros retten. Was ist daran unheimlich?«

»Ich weiß nicht, Neil. Irgendwie ist sie mir unheimlich...«

Als Schwester Crawford gegangen war, kehrte Neil zurück zu der Protestversammlung. Dr. Barbara war jetzt ans Podium getreten und nahm die stehende Ovation des Aktionskomitees entgegen, das aus einem ehemaligen Astronauten, zwei allzu ernsten Professoren, einem medienbewußten Autohändler und drei Ehefrauen von örtlichen Geschäftsleuten bestand. Mit ein paar Sätzen, die ihr Neil von den Lippen ablesen konnte, ohne den Ton einzuschalten, dankte Dr. Barbara den Studenten für ihre Unterstützung. Ihre blonden Haare flossen locker über die Schultern des gutgeschnittenen Safari-Anzugs, und ihr bescheidenes Lächeln war unerschütterlich, während ihre ruhigen blauen Augen die Zahl der Zuhörer und das voraussichtliche Spendenaufkommen abzuschätzen versuchten.

»Rettet den Phoenix...«, murmelte Neil. Die Versammlung hatte trotz des Beifalls weniger Zuspruch gefunden als frühere Veranstaltungen. Empörung von der Art, wie Dr. Barbara sie hervorzurufen versuchte, hielt nie lange an. Der Albatros war ihr Markenzeichen, aber praktische Ergebnisse wie Greenpeace und andere Naturschutzorganisationen konnte Dr. Barbara nicht vorweisen. Die französische Regierung bestritt nach wie vor, daß sie ihre Atomversuche wieder aufnehmen wolle. Trotz der Aufnahmen von der neuen Rollbahn und den Kameratürmen auf Saint-Esprit, die Neil und Kimo den Fernsehsendern geliefert hatten, kamen nicht mehr viele Leute zu den Anti-Atom-Protesten in Honolulu. Viele Leute bei Dr. Barbaras Versammlungen waren Touristen, ältere japanische Ehepaare oder Familien aus Vancouver und Sydney, für die eine solche Demonstration einfach zur Urlaubs-Folklore gehörte, ähnlich wie Feuerschlucker, Taschendiebe oder die Schlepper der Nachtklubs. Dr. Barbara war eine kleinere Medienattraktion, die mit ihren Bildern vom Vogelmord in Nachmittags-Talk-Shows und Tiersendungen auftreten durfte. Sie hatte ihre ergebenen Anhänger, aber die Unterstützung der etablierten Umwelt- und Tierschützer blieb ihr versagt.

Das minderte aber nicht ihren Eifer. Sie sprach energisch und engagiert. Die Salzwassergeschwüre waren genauso verheilt wie die Augeninfektion, deren Behandlung mit Antibiotika sie den französischen Ärzten strikt untersagt hatte. Sie wollte nicht mit Medikamenten geheilt werden, die »an hilflosen Tieren und Menschen aus der Dritten Welt« erprobt worden waren. Sie hatte, dank der verschiedenen Wohltätigkeitsessen, auch etwas zugenommen, und das Mikroklima der Fernsehstudios hatte ihr einen attraktiv blassen Teint verschafft.

Neil erinnerte sich, wie zärtlich sie ihn in den Arm genommen hatte, als er in Honolulu aus dem Flugzeug stieg. Da war sie nicht mehr so aggressiv gewesen wie in Saint-Esprit, als er blutend auf der Rollbahn lag und sie den pistolenschwingenden Sergeanten mit dem triumphierenden Blick einer Jägerin angestarrt hatte, die ihre Beute bewacht. Aber trotz all ihrer Anstrengungen wurde ihr Publikum ständig geringer.

Neil massierte seine schmerzende Wade und dachte an die heruntergekommene, exzentrische Frau, die er vor fünf Monaten zum ersten Mal gesehen hatte, als sie mit einem Transparent vor einem Hotel in Waikiki stand und die Türsteher beschimpfte, die sie zu verscheuchen versuchten, weil sie fürchteten, diese Verrückte mit der schrillen englischen Stimme könnte die Gäste verärgern.

Neil war gerade von einem Abschiedsessen mit seiner Mutter und seinem Stiefvater gekommen. Oberst Stamford hatte seine Dienstzeit in Hawaii beendet und sollte an einen Standort in Georgia zurückversetzt werden. Neils verwitwete Mutter hatte er in London kennengelernt, wo sie als Managerin in einem Offiziersklub arbeitete. Neil mochte den liebenswürdigen Amerikaner, der ihn drängte, seinem Leben doch eine neue Richtung zu geben und dem U.S. Marine Corps beizutreten, deshalb war er auch gern der Einladung nach Honolulu gefolgt.

Der Selbstmord seines Vaters hatte ihn schwer getroffen.

Als Röntgenarzt hatte George Dempsey den eigenen Lungenkrebs selbst erkannt und beschlossen, sich umzubringen, solange er noch ohne Schmerzen atmen konnte. Und Selbstmord war ansteckend. Sie solle gut auf ihren Sohn aufpassen, hatte eine taktlose Psychologin Neils Mutter geraten, damit der sich nicht auch noch umbringe. Selbstmordneigung würde oft vom Vater auf den Sohn vererbt wie ein gefährliches Gen. Um Abstand zu gewinnen, verzichtete Neil darauf, Medizin zu studieren. Das Vakuum in seinem Leben füllte er mit Bodybuilding, Judo und Langstreckenschwimmen. Hunderte von Bahnen legte er jede Woche zurück, und obwohl die Wasserpolizei sich bemühte, ihn daran zu hindern, schwamm er bald auch regelmäßig in der Themse von der Chelsea Bridge zur ersten Schleuse in Teddington. Besonders gern schwamm er nachts, wenn die Anstrengung und das dunkle Wasser einen intensiven Rausch erzeugten.

Oberst Stamford mochte den launischen Sechzehnjährigen. Neils kräftiger Körperbau und sein Ehrgeiz, den Kanal bei Nacht zu durchqueren, gefielen dem Amerikaner. Er erzählte dem Jungen von den herrlichen Wellen rund um Hawaii, und als er dann dort war, war Neil von der Strandwelt am Waikiki Beach sofort überwältigt. Seiner Freundin Louise, einer etwas überspannten Musikstudentin, die er sehr vermißte, schickte er Videos, die ihn beim Surfen am Diamond Head zeigten. Die Highschool langweilte ihn. Er fuhr lieber auf den Segeljachten seiner Freunde mit. Dann nahm er eine Beschäftigung als Bademeister an, und schließlich fand er einen Job als Teilzeitfilmvorführer an der Universität, der ihm genügend Zeit ließ, um sich auf ein 30-Meilen-Marathonschwimmen über den Kaiwi-Kanal vorzubereiten, vom Makapuu Head zur Nachbarinsel Molokai.

Als seine Mutter und Oberst Stamford ihm von der Versetzung nach Georgia erzählten, fragte Neil, ob er den Sommer über in Honolulu bleiben dürfe. Zu seiner Überraschung erlaubte es ihm seine Mutter, und Neil wurde plötzlich klar, daß sie auf ihre unbestimmte Art begonnen hatte, sich von ihm zu lösen. Sie war eine ängstliche und leicht zu ermüdende Frau, und sein Boxerkinn und seine breiten Schultern erinnerten sie auf beunruhigende Weise an ihren toten Mann. Neil wurde in einem Zimmer in einem Studentenheim untergebracht und der Abschied mit einem großen Abendessen in Waikiki gefeiert. Anschließend küßte Neil die gepuderte Wange seiner Mutter, ließ sich von seinem Stiefvater herzlich umarmen und marschierte durch die Hotelhalle direkt hinaus in eine strapaziöse, idealistische Traumwelt. Die Welt von Dr. Barbara Rafferty.

Er hatte die ungepflegte Frau in ihrem abgetragenen Baumwollkleid schon beim Hineingehen bemerkt. Sie hockte auf dem Parkplatz zwischen zwei großen Limousinen und wickelte ein Paket aus, und er hatte sie für eine Bettlerin gehalten, die den Delegierten einer Schiffahrtskonferenz ein paar Dollars abschwatzen wollte. Als er zwei Stunden später wieder herauskam, war sie immer noch da. Sie stand neben dem Springbrunnen vor dem Eingang, und als er aus der Tür kam, schwenkte sie ein selbstgemaltes Transparent und rief mit energischer, sehr englischer Stimme: »Rettet den Albatros! Schluß mit der Verseuchung der Weltmeere!«

Noch ehe sie Neil direkt angehen konnte, hatten die Türsteher sich auf sie gestürzt und sie auf den Bürgersteig jenseits der Einfahrt gestoßen. Sie kniete mit hochgerutschtem Rock und weißen Schenkeln neben dem Türpfosten und fuhr sich mit der Hand über das zerschrammte Kinn.

Angezogen von ihrem englischen Akzent half ihr Neil auf die Füße. Sie ließ sich sein Taschentuch geben und wischte sich die zornigen Tränen ab, die ihr übers Gesicht liefen.

»Sind Sie einer der Delegierten?« Sie runzelte zweifelnd die Stirn. »Wenn sie jetzt schon die Kadetten schicken, dann haben sie wirklich was zu verbergen.«

»Nein, ich bin kein Delegierter«, sagte Neil und versuchte

sie zu beruhigen, indem er ihre zitternden Schultern umfaßte, aber sie stieß ihn ärgerlich weg. »Ich habe mich von meiner Mutter und meinem Stiefvater verabschiedet. Er ist Oberst in der U.S. Army.«

»Der amerikanischen Armee? Eine der größten Gefahren für das Überleben der Menschheit.« Sie versuchte ihre Hände zu säubern. »Von denen brauchen Sie sich nicht zu verabschieden. Die haben sich von uns schon lange verabschiedet. Hören Sie, haben Sie einen Wagen?«

»Nein, ich bin mit dem Bus da«, sagte Neil. Aber das war eine Lüge. Der alte Armee-Jeep, den er seinem Stiefvater zuliebe gekauft hatte, stand hundert Meter weiter am Strand, aber Neil hatte keine Lust, sich diese verrückte Engländerin aufzuhalsen. Er hob das Transparent mit der roten Schrift auf und legte es zusammen. »*Rettet den Albatros!*« sagte er. »Muß man die retten?«

»Allerdings! Freut mich, daß Sie den Albatros wenigstens kennen!«

»Albatrosse kennt doch jeder.« Neil zeigte auf den Abendhimmel über Diamond Head. »Das sind sehr verbreitete Seevögel.«

»Nicht mehr lange. Die Franzosen bringen Tausende von ihnen um. Auf Saint-Esprit werden sie systematisch vergiftet.«

»Das ist eine Schande…« Neil versuchte solidarisch zu wirken. »Aber Saint-Esprit ist doch eine Atomversuchsinsel.«

»Das wissen Sie auch? Ich bin beeindruckt.«

Eine Gruppe von Touristen quoll aus dem Hotel und wartete auf ihre Wagen, aber ein Disput zwischen den Fahrern und dem Reiseleiter verzögerte die Abfahrt. Unbehaglich standen sie auf dem Parkplatz. Die Engländerin erkannte ihre Chance, strich sich die blonden Haare zurück und entfaltete ihr Transparent. Ein grimmiges Lächeln erschien auf ihrem Gesicht. Gleichzeitig zog sie ein Bündel Flugblätter aus ihrer

Tasche und drückte sie Neil in die Hand. »Los«, sagte sie. »Die kannst du verteilen! Dir können diese Lakaien nichts tun, du bist Gast im Hotel!«

»Hören Sie, das mit dem Albatros ist wirklich schlimm, aber ich muß weg!« Neil wußte, daß seine Mutter und der Oberst jeden Augenblick aus der Tür kommen konnten, und wollte auf keinen Fall, daß sie ihn bei dieser eigenartigen Demonstration sahen. Als er sich die Flugblätter vors Gesicht hielt, stellte er fest, daß der Albatros-Schutzbund um Spenden bat, dic an seine Generalsekretärin und Schatzmeisterin Dr. Barbara Rafferty geschickt werden sollten. Als Adresse wurde ein Kinderheim in einem der ärmeren Viertel von Honolulu genannt.

»Nun mach schon«, sagte die Frau. »Schau nicht so schüchtern.« Sie schien sich über Neil zu amüsieren. »Hilf mir das Transparent halten, du brauchst nicht über alles so lange nachzudenken. Warum bist du eigentlich so muskulös? Anabolika sind nicht gut für die Hoden. In ein paar Jahren werden deine Freundinnen nicht mehr viel mit dir anfangen können.«

»Anabolika brauch' ich nicht«, sagte Neil und ließ abrupt das Transparent los, dessen rotes Tuch sich der Frau für einen Augenblick ums Gesicht wickelte. »Viel Glück, Mrs. Rafferty.«

»Dr. Rafferty. Du darfst mich Dr. Barbara nennen. So, und jetzt komm her, und wir rufen zusammen: *Rettet den Albatros!*«

Neil ließ sie die gelangweilten Touristen alleine anschreien. Die Umweltschutzbewegungen hatten ihn noch nie interessiert, obwohl er mit den Aktivisten, die sich um die Wale kümmerten oder die Strände zu schützen versuchten, an denen irgendwelche seltenen Schildkröten ihre Eier ablegten, durchaus sympathisierte. Wale und Schildkröten waren schließlich genau solche Langstreckenschwimmer wie er. Aber die Tugendhaftigkeit mancher Tier- und Umweltschützer war oft auch pharisäerhaft und intolerant. Um eine spezifische Form der Lungenentzündung, wie er sie sich nach dem Schwimmen im Severn zugezogen hatte, mit Antibiotika heilen zu können, mußte man die Medikamente eben im Tierversuch testen. Und seine Mutter und seine Freundin Louise würden immer Lippenstift und andere Kosmetika benutzen; da war es schon besser, wenn man ausprobierte, ob die Substanzen krebserregend waren, auch wenn dafür ein paar Kaninchen im Laboratorium starben statt in der Pfanne.

Dennoch hatte die einsame Kampagne dieser englischen Ärztin eine empfindliche Saite in seinem Inneren berührt. Die Abreise seiner Mutter und die Ankunft von Dr. Rafferty schienen irgendwie in Verbindung zu stehen. Neil wußte, daß er sich zu älteren Frauen hingezogen fühlte. Er genoß die Aufmerksamkeit, die er sowohl von der Leiterin des Studentenheims als auch von einer Dozentin an der Filmhochschule erhielt. Zu seiner Überraschung dachte er an Dr. Rafferty, als er auf dem Flughafen seiner Mutter und Oberst Stamford zum Abschied winkte.

Eine Woche später sah er das blutrote Transparent in der Innenstadt von Honolulu am Staketenzaun vor dem Federal Post Office hängen. Eine kleine Menschenmenge hatte sich versammelt und sah zu, wie zwei Polizisten die Stricke durchschnitten. Dr. Rafferty stand daneben und rief ihre Slogans wie eine Vogelscheuche mit eingebauten Lautsprechern. Sie wollte anscheinend verhaftet werden, denn sie gab sich alle Mühe, die Polizisten zu provozieren. Die Passanten interessierten sie offenbar weniger. Ein älterer Herr, der mit seinem schwarzen Anzug ein bißchen wie ein Beerdigungsunternehmer aussah, versuchte sie zu beruhigen, aber sie wehrte ihn ab und hielt statt dessen Ausschau nach einer Fernsehkamera oder wenigstens einem Zeitungsreporter. Aber weit und breit war kein Medienvertreter in Sicht. Die Polizisten beschlagnahmten das Transparent, und einer von ihnen gab ihr einen Schlag auf die Schulter, der sie fast umgeworfen hätte. Ohne sich weiter darum zu kümmern, drehte sich Dr. Rafferty um, ging an Neil vorbei und verschwand in dem mittäglichen Passantenstrom.

Aber sie gab ihre Kampagne natürlich nicht auf. Neil sah sie am Waikiki Beach, wo sie mit Surfern redete; in der Union Street Mall verteilte sie ihre Flugblätter an die Touristen, und ein andermal knöpfte sie sich die Geistlichen vor, die an einer Konferenz im Iolani Palace teilnehmen wollten. Oft allerdings wirkte sie enttäuscht und müde. Ihr Transparent und die Flugblätter trug sie wie eine Obdachlose in einer abgeschabten Leinentasche mit sich herum.

Neil machte sich auf genau dieselbe Art Sorgen um sie, wie er sich in den Wochen nach dem Tod seines Vaters um seine Mutter Sorgen gemacht hatte. Auch seine Mutter hatte sich damals vernachlässigt und Neil so verhätschelt, daß er sich wie der Angehörige einer aussterbenden Art fühlte. Wenn er sich an diese Tage erinnerte, dann bedauerte er den Albatros geradezu, dessen mächtige Schwingen von Dr. Rafferty mit allen möglichen Slogans und ständiger moralischer Erpressung beschwert wurden.

Zu seiner Überraschung stellte Neil fest, daß Dr. Raffertys Kampagne ein Element von Wahrheit innewohnte. Die französischen Behörden in Tahiti hatten den Ureinwohnern von Saint-Esprit tatsächlich verboten, die Insel wieder zu besiedeln. Statt dessen wurde der Flugplatz auf der Insel erweitert. Und in den Zeitungen in Honolulu war mehrmals zu lesen, daß es sich die französische Regierung ausdrücklich vorbehalten habe, die Atomversuche wiederaufzunehmen.

Neil bewunderte die Franzosen insgeheim für ihre Entschlossenheit, ihr Kernwaffenarsenal zu behalten, so wie er auch die berühmten Physiker bewunderte, die im Zweiten Weltkrieg die erste Atombombe gebaut hatten. Neils Vater war in den sechziger Jahren als Radiologe der Royal Air Force in Australien gewesen, wo die Briten in Maralinga ihre Atombomben testeten, und Neils Mutter behauptete schon lang, daß die Krebserkrankung ihres Mannes wahrscheinlich auf die Strahlung zurückzuführen sei, der er damals ausgesetzt war. Und sie hatte sich auch oft genug gefragt, ob ihr Sohn deshalb so introvertiert und schwierig war, weil das Erbgut ihres Mannes verstrahlt war. Einmal war Neil sogar mit einem geliehenen Motorrad zu der Raketenbasis in Greenham Common hinausgefahren. Er hatte an die Marschflugkörper mit den nuklearen Sprengköpfen gedacht, die in den Silos lagerten, und vergeblich versucht, sich bei den wenigen Frauen, die das Friedenscamp noch bewohnten, als potentielles Strahlungsopfer einzuschmeicheln.

Die apokalyptischen Bilder von den Atomversuchen spielten eine wichtige Rolle in seinem Interesse für den pazifischen Raum. Beim Betrachten alter Nachrichtensendungen in der Filmhochschule starrte er ehrfürchtig auf die gewaltigen Explosionen, die Eniwetok und das Bikini-Atoll zu heiligen Orten in der Phantasie des zwanzigsten Jahrhunderts gemacht hatten. Er wagte freilich nicht, irgendwem davon zu erzählen, ja, er hatte sogar Schuldgefühle deswegen, so als ob die Krebserkrankung seines Vaters gewissermaßen rückwirkend darauf zurückgeführt werden könnte, daß Neil so fasziniert von Kernwaffen war.

Was würde wohl Dr. Rafferty zu alledem sagen? Eines Tages, als er gerade in einem Spezialgeschäft in Waikiki eine Unterwasseruhr kaufte, sah er sie draußen auf der Straße mit ihren Flugblättern und Transparenten vorbeigehen. Neil folgte ihr an den zahlreichen Bars und Restaurants vorbei die Straße hinunter. Ab und zu schüttelte sie geistesabwesend und mutlos den Kopf. Schließlich blieb sie vor der Speisekarte einer Cafeteria stehen und ließ ihren gesprungenen Fingernagel über die Preisliste rutschen. Neil nahm all seinen Mut zusammen und sprach sie von der Seite an.

»Dr. Barbara? Darf ich Ihnen ein Sandwich holen? Sie sind sicher sehr müde.«

»Ja, ich bin müde.« Sie schien sich an Neil und sein argloses Wesen zu erinnern und erlaubte ihm, ihre Tasche zu nehmen. »Schau dir diese Stadt an: Kaufen, kaufen, kaufen – und allen ist es egal, daß die wirkliche Welt unter ihren Füßen verschwindet. Ich hab' dich doch schon irgendwo gesehen. Ach, jetzt weiß ich wieder. Anabolika, du bist der Bodybuilder. Ja, du kannst *mich* wieder aufbauen. Laß uns mal sehen, ob die irgendwas haben, was nicht mit Hormonen vollgestopft ist.«

Sie setzten sich an einen Tisch im Freien. Dr. Barbara drückte jedem, der vorbeikam, ein Flugblatt in die Hand, und nachdem sie mit der Kellnerin über die Herkunft der Mayonnaise diskutiert hatte, bestellte sie ein Salat- und Tomaten-Sandwich.

»Fleischprodukte mußt du vermeiden«, sagte sie zu Neil, immer noch nicht ganz sicher, was sie eigentlich mit diesem jungen Engländer sollte. »Die sind voller Antibiotika und Hormone. In den westlichen Industriestaaten kann man schon sehen, daß die Männer immer weiblicher werden – sie haben größere Brüste, fettere Hüften, kleinere Hoden...«

Neil war es zufrieden, sie reden zu lassen und das Sandwich hinter ihren starken Zähnen verschwinden zu sehen. Aus Gründen,die er selbst nicht ganz verstand, gefiel es ihm, sie beim Essen zu beobachten. Ihr rosiges Zahnfleisch, die Muskeln an ihrem Hals, es faszinierte ihn alles. Aus der Nähe betrachtet war Dr. Barbara weit weniger verzweifelt als die Frau, die er mit Türstehern, Polizisten und Touristen hatte streiten sehen. Ihr starker Wille ließ das abgetragene Kleid und das ungepflegte Haar vergessen.

Sie lehnte sich zurück und polierte mit dem Zeigefinger ihre Zähne. »Das hab' ich jetzt gebraucht«, sagte sie. »Für heute hast du deinen Beitrag zur Rettung der Umwelt geleistet.« Sie sah, daß Neil seine neue Unterwasseruhr bewunderte, und fragte: »Was ist das? Eins von diesen sadistischen Computerspielen?«

»Das ist ein Tiefsee-Chronometer. Ich will durch den Kaiwi-Kanal nach Molokai schwimmen.«

»Schwimmen? Das ist doch ziemlich weit. Willst du nicht lieber mit dem Flugzeug fliegen?«

»Das wäre ja keine Herausforderung. Langstreckenschwimmen ist... mein Beruf. Mein Albatros, sozusagen.«

»Ach, ja? Und wen willst du retten?«

Neil zögerte. »Nichts. Es ist schwer zu beschreiben, wie es ist, wenn man nachts in einem Fluß schwimmt.« Und dann übertrieb er ein bißchen. »Ich bin die Themse raufgeschwommen, von der Tower Bridge bis Teddington.«

»Darf man das denn?«

»Nein. Die Wasserpolizei war mit Scheinwerfern hinter mir her. Ich hab' das Licht in den Wellen gesehen.«

»Langstreckenschwimmen – da werden Endorphine massenhaft freigesetzt. Du siehst aber gar nicht so aus, als ob du das brauchtest.« Dr. Barbara schob ihre Flugblätter beiseite. Dieser störrische junge Mann, der ihr da zu Hilfe geeilt war, begann sie zu interessieren. »Wahrscheinlich bist du ein richtiger Fanatiker. Körperlich stark, aber psychisch...? Wann hast du damit angefangen?«

»Vor zwei Jahren, als mein Vater gestorben ist. Der war übrigens auch Arzt. Ich mußte damals einfach eine Weile zu denken aufhören.«

»Sehr vernünftig. Ich wünschte, mehr Leute würden sich so verhalten. Was ist denn mit deiner Mutter?«

»Der geht es gut, jedenfalls meistens. Sie hat einen amerikanischen Oberst geheiratet. Der ist sehr nett zu ihr. Sie sind gerade nach Atlanta zurückgeflogen.«

»Dann bist du also allein in Honolulu und hast dir vorgenommen, den Kaiwi-Kanal zu durchschwimmen. Wissen das deine Eltern?«

»Natürlich. Ich glaube, sie nehmen es nicht so ganz ernst. Es ist ziemlich weit, selbst mit einem Begleitboot. Aber darauf kommt es eigentlich gar nicht an.«

»Worauf kommt es denn an?« Dr. Barbara beugte sich vor und versuchte durch die Haare hindurch, die Neil übers Gesicht hingen, seine Augen zu sehen. »Oder weißt du es gar nicht?«

Neil bedeckte das Zifferblatt seiner Uhr, als müsse er ein Geheimnis bewahren. »Die Leute denken, beim Langstreckenschwimmen sei man allein. Aber nach ein paar Kilometern ist man nicht mehr allein. Das Meer strömt einem direkt durchs Gehirn, und man fängt an zu träumen. Ach, das verstehen Sie doch nicht.«

»Vielleicht doch.« Dr. Barbaras Haltung wurde weniger abweisend. Sie nahm seine Hand zwischen ihre eigenen Hände, als ob sie ihn auf der anderen Seite einer Schwelle begrüßte. »Und du verstehst jetzt vielleicht, warum ich den Albatros retten will.«

Neil spürte den Druck ihrer Finger auf seiner Handfläche, Fingernägel, die nach seiner Herz- und Lebenslinie tasteten. Er spürte ihren frischen, würzigen Atem. Er hatte sich für diese Frau zu erwärmen begonnen. Vielleicht würde sie ja nicht nur den Albatros retten, sondern auch ihn?

»Wenn ich nach Molokai schwimme, könnten Sie da nicht mitkommen? Es ist sicherer, wenn im Begleitboot ein Arzt ist. Haben Sie eine entsprechende Ausbildung?«

»Ich denke schon. Ich war sechs Jahre lang praktische Ärztin in Hammersmith. Aber eigentlich bin ich Gynäkologin, und wenn du nicht zu viele Hormone nimmst, wirst du eine Gynäkologin wohl nicht so schnell brauchen.«

»Mein Vater war Radiologe. Er hat mal ein Röntgenbild meines Schädels gemacht.«

»Na, was er da wohl entdeckt hat?« Dr. Barbara wischte Neil das Haar aus der Stirn. »Hilfst du mir jetzt, da drüben vor dem Reisebüro die Flugblätter zu verteilen?«

»Also... das ist nicht so mein Ding, ich...«

»Na, komm. Es wird dir guttun, wenn du dich mal ein bißchen genierst.«

Sie wartete, während Neil an der Kasse bezahlte, und lächelte in ihrer geistesabwesenden Art, so als hätte sie mehr zu verdauen als bloß ein Sandwich. Neil folgte ihr durch die flanierenden Touristen. Wie alle älteren Frauen hatte sie ihm gegenüber mühelos die Initiative ergriffen. Aber zum Verteilen der Flugblätter war er trotz allem zu schüchtern. Er blieb hinter Dr. Barbara stehen und tat so, als hätte er nichts mit der exzentrischen Ärztin zu tun.

Zu Neils Überraschung gelang es Dr. Barbara offenbar bald darauf, einen ersten Schüler zu rekrutieren. Als er sie das nächste Mal sah, auf der Treppe der Universitätsbibliothek, wurde sie von einem großen, breitschultrigen Hawaiianer Ende Dreißig begleitet, der die Welt mit einer ständigen Verärgerung zu betrachten schien, weil seine Augen leicht nach innen standen. Die Flugblätter verteilte er an die Studenten, als müßte er sie an die fälligen Studiengebühren erinnern. Neil war spontan eifersüchtig auf ihn, weil er irgendwie annahm, daß er Dr. Barbara ganz allein entdeckt hätte.

Der finster blickende Hawaiianer war Kimo, ein langjähriger Umweltschützer, der gegen die Atomversuche und für einen konsequenten Artenschutz kämpfte. Früher war er Sergeant bei der Polizei von Honolulu gewesen, aber nachdem er an einer Demonstration für ein unabhängiges Königreich Hawaii teilgenommen hatte, zwangen ihn die Behörden, den Dienst zu quittieren. 1985 war Kimo auf der *Rainbow Warrior* mitgefahren, als Greenpeace die Ureinwohner von Rongelan, einer kleinen Insel hundert Meilen östlich des Bikini-Atolls, evakuierte. Viele der Inselbewohner waren von radioaktiver Asche verseucht worden, die nach der Explosion der 15-Megatonnen-Wasserstoffbombe am 1. März 1954 das Atoll überzogen hatte. Dreißig Jahre danach gab es hier immer noch überdurchschnittlich viele Totgeburten und Leukämieerkrankungen. Die *Rainbow Warrior* setzte die Inselbewohner auf dem Kwajalein-Atoll ab und fuhr dann nach Neuseeland weiter, wo sie im Hafen von Auckland von französischen Agenten versenkt wurde.

Kimo hatte Dr. Barbara von der Gefährdung der Albatrosse auf Saint-Esprit erzählt und ihr seine Ersparnisse für ein neues Flugblatt angeboten, auf dem man einige der toten Vögel neben einer riesigen Rollbahn mit brandneuen Atombombern sah. Sein Engagement ermutigte Dr. Barbara, die Hoffnung nicht aufzugeben, und jetzt wollte auch Neil nicht länger zurückstehen, sondern beteiligte sich etwas regelmäßiger an der Arbeit der kleinen Gruppe. Wenn Dr. Barbara durch Hotelhallen und Warenhäuser streifte, um ihre Botschaft zu verkünden, marschierte Kimo als Bodyguard neben ihr, während Neil im Hintergrund auf die Flugblätter aufpaßte. Für Kimo war Neil nicht viel mehr als Dr. Barbaras Chauffeur. Der Hawaiianer war mehr als einen Kopf größer als Neil, und wenn er ihm den neuesten Befehl der Chefin übermittelte, starrte er über den Jungen hinweg, als ob der gar nicht da wäre.

Neil fuhr den Jeep, holte die Flugblätter in der Druckerei ab und half beim Transparentemalen. Trotzdem konnte er sich an Komos Gegenwart nicht gewöhnen. Und was er von Dr. Barbara halten sollte, wußte er nach wie vor nicht. Er war sich nicht einmal sicher, ob sie wirklich Ärztin war.

Das änderte sich allerdings an dem Abend, als Kimo bei einer Schlägerei vor einem Billard-Salon leicht verletzt wurde. Neil fuhr ihn zu Dr. Barbaras Apartment im Kinderheim, und sie versorgte ihn fachmännisch mit dem Verbandszeug, das sie in ihrer alten ledernen Arzttasche hatte. Während sie mit Jod und Schere hantierte, sah Neil sich neugierig um. Die winzige Wohnung war schmutzig. Auf der Frisierkommode stapelten sich die Flugblätter, und auf dem Bett lagen ungebügelte Kleider. Vom Fenster aus sah man auf einen Hinterhof voller Feuerleitern, kaputter Möbel und leerer Bierkästen.

Warum arbeitete Dr. Barbara hier als besseres Kindermädchen, statt ihren medizinischen Beruf auszuüben und einer anerkannten Umweltschutzgruppe beizutreten? Es war

Neil schon aufgefallen, daß die Greenpeace-Leute und andere Aktivisten sie auf Abstand hielten. Man konnte fast den Eindruck gewinnen, als ob sie ihrer Albatros-Kampagne nicht so recht trauten und etwas ganz anderes dahinter vermuteten.

Neil dagegen engagierte sich immer mehr für den großen weißen Vogel. »Rettet den Albatros« war ein Slogan, der dem Leben irgendwie Sinn gab. Als Dr. Barbara ihm zwei Monate später sagte, sie und Kimo würden demnächst nach Saint-Esprit fahren, ging Neil automatisch davon aus, daß er mitfahren würde.

Der letzte heliumgefüllte Ballon segelte hinaus aufs Meer, die Protestversammlung ging dem Ende entgegen. Auch im Krankenhaus hörte man die Sprechchöre deutlich. Neil preßte sein Gesicht in die Kissen, versuchte die Schmerzen in seinem Bein zu ignorieren, die immer noch jede Stunde auftraten. Dann starrte er wieder auf den Bildschirm, wo Dr. Barbara offensichtlich dabei war, ihre Rede zu beenden. Ihre Kiefer spannten sich, die blonden Haare flatterten im Wind, sie hob die Arme, und man sah die dunklen Flecken unter ihren Achseln. Sie schien entschlossener und glücklicher denn je. Konnte man an ihrer Ernsthaftigkeit zweifeln? Es war eine müßige Frage. Wenn sie die Gefühle ihres Publikums so überzeugend manipulierte, dann glaubte sie auch, was sie sagte.

Andererseits war Neil inzwischen fest überzeugt, daß sie ihre Verhaftung durch die französischen Behörden auf Saint-Esprit von vornherein einkalkuliert hatte. Natürlich hatte sie nicht wissen können, daß es Kimo gelingen würde, die Verhaftung zu filmen und mit der Kamera zu entkommen. Kimos letzte Minuten auf der Insel, als er am Waldrand im Farn kniete und filmte, wie Neil von dem Sergeanten zu Boden gestreckt wurde, hatten sich als wahrer Glücksfall erwiesen. Die Bilder waren von zahllosen Fernsehsendern in aller Welt gekauft und abgespielt worden. Damit hatte Dr. Barbara nicht rechnen können, aber ohne die Videokamera, die Oberst Stamford seinem Stiefsohn geschenkt hatte, wären sie wahrscheinlich nicht auf die Insel gefahren, davon war Neil überzeugt. Die französische Regierung beteuerte zwar, man habe nicht die Absicht, die Atomversuche wiederaufzunehmen, und schon gar nicht auf Saint-Esprit, aber Dr. Barbara und die Albatros-Kampagne waren mit solchen Dementis jetzt nicht mehr zu stoppen. Während Neil und Dr. Barbara in Papeete festgehalten wurden, bildeten sich in Paris und London Komitees zu ihrer Verteidigung, Spenden wurden gesammelt und Protestmärsche organisiert.

Als Dr. Barbara zwei Wochen später nach Honolulu zurückkehrte, war sie die neue Heldin der Umweltschützer. Aber ihre innersten Beweggründe blieben für Neil genauso im dunkeln wie seine eigenen.

3
Die Dugong

Zwei Tage vor seiner Entlassung aus dem Krankenhaus lernte Neil den neuen Medienstar von einer anderen Seite kennen.

Von einem anonymen Bewunderer erhielt er mit den besten Genesungswünschen die neueste Ausgabe von *Paris-Match*, in der ein weiterer Bericht über ihre Protestfahrt nach Saint-Esprit stand. Zu seinem Entsetzen stellte Neil fest, daß seine Mutter ein altes Familienfoto zur Verfügung gestellt hatte, das ihn im Alter von vier Jahren in einem Plastik-Planschbecken zeigte. Er wollte die Illustrierte schon in den Papierkorb werfen, als ihm ein anderes Gesicht auffiel. Zwischen den Bildern von toten Albatrossen und Kameratürmen war eine grobkörnige Vergrößerung eines alten Pressefotos zu sehen. Es zeigte eine deutlich jüngere Dr. Barbara im Jahre 1982.

In einem strengen schwarzen Nadelstreifenkostüm verließ sie mit gesenkten Blicken das Verwaltungsgebäude des General Medical Councils in London, nachdem sie gerade ihre Approbation verloren hatte und aus der Liste der praktizierenden Ärzte gestrichen worden war. Ein cleverer französischer Journalist, dessen Gedächtnis wahrscheinlich vom französischen Geheimdienst ein bißchen aufgefrischt worden war, hatte die alte Geschichte aus den Archiven gefischt.

Dr. Barbara Rafferty hatte in England vor Gericht gestanden, und zwar wegen Mord. Zwei krebskranke Patientinnen in einem Krankenhaus in Hammersmith waren durch ein Schlafmittel von ihrem Leiden erlöst worden. Dr. Barbara hatte ihnen die tödliche Mischung aus Zyankali, Chloroform und Morphin ganz offen gegeben, mit Zustimmung, wie sie behauptete, der Patientinnen und ihrer Verwandten. Wie sich zeigte, waren aber doch nicht alle Verwandten gefragt worden. Die Schwester einer Verstorbenen hatte das Testament angefochten und Anzeige gegen Dr. Barbara erstattet.

Die Polizei beschlagnahmte die Patientenkarteien des Krankenhauses und fand heraus, daß Dr. Barbara schon vorher sechsmal Sterbehilfe geleistet hatte. Sie bestritt das auch gar nicht. Sie habe in jedem einzelnen Falle nach längeren Beratungen im Krankenhaus die schriftliche Einwilligung der Patienten eingeholt, sagte sie. Auf eigenen Wunsch der Patienten habe sie ihren Schmerzen ein Ende bereitet und ihnen damit geholfen, ihre Würde und Selbstachtung auch im Tod zu bewahren.

Dr. Barbara wurde wegen Totschlags in acht Fällen zu zwei Jahren auf Bewährung verurteilt. Eine Unterstützergruppe von Ärzten und Verwandten sammelte Geld für sie, aber auch der Berufungsprozeß ging verloren. Bei einem Interview vor dem Gerichtsgebäude sagte sie, ihr Verhalten gegenüber sterbenden Patienten werde auch in Zukunft von ihrem Gewissen diktiert werden. Diese kaum verhüllte Drohung war es, die den General Medical Council letztlich veranlaßte, sie aus dem Ärzteverzeichnis zu streichen. Es folgte eine öffentliche Debatte, in der sie einige spektakuläre Fernsehauftritte hatte, aber ihre Entschiedenheit und Leidenschaftlichkeit trugen ihr auch den Ruf der Selbstgerechtigkeit ein. Von ihrem Fanatismus befremdet, hatten auch die engsten Kollegen sich abgewandt. Nachdem sie nicht mehr praktizieren durfte, war sie in die Industrie gegangen. Sechs Monate lang war sie medizinische Leiterin einer Firma, die sich um die Entwicklung eines Kondoms für Frauen bemühte, dann ging sie ins Ausland. Es folgten Jahre des Exils in Malawi, Südafrika und Neuseeland, wo sie immer wieder ohne Zulassung arbeitete, bis sie von irgend jemandem angezeigt wurde. Erst nach zehn Jahren war sie in Honolulu zur Ruhe gekommen.

Jetzt hatte sie den Naturschutz entdeckt und widmete sich mehr dem Leben als dem Tod. Geradezu benommen von seinen Erkenntnissen betrachtete Neil das Foto in der Illustrierten. Dr. Barbaras schmales, angespanntes Gesicht hätte auch zu einer Kriegsverbrecherin oder Psychopathin gepaßt. Dennoch spürte Neil eine starke Sympathie für die verurteilte Ärztin. Es wurde ihm bewußt, daß sie auch einmal jung gewesen war, und er fragte sich, was wohl die junge Dr. Barbara von ihm gehalten hätte. Oder davon, was sie jetzt geworden war: eine Halbverrückte, die davon träumte, die französische Marine mit einem einzigen bösen Blick zu vertreiben.

Als sie ihn am Nachmittag besuchte, ließ Neil die Illustrierte offen auf dem Nachttisch liegen. Dr. Barbara fegte mit erhobenen Armen herein und hätte Schwester Crawford fast das Tablett aus den Händen gestoßen. Sie stürmte ans offene Fenster, als ob nur der Himmel groß genug wäre, um ihre Erregung zu fassen.

»Neil, wir haben es geschafft!«

»Wie meinen Sie das, Dr. Barbara?«

»Du wirst es nicht glauben. Ein Traum ist wahr geworden. Aber wie geht es dir überhaupt?« Sie nahm Neils Krankenunterlagen vom Fuß des Bettes und musterte sie mit kritischem Blick. »Gut. Wie es scheint, haben sie keinen großen Schaden angerichtet. Zu viele Medikamente, wie üblich. Und zu viele Untersuchungen. Wahrscheinlich glauben sie, du bist schwanger. Wie geht's dir denn?«

»Gut.« Zu seiner Überraschung lächelte Neil. »Bloß ein bißchen langweilig.«

»Das bedeutet, daß du hier rauskannst. Es gibt viel zu tun, und wir haben nicht viel Zeit.«

Er ließ es zu, daß sie seine Wange streichelte. Sie setzte sich zu ihm aufs Bett und sah ihn mit unverhüllter Freude an. Wenn sie mit Neil allein war, reduzierte sie normalerweise das Volumen ihrer öffentlichen Persönlichkeit etwas. Der Junge schien das Bedürfnis nach Intimität bei ihr zu wecken. Aber heute ließ sie ihrer Begeisterung freien Lauf.

»Hör zu, Neil – endlich haben wir, worauf wir schon so lange warten! Ein Schiff!«

Neil griff nach ihren hocherhobenen Händen und drückte sie zusammen, um sie zu beruhigen. »Großartig, Doktor! Aber ich bin völlig außer Form! Vor Oktober kann ich nicht nach Molokai schwimmen.«

»Schwimmen? Nein, davon rede ich nicht. Wir fahren wieder nach Saint-Esprit! Wir haben ein richtiges Schiff – die *Dugong*. Sie ankert im Hafen von Honolulu.«

»Nach Saint-Esprit?« Neil hatte das Gefühl, die Sehnen in seinem zerschossenen Fuß bis in die Fingerspitzen zu spüren. »Sie wollen zurück auf die Insel? Die werden Sie umbringen, Doktor.«

»Ach was!« Dr. Barbara glättete die Bettdecke, als ob sie das schäumende Meer beruhigen müsse. »Ich arbeite schon so lange dafür. Diesmal haben wir die ganze Welt hinter uns. Da werden die Franzosen schon zuhören müssen.«

Unfähig sitzen zu bleiben, sprang Dr. Barbara auf und rannte zum Fenster. Sie starrte hinaus, als stünde sie schon auf der Brücke des Schiffes. Verblüfft hörte Neil sie von einem milliardenschweren Wohltäter reden, der sich ihrer Albatros-Kampagne angeschlossen habe. Es handelte sich um Irving Boyd, einen introvertierten fünfunddreißigjährigen, einsiedlerisch lebenden Computeringenieur aus Palo Alto, der kürzlich seine Softwarefirma an einen japanischen Konzern verkauft hatte und jetzt in Hawaii lebte.

Neil hatte ihn einmal bei einem seiner seltenen Fernsehauftritte gesehen. Mit seiner runden Brille und mehreren Drehbleistiften und Kugelschreibern in der Brusttasche wirkte Boyd wie ein Schuljunge, der viel Science-fiction gelesen hatte und nie erwachsen geworden war. Er widmete sich ganz dem Artenschutz und hatte sich auf seltene Meeressäugetiere wie Rundschwanz-Seekühe spezialisiert. Sein großes Aquarium in Oahu beherbergte das einzige Paar der Welt, das sich in Gefangenschaft fortgepflanzt hatte. Beeindruckt von Dr. Barbaras Armut und Engagement hatte er ihr zunächst mit Spenden geholfen und ihr später kostenlos ein Büro mit Telefon zur Verfügung gestellt, das sich praktischerweise in seinem privaten Fernsehsender in Honolulu befand. Sein wichtigstes Geschenk aber war die *Dugong*, ein 300 Tonnen großes Fischerboot aus Alaska, das er zu einem schwimmenden meeresbiologischen Laboratorium ausbauen wollte.

»Aber als erstes wird uns die *Dugong* nach Saint-Esprit bringen.« Dr. Barbara blies sich die blonden Haare aus dem Gesicht. »In drei Wochen geht es los – das ist zwar nicht lange, aber ich will den Druck aufrechterhalten. Mit dir und Kimo und Irvings Fernsehteam wären wir zehn. Wir werden unser Reservat einrichten, ganz egal was die Franzosen machen.«

»Die werden das Schiff torpedieren! Denken Sie doch an die *Rainbow Warrior*. Die haben sie mitten im Hafen von Auckland gesprengt.«

»Das werden sie nicht noch einmal wagen!« Dr. Barbara vergaß, daß sie nicht vor einer Fernsehkamera stand, und steigerte ihre Entrüstung, bis ihr die Knöpfe fast von der Safari-Bluse platzten. »Neil, die ganze Welt wird dabeisein. Wir werden eine Satellitenantenne an Bord haben, die uns direkt mit dem Sender in Honolulu verbindet. Stell dir das vor! Alle werden sehen, wie wir diese tote Atomwaffeninsel besetzen und der Menschheit zurückgeben. Das zwanzigste Jahrhundert war eine einzige kriminelle Vergeudung. Im Jahr 2000 werden wir dem nächsten Jahrtausend wenigstens einen kleinen Teil dessen zurückgeben, was zerstört wurde und wir wieder zum Leben erweckt haben. Es ist ein wunderbarer Traum, Neil, und dank Irving können wir ihn jetzt endlich realisieren.«

Dr. Barbara starrte hinaus aufs weit entfernte Meer, und ihre Brust hob sich. Dann drehte sie sich abrupt um. Ihre Augen glitten über die Blumensträuße und Genesungswünsche und blieben schließlich an der Illustrierten auf dem Nachttisch hängen. Ohne große Überraschung betrachtete sie die Fotos im *Paris-Match*.

»Ach, ja. Irving hat mir erzählt, daß sie diese Geschichte wieder aufgewärmt haben. Es mußte ja irgendwann herauskommen, besser jetzt als später. Es hat ihn nicht gestört.«

Dr. Barbara blätterte ein bißchen in der Illustrierten und warf sie dann in den Papierkorb. Erst als ihr bewußt wurde, daß Neil auf eine Erklärung wartete, sagte sie: »Damals war ich schrecklich naiv, viel zu idealistisch.«

Neil hatte die Knie unter der Bettdecke fast bis zum Kinn hochgezogen, und sie sprach mit ihm, wie man mit einem verängstigten Kind redet.

»Ich dachte damals, ich könnte Gutes tun, aber die Leute wollten das nicht glauben. Vor allem die Richter und die Geschworenen nicht. Es beunruhigt die Leute, wenn man etwas nicht aus Eigennutz tut. Nichts provoziert sie mehr als idealistisch motivierte Aktionen.«

»Und die Patienten?« Neil suchte nach einer höflichen Formulierung seiner Frage. »Haben Sie die wirklich … umgebracht?«

»Nein.« Dr. Barbara schien verblüfft. »Die waren doch längst gestorben. Die hatten längst aufgegeben. Nur ihre wunden Körper voller Geschwüre machten noch weiter. Ich hab' sie zur Ruhe gebracht.«

»Dann haben Sie also doch…«

»Neil…« Dr. Barbara lächelte geduldig. »Ärzte müssen vieles tun, wovon die Leute lieber nichts wissen wollen. Diese Patienten standen wenige Minuten vor ihrem Tod, aber grausamerweise war die Uhr stehengeblieben. Ich habe sie lediglich wieder in Gang gesetzt. Alte Frauen brauchen viel Pflege, aber sie werden meist noch rücksichtsloser behandelt als alte Männer. Stell sie dir vor: müde, erschöpft, inkontinent, von Metastasen zerfressen. Atmen können sie nur noch im Sitzen, und wenn du sie anfaßt, schreien sie bei der kleinsten Berührung vor Schmerzen. Was ich getan habe, habe ich ganz offen getan, denn ich wußte, daß es richtig war. Auch der Richter hat nicht gewagt, mich ins Gefängnis zu schicken…«

Als ob es ihr zu mühselig sei, sich vor diesem jungen Mann rechtfertigen zu müssen, wandte Dr. Barbara sich den Blumensträußen zu, die neben dem Fenster standen. Jenseits der leuchtenden Chrysanthemen und Gladiolen schien sie ein Königreich zu sehen, wo sie keine pharisäerhaften Anschuldigungen ertragen mußte und der Albatros für immer ungefährdet über ihr kreisen würde. Ein dünner Schweißfilm, so blaß wie die Hoffnung, überzog ihre hohe Stirn.

»Ich habe dich berühmt gemacht, Neil.« Sie zeigte auf die von Kinderhänden und jungen Leuten gemalten Genesungswünsche. »Sie alle lieben dich.«

Neil bewegte seinen verletzten Fuß und zählte seine Zehen unter der Bettdecke. »Wahrscheinlich würden sie mich noch mehr lieben, wenn ich sterben würde – das würde den Albatros richtig retten.«

»Neil…« Dr. Barbara schüttelte den Kopf über seinen Zynismus. »Denk doch mal, wie stolz dein Vater jetzt auf dich wäre. Denkst du noch manchmal an ihn?«

»Andauernd. Nur meine Mutter versucht ihn zu vergessen – das ist auch der Grund, weshalb sie sich…«

»Ein bißchen von dir zurückzieht? Das mußt du verstehen. Bei der Trauerarbeit muß man sich erinnern, aber man muß auch vergessen. Manchmal ist es dasselbe. Wann erwartet sie dich in Atlanta?«

»Nächsten Monat. Aber vielleicht bleibe ich noch etwas länger hier.«

»Nun ja, wir fahren in drei Wochen. Du kannst es dir überlegen. Kimo und ich hätten gern, daß du mitkommst. Wir brauchen jemanden in deinem Alter, der anderen jungen Leuten ein Vorbild sein kann, damit sie auch in das Reservat kommen. Früher oder später werden sie die Insel von uns übernehmen. Es ist zwar kein Kreuzzug, aber eine Art Staffellauf der Generationen. Wirst du mitkommen?«

»Na ja… es könnte auch sein, daß da ein Atomversuch stattfindet. Ich werde darüber nachdenken müssen.«

»Gut. Ich habe mich immer auf dich verlassen, Neil. Wenn du älter bist, werden wir uns sehr nahestehen…«

Der ruhige, aber bestimmte Tonfall der Ärztin und die kaum verhüllte Drohung, die sich hinter diesem Versprechen verbarg, ließen Neil in den Tagen der Genesung am Swimmingpool nicht mehr los. Das Krankenhaus hatte er, überschüttet mit guten Wünschen und Neckereien der Krankenschwestern, mit geröteten Wangen verlassen und sich von Dr. Barbara in seinem Jeep ins Studentenheim fahren lassen. Von dort aus war die Ärztin allerdings sofort zum Hafen weitergefahren. Die Umbauarbeiten auf der *Dugong* waren in vollem Gange. Die Kabinen und die Kombüse wurden neu eingerichtet, und die Geräte für die Satellitenkommunikation mußten eingebaut werden.

Neil hatte versprochen, sobald wie möglich mitzuhelfen, aber insgeheim hatte er beschlossen, nicht an der Expedition teilzunehmen. Schon jetzt wurde der ehemalige Trawler von Reportern belagert, die ausführlich die Vorbereitungen für die Protestfahrt beschrieben, mit der Frankreich einer der letzten militärischen Außenposten seines ehemaligen Weltreichs streitig gemacht werden sollte. Das Verteidigungsministerium in Paris hüllte sich in Schweigen. Es wurde weder bestätigt noch dementiert, daß in Saint-Esprit Atomwaffenversuche stattfinden würden. Gleichzeitig kündigte Paris aber an, man werde jedes Schiff aufbringen, das in die Sperrzone rund um die Insel einzudringen versuche.

Statt sich um Saint-Esprit zu kümmern, widmete sich Neil wieder seinen eigenen abenteuerlichen Plänen. Aber der monatelange Aufenthalt im Krankenhaus hatte seine Bein- und Schultermuskeln weich werden lassen, und als er seine ersten zwanzig Längen im 50-Meter-Becken des Universitäts-Sportklubs hinter sich hatte, war er so erschöpft, daß er Mühe hatte, am flachen Ende aus dem Wasser zu kommen. So würde er es nie schaffen, die vierzig Kilometer durchs offene Meer nach Molokai zu schwimmen. Um wieder in Form zu kommen, mußte er wochenlang hart trainieren. Jeden Morgen um sechs stand er auf, fest entschlossen, sich schrittweise wieder auf hundert Längen täglich zu steigern und nicht an Dr. Barbara, den Albatros und Saint-Esprit zu denken.

Aber während er auf den Seekarten der U.S. Navy die Strömungen im Kaiwi-Kanal studierte, fielen ihm doch immer wieder die Ärztin und ihre leidenschaftlichen Ausbrüche ein. Er wollte sie unbedingt noch einmal sehen, ehe sie abreiste, denn er war sich bewußt, daß es vielleicht das letzte Mal war. Die Vergangenheit der Ärztin verblaßte in seinem Gedächtnis wie eine alte Zeitung im Keller. Auch von ihren neuen Anhängern hatte sich kaum jemand abschrecken lassen, als die Tötung der Patienten bekannt wurde. Das moralische Klima hatte sich gewandelt, und Sterbehilfe galt nicht mehr als völlig undenkbar. Auch im *Paris-Match* war die Vorstellung von »Dr. Tod« in »Dr. Leben« begrüßt worden. Natürlich war jedes Leben kostbar, aber der Albatros und die Rundschwanz-

Seekuh erschienen vielen Leuten jetzt wichtiger als manches menschliche Leben.

Vor allem aber vermißte Neil den starken Willen, die rauhe und zugleich zärtliche Persönlichkeit der ehemaligen Ärztin. Er erinnerte sich, wie sie ihn auf der Fahrt nach Saint-Esprit herumkommandiert hatte und wie ihre Finger manchmal über seine Brust geglitten waren und das unsichtbare Braille des Begehrens auf seiner Haut buchstabiert hatten. Dann wieder dachte er an die brutalen französischen Militärpolizisten mit ihren Gummiknüppeln und überlegte verzweifelt, wie er ihr die Fahrt auf die Insel ausreden könnte.

Gleich am ersten Sonntag nach seiner Entlassung aus dem Krankenhaus fuhr er mit dem Jeep zum Hafen und schlich sich im Schutz der zahllosen Touristen in die Nähe der *Dugong*, die an der Mole hinter dem Fährhafen lag. Der hohe Bug des ehemaligen Fischkutters zeigte bereits hinaus aufs offene Meer. Auf einer Stahlplattform unterhalb der Brücke war eine Satelliten-Schüssel installiert. Am Kai stand ein militärisch aussehendes Fahrzeug, und auf der Gangway waren Männer in Tarnanzügen zu sehen.

Neil humpelte im Gedränge der Touristen über den Kai. Er hoffte, die Behörden hätten unter dem Druck der französischen Regierung beschlossen, das Schiff zu beschlagnahmen, ehe es auslaufen konnte. Aber als er das vermeintliche Militärfahrzeug erreichte, fand er einen Mann mit glattrasiertem Schädel und Banditenschnauzbart hinter dem Lenkrad. Am Kragen seiner Uniformjacke waren Abziehbilder einer Seekuh und eines Weißen Hais zu sehen, und die Tür des Jeeps trug ein großes rundes Wappen mit der Aufschrift: *Wild-Water Kingdom Inc. Live and Love – an Irving Boyd Planetary Project.*

Neil erreichte die Gangway, vorbei an Dutzenden von Kisten mit Zelten und Campingausrüstung, mit Fotolampen, silbernen Schirmen, makrobiotischer und vegetarischer Kost und einem tragbaren Ozean von Mineralwasser. Kapitän Wu, ein drahtiger Hongkong-Chinese mit weißen Shorts, knielangen Socken und Schirmmütze betrachtete gelassen das Treiben.

Neben ihm auf der Brücke stand Irving Boyd, der Software-Genius und Philanthrop; seine blassen, hinter einer gewaltigen Brille versteckten Augen nahmen jedes Detail wahr. Als er Neil unschlüssig am Fuß der Gangway stehen sah,winkte er leicht mit der Hand wie ein geistesabwesender Papst, der seine Gläubigen segnet.

»Fall nicht ins Wasser, Neil!« rief Dr. Barbara, die gerade aus der Kabine unter der Brücke getreten war. Sie wartete neben der Gangway und packte ihn energisch am Arm, als er mit seinem gefühllosen Fuß von einer der ausgetretenen Querleisten abrutschte. Sie schien überrascht und erfreut, ihn zu sehen. Die gekräftigten Muskeln an seinen Oberarmen umfaßte sie mit der Zufriedenheit einer Bauersfrau, die einen Preisbullen mustert.

»Neil, wir haben dich schon vermißt. Kommst du mit uns?«

»Dr. Barbara, ich wollte ...«

»Gut. Ich wußte es ja.« Sie trat einen Schritt zurück und umarmte ihn dann heftig. Er spürte, wie starke Hände seinen Brustkasten und seine Schulterblätter umfaßten und unter den kräftigen neuen Muskeln nach den wohlvertrauten Knochen suchten. »Ohne dich hätten wir auch gar nicht fahren können.«

»Dr. Barbara ...« Neil wischte sich ihren Lippenstift von der Stirn. »Was ist mit der französischen Marine? Die warten doch bloß auf Sie ...«

»Keine Sorge! Der Wind hat sich gedreht.« Sie studierte eine Namensliste. »Eine Kabine für dich suchen wir später. Jetzt mußt du erst mal unsere neue Freundin Monique Didier kennenlernen.«

Stolz legte sie ihren Arm um Neils Schulter, als eine energische, dunkelhaarige Frau im weißen Overall das Deck betrat und einen Eimer schmutziges Seifenwasser ins Meer schüttete.

»Monique ist Chefstewardeß bei Air France«, sagte Dr. Barbara. »Sie hat alles aufgegeben, um mit uns fahren zu können. Und dieser launische junge Mann, Monique, ist Neil Dempsey, der Marathonschwimmer. Meine rechte Hand.«

»Ja, natürlich. Ich hab' dich im Fernsehen gesehen.« Monique lächelte und machte eine tiefe Verbeugung. Dann reichte sie Neil die Hand, als berührte sie eine Ikone. »Ich weiß alles über die Reise nach Saint-Esprit. Für mich bist du wirklich ein Held.«

Trotz des freundlich ironischen Tonfalls errötete Neil. Bei ihren Besuchen im Krankenhaus hatte Dr. Barbara ihm mehrfach von Monique erzählt. Die etwa fünfunddreißigjährige Monique war die Tochter des bekannten französischen Schriftstellers und Biologen René Didier, der zu den ersten französischen Tierschutzaktivisten gehört hatte. Zusammen mit ihrem Vater hatte sie ein Schutzgebiet für die letzten Bären in den Pyrenäen eingerichtet. Jahrelang hatte sie sich mit den Protesten und Beschimpfungen der Schafzüchter auseinandersetzen müssen, die sich über gelegentlich getötete Schafe und die bärenfreundliche Berichterstattung in der Presse aufregten. Die ständigen Angriffe hatten sie empfindlich und reizbar gemacht, was von den Erster-Klasse-Passagieren auf den Langstreckenflügen Paris – New York und Paris – Tokio bald übel vermerkt wurde. Nach mehreren Verwarnungen verlor die Air France die Geduld und entließ sie.

Auch Neil fühlte sich in Gegenwart ihrer scharfen Zunge nicht besonders wohl, aber Monique schien sich über seine Ankunft ehrlich zu freuen. Er war müde nach dem langen Weg auf der Mole und hätte sich gern auf die Plattform der Satellitenschüssel gesetzt, aber die ehemalige Stewardeß ließ nicht locker. Sie schaute ihn so gierig an, als hätte sie am liebsten gleich seinen Sitzgurt festgezurrt und ihm ein Tablett mit Plastikfutter auf den Schoß gestellt.

»Wirklich schön, daß du mitkommst«, sagte sie und schenkte Neil einen ebenso bewundernden wie abschätzenden Blick. »Wir müssen ja schnell an Land kommen, und du kennst den Geheimweg zum Flugplatz.«

»Nun ja, so geheim ist er nun auch wieder nicht...« Neil wurde bewußt, daß Dr. Barbara die Insel offenbar stark mystifiziert hatte. »Und was ist mit Kimo?«

»Kimo ist natürlich dabei. Aber wir dürfen ihn nicht in Gefahr bringen.« Monique schüttelte empört ihren Eimer. »Die französischen Offiziere sind so rassistisch. Sie würden ihn bei der erstbesten Gelegenheit erschießen.«

»Auf mich haben sie auch geschossen.«

»Das werden sie bestimmt nicht noch mal tun!« sagte Monique mit zornig gerunzelter Stirn. »Du bist ein Symbol, Neil. Das Fernsehen ist ein Schutzschild, das keine Kugel durchdringt. Nicht wahr, Barbara?«

»Gewiß, Monique«, sagte Dr. Barbara beruhigend. »Hoffen wir, daß gar nicht erst geschossen wird.«

Die vielen Interviews, die er im Krankenhaus gegeben hatte, waren offenbar nicht ohne Wirkung geblieben, stellte Neil fest. Er war zu einer Symbolfigur der Bewegung geworden und wurde hochgehalten wie der Kopf eines abgeschlachteten Bisons. Auch dem Kapitän und Irving Boyd wurde er von Dr. Barbara mit großer Geste vorgestellt. Fast so, als ob es ihre eigene Glaubwürdigkeit steigerte, daß er auftauchte.

Der Computeringenieur begrüßte Neil mit einem ernsten Kopfnicken. Die Augen hinter seinen dicken Brillengläsern blinzelten wie ein Alarmsystem.

»Wir haben für dich gebetet, Neil«, sagte er mit seiner weichen texanischen Stimme. Er schien seinen eigenen Worten zu lauschen, als enthielten sie einen verborgenen Code. »Als sie auf dich geschossen haben, hielt der Planet den Atem an. Ich glaube, sogar die Seekühe haben gebetet.«

»Ich habe für den Albatros gebetet, Mr. Boyd.«

»Jeder betet für den Albatros. Ich hoffe sehr, du beteiligst dich an unserem Projekt?«

»Bis jetzt hat mich noch niemand dazu aufgefordert. Wird das eine Fernsehserie?«

»Irving spricht vom Reservat Saint-Esprit«, sagte Dr. Barbara. »Ich glaube, das wird hohe Einschaltquoten bringen.«

»Wir brauchen dich, Neil.« Boyds Augen hatten sich mit der ganzen Demut eines Filmregisseurs, der gerade einen neuen Christus unter seinen Statisten entdeckt hat, an Neils Gesicht festgesaugt. »Wir haben für dich eine Hauptrolle.«

»Na ja, vielleicht... Ich verstehe nicht viel von der Schauspielerei. Ich kämpfe immer noch mit der Realität.«

»Realität? Ich bitte dich. Die ist öffentlich-rechtlich. Nein, nein! Ich rede vom ersten privaten ökologischen Satelliten, Neil. Wir werden dich und Dr. Barbara in jedes Haus auf der Welt senden!«

Als Boyd seine Pläne umriß, wurde Neil schnell klar, daß ihr Geldgeber die ganze Expedition nach Saint-Esprit in erster Linie als Test für eine Fernsehserie ansah. Aber noch ehe er seine Meinung dazu äußern konnte, schob ihn Dr. Barbara eine Treppe hinunter ins Innere der *Dugong*.

»Kein Wort, Neil! Vergiß nicht, er leiht uns das Schiff!«

Neil freute sich, daß sie ärgerlich auf ihn war. Ein paar Minuten in Dr. Barbaras Gegenwart waren anregender als hundert Runden im Pool.

»Die *Dugong* ist doch bloß eine Kulisse, Dr. Barbara. Genau wie die Attrappe der *Bounty*. Dieser Kerl macht aus allem bloß Fernsehen.«

»Kann schon sein. Aber vor allem kontrolliert er den Aus-Knopf. So, und jetzt möchte ich, daß du Professor Saito und seine Frau kennenlernst. Und keine Witze über Atombomben, bitte.«

Ein junges japanisches Ehepaar unterbrach seine Arbeit in der Kombüse und verbeugte sich vor Neil. Die beiden Botaniker aus Tokio waren erst am Vortag eingetroffen. Um sich in den Dienst von Dr. Barbaras Vision zu stellen, hatten sie alles aufgegeben, einschließlich ihrer Stellen an der Universität. Mitgebracht hatten sie zwei kleine Koffer, ein Nylonzelt und zwei Klappstühle. Sie waren wie zwei Kinder, die Campingferien am Strand machen wollten. Das synchrone Lächeln, mit dem sie Neil zur Begrüßung bedacht hatten, stand immer noch auf ihren Gesichtern, als er die *Dugong* eine Stunde später wieder verließ, nicht ohne Dr. Barbara zu versprechen, daß er bald zurückkehren und bei den Vorbereitungen zur Abfahrt helfen würde.

Während er noch über die naive Mannschaft der *Dugong* nachdachte, hatte Neil seinen Jeep erreicht. Er war so verwirrt, daß er sich beim Einsteigen den Kopf anstieß und einen Bluterguß holte. Er war fest überzeugt, daß er einen Weg finden mußte, um Dr. Barbara und ihr Narrenschiff daran zu hindern, Honolulu zu verlassen. In den nächsten Tagen hörte er viel Radio, auch wenn er seine Runden im Pool drehte. Das Interesse der Medien an der *Dugong* war nach wie vor groß. Und seit ein cleverer Andenkenhändler die großen weißen Flügel, die Kimo auf die Bordwand des Trawlers gemalt hatte, zu einem Flügel-und-Wellen-Emblem fortentwickelt hatte, das Buttons und T-Shirts zierte, sah man es überall in der Stadt.

Jeden Nachmittag fuhr Neil zum Hafen hinunter und hoffte, daß französische Agenten das Schiff inzwischen versenkt hätten. Dr. Barbara war meist nicht anwesend, sie veranstaltete regelmäßige Demonstrationen vor dem französischen Konsulat und sammelte Spenden. Kapitän Wu und seine Mannschaft, die aus sieben Filipinos bestand, waren weiterhin damit beschäftigt, die *Dugong* mit Treibstoff, Proviant und frischem Wasser zu versorgen, und wurden dabei von Irving Boyd beobachtet, der einsam an Deck herumirrte und wie Poseidon von seinem nassen Königreich der Weltmeere träumte.

Am Kai hatte eine Gruppe von *New Age*-Hippies Posten bezogen, die mit einem Transparent gegen Vivisektion protestierten. Sie rasselten mit ihren Tamburinen und tanzten zwischen den Ständen der Händler herum, die Luftballons und Umweltschutzartikel an die Touristen verkauften. Zeitweilig ließ sich sogar Irving Boyd davon mitreißen und wippte ein bißchen zum Rhythmus der Tamburine. Er lud die Gruppe ein, an Bord zu kommen, wo sie um den verblüfften Kapitän herumtanzten und eine pseudo-religiöse Zeremonie vor der Satellitenschüssel veranstalteten.

Jedesmal, wenn er das Schiff und die verrückten Passagiere sah, war Neil sich ganz sicher, daß es niemals auslaufen würde. Aber eine Woche nach seinem ersten Besuch lernte er noch drei weitere Expeditionsmitglieder kennen, und danach war er fest überzeugt, daß die *Dugong* nicht nur Honolulu verlassen, sondern den Franzosen auch direkt vor die Kanonen und Gewehre fahren würde.

Irving Boyds Botschafter in Saint-Esprit sollten die australische Fernsehregisseurin Janet Bracewell, ihr amerikanischer Kamera- und Ehemann Mark und der indische Tontechniker Vikram Pratap werden. Aus der Entfernung sollten sie die Expedition und etwaige militärische Abwehrmaßnahmen der Franzosen filmen und live nach Honolulu übermitteln, wo Boyds Fernsehsender wartete, um alles via Satellit weltweit zu verbreiten. Sie hatten bereits damit begonnen, die Reporter und Tierschützer an Bord des Schiffes zu filmen und die Filipinos nach ihrer Einstellung zu Atomtests und Umweltschutz zu befragen.

Angelockt von den Fernsehkameras verwandelten zahllose Besucher die Abfahrtsvorbereitungen in eine tagelange Party. Passanten plünderten die Vorratskisten auf dem Kai und machten ein paar von den gespendeten Weinflaschen auf. Wenn Dr. Barbara und Monique am Abend aus der Stadt zurückkamen, trafen sie auf tanzende Touristen am Kai. Die Öko-Banner flatterten in der Brise, die Tamburine rasselten, und sanfter Haschgeruch hing um die chinesischen Lampions. Dr. Barbara war entzückt von dieser festlichen Atmosphäre. Ein- oder zweimal tanzte sie sogar mit Monique, während Kapitän Wu auf der verdunkelten Brücke auf und ab ging und Kimo mit seinen Farbtöpfen zornig im hohen Bug der *Dugong* hockte.

Aber Kimo war nicht der einzige, den Dr. Barbaras nachsichtiger Umgang mit ihren undisziplinierten Anhängern verblüffte und irritierte. Von der Pier des Fährhafens aus beobachtete Neil mehrfach einen weißhaarigen, hochgewachsenen Amerikaner Anfang Vierzig, der neben einem Mietwagen am Kai stand. Er wurde stets von seiner Frau gefahren und traf meist gegen drei Uhr nachmittags ein. Während seine Frau mit unbeweglicher Miene hinter dem Lenkrad sitzen blieb, stieg er aus und starrte eine unbequeme Dreiviertelstunde lang auf das Schiff. Der Anblick der unbewachten Lieferungen auf dem Kai und der drei Schlauchboote auf einem Anhänger schien ihn zu irritieren. Er ging um den Wagen herum, wischte die Rotweinspritzer von den Schlauchbooten und schien erst zufrieden, wenn die Filipinos wieder an die Arbeit zurückkehrten. Manchmal schrie er auch die Touristen an, die auf dem Kai herumwuselten, riß sich aber rasch wieder am Riemen und wedelte bloß mit den Armen. Es sah aus, als ob er auf dem Tennisplatz eine schwierige Rückhand versuchte.

Neil vermutete, daß der Mann überlegte, ob er sich der Expedition anschließen solle. Bei seinem vierten Besuch begegnete er Dr. Barbara, die gerade ihren letzten Arbeitstag im Kinderheim hinter sich hatte. Er vermied allerdings ihren Blick, als sie mit raschen Schritten an ihm vorbeiging, und beugte sich statt dessen zu seiner geduldig im Auto sitzenden Frau hinunter. Aber noch ehe die etwas sagen konnte, hatte er sich mit einem nervösen Zucken der Schultern schon wieder aufgerichtet, folgte Dr. Barbara zur *Dugong* und zählte ihre Schritte laut mit. Er hielt seine Arme hoch über den Köpfen der japanischen Touristen und kletterte mit blanken Augen die Gangway hinauf. Seine Zweifel waren offenbar überwunden.

Neil erfuhr bald, daß es sich bei dem Amerikaner um David Carline handelte, den letzten Freiwilligen, der sich der Expedition anschloß. Er war der Eigentümer einer kleinen pharmazeutischen Fabrik in Boston und hatte gerade in Honolulu Ferien gemacht, als er von Dr. Barbara und ihrer Rettungsaktion für Albatrosse gehört hatte. Seine Firma war seit eh und je im Besitz der Familie und exportierte ihre Produkte vor allem in die Dritte Welt. Auch aus diesem Grund hatte Carline oft wochen- oder monatelang Urlaub gemacht, um sich amerikanischen Missionaren anzuschließen, die in Brasilien oder im Kongo predigten. Er hatte in Missionsschulen Vorträge gehalten und bei Freiluft-Gottesdiensten die Laienpredigt gehalten. Er war reich und intelligent und bereit, hart zu arbeiten. Er war der erste vernünftige Mensch an Bord der *Dugong*.

Neil konnte ihn von Anfang an nicht leiden. Als er sah, wie der Amerikaner seinen teuren, weitgereisten Koffer an Bord hievte, wußte er gleich, daß dieser erfahrene Unternehmer die Disziplin auf dem Schiff wiederherstellen, Dr. Barbaras chaotisches Gemüt ordnen und dafür sorgen würde, daß die *Dugong* pünktlich auslief. Und richtig, schon einen Tag später hatte Carline die stellvertretende Leitung der Expedition übernommen. Sowohl Monique als auch Dr. Barbara waren nur allzugern bereit, jemandem zu folgen, der organisatorisches Geschick besaß. Kapitän Wu, der eine verwandte Seele in ihm erkannte, begrüßte ihn gern auf der Brücke, und auch Irving Boyd war froh, ihm die Aufsicht überlassen zu können, und zog sich in die Stadt zu seinem Fernsehsender zurück.

Als erstes sorgte Carline dafür, daß die Bracewells ihre Kameras abstellten. Freundlich bat er sie, den anderen Expeditionsmitgliedern zu helfen, die sich bemühten, die silberhäutigen Schlauchboote an Bord zu bringen. Dann veranlaßte er die Besatzung, die Kisten im vorderen Laderaum neu zu ordnen, die chaotisch durcheinanderlagen. Sobald die Kameras weg waren, verschwanden auch die Touristen und mit ihnen die Andenkenstände. Auch die *New Age*-Hippies mochten nicht länger bleiben. Jetzt konnten sie damit beginnen, den restlichen Proviant einzuladen, und auch Kimo verließ seinen Thron, um das straffe neue Regime zu unterstützen.

Neil wurde von Carline mit einem prüfenden Händedruck herzlich begrüßt. Die Feindseligkeit des jungen Mannes übersah der Amerikaner vernünftigerweise.

»Neil, du bist der Grund, warum ich hier bin! Wir sind stolz auf dich und was du getan hast!« Er machte eine Handbewegung in Richtung seines Wagens, der am unteren Ende der Gangway geparkt war. »Auch meine Frau bewundert dich. Jedenfalls mehr als mich. Ich würde dich gern mit ihr bekannt machen. Wenn du ihr erzählst, warum du nach Saint-Esprit gefahren bist und dich mit den Franzosen angelegt hast, versteht sie vielleicht auch, warum ich jetzt mitfahre.«

»Warum fahren Sie denn mit?«

»Das ist schwer zu sagen, Neil. Wahrscheinlich werde ich es erst wissen, wenn ich in Saint-Esprit bin. Natürlich möchte ich den Albatros retten, aber es steckt noch mehr dahinter. In gewisser Weise möchte ich Dr. Barbara retten. Die Welt braucht solche Leute wie sie. Leute, die an ihre Sache glauben und auch an die Menschen. Viel zu lange haben wir so getan, als würden wir diesen Planeten bald für immer verlassen, als wäre die Erde ein aus der Mode gekommener Ferienclub. Wir brauchen viel mehr Saint-Esprits. Ich habe Dr. Barbara und dich im Fernsehen gesehen und bin sofort hierhergefahren. Aber reden wir nicht über mich. Kannst du schon wieder arbeiten? Kimo möchte die Außenbordmotoren an Bord holen.«

Den ganzen Tag über, während sie die schweren Motoren im Laderaum verstauten, beobachtete Neil den Amerikaner, der wirklich ein Alptraum an guter Laune und Integrität war.

Er erinnerte Neil an den Kaplan des Internats in England, das er besucht hatte: engagiert und verständnisvoll, immer bereit, beim Rugby-Training den ersten Angriff zu starten. Nach einer Affäre mit der Frau des Sportlehrers hatte der Kaplan gekündigt, und auch Neil sah in Carline vor allem einen Rivalen bei Dr. Barbara.

»Kimo hat mir erzählt, daß du den Kaiwi-Kanal durchschwimmen willst«, sagte Carline, als sie sich umgeben von den Schlauchbooten und Motoren im Laderaum ausruhten. »Das ist eine lange Strecke. Glaubst du, daß du das schaffst?«

»Wahrscheinlich nicht. Aber es ist auf jeden Fall einen Versuch wert.«

»Das ist die richtige Einstellung. Das zeigt, daß du kein Tagträumer bist. Was hältst du denn davon, nach Saint-Esprit zurückzukehren?«

»Es ist gefährlich...« Neil verschwieg, daß er sich vorgenommen hatte, in Honolulu zu bleiben. »Die Franzosen haben Patrouillenboote und eine Korvette.«

»Du bist vorsichtig, das ist sehr vernünftig. Aber vergiß nicht, vor der französischen Kugel hattest du auch keine Angst.«

»Weggerannt bin ich, als ich getroffen wurde!«

Carline mußte lachen. »Nun, zumindest davor hattest du keine Angst.«

Während er Carline half, die Motoren zu vertäuen, dachte Neil darüber nach, daß es recht einfach gewesen wäre, die *Dugong* zu sabotieren. Kapitän Wu hatte sich mit Boyd und Dr. Barbara darüber unterhalten, was sie tun würden, wenn das Schiff beschossen werden sollte: Wenn sie sich in der Lagune befanden, würden sie den Trawler auf Grund laufen lassen, wenn sie außerhalb des Atolls waren, würden sie ihn aufs Riff setzen. Die Flutventile im Lade- und Maschinenraum waren unbewacht, und nachts schliefen außer der Mannschaft nur die Saitos an Bord. Carline übernachtete mit seiner Frau in einem Hotel in Waikiki, Dr. Barbara und Monique hatten Zimmer in Honolulu. Auf dem Kai allerdings patrouillierten ein paar französische Studenten, die aus Tahiti gekommen waren, weil sie gegen den Beschluß ihrer Regierung, die Atomversuche wiederaufzunehmen, protestieren und verhindern wollten, daß die Agenten des Deuxième Bureau irgendwas gegen die *Dugong* unternahmen. Sie saßen um eine Kerosinlampe neben der Gangway und verteilten Flugblätter an nächtliche Passanten. Außerdem hatten sie eine Wache in einem Schlauchboot ausgesetzt, die das Schiff vom Wasser her im Auge behielt.

Die Kabine, die Neil mit Carline und dem indischen Tontechniker teilen sollte, war eine enge Stahlschachtel mit drei übereinanderliegenden Kojen, nur sechs Stufen vom Laderaum entfernt. Die Filipinos schliefen hinten neben dem Maschinenraum und würden Neil hören, wenn er sich dort zu schaffen machte, aber ein einziges offenes Flutventil würde genügen, um die *Dugong* auf den Grund des Hafenbeckens zu schicken.

Aufmerksam verfolgte Neil die Fernsehnachrichten und erwartete eigentlich jeden Morgen zu hören, daß der französische Geheimdienst die *Dugong* genauso wie seinerzeit die *Rainbow Warrior* versenkt hätte. Dann wäre es ihm erspart geblieben, Dr. Barbara zu verraten, aber zu seinem Bedauern geschah nichts. Ende Juni, eine Woche vor der geplanten Abreise, packte er schließlich eine Tasche mit genügend Kleidung und persönlichen Habseligkeiten, um jedermann zu überzeugen, daß er mitfahren würde.

Als er zum Hafen kam, sank schon die Dämmerung über das Wasser. Die französischen Freiwilligen dösten in ihren Liegestühlen am Kai, und ihre Anti-Atom-Transparente wehten im Scheinwerferlicht der *Dugong*. Neil verstaute seine Reisetasche in der Kabine und klinkte probehalber die unverschlossene Tür zum Laderaum auf. Dann ging er zu Professor Saito und seiner Frau in die Kombüse und wurde zu ihrer bescheidenen makrobiotischen Mahlzeit eingeladen. Anschließend diskutierten sie in der Kabine der Saitos noch eine Weile über den Schaden, den die rücksichtslose Industrialisierung nach dem Krieg der japanischen Natur zugefügt hatte.

Professor Saito war ein schlanker, ernsthafter Mann, der nicht viel älter wirkte als Neil. Seine Kabine war vollgestopft mit Forschungsberichten und Lehrbüchern über die zahllosen gefährdeten Arten auf dieser Welt, die der leidenschaftliche Biologe offenbar im Alleingang zu retten und zu klassifizieren versuchte. Er hatte begonnen, das Insektenleben an Bord der *Dugong* zu untersuchen, und hatte dabei festgestellt, daß die Zahl der Ratten in der Bilge unterdurchschnittlich niedrig war und immer noch abnahm.

Mrs. Saito war eine zierliche, aber energische Frau mit kräftigen Händen, die Neil fast die Arme ausgerenkt hatte, als sie ihn begrüßte. Sie war ihrem Mann sehr ergeben und bewachte ihn wie ein erfahrener Trainer seinen begabten Nachwuchsboxer. Über ihre Eßstäbchen hinweg beobachtete sie Neil mit aufmerksamen Blicken. Einmal berührte sie seinen Arm, als wolle sie sich überzeugen, daß er wirklich keine Strahlungsschäden auf seiner Haut hatte. Sie sagte, sie wollten stellvertretend für alle Kernwaffenopfer seit dem Zweiten Weltkrieg nach Saint-Esprit fahren.

»Wir können den Albatros retten, Neil«, sagte sie.

»Natürlich können wir das, Mrs. Saito«, sagte er, war sich aber nicht ganz sicher, ob ihre Äußerung eine Frage gewesen war oder nicht.

»Wenn wir den Albatros retten, helfen wir den Geistern der Menschen von Hiroshima.«

»Den Toten?«

»Ja, denen auch. Sie leben im Albatros weiter.«

Professor Saito nahm einen Schluck Sake. »Er ist Englands heiliger Vogel, nicht wahr? Das Totem-Tier?«

»Ja. In gewisser Weise ...«

»Es ist ein wunderschöner Vogel. Ist Saint-Esprit auch schön?«

»Ja, das ist es«, versicherte Neil. »Es hat eine sehr eigenartige Atmosphäre, wissen Sie. Es gibt da diese vielen tollen Türme.«

»Türme?« Professor Saito richtete sich aufmerksam auf. »So etwas wie... Obelisken? Steintürme mit religiösen Inschriften?«

»Nein. Kameratürme. Aus Beton. Sie sind für die Atomversuche...«

Neil versuchte sich wieder zu beruhigen, aber das Schweigen, das seinem begeisterten Ausbruch gcfolgt war, hielt an, bis er schließlich aufstand und die Kabine der Saitos verließ. Die nächsten beiden Stunden verbrachte er auf dem Kai, wo er mit einer ernsten amerikanischen Computer-Wissenschaftlerin sprach, die für die Franzosen Kaffee kochte. Um Mitternacht kletterte er wieder die Gangway hinauf und ging zu seiner Kabine. Er setzte sich neben die offene Tür. Aus der Kabine der Saitos drangen eigenartige kratzende Geräusche. Neil starrte durch das salzverkrustete Bullauge auf die Lichter von Waikiki auf der anderen Seite des Hafens.

Zum ersten Mal fragte er sich, ob er wohl den Mut aufbringen würde, das Flutventil aufzudrehen und Dr. Barbaras Träume auf den Grund des Hafenbeckens zu schicken. Ein halber Meter Wasser im Laderaum würde schon genügen, um die Abreise tage- oder wochenlang zu verzögern, und in der Zwischenzeit konnte Irving Boyd sich die Geschichte noch einmal überlegen.

Die französischen Studenten träumten in ihren Liegestühlen, und der Duft von Cannabis zog über das stille Schiff. Neil machte ein paar leise Schritte und öffnete langsam die Tür zum Laderaum. Vorsichtig tastete er nach dem Flutventil und begann das Rad zu drehen. Nichts rührte sich. Während er seine Muskeln spannte, um das eingerostete Gewinde in Bewegung zu setzen, schwor er sich, Dr. Barbara für alles zu entschädigen, was er jetzt tun mußte. Er würde alles für sie tun, er würde sogar dafür sorgen, daß sie wieder als Ärztin arbeiten konnte.

Plötzlich fegten Scheinwerfer über das Schiff und beleuchteten den Ladebaum, der wie ein Galgen über dem Vorschiff aufragte. Auch unten im Laderaum wurde es heller. Neil hörte, wie die Saitos sich in ihrer Kabine bewegten, kletterte so leise wie möglich über die öligen Sprossen der Leiter hinauf und versteckte sich hinter der Satellitenschüssel an Deck. Er hörte die Studenten auf dem Kai, verstand aber nicht, was sie sich zuriefen. Irgend jemand stürmte die Gangway herauf. Ein Taxi kam den Kai heruntergerast. Das unregelmäßige Pflaster ließ die Scheinwerfer wippen. Als er die *Dugong* erreichte, bremste der Fahrer abrupt. Dr. Barbara verließ den Wagen und kam auf das Schiff zu.

Eine Welle der Erleichterung überflutete Neil. Er wußte jetzt, daß er fähig war, das Schiff zu versenken, aber sicher nicht, solange Dr. Barbara an Bord war. Er stand auf und ging ihr entgegen. Als sie auf der Gangway stolperte, faßte er sie an den Händen und fing sie auf. Ihr Haar war ungekämmt, sie keuchte, und ihr Lippenstift war verschmiert, als hätte ein ungestümer Liebhaber sie gerade aus seinen Armen entlassen.

»Neil, Gott sei Dank, daß du da bist. Ich wußte, daß ich mich auf dich verlassen kann.«

»Dr. Barbara, was ist los? Hat man Sie überfallen?«

»Uns alle haben sie überfallen!« Dr. Barbara starrte wie eine Irrsinnige hinaus in die Nacht, als könne sie ihre Blicke nicht konzentrieren. »Die Franzosen haben den Vereinten Nationen mitgeteilt, daß sie ihre Atomversuche am 15. Juli wiederaufnehmen wollen!«

»Am 15. Juli ...?« Neil versuchte ihre zitternden Hände zur Ruhe zu bringen, die wie verstörte Vögel flatterten. »Aber dann hat es ja gar keinen Sinn mehr zu fahren, Dr. Barbara! Wir kommen ja gar nicht mehr rechtzeitig hin!«

»Doch, Neil. Wir schaffen es. Wenn wir gleich morgen früh losfahren.« Sie umarmte ihn mit ihren starken Armen und preßte seinen Kopf an ihre heiße Brust. »Stell dir das vor, Neil! Sie zünden eine Atombombe. Jetzt mußt du einfach mitkommen…«

4
Die Landung

Ein kompliziertes Ballett, eine allzuoft geübte Vorstellung, die kaum je vom routinemäßigen Szenario abwich, wiederholte sich zu Wasser und in der Luft. Im Hintergrund erhoben sich die düsteren Kulissen von Saint-Esprit. Auf der höchsten Erhebung hockte eine Gewitterwolke wie ein mürrischer Geist, während die auf dem schwarzen Lavastrand ausrollende Brandung einen weißen Saum bildete. Die See war ruhig, aber ihre Oberfläche war vom Kielwasser der Boote in zahllose Streifen zerschnitten. Die Choreographie der täglichen Angriffe und Gegenangriffe ließ sich darauf ablesen wie auf einer Generalstabskarte.

Breitbeinig stand Neil im schwankenden Vorschiff. Die Satellitenschüssel, die gerade die Nachmittagsvorstellung für die wartende Welt nach Honolulu übermittelte, schützte ihn vor der Gischt. Das einzige, was noch fehlte, fand er, war eine Barke mit einem großen Orchester im stillen Wasser über dem Riff. Die beiden Schlauchboote, gesteuert von Kimo und Carline, kreuzten dem französischen Versorgungsschiff *Champlain* in halsbrecherischen Manövern vor dem Bug hin und her und versuchten den Franzosen den Weg in die Lagune zu versperren. Getrieben von ihren starken Außenbordmotoren, sprangen die Boote mit den aufgemalten weißen Albatrossen immer wieder hoch in die Luft und schienen für Sekunden fast senkrecht über den Wellen zu stehen. Erneut gab der müde französische Kapitän dem Maschinenraum einen neuen Befehl.

Seit einer Stunde hatte die *Champlain* jetzt schon vergeblich versucht, in den Zufahrtskanal einzulaufen, und Neil vermutete, daß er Befehl hatte, eine Kollision mit den kleinen Booten auf jeden Fall zu vermeiden. Er ließ eine Rauchbombe hochgehen, die der zweisitzige Hubschrauber, der sie umkreiste und die Schlauchboote in die scharfkantigen Riffe zu treiben versuchte, zu einem rußigen Nebel verrührte. Kimo und Carline wendeten auf der Stelle und brausten wie antike Wagenlenker durch den künstlichen Dunstschleier. Sie drehten eine schnelle Runde um die *Dugong*, von Dr. Barbara und den anderen triumphierend bejubelt, und kehrten dann mit schäumender Bugwelle zu ihrem Angriffsziel zurück.

Aber der französische Kapitän hatte die Gelegenheit, in den Kanal einzulaufen, verpaßt. Er ignorierte die Schlauchboote, ließ die Maschinen rückwärts laufen und suchte in der Dünung nach dem richtigen Ausgangspunkt für einen erneuten Versuch. Der Hubschrauber stürzte sich auf die *Dugong*. Neil klammerte sich an die Streben, mit denen die Antenne festgemacht war, und um Bracewells Kamera etwas zu bieten, schwenkte er mit der Rechten seine Machete. Tatsächlich hatte der Pilot schon zweimal versucht, ein langes Seil aus der Luft um die Satellitenschüssel zu schlingen. Er würde sie nicht herunterreißen, das würde Neil auf jeden Fall verhindern.

Der Abwind der Rotorblätter schlug ihm ins Gesicht und riß ihm fast den albatrosverzierten Anorak von den Schultern. Mark Bracewell stand auf der Brücke hinter Kapitän Wu und richtete, gestützt von seiner Frau, seine Kamera auf den Hubschrauber, während Pratap, der Tontechniker, mit seinem Richtmikrofon die häßlichsten Motorengeräusche aufzufangen versuchte. Monique verfluchte den blonden Piloten bei jedem neuen Anflug, aber ihre üblen Drohungen gingen im Getöse unter. Schließlich feuerte sie eine Leuchtrakete auf ihn ab, als er nach einer letzten Runde über die aufgewühlte See zum Landeplatz auf Saint-Esprit zurückkehrte.

Jetzt gab es die übliche, einstündige Unterbrechung, in der sich die Welt auf ein anderes Nachrichtenthema einstellen konnte. Auf Zuruf von Janet Bracewell drehte Neil der Kamera sein Gesicht zu, damit die Übertragung ein ordentliches Abschlußbild hatte. Er hoffte, daß seine Freundin Louise in England die Bilder sehen würde, wenn sie abends aus dem Konservatorium kam, und daß seine Mutter in Atlanta sich über die Machete in seiner Hand nicht allzusehr aufregen würde.

Kapitän Wu stand mit ausdruckslosem Gesicht auf der Brücke neben dem Rudergänger, und man konnte nur ahnen, daß er die unseemännischen Vorgänge rings um sein Schiff zutiefst mißbilligte. Dr. Barbara hingegen war so aufgekratzt wie ein Filmproduzent, der sieht, daß die Dreharbeiten endlich in Gang kommen. Was ja auch zutraf. Andererseits waren alle an Bord sich darüber im klaren, daß der sportliche Wettkampf sehr schnell gefährlich werden konnte. Ein brutales Ende war jederzeit möglich. Alle gingen davon aus, daß die geplanten Atomversuche bald stattfinden würden. Bei ihrer Ankunft vor Saint-Esprit hatte Neil die alten Kameratürme mit dem Fernglas genau inspiziert, um zu sehen, ob sie wieder aktiviert worden waren, und seither wartete er darauf, daß eine grelle Explosion von siedendem Wasserdampf aus der Lagune aufstieg.

Natürlich hätten ein paar gezielte Schüsse von Bord der *Champlain* genügt, um die Schlauchboote zu versenken. Aber bislang hatten sich die Franzosen, aus was für politischen oder diplomatischen Gründen auch immer, an das Drehbuch gehalten.Sie hatten der *Dugong* gestattet, sich der Insel zu nähern, und sahen auch dem Wasserballett der Schlauchboote zu, als ob dieser Pas-de-deux von ihnen selbst bestellt worden wäre. Am späten Nachmittag würde die Korvette *Sagittaire* kommen und den Trawler aus der Dreißigmeilenzone eskortieren. Zum Abschied morsten ihnen die Franzosen immer noch eine ausgewählte Obszönität nach, über die Monique sich so aufregen konnte, daß sie sich in ihre Kabine zurückziehen mußte.

Das Arrangement paßte allen. Die einen konnten ihre nationale Würde verteidigen, die anderen kriegten bei minimalem Risiko jede Menge Fernsehen. Aber jetzt stand eine abrupte Änderung des Skripts bevor, und die Franzosen waren nicht konsultiert worden. Das Deck schwankte unter Neils Füßen, und sein verletzter Zeh schmerzte. Die Nerven waren immer noch empfindlich, stellte er fest. Drei Monate war es jetzt her, daß er verwundet worden war. Wenn Dr. Barbara sie ernsthaft provozierte, würden die Franzosen sicher wieder schießen.

»Kommst du, Neil?« rief Monique von der Brücke herunter, während sie sich ihre Schwimmweste umschnallte. »Wir fahren jetzt.«

»Ich bleibe hier.«

»Aber wir brauchen dich auf der Insel, Neil. Das macht sich besser im Fernsehen.«

»Ihr könnt euch ja auch anschießen lassen.«

»Wie du willst...« Monique entblößte ihre großen Zähne und schien sich zu fragen, ob Neil ein Feigling geworden war. »Du brauchst mehr Ruhe, Neil. Diese ewigen Träume von der Atombombe...«

An Steuerbord, außer Sicht der Ferngläser auf der *Champlain*, lag eins von Irving Boyds schnellsten Motorbooten. Der mächtige Motor vibrierte beinahe lautlos im Leerlauf wie ein ungeduldiger Bluthund. Die Sitze waren mit Leuchtraketen, Zündern und Molotowcocktails beladen, die Carline und Professor Saito aus Äther, Palmöl und Benzin gemixt hatten. Die Frau des Professors saß bereits im Boot und streichelte nachdenklich die aus den Glaszylindern heraushängenden Wattestreifen. Die Zerstörungskraft unter ihren Fingerspitzen schien sie zu erregen. Monique kletterte über die Gangway nach unten und flüsterte irgendeine Verwünschung, als sie den Blick auf den stummen Strand richtete.

Die Atom-Insel verkörperte alles, was diese Frauen fürchteten und verabscheuten. Oft genug hatten sie Neil in der Kombüse in die Zange genommen und ihm von den Mißbildungen erzählt, die bei den Schildkröten von Eniwetok auftraten, dem heiligsten Ort, den sich Neil vorstellen konnte. Einer der Filipinos drosselte den Motor des Rennboots, als der Auspuff die weiße Außenwand der *Dugong* bespritzte. Neben den Bracewells und ihrem Toningenieur hockte Professor Saito, sein schmales Gesicht schien fast unter der Kapuze seines Anoraks zu verschwinden. Wenn er mehr als zwei Meter von den Fachzeitschriften und Jahrbüchern in seiner Kabine entfernt war, wirkte der Biologe immer sehr nervös. In den Händen hielt er einen Tonkrug mit menschlicher Asche, den ihm die Wächter des Beinhauses in Hiroshima anvertraut hatten. Er hoffte, diese Urne in den Dünen von Saint-Esprit beisetzen zu können, unmittelbar neben der Stelle, wo die toten Albatrosse lagen.

Neil war heilfroh, daß er sich geweigert hatte, Dr. Barbara bei der Landung auf Saint-Esprit zu begleiten. Eben verließ sie das Brückenhaus. Mit ihrer dicken Schwimmweste über der Regenjacke sah sie aus wie ein Wochenend-Soldat bei einem Kommando. Sie winkte Neil zu. Er half ihr auf die Gangway, und sie kletterte mit zitternden Knien die glitschigen Stufen hinunter. Fast hätte sie das Stirnband mit dem Albatros-Emblem verloren.

»Dr. Barbara, warum…?«

»Was ist, Neil?« Sie hatte ihr Gleichgewicht wiedergewonnen, lächelte ihn so warm und freundlich an wie seit langem nicht mehr und streckte einen Arm hoch, um nicht von der schwankenden Bordwand der *Dugong* getroffen zu werden. »Mach dir keine Sorgen!«

»Wir könnten doch noch warten, einen Tag oder vielleicht eine Woche. Vielleicht räumen die Franzosen die Insel.«

»Wir können nicht länger warten, Neil. Wir müssen auf die Insel. Wenn nicht, verliert die Welt das Interesse an uns. Aber du mußt an Bord bleiben. Du hast genug getan, um die Albatrosse zu retten. Versprich mir, daß du nicht an Land zu schwimmen versuchst.«

»Dr. Barbara…« Neil zeigte auf die Molotowcocktails, die sich die Frau des Professors zwischen die Schenkel geklemmt hatte. »Wenn nur eine einzige Kugel das Boot trifft, gehen Sie alle in die Luft. Die Saitos kennen die Franzosen nicht.«

Dr. Barbara streckte eine Hand aus und tippte ihm aufs Kinn. »Wir müssen an Land gehen. In zehn Tagen müssen wir nach Honolulu zurück. Wir müssen etwas vorweisen können, um Irving zu zeigen, daß wir es ernst meinen.«

»Aber der meint es doch selber nicht ernst!« Neil mußte schreien, denn im Hintergrund ertönten plötzlich die Sirenen der *Champlain*. »Was wir hier tun, ist doch alles bloß Fernsehen für ihn…«

»Ich weiß, Neil. Aber das ist unsere letzte Chance. Vertrau mir…«

Das Kielwasser schäumte, als das Motorboot davonschoß. Die Besatzung duckte sich hinter dem Mann am Steuer. Die beiden Schlauchboote kreuzten immer noch mit heulenden Motoren vor dem Bug der *Champlain* wie zwei angriffslustige Terrier. Das Versorgungsschiff war ein bißchen abgetrieben und lag jetzt etwa fünfhundert Meter vor dem Eingang der Zufahrt. Der Kapitän setzte Feuerwehrschläuche gegen die Schlauchboote ein, und Carline und Kimo wurden total durchnäßt, als die Franzosen sie mit ihren Wasserkanonen beschossen. Das Motorboot blieb völlig unbeachtet, als es am äußeren Rand des Korallengürtels bis zu der Stelle glitt, wo Kimo einen zweiten Kanal durch die Riffe entdeckt hatte.

Sollte er vielleicht tatsächlich an Land schwimmen? Neil starrte über die Reling auf die Wellen hinunter, die sich überschlugen, auf den Rücken rollten und auf ihn zu warten schienen. Er hatte das Gefühl, daß Dr. Barbara ihm diesen Floh absichtlich ins Ohr gesetzt hatte. Sie wollte Neil wohl gern an Land mit dabeihaben, wollte aber nicht verantwortlich für ihn sein. Vielleicht würden die Franzosen diesmal höher zielen. Eine Verschärfung der Auseinandersetzung war schon in den letzten Tagen zu spüren gewesen. Die *Sagittaire* hatte den Trawler beinahe gerammt, als sie ihn aus dem Sperrgebiet eskortierte, der kommandierende Offizier des Enterkommandos hatte Kapitän Wu mit physischer Gewalt gedroht, und seine Unteroffiziere hatten Kimo herumgestoßen und geschlagen. Dr. Barbara und Monique waren mit Megafonen niedergebrüllt worden, als sie vor der Kamera der Bracewells einen Kommentar zu dem Überfall geben wollten.

Mit alledem hatten sie natürlich gerechnet und waren trotzdem optimistisch geblieben. Schon auf der langen Fahrt von Honolulu hatte sich fast Übermut breitgemacht. Dr. Barbaras unerschütterliche Überzeugung, daß ihr Einsatz auf der Atom-Insel ein Erfolg werden würde, hatte sie über alle Strapazen hinwegsehen lassen. Drei Tage lang waren sie mit einem Maschinenschaden hilflos im windstillen Meer getrieben. Drei Tage glühender Hitze und Langeweile, die nur gelegentlich durch Regengüsse unterbrochen worden waren. Dr. Barbara hatte stundenlang im Bug des Schiffes gesessen und die Möwen gezählt, während Monique mit Carline und den Bracewells Bridge gespielt hatte. Kimo hatte bei lauter Rockmusik an Deck seine Runden gedreht und mit den Hanteln trainiert, um sich für die bevorstehenden Auseinandersetzungen zu stählen.

Die Saitos waren fast die ganze Zeit in ihrer Kabine geblieben und hatten ihre moralische Analyse des Unternehmens vertieft. Neil hatte sie gelegentlich besucht, obwohl er wußte, daß es sie wahrscheinlich störte. Auf diese Weise erfuhr er, daß die beiden Japaner bei den anderen Expeditionsteilnehmern das Verständnis für den eigentlichen Sinn dieser Reise vermißten. Für die Saitos war Saint-Esprit einer der moralischen Nullpunkte dieses Jahrhunderts und der Albatros das Symbol für die Schuldgefühle derer, die mit der Bombe umgingen. Neil dagegen zeigte ein fatales Interesse an der Hiroshima-Bombe, so daß die Frau des Professors schließlich fast ärgerlich wurde: »Neil, du gehst ziemlich oberflächlich damit um! Hiroshima war keine Light-Show!«

»Natürlich nicht, Mrs. Saito. Mein Vater war in Maralinga bei den britischen Versuchen.«

»Und wie viele Leute sind dabei gestorben?«

»Ich weiß nicht. Ich denke, er ist daran gestorben.«

»Du denkst? Yukio, er denkt. Der Junge… *denkt.*«

Ansonsten hing Neil auf dem Schiff herum oder spielte Schach mit Carline, wobei er meistens gewann. Darauf war er so stolz, daß er alle Vorträge über den wahren Geist des Spiels großzügig überhörte.

»Dein Spiel enthält keinerlei strategische Planung, Neil. Du wartest immer bloß darauf, daß ich einen Fehler mache.«

»Aber Sie machen doch nie Fehler.«

»Wie es aussieht, habe ich ständig Fehler gemacht. Jedenfalls sagen das meine Töchter und meine Frau. Das ist einer der Gründe, warum ich hier bin.«

»Glauben Sie, diese Expedition ist ein Fehler?«

»Denkst du denn, sie wäre ein Fehler? Wahrscheinlich. Einen eigenartigen Schildknappen hat sich Dr. Barbara da gesucht. Sie muß irgend etwas ganz Besonderes mit dir vorhaben, Neil.« Carline betrachtete nachdenklich das Schachbrett, während er die Figuren neu aufstellte. »Wahrscheinlich kommt dir das alles sehr naiv vor. Aber unsere Sache ist gerecht. Und der Erfolg ist zum Greifen nahe.«

Carlines hoffnungsvolles und zugleich wehmütiges Lächeln erinnerte Neil an sein eigenes verlegenes Grinsen, als die *Dugong* in Honolulu abgelegt hatte und er allen seinen Vorsätzen zum Trotz noch immer an Bord war. Carlines angestrengt gute Laune fand Neil genauso beunruhigend wie die Bestimmtheit, mit der sich der Amerikaner die Rolle eines stellvertretenden Expeditionsleiters angemaßt hatte. Wenn Carline seine Runden an Bord machte, dem Kapitän beim Navigieren über die

Schulter sah und den Proviant überprüfte, spürte man nur zu deutlich, daß er die Landung auf Saint-Esprit vor allem deshalb wollte, weil er hoffte, auf diese Weise die chronische Entzündung seines Herzens zu heilen, die ihn auch schon auf seine Missionsreisen nach Afrika und Südamerika getrieben hatte. Bei einem seiner Rundgänge hatte er Dr. Barbara beiläufig die verchromte Pistole gezeigt, die er in seinem Koffer mitführte. Als er merkte, wie sie der Anblick erschreckte, versprach er, die Waffe ins Meer zu werfen, aber am nächsten Tag war sie immer noch da. Unberührt lag sie in ihrer schwarzen deutschen Pistolentasche, wie Neil feststellte.

Trotz all seiner hochherzigen Gefühle war Carline doch nicht über kleinere Betrügereien erhaben. Kurz vor ihrer Abreise ließ er sich von seinem Hotel in Waikiki eine Kiste mit Delikatessen an Bord liefern, die seither unter seiner Koje stand, verschlossen mit einem demonstrativen Vorhängeschloß. Er bezog seine tägliche Hackfleisch-, Corned Beef- und Stew-Ration aus der Kombüse (wo ein Filipino kochte, der sein Handwerk in der amerikanischen Basis Subik Bay auf Luzon gelernt hatte), aber als ihn Dr. Barbara dabei ertappte, wie er gerade in seiner Kabine eine private Gänseleberpastete und geräucherte Wachtelbrüstchen verzehrte, lächelte Carline ganz unbefangen. Ihre Augenbrauen hoben sich fast bis zum Haaransatz, als sie diese arrogante Zurschaustellung privater Luxusbedürfnisse sah, aber genau wie den Missionaren auf den abgelegenen Missionsstationen waren ihr Carlines Entschlossenheit und Energie viel zu wichtig, als daß sie gegen solche kleinen Schwächen ernsthaft protestiert hätte.

Obwohl er ihn beim Schach geschlagen hatte, traute Neil dem Amerikaner doch nicht so recht und suchte deshalb auch bei Monique Anschluß. Er half ihr bei den täglichen Expeditionsberichten, die sie für eine Radiostation in Toulon machte, aber ihre ständigen Wutausbrüche über die kleinsten Versprecher und ihre unaufhörlichen Angriffe auf die französische Umweltpolitik begannen Neil bald zu langweilen. Bei Kimos Leibesertüchtigung mitzumachen hatte er auch keine Lust, und so fand er sich schließlich im Kartenzimmer wieder, wo die Bracewells und Pratap das umfangreiche Videomaterial prüften, das sie aufgenommen hatten. Es wurde ihm bald klar, daß sie sich große Mühe gegeben hatten, seine Jugend und Unbeholfenheit hervorzuheben. Wenn er mit zusammengezogenen Brauen in den Himmel starrte, sah er aus wie ein einfältiger Bauernjunge, der staunend seinen ersten Seevogel sieht. Aber auch Dr. Barbara und Monique sahen so ungeschickt und naiv wie zwei beschwipste Gouvernanten aus, wenn sie sich auf der Brücke bewegten.

»Habt ihr eigentlich die Absicht, dieses Material je zu senden?« fragte Neil schließlich. Er hatte keine Lust, sich lächerlich zu machen. Was sollten Louise oder seine Mutter von ihm denken, wenn sie diese Bilder sahen? »Wir sehen ja alle betrunken aus oder schwachsinnig.«

»Neil, ich bitte dich...« Bracewell lachte zwar mit, wechselte aber zugleich einen schnellen Blick mit seiner Frau. Janet und er waren ein angenehmes, wenn auch etwas verschlossenes Paar. Sie wanderten zwar munter auf dem Schiff umher, schienen sich aber mehr für die Besatzungsmitglieder als für das Schicksal des Albatros und der Umwelt zu interessieren. »Wir können dir schlecht eine schimmernde Rüstung anziehen...«

»Ich verstehe das nicht ganz. Dr. Barbara meint es schließlich sehr ernst.«

»Das wissen wir. Ich bewundere sie ja auch sehr, aber warum sollen wir so tun, als wäre sie Albert Schweitzer? Neil, der Sinn der Veranstaltung liegt doch darin, daß ihr ganz normale, durchschnittliche Leute seid – sieben Menschen, die nichts miteinander zu tun haben, außer daß sie zufällig an derselben Straßenkreuzung vorbeikommen und nicht mit ansehen wollen, wie ein brutaler Schläger seinen Hund zu Tode prügelt.«

»Richtig, Neil«, bestätigte Janet und gab ihm zur Beruhigung noch ein paar gelbe Papayas. »Die eigentliche Geschichte findet hier auf dem Schiff statt. Dabei geht es um dich, Monique und die Saitos ... Irving weiß das genau.«

»Also dreht ihr eigentlich einen Film über uns? Und der Albatros ist bloß Dekoration?«

»Nein, es geht um euch *und* den Albatros«, sagte Bracewell. »Machen wir uns doch nichts vor! Die Gründe, weshalb ihr an der Reise teilnehmt, sind doch sehr unterschiedlich. Und zum Teil auch sehr merkwürdig.«

»Ist das denn wichtig? Das wichtigste ist doch, die Vögel zu retten.« Neil war selbst überrascht, was er da sagte. »Bei Ihnen klingt es wie eine Fernsehserie. Achtzehnte Folge: *Die sieben Freunde und der Albatros*. Janet, wir machen doch hier keine Spielchen. Die Franzosen ...«

»Natürlich machen wir keine Spielchen.« Janet tippte Neil mit einer weichen Fingerspitze auf die Nase. »Niemand weiß das besser als du, Neil.«

Sie mochten Neil und waren gern bereit, tagelang mit ihm zu diskutieren. Aber es ging ihnen nicht darum, die Albatrosse zu schützen. Der Artenschutz, den Irving Boyd und die Bracewells im Sinn hatten, war anderer Art. Ihnen ging es um solche Idealisten wie Dr. Rafferty und ihr Gefolge von hochherzigen, romantischen Träumern. Das hatte Neil jetzt begriffen.

Über der Insel stieg Rauch auf. Er kam von der Rollbahn hinter den Palmen, zog an den Kameratürmen vorbei und blieb an den baumbestandenen Rändern des ehemaligen Vulkankraters hängen. Eine Serie von Explosionen rollte über das Wasser, nicht viel lauter als Knallfrösche, und ein kupferfarbenes Licht schien durch die schwarzen Silhouetten der Palmen; ein glutheißer Wind beugte die Büsche und Bäume. Ein Treibstofftank war in die Luft geflogen,die Druckwelle fegte über die Brandung und ließ die Reling der *Dugong* unter

Neils Händen erzittern, während eine ölige schwarze Wolke über Saint-Esprit aufstieg. Carline und Kimo brachen ihre Attacken auf das Versorgungsschiff ab und kehrten hastig zur *Dugong* zurück.

»Kapitän! Die *Sagittaire* ist wieder da!« Neil kletterte auf die Plattform der Satellitenschüssel und zeigte zum nordwestlichen Horizont. Die französische Korvette war nur noch knapp eine Meile entfernt, ihre ebenso elegante wie bedrohliche Silhouette zeigte direkt auf den Fischkutter. Kapitän Wu stand auf der Brücke und telefonierte mit dem Maschinisten. Seine Haltung war resigniert, so als rechne er damit, daß die Sprengung des Treibstofflagers zur Beschlagnahme seines Schiffes und zu seiner Verhaftung führen werde. Kimo war ein paarmal heimlich an Land gewesen und hatte berichtet, daß die Militärbasis der Franzosen lediglich aus ein paar Vorratsschuppen neben der Rollbahn und ein paar Zelten unter den Palmen bestand, wo sich etwa dreißig Soldaten in sicherer Entfernung vom Gestank an den Stränden aufhielten. Das Töten von Albatrossen und Fischen ging weiter, ohne daß man recht wußte, warum.

Die *Champlain* glitt durch den Riffkanal in die Lagune und steuerte ihren Ankerplatz an. Die Abrechnung mit der *Dugong* blieb der Korvette überlassen. Neil rannte zum Heck und wartete zusammen mit einigen Filipinos auf die Rückkehr des Motorboots. Der Flammenschein über dem Treibstofflager war schon wieder verschwunden, aber es hing immer noch dichter Rauch vor der Insel. Neil lauschte auf das angestrengte Rumpeln der Dieselmaschine im Inneren des Trawlers und betete inständig, daß die altersschwachen Stahlplatten im Rumpf der *Dugong* noch stabil genug waren, um dem scharfen Bug der *Sagittaire* standzuhalten.

Das Motorboot kam aus dem Riff gepirscht, begleitet von den zwei Schlauchbooten. Dr. Barbaras blasses Gesicht leuchtete hell vor der dunkler werdenden Küste. Ihre Augen glitzerten, auch wenn sie momentan der seekranken Monique helfen mußte, die sich über die Bordwand erbrach. Wenige Augenblicke später waren alle drei Boote neben dem Trawler. Alle schrien gleichzeitig wild durcheinander, mit strahlenden Gesichtern, aufgeregt wie Schulkinder nach einem gelungenen Streich.

»Neil! Ich wünschte, du wärst dabeigewesen!« Dr. Barbara kam die Gangway herauf und packte ihn an den Schultern. »Monique hat einen Treibstofftank gesprengt, die ganze Insel steht in Flammen. Bist du nicht stolz auf uns?«

»Ich bin stolz auf Sie, Dr. Barbara.«

»Gut – das hab' ich mir gewünscht. Vergiß nicht, wir waren schließlich die ersten, die hierwaren.«

Immer noch hatte sie Neil um die Hüften gefaßt und starrte glücklich in die Rauchwolke über der Insel. Die Filipinos hoben das Motorboot mit dem Ladebaum an Deck, während Carline und Kimo noch in ihren Schlauchbooten warteten.

Aber die ersten Augen wanderten schon besorgt zum Bug der französischen Korvette hinüber, die nur noch achthundert Meter entfernt war und direkt auf sie zuhielt. Monique ärgerte sich über sich selbst, mußte aber immer noch würgen. Ihre gelbe Schwimmweste war mit dem Rotwein bespritzt, mit dem sie sich beim Mittagessen etwas Mut anzutrinken versucht hatte. Professor Saito und seine totenbleiche Frau standen neben dem Motorboot und hielten sich daran fest, als müßten sie den Schock überwinden, daß sie zum ersten Mal in ihrem Leben für kurze Zeit die Kontrolle über ihre Gefühle verloren hatten.

Die *Sagittaire* korrigierte leicht ihren Kurs, und es gab keinen Zweifel daran, daß der Kommandant die Absicht hatte, den Trawler zu rammen. Schwarzer Dieselqualm stieg aus dem kurzen Schornstein der *Dugong*, als Kapitän Wu die Maschine erst auf »Vorwärts« und dann auf »Volle Kraft voraus« gehen ließ. Die Wellen kamen von achtern, und so bewegte sich das Schiff Meter um Meter aus der Gefahrenzone. Aber auch der französische Kommandant ließ den Kurs ändern, und der Bug der Korvette zeigte bald wieder auf die *Dugong*.

Von der Brücke der *Sagittaire* ertönte eine laute Sirene, und eine grelle Signallampe blendete sie. Die Korvette fuhr jetzt neben der *Dugong* her und schnitt ihr den Weg ab. Mit einem häßlichen Kreischen riß der schwere graue Rumpf ein Stück von der Reling des Trawlers herunter und zerquetschte die Steuerbord-Gangway. Kimos Schlauchboot kenterte im Kielwasser des Angreifers, und der Hawaiianer fiel in die siedenden Wogen. Schwimmend versuchte er, Carlines ausgestreckte Hand zu ergreifen.

Der Zusammenprall lockerte die Farbkruste am Schornstein des Trawlers. Scheppernd fielen einzelne Teile herunter und zersprangen an Deck in tausend Stücke. Neil, Monique und Dr. Barbara hockten wie gelähmt dazwischen, betäubt vom Rumpeln der Dieselmotoren und der rauhen Sirene des Kriegsschiffs, das eben wendete, um die *Dugong* erneut anzugreifen.

Die Bracewells fingen sich als erste und hielten die Kamera auf den angerichteten Schaden und die auf dem Boden sitzenden Teilnehmer der Expedition. Neil zog sich an der Satellitenschüssel hoch und fragte sich, wie lange es wohl dauern würde, wenn sie an Land schwimmen mußten. Bei Flut würden sie ohne Mühe über das Riff kommen, aber wer von ihnen war in der Lage, mehr als fünfzig Meter zu schwimmen?

Dr. Barbara kletterte auf eins der Rettungsflöße im Bug und beschimpfte die Korvette, die diesmal einige Meter weiter entfernt an ihnen vorbeiglitt.

»*Assassins! Salauds!* Warum erschießt ihr uns nicht gleich?«

Sie wischte sich das gischtnasse Haar aus dem Mund und enthüllte dabei einen häßlichen Bluterguß auf der Lippe. Dann zog sie Monique zu sich herauf. Die ehemalige Stewardeß betrachtete voller Abscheu die Rotweinflecken auf ihrer

Schwimmweste und schleuderte sie dann ärgerlich hinunter aufs Deck. Um die Matrosen an Bord der Korvette zu provozieren, zog sie ihr Hemd hoch und machte die linke Brust frei. Die *Sagittaire* schnitt ihnen über den Bug. Sie sollten die Maschinen stoppen, verlangte der Kommandant durch den Lautsprecher. Inzwischen hatte auch der Hubschrauber Posten bezogen, er hing direkt über dem Schiff, und das Motorengeräusch war unerträglich. Monique schrie wie eine Megäre zu dem jungen Piloten hinauf.

Kapitän Wu ignorierte die Anweisungen der Franzosen und steuerte hinaus aufs offene Meer. Die Schlauchboote zog er hinter sich her. Als das gekenterte Boot an ihm vorbeitrieb, packte Kimo es mit seinen mächtigen Armen und drehte es wieder um. Ja, es gelang ihm sogar, an Bord des Bootes zu klettern. Ebenso wie Carline hockte er auf seinem Außenbordmotor und balancierte das Boot durch die immer steiler werdenden Wellen. Neil wartete jeden Augenblick darauf, daß der Amerikaner ins Meer stürzte, aber Carlines Schenkel und Reflexe waren durch häufige Motorbootrennen in Kennebunkport gut trainiert.

Dann kam der dritte Angriff der *Sagittaire*. Sie lief direkt von vorn auf den Fischkutter zu. Mark Bracewell stützte sich mit der Kamera auf der Schulter über die hüfthohe Reling der hinteren Landebrücke, während Pratap mit dem Mikrofon in der Luft herumfuhr und das abgehackte Jaulen der Alarmsirenen auf Band nahm.

»Weg da, Neil! In Deckung! Raus aus dem Film!«

Dr. Barbara schrie in den Tumult von Motorendonnern, Sirenen und blinkenden Lampen hinein. Und dann kam es auch schon zur Kollision. Das Heck der Korvette hob sich bedrohlich, und die breite Hubschrauberplattform fegte wie eine Sichel über das Deck der *Dugong*. Die Landebrücke wurde aus ihrer Verankerung gerissen. Eine Wasserwand fegte über das Deck, nahm Bracewell mit sich und schleuderte ihn zwischen die beiden Schiffe, wo er von den kollidierenden Rümpfen zerquetscht wurde. Die Signallampen blinkten, die Sirenen heulten, und Neil sah, wie Bracewells Kamera ganz langsam vom Heck des Trawlers ins Meer glitt.

Kapitän Wu stoppte sofort die Maschine und ließ das Schiff treiben. Alle waren aufgestanden, standen zwischen den Überresten der verbogenen Reling auf dem schlingernden Deck und starrten in das unruhige Wasser hinter dem Trawler, wo ungefähr hundert Meter entfernt die zerfetzte Schwimmweste Bracewells im dunklen Meer trieb. Professor Saito und Pratap konnten die verzweifelte Janet nur mit Mühe daran hindern, ins Wasser zu springen. Der Hubschrauber drehte ab, als ob der Pilot mit den Ereignissen nichts mehr zu tun hätte, aber auf ein Signal der Korvette hin kehrte er wieder zurück und blieb bei der Schwimmweste.

Monique drückte den Kopf der weinenden Janet an ihre Brust und tröstete sie, während Kimo und Carline die Motoren ihrer Schlauchboote anwarfen und auf die Stelle zusteuerten, wo die Rotorblätter des Hubschraubers das Wasser aufpeitschten. Trotz der Kerosin- und Dieselabgase konnte Neil den Gestank der verwesenden Vogelkadaver vom Strand bis hierher riechen. Bedrohlich erhoben sich die Kameratürme über der Insel und schienen den Tod des Amerikaners nur als Vorspiel für ein noch tödlicheres Spiel zu betrachten.

Neil begann nach Dr. Barbara zu suchen, denn er fürchtete plötzlich, sie könnte ebenfalls über Bord gegangen sein. Aber sie war noch da. Sie stand allein bei der Satellitenschüssel unter der Brücke und kehrte den beiden Schlauchbooten genauso den Rücken zu wie dem Hubschrauber. Mit ihrem Stirnband über den blassen Zügen starrte sie zum Kommandanten der *Sagittaire* hinauf und machte dabei dasselbe Gesicht wie zwei Monate zuvor, als Neil zu ihren Füßen niedergestreckt worden war.

5
Inselmenschen

Die zweimotorige Piper kreiste über der Lagune, während der Pilot die Rollbahn zwischen den Palmen und dem immer noch qualmenden Treibstofftank musterte. Dann setzte er zur Landung an. Am Rand der Rollbahn wartete eine Gruppe französischer Soldaten und sah den fünf oder sechs Matrosen von der *Sagittaire* zu, die zum Arbeitseinsatz an den Strand kommandiert worden waren, um die toten Albatrosse zu begraben. Als die Piper aufsetzte, traten die Männer ein paar Schritte zurück. Weißer Korallenstaub erhob sich und senkte sich wie ein Leichentuch auf die Palmen.

Neil stand mit den anderen vor der kleinen Wellblechkapelle am Rand der Lagune. Monique weinte und ließ sich auch von Carline und den Saitos nicht trösten. Kimo und Dr. Barbara hatten ihr Albatros-Banner an die Wand der Kapelle gelehnt. Neil sah zu, wie die Piper ausrollte. Wie alle anderen war auch er sich bewußt, daß die Ankunft der Maschine das Zeichen für ihre bevorstehende Abreise war.

Einige Schritte von Neil entfernt lag Bracewell zwischen Jamswurzeln und verwilderten Süßkartoffeln in seinem offenen Grab. Der Sarg war mit der amerikanischen Flagge und großen Albatrosfedern geschmückt. Neil hatte Mrs. Saito geholfen, die Falten zu legen und das komplizierte Muster zu knüpfen. Er freute sich, daß der amerikanische Kameramann hier auf diesem stillen Vorgebirge bestattet werden sollte, oberhalb der Strände und Dünen, in denen die Albatrosse einst ihre Jungen großgezogen hatten. Nur mit Schaudern erinnerte er sich an die »nicht konfessionsgebundene« Abschiedsfeier für seinen Vater in einem Krematorium in Nord-London, wo der Sarg vollautomatisch zu feierlicher Musik durch die ferngesteuerten Samtvorhänge geglitten war und seine Mutter erschrocken keuchte, als sich die Teakholz-

Türen noch ein letztes Mal öffneten, ehe sie endgültig zugingen.

Hier lag Bracewell wenigstens nahe bei den Vögeln, die Dr. Barbara zu schützen versucht hatte, und im Blick der Weltöffentlichkeit. Vier kleine Charter-Flugzeuge standen unter den Palmen neben der Piper, und die französischen und amerikanischen Journalisten, die damit gekommen waren, saßen an einer improvisierten Theke, wo zwei Stewards von der *Sagittaire* eisgekühlte Getränke servierten.

Vom Tod des Amerikaners gelähmt, war niemand an Bord der *Dugong* auf den weltweiten Aufschrei vorbereitet gewesen. Durch einen Zufall war die Kollision zwischen dem französischen Kriegsschiff und der *Dugong* live nach Honolulu übertragen worden, und der verzweifelte Bericht, der in einer Explosion von Gischt und berstendem Stahl endete, hatte die mörderische Absicht des französischen Kommandanten nur allzu deutlich gezeigt. Millionen von Zuschauern hatte sich das abrupte Ende des Films, als Bracewell die Kamera aus den Händen gerissen wurde, tief ins Gewissen gefressen. Mit bemerkenswerter Geistesgegenwart hatte seine Witwe darauf bestanden, daß eine zweite Kamera aus der Kabine geholt und die Suche nach der Leiche gefilmt wurde. Sie stand neben dem zerquetschten Leichnam ihres Mannes an Deck, als die *Dugong* aufs Riff getrieben wurde. Kapitän Wu hatte loyal die Befehle des millionenschweren Eigners befolgt, die er per Funk aus Honolulu erhielt. Die Schlußszene des Films zeigte, wie der Trawler auf Grund lief und der Witwe die Kamera aus der Hand fiel.

Obwohl sie der Albatros-Expedition ziemlich skeptisch gegenüberstanden, hatten die Umweltschutzorganisationen in Amerika und Europa angesichts der tragischen Fernsehbilder schließlich doch zu Demonstrationen aufgerufen, und es kam zu energischen Protesten in Washington, Paris und London. Dem französischen Verteidigungsministerium war der brutale Einsatz der Korvette nachträglich ziemlich peinlich, zumal die französische Fremdenverkehrsindustrie bereits erhebliche Einbußen zu verzeichnen hatte. Es wurde den Expeditionsteilnehmern gestattet, so lange auf der Insel zu bleiben, bis der Amerikaner beigesetzt worden war. Die Eltern des Toten wurden sogar in einer französischen Regierungsmaschine aus Tahiti eingeflogen, damit sie an der Beerdigung teilnehmen konnten.

Ein Offizier von der *Sagittaire* half dem trauernden Ehepaar aus dem Flugzeug. Sie starrten verwirrt auf die Rollbahn und die schäbigen Palmen vor der Lagune und schienen schon jetzt den Verwesungsgestank wahrzunehmen, der in der Luft lag. Als Dr. Barbara auf sie zutrat, versuchte Neil sie zurückzuhalten, denn er befürchtete, sie könnte die Situation angesichts der zahlreichen Journalisten irgendwie ausnutzen.

Aber der Tod des Kameramannes hatte Dr. Barbara ruhiger werden lassen. In den Minuten nach dem Zusammenstoß, als noch nicht sicher war, ob Bracewell ertrunken war oder nicht, hatte sie alles getan, um jedermann an Bord der *Dugong* zu beruhigen. Und als Kapitän Wu von einem französischen Enterkommando auf der Brücke des gestrandeten Trawlers festgenommen worden war, hatte sie Kimo daran gehindert, mit Gewalt gegen die Franzosen vorzugehen. Carline hatte sofort helfen und dem Hawaiianer die verchromte Pistole geben wollen, aber Dr. Barbara hatte ihm die Waffe aus den Händen gerissen.

»So geht das nicht, David. Ich kann Sie gut verstehen, aber so verlieren wir alle bisher gewonnenen Sympathien.«

»Barbara...!« Carline schien verblüfft über dieses Zeichen von Schwäche. »Wir müssen doch etwas tun. Die Franzosen haben den armen Kerl umgebracht. Mein Gott, ich habe doch alles aufgegeben, um hierherzukommen.«

»Und Sie werden noch mehr opfern müssen! Viel mehr, als Sie sich vorstellen können! Wir haben die Weltmeinung auf unserer Seite! Warum sollen wir auf diesen Vorteil verzichten?«

»Die Weltmeinung?« Carline entblößte seine teuren Zähne, die so viel gepflegter waren als Dr. Barbaras etwas gedrängt stehende Schneidezähne. »Und noch ein nützlicher Märtyrer. Manchmal glaube ich …«

»David?« Sie gab ihm die Pistole zurück, der Bluterguß auf ihrer Oberlippe schien röter als je zuvor. Aber Carline hatte sich schon wieder beruhigt und flüchtete in den Navigationsraum. Dort hatte er seinen Picknickkorb, sein Bettzeug und seinen Koffer hingebracht, als das Wasser in die Kabinen einzudringen begann.

Das Riff hatte mehrere Stahlplatten im Rumpf der *Dugong* eingedrückt, und der Maschinenraum stand unter Wasser. Die Mannschaft war gezwungen, ihrem Kapitän an Bord der Korvette zu folgen. Monique und Dr. Barbara verstauten ihr Gepäck im Brückenhaus, während die Saitos in der Kombüse kampierten, wo sie ihre kostbaren wissenschaftlichen Bücher und Zeitschriften zwischen Töpfe und Pfannen gezwängt hatten. Kimo schlief an Bord des Motorboots, einen Golfschläger des Kapitäns in Reichweite, falls irgendein französischer Eindringling nachts an Bord kommen sollte.

Janet Bracewell, die sich von Dr. Barbara ein Beruhigungsmittel hatte geben lassen und danach wie eine Schlafwandlerin herumlief, hatte schließlich eine Einladung des französischen Kommandanten angenommen, an Bord der Korvette zu schlafen. Pratap hatte sie mitgenommen, ihre Kameraausrüstung aber im Navigationsraum gelassen, so daß sich Neil auf dem kleinen, batteriegespeisten Monitor den Film von der Landung auf der Insel ansehen konnte.

Man sah die Saboteure, geführt von Monique und Dr. Barbara, wie bei einem Abenteuer-Urlaub über die Rollbahn flitzen. Man sah, wie sie Brandsätze vor den Lagerhallen deponierten, das Holzgerüst des Benzintanks mit den Molotowcocktails in Brand zu setzen versuchten und zwei zögernde

Basset-Hunde – Regimentsmaskottchen, die Monique als »Versuchstiere« apostrophierte – aus ihrem Zwinger befreiten. (Allerdings waren die beiden Hunde, erschreckt vom Lärm der Explosionen und vom Gekreisch der kannibalischen Möwen, die das Fleisch der Albatrosse am Strand fraßen, bei der erstbesten Gelegenheit in ihre schattigen Gefängnisse zurückgekehrt.)

Überraschenderweise hatte niemand das Treibstofflager bewacht. Die französischen Ingenieure waren auf der Ost-Seite des Atolls damit beschäftigt gewesen, die Landelichter zu installieren, und die übrigen Soldaten hatten die Spitze des Berges erklommen, um von dort den Zweikampf zwischen der Korvette und der *Dugong* zu beobachten.

Als Neil den Monitor abschaltete, stand Carline hinter ihm und betrachtete mit ihm den roten Feuerball und die verblüfften Gesichter der Saboteure, als der Benzintank plötzlich doch in die Luft flog.

»Bist du enttäuscht, Neil? Es ist nicht ganz das, worauf du gehofft hast...«

»Wie meinen Sie das?«

»Na ja, auf Saint-Esprit wird es keinen Atomversuch geben. Aber vielleicht kann Dr. Barbara noch eine andere Art von Explosion arrangieren... nur für dich.«

Die Trauergemeinde versammelte sich am offenen Grab. Im Schatten der Wellblechkapelle standen der Kommandant der *Sagittaire* und zwei seiner Offiziere, bis die Kameraleute der Nachrichtenagenturen die düstere Szene gefilmt hatten. Die Linsen glitten über die Rollbahn, erfaßten die nervösen Franzosen, das hochgereckte Kinn von Dr. Barbara und ihre Begleiter und verharrten schließlich auf den verwesenden Albatrossen am Strand unterhalb der alten Bunker und Kameratürme. Bracewells Sarg hatte bereits eine kleine Ratte angelockt, und der französische Militärgeistliche beendete rasch seine Predigt. Als der Kommandant den Angehörigen des Toten sein Beileid aussprach, flogen schon die ersten Erdklumpen auf den Sarg.

Mit einer letzten Abschiedsgeste wandten die Witwe und die Eltern Bracewells sich ab und gingen auf die wartende Maschine zu. Die Trauergemeinde löste sich auf. Professor Saito starrte geistesabwesend auf die weißgepuderten Bäume und wanderte dann hinunter zum Strand. Seine Frau folgte ihm. Mit seinem Bambusstock schlug der Japaner nach den Möwen, die an den Albatroskadavern zerrten. Monique rannte schimpfend hinter dem Kommandanten der Korvette her, aber ihre Worte wurden vom Motorenlärm des Hubschraubers übertönt, mit dem der Offizier sich zurück an Bord flüchtete. Der Start der Piper wurde von einem seiner jüngeren Offiziere beaufsichtigt.

Zehn Minuten später hob das kleine Flugzeug ab. Dr. Barbara stand immer noch neben dem Grab, als wäre diese Falltür in die Ewigkeit jetzt der einzige Zufluchtsort für ihre Expedition.

»Dr. Barbara...?« Neil versuchte sie zu wecken. Alles Blut war aus ihrem Gesicht gewichen. »Wie soll es jetzt weitergehen? Die Franzosen haben gewonnen.«

Dr. Barbara drückte seinen Kopf an ihre Schulter. Ihr tränenfeuchter, nach Moniques Kosmetika duftender Kragen wischte über sein Gesicht. »Sie können nicht gewinnen, Neil. Sie können niemals gewinnen. Vergiß das nicht.«

»Wir müssen hier weg. Professor Saito und der französische Kapitän sind sich einig. Was haben Sie vor, Dr. Barbara?«

»Ich weiß nicht. Ich hatte noch keine Zeit zum Nachdenken.«

Neil spürte, wie die Luft aus ihrer Brust entwich. Bracewells Tod schien ihr alle Kraft geraubt zu haben. Ihre Hoffnungen, den Albatros zu retten, waren zusammen mit dem Amerikaner begraben worden.

»Wir könnten ja für Mr. Boyds Wild-Water-Projekt arbeiten«, sagte Neil. »Mein Marathonschwimmen kann ich auch aufs nächste Jahr verschieben.«

»Ich bin sicher, deine Mutter wird dich in Atlanta haben wollen, Neil. Wirst du mich denn vermissen? Ich weiß noch gar nicht, wen ich jetzt herumkommandieren soll.«

»Sie werden schon jemanden finden, Dr. Barbara.«

Fast wider Willen fühlte Neil sich für sie verantwortlich. Die französischen Soldaten drängten darauf, sie an Bord der Barkasse zu bringen. Das Arbeitskommando am Strand hatte es endgültig aufgegeben, die toten Vögel zu begraben. Statt dessen machten die Matrosen grobe Scherze und bewarfen sich mit Albatros-Eiern. Das letzte Flugzeug mit Journalisten hatte eben von der Rollbahn abgehoben und schickte eine weiße Staubwolke durch die schütteren Palmen. Es umkreiste die gestrandete *Dugong*, nahm dann Kurs auf Tahiti und war bald hinter der Rauchfahne der Korvette verschwunden.

»Dr. Rafferty…« rief Carline, der gerade dabei war, das Holzkreuz auf der Grabstelle mit rotem Jasmin zu bekränzen, den er hinter der Kapelle entdeckt hatte. »Rufen Sie die Leute noch mal zusammen.«

»Wozu denn, David. Wir müssen jetzt gehen.«

»Ich möchte noch ein paar Worte sagen. Ich kannte Mark nicht besonders gut, aber ich möchte, daß alle hören, was ich zu sagen habe. Vielleicht nützt es ja irgendwie.«

»Na gut. Professor Saito, Monique! David hat uns etwas zu sagen.«

Sie standen rings um das Grab. Carline hatte die Hände vor seinen Testikeln gefaltet, als wolle er sie vor irgend etwas beschützen. Monique streichelte die blutroten Jasminblüten. Man hatte den Eindruck, als ob Carline zu einer Versammlung von Eingeborenen in Afrika oder Südamerika spräche. Seine Stimme war kaum hörbar im Wind.

»Laßt uns an Mark denken, und dann an uns selbst, ehe wir weggehen. Im Gegensatz zur allgemeinen Überzeugung macht uns der Tod eines Menschen nicht ärmer. Die Natur hat in ihrer Weisheit den Tod erschaffen, um jedem von uns das Gefühl des Lebens zu geben. Wir sind kein Teil des Festlands. Jeder von uns ist eine Insel, genauso real wie Saint-Esprit, und der Tod ist der Preis, den wir dafür bezahlen, daß wir nicht im großen Meer untergehen. Wir sind alle Inselmenschen, genau wie Kimo. Auch Barbara und Monique sind Inselbewohner, genau wie Professor Saito und Miko, vor allem aber Neil, der von einer ganz anderen Art Insel träumt. Mark Bracewell hat siebenundzwanzig Jahre gelebt, und seine Insel schwimmt weiter in Zeit und Raum...«

Peinlich berührt wartete Neil auf das Ende von Carlines Predigt. Gefühlsaufwallungen zitterten in der Stimme des Amerikaners, und Neil fragte sich, ob er die Missionare wohl aufgesucht hatte, weil er gern Leichenreden hielt. Vielleicht verschafften diesem verunsicherten Bostoner Finanzaristokraten die Menschen, die an Schlafkrankheit, Kwashiorkor, Gelbfieber und Malaria starben, ein momentanes Gefühl der Zuversicht und verhalfen ihm zu mehr Selbstbewußtsein. Auf diese Weise gelang es ihm, zwar nicht die Lebenden, aber dafür die Toten der Dritten Welt in ihren Gräbern zu kolonisieren.

Ein französischer Unteroffizier näherte sich, und Dr. Barbara gab Neil einen leichten Stoß mit dem Arm. »So, jetzt gehen wir«, sagte sie tapfer. »Ich glaube, David ist fertig. Aber wir werden zurückkommen.«

Während sie zu der wartenden Barkasse ging, schüttelte sie angesichts der toten Albatrosse und der Kameratürme nur stumm den Kopf. Neil konnte sich lebhaft vorstellen,wie gedämpft der Empfang in Honolulu sein würde. Wahrscheinlich würde sie trotz allem versuchen, ihren Kreuzzug wiederaufzunehmen, aber Neil wußte, diesmal waren sie endgültig gescheitert und ihre Anhängerschaft würde sich auflösen. Kimo würde sich wieder auf die Suche nach seinem Königreich Hawaii machen, und Monique würde für ihr Bären-Reservat kämpfen. Bald würde Dr. Barbara wieder allein in ihrem abgetragenen Kleid mit ihren vergilbten Flugblättern vor den Hotels herumstehen.

Neil ergriff ihre Hand, streichelte die Schwielen an ihren Fingern, sog den müden Duft ihrer Haut ein und dachte wieder an seinen heimlichen Plan. Vielleicht konnte er Dr. Barbara ja vor Unheil bewahren, wenn er sie heiratete?

»Dr. Barbara…«

»Ja, Neil?«

»Ich wollte Sie etwas fragen, wegen uns.«

»Ja? Ich bin sehr gespannt.«

Neil suchte den Horizont nach einer Inspiration ab, stieß aber nur auf den grauen, seit der Kollision mit der *Dugong* zerschrammten Rumpf der Korvette. Etwas links davon, jenseits des gestrandeten Trawlers, waren vier weiße Segel zu sehen, die auf Saint-Esprit zuhielten.

»Komm, Neil, wir müssen die Insel verlassen.«

»Vielleicht auch nicht, Dr. Barbara…« Neil zeigte auf die sich nähernden Segel. Die Signallampe auf der Brücke der Korvette begann plötzlich zu blinken. Der Hubschrauber erhob sich von seiner Plattform und knatterte hinaus aufs offene Meer.

Alle versuchten herauszufinden, was los war. Kimo stand aufrecht in der Barkasse, stieß die beiden französischen Matrosen beiseite, die ihn dazu bringen wollten, sich hinzusetzen, und warf seine Baseballmütze in die Lagune. Monique hörte auf, die Soldaten am Landungssteg zu beschimpfen, und Professor Saito drehte seine Frau in Richtung des Riffs. Eine ganze Flotte von kleinen Booten war aus dem sonnendurchfluteten Dunst aufgetaucht und näherte sich Saint-Esprit.

»Wach auf, Neil!« Carline rannte an ihnen vorbei und zeigte wie ein aufgeregter Medizinmann hinaus aufs Meer. »Barbara, mach die Augen auf!«

»Was ist denn los, David?«

»Wir sind nicht mehr allein! Seht doch! Die Welt ist gekommen, um den Albatros zu retten.«

6
Blick vom Bunker

»Vorsicht, Neil! Jetzt fällt er!«

David Carline schrie, so laut er konnte, um den schweren Dieselmotor des Bulldozers zu übertönen, während Neil den Weg hinunterrannte, den die französischen Ingenieure am Abhang des Berges angelegt hatten. Er war noch ganz atemlos, denn er hatte gerade erst den Sendemast erklettert, das schwere Abschleppseil um die Hüften. Prompt stolperte er über eine vertrocknete Zwergpalme. Er stützte die Hände auf die Knie und versuchte wieder zu Atem zu kommen. Carline ließ den Bulldozer rückwärts fahren, und das lange Stahlseil straffte sich über den Baumkronen. Hier und da sprangen einzelne, durchgerostete Drähte heraus. Kimo hatte den ganzen Morgen mit der Säge gearbeitet und schließlich drei der Streben durchgesägt, die den Sendemast stützten. Der erste Versuch, das sichtbare Symbol französischer Herrschaft auf der Insel zu stürzen, war allerdings daran gescheitert, daß Kimo nicht wagte, den Mast zu besteigen, weil er fürchtete, die Konstruktion könnte sein Gewicht nicht mehr tragen.

Um Carline zu beeindrucken, der den Bulldozer requiriert hatte und jetzt als seinen »Strandbuggy« bezeichnete, meldete Neil sich freiwillig. Obwohl er sich dabei die Schienbeine aufschürfte, kletterte er bis dicht unter die rote Warnlampe für die Flugzeuge und schlang das schwere Seil um eine der Streben.

»Wo ist der Junge? Neil, der Mast fällt gleich um …«

Das Gitterwerk ächzte und stöhnte. Neil erreichte den Fuß des Abhangs und rannte durch das Farnkraut in Richtung der Rollbahn. Rostteilchen lösten sich von seinen Händen und sprenkelten die Lilien und Winden am Waldrand. Die anderen hatten sich rund um Dr. Barbara am Strand versammelt. Sie jubelten und klatschten Beifall, als sich der Mast aus der

Verankerung löste. Die Bulldozerketten schleuderten einen Moment im Korallenstaub hin und her. Carline stand im Führerstand der Maschine und hantierte mit den Hebeln und Knöpfen wie ein Rummelplatzorganist, der eine wildgewordene Dampfpfeifenorgel bedient. Seine Baumwollhose war übersät mit Öl- und Schweißflecken, aber seine Augen glänzten immer noch genauso begeistert wie zu Anfang, als es ihm gelungen war, den Motor anzulassen und das französische Lager zu demolieren.

Als der Sendemast in den freien Fall überging, hatte Neil den Kameraturm am Rand der Rollbahn erreicht. Das Metallgitter fegte die Bäume beiseite, rutschte in einer Wolke von Staub und Insekten den bewaldeten Abhang herunter, zertrümmerte einen Lavafelsen, der im Weg stand, und zerbrach in zwei Teile. Baseballmützen und Panamahüte flogen in die Luft, und laute Jubelrufe ertönten. Carline schleifte den oberen Teil des Gitterwerks über die Rollbahn wie den Kadaver eines erschlagenen Riesen.

Alle stürmten auf den gefällten Mast zu und zerschmetterten mit Fußtritten die Quarzlinse der Warnlampe, die seit Beginn der Besetzung von Saint-Esprit vor drei Wochen wie ein Zyklopenauge auf sie heruntergestarrt hatte. Neil war sich bewußt, daß die Zerstörung des Sendemasts mehr als nur ein moralischer Sieg war. Indem sie das Stahlgerüst auf die Landebahn schleiften, blockierten sie zugleich das Rollfeld für jedweden Angreifer. Ein überraschendes Kommandounternehmen der Franzosen mit Flugzeugen war jetzt nicht mehr möglich.

Der Sturz des Sendemasts hatte ein paar Albatrosse aufgeschreckt, die in sicherer Entfernung von der johlenden Menge über dem Berg kreisten. Neil freute sich, daß die großen Vögel wieder auf die Insel zurückkehrten. Er legte sich auf das warme Betondach des Kamerabunkers und lächelte den Vögeln zu, die mühelos in den Aufwinden über dem Wrack der *Dugong* schwebten. Gleichzeitig suchte er den Himmel nach Flugzeugen ab. Dann wandte er sich wieder den Aktivitäten am Strand zu.

Die Freiwilligen waren mittlerweile zu den Aufgaben zurückgekehrt, die ihnen Dr. Barbara zuwies. Es gab keinen Mangel an Helfern. Mehr als zwanzig Segeljachten und kleine Motorschiffe ankerten in der Lagune, und ihre Mannschaften waren begierig darauf, die Insel gegen jede Invasion zu verteidigen.

Niemand wußte, wann die Franzosen zurückkehren würden, aber allen war klar, daß sie ihre Streitkräfte schon deshalb einsetzen würden, um zu verhindern, daß noch mehr Umweltschützer nach Saint-Esprit kamen. Außerdem waren die meisten Sympathisanten aus Tahiti und von den Marquesas gekommen und besaßen die französische Staatsangehörigkeit. Schon das machte sie zu bevorzugten Zielen für die Schlagstöcke und Tränengasgranaten des französischen Militärs.

Es würde Knüppelorgien geben, und es bestand durchaus Gefahr, daß auch Dr. Barbaras ältere Anhänger ernsthaft verletzt wurden. Zum Beispiel Major Anderson und seine Frau, ein liebenswürdiges australisches Ehepaar Ende Sechzig. Sie standen, beide mit identischen Strohhüten, zwanzig Meter von Neil entfernt und mauerten das Fundament für die Wasserleitung, die den kleinen Bach zum Lager neben der Rollbahn umleiten sollte. Trotz der Hitze und der Moskitos arbeiteten sie klaglos und stetig, auch wenn sie jederzeit bereit waren, sich mit Neil zu unterhalten. Sie waren mit einem kleinen Zweimastsegler voller Nahrungsmittel und Medikamente aus Papeete gekommen, und Neil hatte Angst um sie. Er fragte sich, wie sie wohl die gewalttätigen Auseinandersetzungen überstehen würden, die von den französischen Aktivisten mit Sicherheit provoziert werden würden.

Auf dem Schoner *Croix du Sud* waren sechs muskulöse junge Burschen und drei kämpferische junge Frauen gekommen, die jetzt gerade dabei waren, den eisernen Leichter, den die Franzosen am Landungssteg zurückgelassen hatten, mit Zementbrocken und Steinen zu füllen, die sie mit einem improvisierten Karren heranholten. Sie hatten die Absicht, den Leichter in der Haupteinfahrt der Lagune zu versenken, um auf diese Weise der *Champlain* den Weg zu versperren, wenn sie zurückkommen sollte.

Eigentlich war Neil sehr verblüfft darüber, daß sich die französische Marine überhaupt zurückgezogen hatte. In der ersten Woche nach Bracewells Beerdigung hatte ein gereizter Waffenstillstand geherrscht. Zwei Tage nach der Havarie waren die Treibstofftanks der *Dugong* geborsten, das Öl hatte sich über dem Riff ausgebreitet und einen Teil des Strandes verschmutzt. Das hatte zu einer Ernüchterung auf beiden Seiten geführt. Den ersten Segeljachten, die in dem Augenblick eingetroffen waren, als Dr. Barbara und ihre Begleiter an Bord der *Sagittaire* gebracht werden sollten, waren am Nachmittag noch weitere sechs kleine Schiffe gefolgt, und von da an war niemand mehr bereit gewesen, sich einfach verhaften zu lassen. Dr. Barbara und ihre Begleiter wurden von den neu angekommenen Demonstranten umringt und vor den verwirrten Soldaten beschützt. Die einen hakten sich unter und bildeten eine lebende Mauer zum Schutz vor den französischen Schlagstöcken, die anderen sorgten mit ihren dramatischen Augenzeugenberichten über Kurzwelle dafür, daß die Weltöffentlichkeit informiert wurde. Die Schilderungen, wie sich Dr. Barbara und ihre Beschützer unter den drohenden Geschützen der Korvette tapfer in den ölverseuchten Strand krallten, erinnerten lebhaft an die letzten, von zahllosen atmosphärischen Störungen verzerrten Meldungen aus dem belagerten Dien Bien Phu.

Überraschenderweise hatte der erschöpfte Kommandant der *Sagittaire* nach knapp einer Stunde jeden Versuch aufgegeben, die Demonstration aufzulösen und die Leute von der *Dugong* zu verhaften. Die Soldaten waren unverrichteter Dinge in ihr Lager zurückgekehrt. Später war bekannt geworden, daß der französische Premierminister und einige seiner Kabinettsmitglieder bei einer Wahlversammlung in Paris von Demonstranten beschimpft und bedrängt worden waren. Außerdem war der amerikanische Botschafter zur Berichterstattung nach Washington gerufen worden; Bracewells Tod schlug hohe Wellen.

Unterdessen hatten sich Dr. Barbara und ihre Begleiter am Strand häuslich eingerichtet. Mitten im Gestank des Dieselöls und der verwesenden Vogelkadaver hatten sie ihre Lebensmittelvorräte, die Kameraausrüstung und die Matratzen ausgebreitet, die Kimo und Carline mit Hilfe der Beiboote aus der *Dugong* holten. Monique patrouillierte auf der Rollbahn und beschimpfte die Soldaten, die Pornohefte lasen und entschlossen schienen, sich nicht provozieren zu lassen. Professor Saito katalogisierte die Tier- und Pflanzenarten, die das Öl bedrohte, während seine Frau und Dr. Barbara die ölverschmierten Vögel in Eimern mit Detergenzien zu säubern versuchten.

Neil half ihnen, so gut er konnte, indem er die zappelnden Öl- und Federklumpen festzuhalten versuchte. Bald stellte er fest, daß die Salzwassergeschwüre auf Dr. Barbaras Lippen wieder aufgetaucht waren. Nach drei kalten Nächten am Strand überquerte er nachts die Rollbahn und schwamm durch die Lagune zur nächsten Jacht, einer neuseeländischen Ketsch, die einem Ingenieur und seiner Frau gehörte. Als er ihnen erzählte, daß die *Dugong* bei der Havarie den größten Teil des Proviants verloren hatte, ruderten sie ihn mit einem großen Vorrat an frischem Obst, Vitamintabletten und Insektenschutzmittel ans Ufer zurück.

Aber Dr. Barbara war viel zu deprimiert, um ihnen zu danken. Sie lag stumm im Sand und zupfte an den Schwielen auf ihren Händen herum, als wäre ihr nur allzu klar, daß ihr Traum endgültig ausgeträumt war. Genau wie alle anderen mußte sie davon ausgehen, daß die Franzosen ihren Aufenthalt auf der Insel so schnell wie möglich beenden würden und nur noch darauf warteten, daß das Interesse der Medien nachließ.

Auch David Carline hatte allen Mut verloren. Er saß mit seinem Picknickkorb im schwarzen Sand und betrachtete die toten Vögel. Als Neil sich zu ihm setzte, öffnete er seine Schatztruhe und gab ihm ein paar Büchsen heraus, die Neil an die anderen weiterreichte. Stumm verzehrten sie Trüffel- und Gänseleberpastete, Wachteleier und Käse. Anschließend stand Carline auf, wobei er die Blicke der anderen vermied, und ging zur Mole hinunter. Angeblich wollte er seiner Frau über Kurzwelle eine Nachricht zukommen lassen, aber in Wirklichkeit suchte er jemanden, der ihn nach Papeete brachte.

Ein kalter Nebel hing in den Baumkronen, als sie am nächsten Tag aufwachten, aber die Franzosen waren verschwunden.

Drei weitere Jachten waren in der Nacht eingetroffen und ankerten vor der Insel. Ihre Besatzungen standen an Deck, als die Sonne aufging, und suchten nach der Korvette. Aber sowohl die *Sagittaire* als auch die *Champlain* hatten im Schutz der Dunkelheit die Anker gelichtet und sich auf den Heimweg gemacht. Die Ingenieure und die Soldaten an der Rollbahn waren verschwunden. Ihre Hunde, Waffen und Kantineneinrichtung hatten sie mitgenommen. Über Nacht war Saint-Esprit zum Bühnenbild eines Dramas geworden, bei dem sich die Hälfte der Schauspieler mitten im Stück verabschiedet hatte. Die Regieanweisungen hatten sie auch mitgenommen, und die Zurückgebliebenen wußten plötzlich nicht mehr, was gespielt wurde.

Verblüfft vom Anblick des verlassenen Lagers, hatte Dr. Barbara erst einmal alle auf die Rollbahn geführt. In Begleitung der Schiffsbesatzungen, die allmählich alle an Land kamen, wanderten sie an den Latrinen vorbei über den Platz, wo die Zelte gestanden hatten und jetzt nur noch zerknüllte Zeitungen und Zigarettenschachteln herumlagen. Sie öffneten die Türen der Lagerschuppen und stellten fest, daß alles ausgeräumt war. Kimo fand noch eine vergessene Rolle Telefondraht und schlang sie sich um die Brust, als wollte er die geheimen Gespräche bewahren, die sich in den trügerischen Schlingen verbargen. Wie Kinder im leeren Schulhaus starrten sie ängstlich zum roten Auge auf dem Sendemast hinauf.

Schließlich brach Neil den Bann, indem er ein Fenster des größten Schuppens einwarf. Monique und Mrs. Saito hoben ebenfalls Steine auf, und nach ein paar aufgeregten Minuten lagen alle Scheiben des Schuppens in Scherben. Angeführt von den beiden Frauen, die sich gegenseitig anfeuerten, tobten sie eine köstliche Stunde lang durch das Lager und zertrümmerten alles, was dem Militär bei seiner Rückkehr irgendwie nützlich sein konnte. Erst als Carline den Bulldozer anließ und die Schuppen plattwalzen wollte, gebot ihm Dr. Barbara Einhalt.

Aufgeregt zeigte sie auf den Sendemast. Ein großer weißer Vogel mit schwarzen Flügelspitzen war vom Meer gekommen und kreiste über Saint-Esprit.

Der erste Wanderalbatros war zurückgekehrt auf die Insel.

An diesen glücklichen Augenblick dachte Neil, als er jetzt auf dem Betonbunker lag und die großen weißen Vögel über dem Wald schweben und nach dem verschwundenen Sendemast suchen sah. Ihre Wiederkehr hatte Dr. Barbara und den Freiwilligen, die von überall her nach Saint-Esprit kamen, neue Zuversicht gegeben. Gerade eben fuhr eine weitere silberglänzende Jacht in die Lagune ein. *Bravo, Albatros! Bravo, Dr. Rafferty! Bravo, Neil Demsey!* stand auf dem Transparent, das die Mannschaft zwischen den Masten aufgespannt hatte.

Neil hörte die Ankerkette rasseln. Ihm wurde plötzlich bewußt, daß er der einzige war, der nicht für das Reservat arbeitete. Er kletterte vom Kameraturm herunter, nicht ohne einen letzten Blick zum unendlichen Blau des Himmels über dem Horizont geworfen zu haben. Genau wie alle anderen suchte er den Himmel immer wieder nach einem verräterischen Kondensstreifen ab. Die Franzosen hatten ihren Abzug aus Saint-Esprit nie bestätigt, aber das Albatros-Reservat würde jetzt bald so bekannt sein, daß jeder Versuch, es zu beseitigen, große internationale Empörung auslösen würde.

»Neil, hör auf zu träumen...« Carline saß auf dem Bulldozer und lächelte breit, wie ein Buddha in eine Weihrauchwolke von Staub gehüllt. »Du kannst ruhig aufwachen.«

»Ich träume vom Albatros, David.«

»Das brauchst du nicht mehr. Sie sind wieder da.«

»Es ist mein Traum... und wir kommen alle drin vor.«

»Monique und Dr. Barbara auch? Du bist ein Schamane, Neil. Eines Tages wirst du mit Professor Saito im Wald leben, um die Winde zu zählen.«

»Ja, Monique und Dr. Barbara kommen auch vor. Aber Sie nicht unbedingt, David.«

Carline überhörte das. Er bemühte sich immer noch um Neils Freundschaft. Er hatte ihm sogar angeboten, den Bulldozer mit ihm zu teilen, aber Neil war mißtrauisch gegenüber dem Amerikaner. Seit sie Honolulu verlassen hatten, hatte Carline alles Runde verloren. Sein Gesicht war inzwischen genauso hart und kantig wie die Kameratürme. Er hatte bislang wenig Interesse an den Albatrossen gezeigt, und wenn er gerade nicht auf dem Bulldozer saß, hatte er die alten Bunker nach Stacheldrahtrollen durchsucht, so als hätte er jetzt die Aufgabe, das französische Militär auf Saint-Esprit zu vertreten. Am nördlichen Ende der Rollbahn hatten sie vier von der Besatzung der *Croix du Sud* gestiftete Zelte aufgestellt, und Carline hatte keine Ruhe gegeben, bis sie nicht genau in Reih und Glied standen. Pläne für eine Kantine, ein Lazarett und ein Laboratorium hatte er auch schon entworfen. Dr. Barbara hatte nur staunend genickt.

Monique und Professor Saito standen am Landungssteg

und kontrollierten die neuesten Nahrungsmittelspenden und medizinischen Hilfsgüter. Neil hätte ihnen gerne angeboten zu helfen, aber sie behandelten ihn ohnehin schon als Laufburschen und schickten ihn nur herum. Er schlenderte über die Rollbahn zu der Wasserleitung aus Zement und Plastikröhren, die das australische Ehepaar baute.

Trotz ihrer Arbeit an der Wasserleitung tranken Major Anderson und seine Frau nur das Mineralwasser, das sie an Bord ihrer Sloop mitgebracht hatten, so als wäre der Bach für Dr. Barbara und ihr Team reserviert. Neil half ihnen gern, den schnelltrocknenden Zement anzurühren, den die französischen Ingenieure zum Bau der Unterwasserfundamente des Landungsstegs gebraucht hatten. Er war von ihrem Einsatz für das Reservat beeindruckt, auch wenn sie sich selten mit den Besatzungen der anderen Jachten unterhielten. Wie schon Bracewell festgestellt hatte, hatten die verschiedenen Albatros-Retter außer ihrer unbestimmten mythischen Verehrung für die großen weißen Vögel nur wenig gemeinsam.

»Hast du Hunger, Neil?« Mrs. Anderson legte ihre Kelle beiseite und wühlte in ihrer Kühltasche. »Wir haben dir ein paar Dosen mit Fisch mitgebracht.«

»Danke, Mrs. Anderson. Den esse ich später.«

»Du kannst ihn ruhig gleich essen. Es sieht doch keiner. Die anderen sind alle beschäftigt. Du wirst hungrig sein nach deiner Klettertour heute morgen.«

»Ich bin immer hungrig.« Neil las das Schild auf der Büchse. »Dr. Barbara hat gesagt, wir sollten die Fische in der Lagune nicht fangen. Sie gehören auch zum Reservat, sagt sie.«

»Das ist sehr nobel von ihr, und ich finde auch, daß sie recht hat.« Major Anderson drückte Neil den Büchsenöffner in die Hand. »Aber diesen Fisch kannst du ruhig essen, der hat sich vermutlich woanders herumgetrieben.«

Mit einer Plastikgabel machte sich Neil über die fettigen Makrelen her. Vergnügt erinnerte er sich an die leckeren Anchovis aus Carlines Vorräten, die er am Strand verzehrt hatte. In der Lagune wimmelte es nur so von Schnappern, Riffbarschen, Meeräschen und Papageienfischen, die von vielen Teilnehmern der Protestaktion, die noch nicht von Dr. Barbara indoktriniert worden waren, mit Speer und Angel gejagt und allabendlich an den Lagerfeuern gegrillt wurden.

»Die Art und Weise, wie Mr. Carline den Sendemast umgelegt hat...« Mrs. Anderson wedelte ein paar Fliegen beiseite, »... das war wirklich spektakulär. Ich dachte, die ganze Insel versinkt im Meer oder die Franzosen sind wieder da.«

Neil warf die leere Dose ins Unterholz. »Glauben Sie, die Franzosen werden zurückkommen?«

»Davon müssen wir ausgehen, Neil.« Major Anderson schob seinen Strohhut zurück und sah zu den kreisenden Albatrossen hinauf. »Sture Burschen, was? Aber sie haben auch ihre Gründe. Ich hab' noch nie erlebt, daß die Franzosen irgendwas freiwillig aufgeben. Verdun, Indochina, Algerien – meistens kämpfen sie bis zum blutigen Ende.«

»Ich werde es Dr. Barbara sagen«, nickte Neil. »Sie glaubt, die Franzosen hätten die Schnauze voll von uns. Ich könnte mir vorstellen, daß sie schon in zwei, drei Wochen zurückkommen.«

»Wer weiß?« Major Anderson musterte Neils breite Schultern mit militärischem Auge. »Wenn sie zurückkommen, werden sie wild um sich schlagen, Neil. Sei vorsichtig!«

»Ja, Neil, sei vorsichtig«, sagte auch seine Frau. »Du darfst dich von Kimo und Mr. Carline nicht zu einer Prügelei mit den Franzosen aufhetzen lassen.«

»Laß nur, Liebling«, sagte der Major. »Neil weiß Bescheid, sie haben ihn ja schon einmal angeschossen, nicht wahr?«

»Ja, und das darf auf keinen Fall wieder passieren. Hast du dir schon mal überlegt, ob du nicht lieber nach Atlanta zurückkehren solltest, Neil? Deine Mutter macht sich bestimmt große Sorgen. Und was du von Louise erzählt hast, klingt auch so, als ob sie dich braucht.«

»Ich war auf der *Croix du Sud* und habe übers Radiotelefon mit ihnen gesprochen. Ich habe ihnen gesagt, ich komme, wenn wir hier fertig sind. Vorläufig muß ich noch Dr. Barbara helfen.«

»Ja, Dr. Barbara gehört zu den Menschen, die immer Leute brauchen. Wo ist sie denn überhaupt?«

»Unten am Strand mit Mrs. Saito. Sie versuchen, die verölten Vögel zu waschen.«

»Das ist schön.« Mrs. Anderson nahm Neil die Plastikgabel aus der Hand. »Geh nur zu ihr und hilf ihr.«

»Nein, es ist Zeitverschwendung. Die Vögel sind tot.«

»Neil...« Mrs. Anderson faßte ihn an den Händen. »Wahrscheinlich ist das Dr. Barbaras Art, um die toten Vögel zu trauern.«

Neil winkte den Andersons noch einmal zu, als er über die Rollbahn davonging. Er mochte das alte Ehepaar, sie waren eine Art Elternersatz. Überall, wo er auftauchte, schien er solche Eltern zu finden, deren Zuneigung ihn alsbald erstickte. Junge Leute in seinem Alter gab es nicht auf Saint-Esprit. Auch die jungen Franzosen von der *Croix du Sud*, die inzwischen fertig waren mit dem Leichter und eine Pause am Strand machten, waren zehn Jahre älter. Sie waren zwar immer sehr freundlich zu ihm, aber ihre endlosen Volleyball-Spiele interessierten ihn nicht.

Neil kam an der Wellblechkapelle vorbei, wo Bracewell auf dem kleinen Friedhof lag. Er fügte zu den zahllosen Kränzen, die sich zwischen den wilden Jamswurzeln auf seinem Grab häuften, eine einzelne rote Lilie hinzu, schlenderte dann auf die andere Seite der Insel zum Strand und sah zum Wrack der *Dugong* hinaus aufs Meer. Ein Sturm hatte den Schornstein und einen Teil der Brücke abgerissen, aber das Öl trieb immer noch im Wasser unterhalb der weiter westlich gelegenen Klippen.

Neil watete ins flache Wasser und suchte nach eßbaren

Krabben und Muscheln. Diese niederen Tiere lagen glücklicherweise in einer zoologischen Nische, die von den Naturschützern noch nicht reklamiert wurde. Von den Volleyballspielern waren fröhliche Rufe zu hören. Die Mannschaft der *Croix du Sud* amüsierte sich prächtig, trotz der schweren Arbeit. Abends luden sie Monique und alle nicht anderweitig gebundenen Frauen zu ihren Strandparties ein. Saint-Esprit und die Albatros-Kampagne waren für sie eine sportliche Herausforderung wie jede andere auch.

Das gute Wetter und die Rückkehr der Vögel hatten der Stimmung allgemein Auftrieb gegeben, und alle waren sehr zuversichtlich. Die etwas über vierzig Freiwilligen arbeiteten ohne jede Oberaufsicht zusammen. Sie hatten neben der Rollbahn einen Lagerplatz gerodet und neue Latrinen gegraben. Der Wasservorrat, das Küchenzelt und der gespendete Proviant würden der Mannschaft von der *Dugong* für mindestens fünf Wochen reichen. Das auslaufende Öl der *Dugong* hatte zwar mehr Vögel getötet als die französischen Soldaten während ihrer Besetzung von Saint-Esprit, aber zumindest kreisten jetzt wieder Albatrosse über der Insel.

Trotz dieses Erfolges hatte Neil das Gefühl, daß seine Entfernung zum Rest der Expeditionsteilnehmer wuchs. Er vermißte Louise, und ihr selbstversunkenes Geplapper am Telefon hatte ihn ganz durcheinandergebracht. Es trennte sie mehr als nur der halbe Planet. Neil wäre am liebsten nach Hawaii zurückgekehrt und nach London geflogen. Er wußte, daß er nicht wegen der Albatrosse in Saint-Esprit blieb, sondern weil er hoffte, die Franzosen würden die Atomversuche wiederaufnehmen. Und wenn ihn Dr. Barbara oder Mrs. Saito dabei erwischten, wie er sehnsüchtig die Bunker anstarrte, dann hatte er das Gefühl, sie wüßten genau, weshalb er wirklich an der Expedition teilgenommen hatte.

In der kleinen Bucht zu seinen Füßen lag ein schmutziger Ölteppich aus schwärzlichen Federn, toten Fischen und anderem Strandgut. Die Wellen, die über das Riff kamen, ließen ihn sanft auf und ab schaukeln. Neil kletterte den steilen, sandigen Abhang empor zu einem weiteren in den Bäumen versteckten Kameraturm. In den zahlreichen Rissen des Betonbunkers hatten sich lange Roststreifen gebildet. Rund um die Lagune standen etwa ein Dutzend in den sechziger Jahren gebaute Bunker für die ferngesteuerten Kameras. Gleich in der ersten Woche hatte Neil sie alle erforscht. Er war von einer Sandbank des Atolls zur anderen geschwommen, aber die Türme waren alle im gleichen, verfallenen Zustand. Nirgends gab es Hinweise, daß sie für neue Atomversuche wieder instand gesetzt werden sollten. Die Türme auf der Hauptinsel waren schon vom Dschungel überwuchert, alte Megalithen, hinterlassen von kriegerischen Wissenschaftlern, die besessen waren von der Geometrie und vom Tod.

Ein vertrockneter Vanillestrauch, dessen Blätter zu Staub zerfielen, als Neil sich auf dem Weg zur Treppe vorbeidrängte, stand im Eingang des Bunkers. Neil ging in den Beobachtungsraum, lehnte sich mit den Ellbogen in einen der Sehschlitze und starrte auf die offene Wasserfläche der Lagune hinaus. Er konnte sich den grellen Blitz sehr gut vorstellen, den eine Atomexplosion hier auslösen würde. Die Erinnerung an seinen Vater und das Testgelände in Maralinga schien über dem stillen Wasser zu schweben und übte eine Anziehungskraft aus, die noch stärker als der Mythos des Albatros war.

Außerhalb des Turms hörte er Stimmen, ein Mann und eine Frau, die lachten. Neil beugte sich vor und schob die Palmwedel zur Seite, die unter dem Schlitz für die Kamera wucherten. Die beiden hatten den Pfad verlassen, der vom Strand zur Rollbahn führte, und schlenderten wie ein Liebespaar unter den schattigen Bäumen. Neil erkannte Pierre Bouquet, den Kapitän der *Croix de Sud*, der eigentlich Mathematiklehrer an einem Gymnasium in Papeete war. Bouquet hatte geholfen, die ölverschmierten Vögel zu säubern, und seine Arme waren noch voller Flecken. Er hörte seiner Begleiterin aufmerksam zu, freute sich darüber, wie sie mit kräftiger Stimme über seinen Scherz lachte, und bewunderte sie mit einem Dutzend versteckter Blicke.

Die Frau war Dr. Barbara. Sie hatte ihr Hemd ausgezogen und war nackt bis zur Hüfte. Auf ihrer linken Schulter hatte sie Ölflecke. Aber sie dachte nicht an die Vögel. Sie zeigte hier eine Sorglosigkeit, wie er sie noch nie an ihr beobachtet hatte. Es erinnerte ihn an die Freizeitpersönlichkeit einer furchterregenden Oberschwester im Krankenhaus in Honolulu, die er einmal zufällig dabei ertappt hatte, wie sie sich mit einem Glas Whisky in der Hand im Zimmer des Anästhesisten entspannt hatte.

Wie immer schien Dr. Barbara den weitaus größten Teil des Gesprächs zu bestreiten, aber Bouquet war offensichtlich zufrieden damit, daß er zuhören durfte. Ohne Scheu bewunderte er ihre nackten Brüste. Er hatte sie leicht um die Hüfte gefaßt und störte sich auch nicht an den Druckstellen der Sicherheitsnadeln auf ihrer Haut. Sie schlenderten am Bunker vorbei in die Tiefe des Waldes, das Sonnenlicht sprenkelte ihre Rücken, und ihre Stimmen gingen im Chor der Insekten verloren.

Neil lehnte sich mit der Stirn an den kalten Beton und versuchte sich an die Vorstellung zu gewöhnen, daß Dr. Barbara ein Privatleben jenseits des Albatros hatte. Er hatte sie nur allzugern als Ersatzmutter für sich akzeptiert, vielleicht gerade weil sie so gänzlich anders war als die unsichere und ängstliche Frau in Atlanta, die ihren Ehemann brauchte, um zu wissen, wie spät es war und was es zu tun gab. Jetzt war er wütend auf Dr. Barbara, weniger, weil sie den jungen Franzosen als Liebhaber hatte, als vielmehr deshalb, weil ihre Leidenschaft für den Albatros offenbar nicht so ausschließlich war, wie er gedacht hatte, und durchaus noch andere Wünsche und Bedürfnisse zuließ. Über Saint-Esprit lagen nicht nur die Schatten der toten Vögel und seiner atomaren Zukunft.

In plötzlicher Einsicht sagte Neil zu sich selbst: Ich muß die Insel vor Dr. Barbara bewahren.

Eine der Jachten lichtete Anker. Ihr Klüver flatterte im Wind. Am Morgen hatten sich alle auf der Insel von der dreiköpfigen Mannschaft verabschiedet. Charles Rice, ein pensionierter amerikanischer Marineoffizier, seine Frau und seine verwitwete Tochter hatten den größten Teil ihres Proviants auf der Insel zurückgelassen und wollten jetzt nach Hawaii zurückkehren.

Ihr Platz würde bald von einem der Neuankömmlinge eingenommen werden, die jeden Tag eintrafen, aber trotzdem tat es Neil leid, daß sie abfuhren. Sie hatten an Dr. Barbaras Versammlungen in Waikiki teilgenommen, sie hatten ihn im Krankenhaus besucht und ihm eine ganze Bibliothek von Umweltschriften geschenkt. In der zweiten Woche auf Saint-Esprit hatte er bei ihnen an Bord geschlafen und wußte das Moskitonetz und die weiche Koje durchaus zu schätzen. Alle drei waren davon überzeugt gewesen, daß die Franzosen früher oder später zurückkehren würden, und hatten sich genau wie die Andersons Sorgen um Neil und seine Sicherheit gemacht.

Die Maschine der Sloop rumpelte leise, und während Rice den Anker an Bord holte, schickte die Schraube schon erste kleine Wellen über das Wasser. Als sie Neil am Strand stehen sah, winkte ihm Mrs. Rice fröhlich zu; ihre Tochter hielt die Pinne.

Neil winkte zurück und machte sogar zwei Schritte ins flache Wasser. Er spürte den Sog der kühleren Wasserschichten unter der Oberfläche und mußte an seinen Plan denken, den Kaiwi-Kanal zu durchschwimmen. Die Jacht war ungefähr dreihundert Meter entfernt, aber noch problemlos in seiner Reichweite. Er wußte, daß sie ihn gern mit nach Hawaii nehmen würden – sie hatten im Fernsehen gesehen, wie sich Neils Mutter nach dem Tod Bracewells aufgeregt hatte.

Neil watete noch ein Stück weiter, und das kalte Wasser ging ihm schon bis zu den Hüften. Der schwarze Sand zischte ihm um die Fersen und schien ihn hinunterziehen zu wollen. Der Seesack mit seinen Kleidern, der Taucher-Uhr und anderen persönlichen Habseligkeiten lag in dem kleinen Zelt, das er mit Kimo teilte, aber jetzt war keine Zeit mehr, die Sachen zu holen. Außerdem hatte er keine Lust, Dr. Barbara, Monique oder Professor Saito erklären zu müssen, warum er sich entschlossen hatte, Saint-Esprit zu verlassen.

Eine Welle traf seine Brust, rollte weiter zum Strand und brach sich zwischen toten Vögeln und Fischen. Die Maschine der Sloop lief immer noch im Leerlauf, während Rice das Segel hochzog. Jetzt schwamm Neil bereits auf die Jacht zu, zögerte einen Augenblick, als die nächste höhere Welle ihm ins Gesicht schlug, und fing dann an, energisch zu kraulen.

Er war noch etwa fünfzig Meter von der Sloop entfernt, als ihn Mrs. Rice bemerkte.

»Charles... da hinten schwimmt Neil. Ich glaube, er will...«

Sie drängte sich an ihrer Tochter vorbei und beugte sich über das Heck, aber ihr Mann starrte mit seinem Fernglas hinaus aufs Meer. Neben dem Motor der Jacht hörte Neil plötzlich das laute Knattern eines Hubschraubers. Die Mannschaften der anderen Jachten kamen aus den Kabinen gestürzt und zeigten auf ein weißes Schiff, das am Horizont aufgetaucht war und sich dem Riff näherte. Als Neil die Hand von Mrs. Rice ergriff und sich an Bord helfen ließ, hörte er ihren Mann rufen: »Sie kommen zurück! Die Franzosen sind wieder da!«

7
Die Regenbogenpiraten

Ein Paar französische Kampfstiefel gruben sich neben Neils Kopf in den Sand. Er war wieder zurück an Land geschwommen und ruhte sich hier aus. Seine Augen glitten von den Stiefeln über den grün-braunen Tarnanzug hoch zu der Designer-Sonnenbrille und dem kurzgeschnittenen weißen Haar.

»David? Sie sehen ja aus wie ein Fallschirmspringer...«

»Sehr schmeichelhaft, Neil. Vielen Dank. Ich versuche gerade ein Verteidigungskommando aufzustellen.« Carline nahm die Sonnenbrille ab und beobachtete den Hubschrauber, der über dem Atoll kreiste. »Aber leider scheint niemand kämpfen zu wollen.«

»Wo ist denn Ihre Pistole?«

»Gut versteckt. Was denn sonst? Es steht uns eine echte Schlacht bevor.« Carline pfiff vergnügt, aber die Uniform, die er sich aus den Schränken der verlassenen französischen Baracke zusammengeklaubt hatte, genügte nicht, um ihn wirklich siegessicher zu machen. »Ich bin froh, dich zu sehen, Neil. Ich dachte schon, du willst uns verlassen.«

»Nein, ich wollte mich bloß von Mrs. Rice verabschieden.« Neil setzte sich und ließ das Wasser aus seinem Hemd tropfen. »Sie bringen meiner Mutter eine Nachricht.«

»Gut. Sie macht sich bestimmt große Sorgen um dich. Aber die Franzosen werden dir schon nichts tun. Du bist schließlich der Albatros-Junge.«

Neil runzelte die Stirn bei dieser letzten Bemerkung und suchte den Horizont nach der *Sagittaire* ab. Er nahm an, daß die Korvette außer Sicht blieb, bis die Erkundung der Insel aus der Luft ein klares Ergebnis gebracht hatte. Unterdessen hatte das große, über hundert Meter lange Landungsschiff mit der hohen Brücke am Heck und einem eigenen Hubschrauberdeck vor dem Riff Anker geworfen. Wie eine große, weiße Munitionskiste lag es im Wasser. Hinter der großen Bugklappe lauerten wahrscheinlich Amphibienfahrzeuge oder vielleicht sogar ein kleiner Panzer darauf, sich auf die brütenden Albatrosse zu werfen. Oder wurden in diesen gepanzerten Landungsschiffen die Kernwaffen und die dazugehörige Ausrüstung über die Meere befördert?

Auf jeden Fall stand ein militärisches Landungsunternehmen bevor. Ein großes Beiboot war herabgelassen worden und hielt auf den Strand zu, aber niemand versuchte es aufzuhalten.Trotz der Aufregungen der letzten Tage hatte sich plötzlich Resignation breitgemacht. Sie hatten so vieles ertragen und alles gegeben, um auf der Insel Fuß zu fassen, daß sie sich jetzt einfach nicht mehr dazu aufraffen konnten, die ölverschmierten Strände gegen eine Invasion zu verteidigen.

Außerdem erinnerte die Gegenwart des Schiffes auf erschreckende Weise an die Landung der Alliierten am D-Day. Dr. Barbara stand unter den Bäumen neben der Wellblechkapelle und drückte an den Geschwüren auf ihren Lippen herum. Kimo hockte auf einer umgestürzten Palme und warf Muschelschalen ins Wasser. Monique und die Saitos kamen aus dem Küchenzelt und wanderten zum Strand hinunter, nur Major Anderson und seine Frau setzten ihre Arbeit an der Wasserleitung fort. Die Besatzungen der Jachten saßen im Schatten ihrer Sonnensegel, und sogar Bouquet und seine kämpferische Truppe warteten an Bord der *Croix du Sud* erst einmal ab. Die Zeit der Transparente und Proteste war vorbei. Neil hatte den Eindruck, daß sie alle den Atem anhielten wie Kinder und hofften, wenn sie es lange genug machten, würden die Franzosen wieder wegfahren.

Der Hubschrauber landete als erster. Als er sich überzeugt hatte, daß es keine Abwehrmaßnahmen gab, wasserte er auf der stillen Oberfläche der Lagune neben der Mole.

Ein kleiner, schwitzender Mann in einem zerknautschten Safari-Anzug öffnete seinen Sitzgurt und rutschte über den rechten Schwimmer ins flache Wasser. Um den Hals trug er ein mächtiges Fernglas. Er watete vorsichtig mit gesenktem Kopf auf den Strand zu, wo Monique mit über der Brust gekreuzten Armen stand, um ihn zu begrüßen. Aber der von Neil erwartete Wutanfall der Französin blieb aus, und auch die üblichen Beschimpfungen unterblieben. Der Motor des Hubschraubers übertönte, was im einzelnen gesagt wurde, aber nachdem sie den Mann mit dem Fernglas angehört hatte, winkte sie Dr. Barbara.

»Barbara? Komm doch mal her!«

»Was gibt es?« Dr. Barbara stand hinter Kimo und stützte sich auf seine Schulter. »Sei vorsichtig, Monique!«

»Das wird dir gefallen, Barbara.« Zum ersten Mal, seit Neil sie kennengelernt hatte, lachte Monique. »Darf ich dir Monsieur Kouchner vorstellen? Er interessiert sich sehr für Saint-Esprit.«

»Ich werde nicht mit ihm handeln.« Dr. Barbaras Hände fuhren durch die Luft wie Messer, als sie den korpulenten Mann betrachtete, der das Wasser aus seinen Hosen zu drücken versuchte. »Wen vertritt er denn? Das Verteidigungsministerium?«

»Nein, viel schlimmer...« Monique schüttelte finster den Kopf. »Trotzdem gibt es gute Nachrichten aus dem Elysée Palast – die Regierung hat Saint-Esprit zum Naturschutzpark erklärt. Monsieur Kouchner sagt, das Moratorium für Atomversuche gilt weiter.«

»Aber wer ist dieser Monsieur Kouchner?« Mit energisch vorgestrecktem Kinn kam Dr. Barbara über den Sand. »Kommt er vom Außenministerium? Oder vom Kolonialministerium?«

»Nein, Barbara – vom Club Méditerranée«, sagte Monique, ohne mit der Wimper zu zucken. »Monsieur Kouchner ist ein Scout. Die Leute vom Club Med überlegen, ob sie auf Saint-Esprit nicht ein Feriendorf aufmachen sollen...«

Sie standen sprachlos da und starrten sich an. Dr. Barbara sank auf die Knie, nahm zwei Hände voll schwarzen Sand und warf damit spielerisch nach Monique. Dann umarmten sich die beiden Frauen erleichtert. Die Leute auf den Jachten wurden neugierig und ruderten an Land. Das große Motorboot des Landungsschiffes suchte immer noch die Einfahrt in die Lagune.

»Glauben Sie mir, Sie sind hier ganz sicher«, versicherte Kouchner vergnügt, als ihn Carline und die Saitos befragten. »Saint-Esprit gehört der ganzen Welt. Die Publicity und die Demonstrationen wurden der Regierung jetzt einfach zuviel. Der Präsident hat sich zu einer großzügigen Geste entschlossen, insbesondere weil Peugeot und Renault in den Vereinigten Staaten boykottiert wurden. Umweltfragen spielen eine große Rolle bei den bevorstehenden Wahlen…«

»Sie ziehen sich einfach zurück?« Carline war immer noch skeptisch. Er zeigte auf das Landungsschiff. »Was ist dann mit dem Transporter da draußen? Was verbirgt sich hinter der Bugklappe? Eine Brigade Marineinfanterie? Schwimmpanzer?«

»Nein, viel gefährlicher – Reporter und Kamerateams, Journalisten, literarische Agenten, Verleger, unkontrollierbare Zerstörungskraft.« Der fröhliche Touristikmann hob seine Hände, als wolle er die ganze Insel umarmen. »Alle Welt kommt nach Saint-Esprit.«

»Und das Landungsschiff?«

»Die *Palangrin*? Das ist bloß eine alte Autofähre. Die haben die Amerikaner in Papeete gechartert.« Der Franzose warf einen hoffnungsvollen Blick auf die ölverschmierten Strände mit den toten Vögeln und Fischen. Er konnte sich das kleine Dorf mit Bar und Restaurant, Swimmingpool, Gymnastikhalle und Massagesalon offenbar schon gut vorstellen. »Vielleicht kommt die Marine auch hin und wieder vorbei, um nach dem Rechten zu sehen. Aber das wird noch eine Weile dauern. Der Tod dieses Amerikaners war ein Wendepunkt. Saint-Esprit wird Ihnen ganz allein gehören – monatelang. Sie können Ferien machen!«

Das Motorboot mit den Besuchern von der *Palangrin* war mittlerweile in die Lagune gelangt und hatte am Landungssteg angelegt. Die Journalisten und Reporter waren an Land gegangen, gefolgt von den Kamerateams, die bereits nach den besten Standorten suchten, um das bescheidene Atoll von seiner attraktivsten Seite zu zeigen. Die selbstbewußte Redakteurin einer französischen Frauenzeitschrift hatte Dr. Barbara und Monique rasch entdeckt, hielt ihnen den Kassettenrekorder unter die Nase und fragte sie aus. Die ersten Scheinwerfer richteten sich auf Dr. Barbaras hohe Stirn, und ein rücksichtsvolles Make-up-girl überpuderte schnell noch die schlimmsten Geschwüre und Sonnenbrandschäden.

Für den Rest des Tages wurde Saint-Esprit zum Schauplatz improvisierter Pressekonferenzen. Bouquet und die Mannschaft von der *Croix du Sud* errichteten auf der Rollbahn neben dem Bulldozer eine Bar, die gleichzeitig Nervenzentrum und Erste-Hilfe-Station war. Dr. Barbara und Monique führten die Journalisten zu den Albatros-Brutplätzen, was allerdings dazu führte, daß zwei Paare ihre Nester für immer verließen.

Professor Saito und seine Frau wurden von einem japanischen Team interviewt, das sein improvisiertes Studio vor dem stillen Hintergrund eines Beobachtungsbunkers und der Lagune aufgebaut hatte. Während er darauf wartete, ebenfalls vor die Kamera zu treten, fragte sich Neil, ob er die Zuschauer in Hiroshima und Nagasaki vielleicht damit verblüffen sollte, daß er die Reize atomarer Waffen beschrieb, aber er spürte alsbald die bremsende Hand Carlines auf seiner Schulter.

»Red lieber nicht über die Kernwaffen, Neil«, sagte er. »An deiner Stelle würde ich einfach dem französischen Präsidenten zu seiner vernünftigen Entscheidung gratulieren.« Carline hatte sich mit dem Wein von der *Croix du Sud* einen kleinen Schwips angetrunken. »Vergiß nicht, du bist der einzige, der wirklich angeschossen worden ist von den Franzosen. Du darfst den Saitos nicht die ganze Schau überlassen.«

»David, vielleicht ist das ja alles ein Trick. Wie weit kann man den Franzosen eigentlich trauen?«

»Vielleicht genausoweit wie den Engländern. Oder sogar noch ein bißchen weiter. Sie werden schon eine Zeitlang wegbleiben. Lange genug, daß wir noch ein paar von den Vögeln retten können. Sag mal, was *sieht* man eigentlich von diesen Kameratürmen?«

»Nichts, David.«

»Wirklich? Das ist schade. Hier bahnt sich ein interessantes Experiment an, aber nicht so eins, das man mit dem Geigerzähler aufzeichnen müßte.«

Auf Wunsch des japanischen Regisseurs stellte Neil sich barfuß vor die Kamera, grüßte seine Mutter und Oberst Stamford, das Pflegepersonal des Krankenhauses in Honolulu und schließlich – was ihm höchst peinlich war – auch Louise, die ihm allmählich schon wie eine frühkindliche Erinnerung vorkam. Verlegen hob er den rechten Fuß, um die Stelle zu zeigen, wo ihn die französische Kugel getroffen hatte, und mußte dann fast eine Minute lang auf einem Bein stehen, während sich die Kamera an der Narbe satt sah.

Als er das Interview hinter sich hatte, strahlte ihn Dr. Barbara so stolz an, als ob er ein Kinderstar wäre und sie seine Mutter. Neil freute sich, daß sie so glücklich über die Entscheidung der französischen Regierung war, die sie praktisch zur Herrin auf Saint-Esprit machte. Sie hatte sich Moniques Lippenstift und Rouge geborgt, und sie sah so vergnügt aus, wie Neil es noch nie gesehen hatte. Die aufmerksamen Kameras, die ihr auf Schritt und Tritt folgten, schmeichelten ihr. Gerührt von den Glückwünschen der Jachtmannschaften schien sie über die Insel zu schweben, die ihr jetzt gehörte.

Schließlich hielt sie neben Bracewells Grab eine leidenschaftliche Ansprache an die Fernsehzuschauer in aller Welt.

»Zunächst einmal gilt mein Dank dem französischen Volk und dem französischen Präsidenten, die weit mehr als nur den Albatros gerettet haben. Sie haben nicht nur Saint-Esprit und seine Tiere und Pflanzen gerettet, sondern auch die Hoffnung, daß es uns eines Tages gelingt, eine bessere Welt auf diesem Planeten zu schaffen, in der alle Arten ohne Furcht zusammenleben können. Das zwanzigste Jahrhundert geht seinem Ende entgegen, aber es trägt immer noch die Gefahr einer völligen nuklearen und chemischen Zerstörung unserer Welt in sich. Ich möchte, daß Saint-Esprit ein Brückenkopf, eine Eingangstür wird ins nächste Jahrtausend. Rettet den Albatros, rettet Saint-Esprit und rettet das einundzwanzigste Jahrhundert!«

»Dr. Rafferty, werden Sie Ihre Arbeit fortsetzen, wenn Sie die Insel verlassen?« fragte eine schwedische Journalistin, deren Bluse mit zahlreichen Pro-Abtreibungs-Plaketten geschmückt war. »Werden Sie der ganzen Welt Ihre Botschaft verkünden?«

»Die Insel verlassen?« Dr. Barbara schien von der Idee überrascht. Sie runzelte die Stirn, umklammerte die Sicherheitsnadel, die ihren Halsausschnitt schloß, und warf einen ärgerlichen Blick in die Kamera-Augen. »Ich werde Saint-Esprit nie verlassen. Mein Leben und meine Arbeit sind hier, auf dieser Insel. Saint-Esprit ist eine Zufluchtsstätte für alle Geschöpfe, nicht nur für den Albatros. Jedes bedrohte Lebewesen soll wissen, daß es auf dieser Insel Asyl finden kann. Kehren Sie zurück in Ihre Heimatländer und sagen Sie jeder Pflanze und jedem Tier, daß Saint-Esprit ein Reservat für den ganzen Planeten ist und für alles, was darauf lebt.«

Mehr als fünfzig Leute hatten sich um die Kamera versammelt, als Dr. Barbara ihr neues Credo formulierte. Auch die Mannschaften von den Jachten schalteten ihre tragbaren Radios ab und hörten ihr aufmerksam zu. Nach einem Augenblick respektvollen Schweigens brach sich donnernder Beifall an den Wänden der Wellblechkapelle. Carline nahm seine Militärmütze ab und winkte Dr. Barbara damit, die lächelnd errötete, als Monique und Mrs. Saito sie umarmten.

»Hast du das gesehen, Neil?« fragte er beinahe verträumt, so als ließe er sich nur allzugern von Dr. Barbaras Worten verführen. »Das ist die hohe Kunst der Verkündigung – völliger Ernst gepaart mit einem sicheren Blick für den größtmöglichen Vorteil.«

»Ist das die Geburt einer neuen Religion?« fragte Neil. »Es könnte doch sein ... Hier vor unseren Augen.«

»Ach, Neil. Da ist doch nichts Neues dabei. Das ist die älteste Religion der Welt – reiner, magnetischer Egoismus. Aber sie hat vollkommen recht, ich habe nichts anderes von ihr erwartet. Jetzt aber schnell zurück an die Arbeit – es sind sicher schon Tausende zu uns unterwegs: jede fußkranke Fliege und jeder Grashalm, der einen Tritt abgekriegt hat.«

Die Ereignisse überschlugen sich. Eine Flut von Träumen, Plänen und Hoffnungen spülte alle Barrieren hinweg, die sie wegen der militärischen Bedrohung durch die Franzosen in ihren Köpfen aufgebaut hatten. Hatte sie sich zunächst noch von ihrer eigenen Begeisterung hinreißen lassen, so wurde Dr. Barbara bald sehr viel ruhiger. Die Entscheidung, für unbestimmte Zeit auf der Insel zu bleiben und aus diesem jämmerlichen Königreich mit seinen toten Fischen und seinen ölverschmierten Stränden etwas zu machen, veränderte auch die Vorstellung, die sie von sich selbst hatte. Sie mußte ganz anderen Maßstäben genügen und völlig andere Dimensionen des Ruhms für sich ausloten.

Begleitet von Professor Saito marschierte sie über die Insel, inspizierte die farnüberwachsenen Hügel und machte Pläne für das Reservat. Die Journalisten und Kamerateams stolperten hinter ihr her, und Kimo bildete mit seinem Leuchtstift und seiner Machete die Nachhut. Bald bezeichneten zahllose bunte Pfähle die künftigen Grenzen der Tiergehege und Pflanzenterrassen in ihrem neuen Garten Eden. Es würde schattige Winkel für seltene Pilze und künstliche Teiche für unbekannte Wasserpflanzen geben, deren Lebensraum durch die Vernichtung der Wälder und durch Umweltgifte bedroht war. Auf große Säugetiere mußte man leider verzichten, aber kleinere Wüsten- und Waldbewohner konnte man zunächst in Käfigen züchten und nach und nach auswildern. Kein Geschöpf, auch wenn es noch so gewalttätig und selbstzerstörerisch war, würde man abweisen; denn ein echtes Asyl mußte auch die Bösartigen und die Gestörten aufnehmen. Eines Tages konnte man auch den virulentesten Bakterien beistehen.

Professor Saito, der Biologe, war natürlich begeistert von diesen Visionen. Er verfolgte Dr. Barbaras Ausführungen nicht nur voller Eifer, sondern machte auch zahlreiche eigene Vorschläge. Damit auch ja nichts davon verlorenging, entriß Dr. Barbara einem der Journalisten seinen Kassettenrekorder und funktionierte ihn zu einem Diktiergerät um. Vor dem inneren Auge des Biologen entstand ein ganzer Urwald von genetischen Stammbäumen, die sich bis in die entlegensten Winkel des Tierreichs verzweigten, um auch noch die seltensten Parasiten und Räuber zu retten.

»Und wie lange wird das ungefähr dauern?« fragte ein skeptischer Reporter von einem der englischen Boulevardblätter. »Drei Monate? Ein Jahr? Oder länger?«

»Viele Jahre oder Jahrzehnte«, sagte Professor Saito und hob bescheiden lächelnd die Hände, während seine Frau mit versteinertem Gesicht die moosbedeckten Bäume und das Gestrüpp aus Schlingpflanzen, Farnen und Sträuchern anstarrte. »Aber in der Natur paßt alles zusammen, nichts kann entkommen. Es ist kein neuer Entwurf. Der alte Garten Eden ist seit langem vorhanden und wartet darauf, uns willkommen zu heißen.«

»Schön, daß Sie es erwähnen, Herr Professor.« Der Reporter zeigte auf seine schwitzenden, von Fliegen und Moskitos geplagten Kollegen. »Von *einer* bedrohten Spezies haben Sie bisher gar nicht geredet. Ist sie aus dem Reservat verbannt? Wird sie jemals zurückkehren dürfen?«

Professor Saito wartete freundlich, während seine Frau kicherte. »Ich bin sicher, wir werden einen Platz für den *Homo sapiens* finden. Zunächst wird er bloß das Personal stellen, um den Betrieb aufrechtzuerhalten und durch seine Arbeit die Gunst von Mutter Natur zurückzugewinnen. Aber auch Sie werden wir gerne beschützen, insbesondere auch vor sich selbst...«

Über diese Antwort lachte Mrs. Saito auf dem ganzen Weg zurück bis zur Rollbahn.

Trotz der großartigen Ankündigungen und der gänzlich fehlenden Fortschritte auf der praktischen Ebene löste die Diskussion um das Reservat weltweite Aufmerksamkeit aus, stellte Neil fest, als er sich an Bord der *Palangrin* das Satellitenprogramm im Fernsehen ansah. Bei einem üppigen Frühstück konnte er sich selbst dabei zusehen, wie er sich schüchtern durch seine Interviews stotterte. Aber Louise, seine Mutter und sein Stiefvater würden zumindest sehen, daß es ihm gutging. Neils vertraute Erscheinung – breite Schultern, energisches Kinn und nicht zuletzt das sympathische Hinken – beherrschte wieder einmal die Fernsehkanäle und machte ihn zum elektronischen Botschafter von Saint-Esprit. Umweltschützer in aller Welt hatten bereits auf Dr. Barbaras Einladung reagiert, und die ersten bedrohten Pflanzen- und Vogelarten wurden für ihre lange Reise über den Pazifik vorbereitet.

Sogar der Club Méditerranée hatte schließlich ein Einsehen und verzichtete darauf, die Insel zum Feriendorf machen zu wollen. Erschöpft vom Eifer der neuen Bewohner zog Monsieur Kouchner sich hinter den Schornstein der Autofähre zurück. Im Schatten der Hubschrauberflügel starrte er sehnsüchtig auf die Karten der Freundschaftsinseln und der Marquesas und überlegte, ob sich die romantischen Visionen vom Leben in der Südsee, wie sie Gauguin und Robert Louis Stevenson geträumt hatten, vielleicht woanders verwirklichen ließen oder ob überall schon die harten ökologischen Fakten regierten.

Nach dem Frühstück ging Neil auf die Brücke, wo Kimo mit einem Fernglas stand und den nordwestlichen Himmel absuchte, als könnte dort jeden Augenblick der erste asylsuchende Kakadu oder Kondor auftauchen, den die Umweltschützer auf dem Flughafen in Papeete aus seiner Kiste geholt hatten.

»Wartest du auf die ersten seltenen Vögel?« fragte er. »Das wäre noch etwas früh.«

»Unsinn. Ich warte auf Irvings Dakota mit Nachschub. Ich hoffe, er denkt daran, daß wir etwas zu essen brauchen.«

»Dr. Barbara hat über Satellit mit ihm telefoniert – er sagt, das Flugzeug würde gerade beladen.«

»Ja, ja. Wahrscheinlich ist er so beschäftigt mit seinem Sender, daß er völlig vergessen hat, daß wir nicht bloß Figuren in einer Fernsehserie sind.«

»Wir können ja noch mal zu den Jachten rausrudern – die Leute geben uns doch alles, was wir wollen.«

»Ich weiß...« Kimo wandte sich ab, als ob Neils Offenheit ihm zuviel würde. »Aber ich mach' das nicht gern. Außerdem haben die Leute selbst nicht mehr viel. In ein paar Tagen werden wir morgens aufwachen und feststellen, daß alle weg sind. Dann sitzen wir alleine am Strand.«

»Wäre das nicht gut, Kimo? Das hast du doch immer gewollt?«

»Ja – ich kann's gar nicht erwarten. Es kommen viel zu viele Leute nach Saint-Esprit. An den Albatros denkt kein Mensch mehr. Vor allem brauchen wir jetzt mal die Vorräte aus der Dakota, dann sehen wir weiter.«

Die Rollbahn hatten sie inzwischen von allen Hindernissen geräumt. Die Nahrungsmittelreserven, die sie aus der *Dugong* gerettet hatten, waren erschöpft, und die Zutaten für ihre bescheidenen Mahlzeiten aus Reis, Gemüse und Büchsenfisch hatten ihnen die Besucher geschenkt. Monique und Mrs. Saito rationierten alles sehr streng, aber Dr. Barbara sorgte dafür, daß Neil immer etwas mehr Eiweiß als die anderen erhielt. Schon für die Fernsehkameras war es wichtig, daß er schlank, aber nicht mager erschien, sonst würden ihn seine Eltern oder irgendwelche Sozialarbeiter sofort abholen lassen.

Dennoch versuchte er immer wieder, seine Rationen mit Dr. Barbara zu teilen, indem er seinen Teller halbvoll in ihrem Zelt stehenließ. Denn trotz aller Begeisterung und der endlosen Interviews hatte sie wieder angefangen, sich zu vernachlässigen. Die Sonnenbrandgeschwüre und ein häßlicher Hautausschlag auf ihrem Handrücken wurden von Tag zu Tag schlimmer.

»Es fehlt anVitaminen, Neil. Hoffen wir, daß die Dakota bald kommt«, sagte sie.

»Ich kann doch fischen gehen, Dr. Barbara. Die Lagune ist voll von Schnappern und Barschen.«

»Nein, das dürfen wir nicht tun, Neil.« Dr. Barbara beruhigte ihn mit einem geistesabwesenden Lächeln. »Saint-Esprit soll eine Zuflucht sein. Das gilt auch für die Fische in der Lagune.«

»Aber die Fische sind doch gar nicht bedroht. Die Franzosen haben aufgehört, sie zu vergiften. Professor Saito sagt, man kann sie ruhig essen.«

»Neil, du bist es, der sie bedroht.« Dr. Barbara schlug ihre Zeltklappe zurück und sah zur Rollbahn hinüber, wo Kimo und Carline, Monique und die Saitos einträchtig unter den Palmen saßen und zum Himmel hinaufstarrten. Die Landebahn war so sauber gefegt, als würde eine Königin erwartet. »Schau dir das an, Neil. Sie warten auf die Offenbarung des

Himmels. Man könnte glauben, daß wir dem Cargo-Kult anhängen.«

Zum Glück der Fische kam das Flugzeug aus Honolulu doch noch, ehe Neil sich gegen Dr. Barbaras moralische Überlegungen durchsetzte. Zwei Tage nach der Abfahrt der *Palangrin* kreiste die alte Dakota plötzlich in einem Wirbel jubelnder Sirenen und weggeworfener Videobänder über der Insel und setzte dann mit lautem Getöse auf der Landebahn auf.

Irving Boyd hatte alle Versprechen gehalten. Als sich die Ladeluke öffnete, erkannte Neil den Fahrer mit dem glattrasierten Schädel und den Abziehbildern am Kragen, den er zuletzt am Kai in Honolulu gesehen hatte. Als die mit Korallenstaub bedeckten Expeditionsteilnehmer auf ihn losstürzten, kratzte er sich den tätowierten Schädel wie ein verblüffter UNO-Beamter, den eine Versammlung von Buschgespenstern begrüßt.

Der Anblick der Nahrungsmittel beflügelte sie. Die verschiedensten Unterstützergruppen auf Hawaii hatten Spenden für sie gesammelt. Es gab Fleisch- und Fischdosen, große Säcke mit Orangen, Pampelmusen und Ananas und etliche Kartons mit Eiern, Nudeln und Mehl aus Naturkostläden. Es gab genug Zelte, um fast fünfzig Freiwillige unterzubringen, Feldbetten und Laufstege, Paraffinherde, Destilliergeräte, Moskitonetze und tragbare Latrinen. Tausend Tomatensetzlinge begannen bald in der Sonne zu welken, einen Teil allerdings fraßen die beiden Ziegen, die Kimo auf seinen Armen aus dem Flugzeug trug. Ein Dutzend Hühner, Rhode Island Reds, blinzelten aus ihren Bambuskäfigen. Auf dem Flug aus Papeete hatten sie aus Langeweile zwei Säcke mit Dünger angepickt, so daß Mrs. Saito seufzend mit Schaufel und Besen in den Laderaum steigen und das Phosphatgemisch sorgfältig in zwei Eimer kehren mußte.

Aus den Bündeln mit gespendeter Kleidung suchte sich Neil ein leuchtend blaues Hemd und eine Baseballmütze heraus, die liebevoll mit einem ökologischen Slogan bestickt worden war. Es gab aber auch Öljacken und Taucherausrüstungen, einen großen Postsack mit Briefen und Glückwünschen aus aller Welt und ein großes Transparent, das in einem Kindergarten in Honolulu bemalt worden war und ein friedliches, von würdigen Krokodilen und lächelnden Tigern bewohntes Inselparadies zeigte.

Wenn sie jeden Monat so viele Hilfsgüter kriegten, überlegte Neil, konnten sie unbegrenzt bleiben. Er half Carline und Kimo, das größte Zelt als Vorratslager aufzustellen, und war überrascht, daß auch eine Reihe von schweren Ketten und Vorhängeschlössern mitgeschickt worden war.

Von der Hilfsflotte, die Saint-Esprit verteidigt hatte, waren nur noch fünf Jachten übrig, und deren Mannschaften hatten tatsächlich nicht mehr viel Proviant, ganz wie Kimo gesagt hatte. Auch Bouquet und seine Mannschaft von der *Croix du Sud* hatten eines Morgens nach einer ausgedehnten Beach-Party und einem langen Spaziergang an der mondüberglänzten Lagune widerwillig die Anker gelichtet und waren zu ihren Jobs in Papeete zurückgekehrt. Major Anderson und seine Frau dagegen waren jetzt offizielle Mitglieder der Expedition. Sie erhielten ein Zelt, Matratzen und Feldbetten und nahmen an den von Monique und Mrs. Saito zubereiteten Mahlzeiten teil.

Aber als Neil den Vorschlag machte, den anderen Jachtmannschaften zumindest soviel Proviant mitzugeben, daß sie sicher nach Tahiti zurückkehren könnten, widersprach ihm Carline.

»Das geht nicht, Neil. Wir brauchen alles für das Reservat«, sagte Carline und tätschelte das Vorhängeschloß. »Wer weiß, wann das nächste Flugzeug kommt.«

»Aber die anderen haben uns doch auch geholfen. Alles, was wir hatten, hatten wir von ihnen. David, es ist ein weiter Weg nach Tahiti.«

»Sie schaffen es schon, wenn sie jetzt fahren. Wir dürfen sie nicht ermutigen, noch länger zu bleiben.« Carline lächelte freundlich, nahm Neil die Rindfleischbüchsen aus der Hand und stellte sie zurück in die übervollen Regale. »Findest du nicht auch, Barbara?«

Dr. Barbara, die immer noch dasselbe ausgebleichte Hemd wie zu Anfang der Expedition trug, warf einen Blick auf die bunten Kleiderbündel und die Konservenbüchsen. Dann nahm sie Neil beim Arm und führte ihn in die Sonne hinaus.

»David hat recht, Neil. Das Reservat kann nicht jede zufällig vorbeikommende Jacht verproviantieren. Wir müssen an unsere Arbeit denken.«

Neil riß sich los und drehte sich zu ihr um, während Carline und Kimo sie aus dem Zelt heraus beobachteten. »Soll das heißen, wir geben niemandem etwas ab, Dr. Barbara? Auch Leuten nicht, die in Not sind?«

»Nein, so ist das nicht gemeint. Natürlich helfen wir, wenn Leute in Not sind. Schau mich an, Neil. Ich hab' mir doch auch nichts genommen.« Dr. Barbara faßte sich an die rostige Sicherheitsnadel zwischen ihren Brüsten, als ob sie ein Talisman wäre. »Irgendwo müssen wir eine Grenze ziehen. Wir müssen eine Menge Grenzen ziehen. Wir müssen eine Menge Grenzen ziehen in der nächsten Zeit, Neil. Und du mußt uns dabei helfen.«

Schon drei Tage nach der Abreise der letzten Jacht in Richtung Tahiti schien sich Dr. Barbaras Vorhersage bestätigen zu wollen. Ein unerwarteter Neuankömmling ankerte vor der Insel. Es war die sturmzerzauste Jacht *Parsifal*, deren Rumpf und Segel in psychedelischen Farben leuchteten wie ein Seeungeheuer. Das Schiff schien direkt aus den sechziger Jahren zu kommen. Die Mannschaft bestand aus einer Truppe von nautischen Hippies mit Pferdeschwänzen und Lederarmbändern. Was diese Regenbogenpiraten nach Saint-Esprit gelockt haben könnte, blieb unerfindlich, sicher schien, daß dabei Haschisch im Spiel war.

Die beiden Eigner waren junge Männer, Aussteiger aus einem Stuttgarter Architekturbüro; ihre Passagiere waren zwei deutsche Frauen mit einem kleinen Kind, die in Vancouver zugestiegen waren. Zu Neils Überraschung machten sie keinerlei Versuche, sich der Expedition anzuschließen. Sie blieben an Bord ihrer Jacht, machten nur gelegentlich ein Feuer am Strand und spielten mit dem Kind. Im übrigen schwammen und tauchten sie nackt im Riff, holten große Korallenstücke heraus und machten daraus alle möglichen Schmuckstücke.

Ihre Gegenwart irritierte Monique. Sie empfand die leichtsinnigen jungen Männer als eine Störung. Kimo lachte darüber, und die Saitos ignorierten sie vollkommen. Carline dagegen fand, die Leute von der *Parsifal* seien eine Bedrohung.

»Bestimmt gehen ihnen bald die Vorräte aus«, sagte er. »Ich sehe schon, wie sie uns die Hühner stehlen und am offenen Feuer braten. Ich glaube, wir haben unser erstes Sicherheitsproblem, Barbara.«

»Die werden schon wieder abfahren«, sagte die Ärztin. Sie hatte sich gerade von Neil eine Tasse Tee bringen lassen und zeigte keinerlei Neigung, aus ihrem Zelt zu kommen und sich aufzuregen.

»Am liebsten würde ich einen Wachplan aufstellen«, sagte Carline. »Und vielleicht könnten wir auch einen Beobachtungsposten am Strand bauen.«

»Du redest wie ein französischer Offizier.«

»Das Reservat muß bewacht werden, Barbara. Hier werden bald viele seltene Arten Zuflucht suchen.«

»Eine davon ist schon da. Hör dir das an, Neil...« Als Carline sich entfernte, um die Zelte und die Schlösser zu überprüfen, trank Dr. Barbara einen Schluck Tee und starrte dann mit leerem Blick in den Himmel. »Eines Tages wird er uns verlassen, dann wird Kimo gehen und schließlich die Saitos. Früher oder später bin ich hier allein. Ich frage mich, ob du bei mir bleiben wirst, Neil...«

Ausnahmsweise beschloß Neil, ihr keine Versprechungen zu machen. Wenn man vom leicht gesüßten Tee absah, lebte Dr. Barbara von Luft und ihrer Liebe zu den großen Vögeln irgendwo in den Wolken. Mehr als hundert Albatrosse waren inzwischen nach Saint-Esprit zurückgekehrt, und ihre Seele segelte mit ihnen über den Wellen. Sie weigerte sich sogar, an den Erörterungen über eine Nahrungsmittelrationierung teilzunehmen. Es schien, als wolle sie einfach nicht daran denken, daß sie völlig von Spenden abhängig waren. Neil war aufgefallen, daß sie keinen einzigen der Briefe aus dem Postsack gelesen hatte, der in ihrem Zelt stand.

»Neil, ich gehe arbeiten«, sagte sie. »Paß auf, daß David keinen Blödsinn macht mit seiner Pistole.«

Sie verbrachte den größten Teil ihrer Zeit damit, Professor Saito bei der Errichtung der Tiergehege und Pflanzenterrassen zu helfen. Mit einem schweren Spaten stapfte sie durch die Farne und Zwergpalmen den Abhang hinauf und begann das staubige Unterholz umzugraben.

Als ihr Neil zwei Stunden später den Spaten aus den erschöpften Händen nahm, setzte sie sich erst einmal auf die Überreste des Sendemasts und beobachtete die am Himmel kreisenden weißen Vögel so wehmütig, als wüßte sie jetzt schon, daß sie eines Tages wegfliegen würden. Als Neil ihr die Schultern massierte, wurde ihm plötzlich klar, daß sie wahrscheinlich erst zufrieden sein würde, wenn sie allein auf Saint-Esprit war, wenn die Saitos, Kimo und Monique und am Ende auch die Albatrosse weg waren.

8
Ein Berg von Geschenken

Die Welt zeigte allerdings keine Neigung, Dr. Barbara zu verlassen. Drei Tage nach den psychedelischen Segeln der *Parsifal* tauchte ein weißes Wasserflugzeug am Horizont auf.

Neil, der die Rodungsarbeiten außerordentlich anstrengend fand, ließ seine Machete fallen und machte sich auf den Weg zur Rollbahn hinunter.

»Neil, du Faulpelz«, schrie Monique hinter ihm her. »Hat dir denn nie jemand beigebracht, wie man arbeitet?«

»Nein, Monique! Ich bin bloß hier, damit ihr alle an mir rumnörgeln könnt!«

Carline saß mit Kopfhörern in der Funkstation und genoß seine Rolle als Fluglotse. Er gab der zweimotorigen Maschine Landeerlaubnis und sah zu, wie sie die Lagune zweimal umkreiste, ehe sie sich mit einer gewaltig schäumenden Bugwelle auf das stille Wasser senkte.

»Ich hätte immer gern einen kleinen Flughafen geleitet«, sagte Carline und setzte die Kopfhörer ab. »Das ist fast so, als ob man Hafenmeister wäre. Im Himmel gibt es auch Gezeiten, Neil.«

»So wie Ebbe und Flut?«

»Ja, aber du wirst sie nie sehen. Du schwimmst in deinem eigenen kleinen Meer. So, und jetzt begrüße unseren Besucher – Kapitän Garfield von *Inter Island Charter.* Eine frische Grapefruit wäre bestimmt nicht schlecht für den Anfang…«

Das Flugboot, das einem Charterdienst in Papeete gehörte, kam an den Landungssteg, und der Pilot, ein sechzigjähriger Australier mit einem weißen Bart, winkte Neil aus dem offenen Cockpit zu. »Ist das hier das Albatros-Reservat? Die Barbara-Rafferty-Show? Junge, du siehst echt wie ein Vogelschützer aus.«

Neil trat näher an das Flugboot heran, der Steuerbord-Propeller hing über ihm wie ein glänzender Eiszapfen. »Wenn Sie bei uns mitmachen wollen, müssen Sie mit Dr. Barbara reden«, sagte er. »Wer sind Sie denn überhaupt?«

»Der Weihnachtsmann! Jedenfalls fühl' ich mich so. Außer Schlittenglocken und Mistelzweigen hab' ich alles an Bord.« Er drehte sich zu den beiden Helfern um, die in der Ladeluke warteten. »Auf geht's!« rief er. »Macht die Maschine fest und ladet die Geschenke aus!«

Die dunkle Höhle des Laderaums war voller Kisten und Kartons und sah wie die Schatzkammer eines Discounthändlers aus. Der lässige Ton des Piloten gefiel Neil allerdings überhaupt nicht; er hatte das Gefühl, daß man ihnen einen bösartigen Streich spielen wollte.

»Geschenke?« fragte er. »Woher kommen die denn?«

»Junge, stell keine Fragen! Allmählich krieg' ich selber Lust, auf Naturschutz zu machen, wenn ich die ganzen Spenden aus Papeete, Sydney und Honolulu sehe!«

Als Garfield zwei Stunden später wieder davonflog, hatte er nicht nur Dr. Barbara und Mrs. Saito respektvoll die Hände geschüttelt, sondern auch ein wahres Füllhorn von Geschenken auf dem Landungssteg ausgeschüttet. Aber diese Lieferung, sagte er, sei nur der Anfang. In der Turnhalle eines Gymnasiums in Papeete lagerten noch ganze Berge von Spenden aus aller Welt. Ein Konsortium von örtlichen Geschäftsleuten habe das Wasserflugzeug gemietet, um die Sachen zweimal wöchentlich nach Saint-Esprit bringen zu lassen.

Für den Rest des Tages ruhte die Arbeit im Reservat. Die Kisten waren liebevoll gepackt und von den Schulkindern mit bunten Bändern und gemalten Slogans geschmückt worden. Es gab zahllose tragbare Radios und Kassettenrekorder, Wein-, Wasser- und Limonadenkisten, batteriegespeiste Videospiele, zahllose Grill-Sets mit einem Jahresvorrat an Holzkohle, Taucheranzüge und Sonnenschirme, Liegestühle und Schwimmflossen.

»Die Leute glauben offenbar, wir machen hier Ferien...« Dr. Barbara gab Monique einen plastikverpackten, glitzernden Badeanzug. »Sie haben sämtliche Kaufhäuser am Rand des Pazifiks geplündert. Ich wünschte nur, sie hätten mich so unterstützt, als ich noch in Honolulu war.«

Monique betrachtete das Sammelsurium mit dem ganzen Abscheu einer französischen Hausfrau, die das minderwertige Angebot eines Supermarkts prüft. »Wahrscheinlich ist es sehr ungerecht, Barbara, aber ich finde es entsetzlich... die Leute haben so blöde Vorstellungen, was wir hier brauchen.«

Kimo ließ seinen gewaltigen Körper in einen breit ausladenden Sessel sinken und polierte mit dem Ärmel die Chromlehnen. »Es sagt doch niemand, daß wir's uns nicht ein bißchen bequem machen dürfen, oder?«

»Diese Videospiele sind besonders abscheulich.« Dr. Barbara drückte auf einen der Knöpfe und betrachtete die verzerrten elektronischen Bilder mit gerunzelter Stirn. Irgendwo in einem Vorort von Sydney hatte ein Teenager sein Taschengeld geopfert, um ihr diesen Schatz zu schicken. »Monique, ich arbeite mit Professor Saito auf den Terrassen. Neil, du mußt Kimo endlich helfen, das Unterholz bei der Wasserleitung zu roden. Es gibt so viel zu tun...«

Dennoch wurden Dr. Barbaras Pläne für das Reservat bald erneut gestört. Wie versprochen, kehrte das Flugboot schon drei Tage später zurück. Der linke Motor lief etwas unruhig, und deshalb stellte ihn Kapitän Garfield gar nicht erst ab, während seine Mannschaft ein kleines Gewächshaus aus Fertigteilen auslud, das ein Hersteller von wissenschaftlichen Geräten aus Florida gestiftet hatte. Haufenweise Pumpen, Kondensatoren und Kühleinheiten würden dafür sorgen, daß alle nach Saint-Esprit geschickten seltenen Pflanzen hier das richtige Klima vorfanden.

Die Saitos waren entzückt, und sogar Dr. Barbara entschloß sich zu einem Lächeln für den nach wie vor skeptischen Garfield. Nachdem sie den Landungssteg von allen Kisten geräumt hatten, bauten Neil und Kimo den kleinen Glaspalast auf dem ebenen Gelände hinter dem Gemeinschaftszelt auf. Getrieben von seinem unbezähmbaren Wunsch, die Schöpfung zu katalogisieren, nahm Professor Saito sein neues Reich in Besitz und sah stolz dabei zu, als seine Frau das Feldbett aus ihrem Zelt zwischen den Arbeitsplatten, Frühbeeten, Wasserbecken, Pflanzentrögen und Reagenzgläsern aufbaute.

Sie waren kaum zur Ruhe gekommen, als am nächsten Tag die Dakota auftauchte. Sie stieß durch die Wolken herunter und landete in einem Schleier von Korallenstaub, der neuerdings ständig über Saint-Esprit lag. Der größte Teil der Ladung bestand aus einer Meerwasserentsalzungsanlage, die ein amerikanischer Chemiekonzern aus Ohio gestiftet hatte. Das glitzernde Aggregat von Reaktionsgefäßen, Separatoren und Ionentauschern stand wie eine Maschinengottheit unter den Bäumen. Aus ihren Eingeweiden drang ein stetiges Rumoren, aber nur sehr wenig Wasser.

Der Flugverkehr von und nach Saint-Esprit war mittlerweile so intensiv, daß Carline seinen Schlafsack in die Funkstation brachte und Neil ihm dort auch das Essen servierte. Die aufgescheuchten Albatrosse watschelten durch die Dünen, und man hatte den Eindruck, daß ihre Schnäbel schon nach dem Geruch einer weniger bevölkerten Insel zu suchen begannen. Aus Mitleid mit den Vögeln verweigerte Carline einer Turbo-Prop-Maschine mit amerikanischen Touristen die Landung, aber er ließ es zu, daß ein kleiner Firmen-Jet mit zwei Spitzenmanagern einer japanischen Reiseagentur landete. Die Saitos lehnten es ab, mit ihnen zu sprechen, und so kletterten die Männer den staubigen Hügel hinauf zu der Lichtung, wo Dr. Barbara zwischen Taros und Brotfruchtbäumen beim Umgraben war. Vergeblich versuchten sie ihr ein Camp für ökologisch denkende japanische Freiwillige schmackhaft zu machen, wo Hunderte von japanischen Buchhaltern, Zahnärzten und Computerspezialisten Urlaub machen und gleichzeitig den Aufbau von Saint-Esprit vorantreiben könnten.

Dr. Barbara war viel zu sehr mit dem Roden des Urwalds beschäftigt, als daß sie darauf hätte eingehen können, und schließlich nahm sich Monique der beiden Männer an. Sie sollten doch die Entsalzungsanlage konsultieren, schlug sie vor, die sei das Orakel der Insel. Tatsächlich stellten sich die beiden Herren zehn Minuten lang geduldig vor die Maschine und hörten ihrem Grunzen zu. Dann ließen sie sich von der immer noch schweigenden Mrs. Saito willig zu ihrem Flugzeug zurückführen.

Wirklich auf die Probe gestellt wurde Dr. Barbaras Geduld aber erst, als wenige Stunden nach dem Abflug des Lear-Jets ein großes Tragflächenboot in der Lagune ankerte. Es war von einem italienischen Medienkonzern gechartert. An Bord war ein Filmteam, das eine große Dokumentation über das Reservat drehen wollte. Dr. Barbara und Monique verweigerten jede Zusammenarbeit und stießen laute Verwünschungen aus, als der Regisseur mit seinem Lichtmesser vor ihren Gesichtern herumfuchtelte. Carline versuchte sein Bestes, um Barbara zu beruhigen. Er wischte ihr den Staub von der Stirn und nahm ihr die Machete vorsichtig aus der Hand.

»Barbara, vielleicht genügt ja ein einziges Interview... Oder wenigstens ein paar Aufnahmen beim Umgraben? Wir brauchen etwas Dieselöl für den Bulldozer. Wenn sie uns ein paar tausend Gallonen aus ihren Reservetanks abtreten...«

Dr. Barbara hackte direkt vor den Füßen des Italieners einen Strauch weg. »Dieselöl? In der Dakota waren doch mindestens ein Dutzend Kanister?«

»Das war Benzin für die beiden Waterscooter, die uns der Club Med geschenkt hat. Könnten Sie nicht doch ein kleines Interview...?«

Aber Dr. Barbara blieb eisern. Sie hatte schon vor zu vielen Kameras gesprochen. Mit schmutzverklebtem blondem Haar, Schlamm auf der Stirn und durchgeschwitztem Hemd hob sie ihre Machete und wartete, bis Carline und der Italiener in der Funkstation verschwanden.

Schließlich war Professor Saito zu einem Gespräch über die ersten bedrohten Tiere bereit, die künftig in Saint-Esprit leben sollten, vorerst aber in seinem Gewächshaus eine provisorische Unterkunft gefunden hatten: zwei Plumploris aus Indonesien und ein Zwerglemur aus Madagaskar, die von Holzfällern aus ihrer Heimat vertrieben worden waren. Das stellte den Regisseur allerdings nicht sehr zufrieden. Alsbald hörte Neil, der sich in einem Liegestuhl auf dem Landungssteg ausruhte, wie der Italiener sich mit Kimo unterhielt.

»Es ist eine tolle Geschichte«, sagte er, »vielleicht die schönste, die man sich heutzutage vorstellen kann. Da könnte man doch ein Buch daraus machen. Es müßte natürlich von einem Insider verfaßt werden. Die Kämpfe, die Leidenschaft, die Romantik...«

»Das ist nicht meine Sache.« Kimo betrachtete die Blasen an seinen Händen. »Wenn überhaupt jemand ein Buch schreibt, dann Dr. Barbara.«

»Die wird nie etwas schreiben. Die wird bloß den Urwald abholzen – da hat ja Mutter Teresa mehr Spaß bei der Arbeit. Sie sind doch Amerikaner, Sie kennen sich aus. Ich verkaufe Ihre Geschichte an einen großen Verlag in New York, und dann haben Sie Geld für andere Projekte. Vielleicht reicht das Geld sogar für eine eigene Insel...«

Neil hörte sich das alles an und überlegte, ob er vielleicht auch einen literarischen Agenten anheuern sollte, ehe er durch den Kaiwi-Kanal schwamm. Als er zu Dr. Barbaras Zelt kam, saß sie auf ihrem Feldbett, wütend über sich selbst, mit dem Gesicht in den Händen.

»Warst du bei Professor Saitos Interview dabei?« fragte sie. »Ich hoffe, er war vernünftig.«

»Er war hervorragend, Dr. Barbara. Sein Englisch ist viel besser, wenn seine Frau nicht neben ihm steht.«

»Gut. Aber ich glaube trotzdem nicht, daß die Leute je verstehen werden, was wir wollen. Ich weiß noch, daß ich früher froh gewesen wäre, wenn ich... Aber jetzt ist Saint-Esprit zum Spielball der Medien geworden. Das ist alles, was wir erreicht haben.« Sie griff nach Neils Hand und wog sie in ihren Händen, als wolle sie seine Entschlußkraft prüfen.

»Manchmal denke ich, wir sollten Saint-Esprit wieder verlassen.«

»Die Insel verlassen?«

»Ja, wir müssen die Welt ganz direkt angehen. Wir müssen vor Downing Street und dem Weißen Haus demonstrieren. Es geht nicht nur um die seltenen Tiere und Pflanzen, es geht auch um uns.«

»Das ist wahr, Dr. Barbara. Glauben Sie, ich brauche einen Agenten?«

»Einen Agenten?« Dr. Barbara setzte sich auf und sah Neil verblüfft an. »Was für einen Agenten? Einen Pressesprecher?«

»Nein, einen literarischen Agenten. Ganz im Ernst, Dr. Barbara…«

»Im Ernst? Wenn du schon darüber nachdenkst, ob du einen literarischen Agenten brauchst, dann ist es wirklich viel ernster, als ich gedacht habe.«

Zu Dr. Barbaras wachsender Verzweiflung steigerten sich die Aufmerksamkeiten der Außenwelt in der nächsten Zeit noch. Das Flugboot Kapitän Garfields landete zweimal wöchentlich in der Lagune und entledigte sich seiner wüsten Mischung von Ausrüstungsgegenständen, Geschenken und Vorräten. Ein Hersteller von Solarzellen aus Tokio versprach ihnen eine Anlage, die ausgereicht hätte, ein ganzes Dorf zu versorgen, machte allerdings den Fehler, auf regelmäßigen Inspektionen durch eigenes Personal zu bestehen. Eine Baufirma aus Seattle bot sogar an, eine zweite Rollbahn zu bauen, wenn sie als offizieller Sponsor des Unternehmens auftreten dürfte.

Von der University of Southern California kamen zwei Anthropologen, um die soziale Struktur und die Verhaltensmuster der Gruppe zu untersuchen. Sie hatten ihre eigene Campingausrüstung dabei und errichteten ein Tarnzelt auf einem der Kameratürme. Von da aus beobachteten sie die Expeditionsteilnehmer mit Ferngläsern und Stoppuhren. Nach vier Tagen hatte Kimo es satt. Er machte ein kleines Feuer aus trockenen Palmwedeln im Treppenschacht des Bunkers und führte die beiden schwarzgeräucherten Anthropologen eine Stunde später zu Garfields Wasserflugzeug.

Trotz dieser Störungen ging die Arbeit am Reservat weiter, und als Garfield eine Woche später eine Gruppe von Greenpeace-Beobachtern mitbrachte, zeigten sich die Umweltschützer von der kleinen Siedlung an der Lagune beeindruckt. Die sechs Zelte, die Tiergehege und das Gewächshaus waren durch befestigte Wege verbunden. Es gab ein Küchen- und ein Gemeinschaftszelt und eine Hütte aus Fertigbauteilen, die Dr. Barbara als Apotheke und Praxis benutzte.

Auch Moniques Vater, der betagte Naturfreund René Didier, war aus Frankreich gekommen. Dr. Barbara war nicht sehr glücklich darüber, aber der alte Mann hatte sich nicht abhalten lassen, die weite Reise zu unternehmen, um seine Tochter zu sehen. Energisch und scharfsichtig hatte er Monique einen Arm um die Schultern gelegt und mit seinem Spazierstock auf die Siedlung gezeigt.

»Mein Gott, Monique, das sieht ja aus wie Bora Bora – fehlt bloß noch das Hilton…«

»Wir haben alle hart gearbeitet, Papa. Sogar Neil hat geholfen, obwohl man ihn ziemlich antreiben muß.«

»Der kleine Engel von Saint-Esprit.« Didier sah Neil befriedigt nach, der gerade seinen Koffer zum Zelt trug. Die Moskitostiche und die aufgeschürften Knöchel des Jungen schienen ihm zu gefallen. »Ihm habt ihr es zu verdanken, daß man euch hier in Ruhe läßt. Ihm und Dr. Rafferty natürlich. Weißt du, ich wäre gern hier begraben – oder jedenfalls meine Asche.«

»Aber Papa, nichts, was nach Saint-Esprit kommt, soll sterben…«

Ehe er sich im Zelt seiner Tochter zum Ausruhen hinlegte,

wollte Didier unbedingt noch die Albatroskolonie sehen. Schwerfällig ging er die lange Rollbahn hinunter und stand dann lächelnd in den Dünen. Er betrachtete die Nester und zählte die großen weißen Vögel, die mit der ganzen Weite des Pazifiks in den Augen zurückkamen.

Die meisten Probleme hatte Neil allerdings, wenn Besucher seiner eigenen Altersgruppe nach Saint-Esprit kamen. Nach der psychedelischen *Parsifal* war inzwischen ein zweites Piratenschiff auf der Insel gelandet, eine runtergekommene Ketsch mit ausgefransten Segeln und einem Haifischkopf unter dem Bugspriet. Ein Dutzend britische, deutsche und australische Hippies hatten an der Stelle, wo Dr. Barbara und Neil das erste Mal gelandet waren, ein wildes Lager aufgeschlagen. Sie streunten auf der Insel herum und bedienten sich freizügig von den Vorräten und Ausrüstungsgegenständen, die offen neben der Rollbahn standen. Sogar ein kleines Gewächshaus für Bonsai-Bäumchen nahmen sie mit.

Das gläserne Gewächshaus wurde ihr Stammes-Wigwam, in dem sie sich am Abend versammelten, um Haschisch zu rauchen. Als ihre Vorräte aufgebraucht waren, kehrten sie zur Rollbahn zurück und wollten sich weitere Konserven und Weinkisten mitnehmen. Mrs. Saito und Monique redeten mit ihrem Anführer, einem pockennarbigen Schotten, dessen öliger Pferdeschwanz aus einem völlig glattrasierten Schädel herauswuchs, aber ohne Erfolg. Seine Leute hätten Anspruch auf die Vorräte, erklärte er, schließlich seien es Spenden. Nachts dröhnte laute Musik durch die Bäume, und der ätzende Geruch der benzingetränkten Palmholzscheite in ihren Lagerfeuern hing in der Luft. Ihre flachen Latrinen überschwemmten den Waldboden, und an den Stränden lagen bald überall leere Büchsen und Glasscherben.

Die blaßgesichtigen Frauen der Gruppe, durchgebrannte Schülerinnen und Ex-Studentinnen, lungerten ständig in der Nähe von Dr. Barbara und Mrs. Saito herum und bettelten um Drogen. Eine, die Tochter eines Psychiaters aus San

Diego mit rosa Stachelhaaren und zahllosen Narben auf der Innenseite der Arme, hielt Dr. Barbara die gestohlene Kreditkarte ihres Vaters hin und bat dringend um eine Abtreibung.

Natürlich interessierte sich Neil für die Frauen und besuchte sie abends häufiger in ihrem Lager. Er setzte sich an das flackernde Feuer, das die Brandung gespenstisch erhellte und intensiv nach Benzin roch, und starrte auf den batteriegespeisten Fernseher, der im Sand flimmerte. Die beiden deutschen Frauen von der *Parsifal* stillten ihr Baby abwechselnd, so daß Neil ständig im Zweifel blieb, wer nun eigentlich die Mutter war. Er vermutete, daß eine der beiden Frauen ihr Kind in Vancouver hatte zurücklassen müssen. Der Säugling selbst war ein freundliches Kind mit rollenden Augen und einer etwas mongoloiden Stirn. Als ihm der bärtige Kapitän der *Parsifal* ein Glas Glühwein und einen Joint anbot, nahm Neil beides dankbar entgegen.

Die chaotische Gesellschaft der Hippies bildete eine angenehme Abwechslung. Dr. Barbaras puritanisches Regiment war auf die Dauer doch etwas anstrengend. Die Albatrosse interessierten sich nicht dafür, wie tief er die Latrinen grub, und die Plumploris oder der Zwergbambus aus Nepal interessierten ihn nicht besonders. Neil sog den süßen Rauch seines Joints ein, dachte an Louise und stellte fest, daß sie inzwischen genauso weit weg wie die Atomversuche war, die wohl nie mehr auf Saint-Esprit durchgeführt werden würden.

Eine Stunde vor Sonnenaufgang wachte er in seinem Zelt auf, weil er merkte, daß sich Dr. Barbara über ihn beugte. Ihr Gesicht wurde von der Brandung beleuchtet, er spürte den intensiven Geruch ihres Körpers und wußte, daß sie sich wieder einmal leidenschaftlich in etwas hineingesteigert haben mußte. Er hörte, wie die Wellen sich auf dem Riff brachen und durch das Wrack der *Dugong* strömten, was eigentümlich klagende Töne erzeugte. Seine Nüstern zuckten, als Dr. Barbara das Moskitonetz abtastete. Wahrscheinlich war sie in der Dunkelheit auf den Gipfel des Berges gestiegen, um ihren geliebten Albatrossen nahe zu sein. Das machte sie immer, wenn ihr eine schwierige Entscheidung bevorstand. Wahrscheinlich hatte sie Neil sogar am Lagerfeuer der Hippies gesehen.

Sie hob das Moskitonetz, setzte sich auf sein Bett und legte ihre Hand auf seinen Bauch.

»Neil, wach auf.«

»Dr. Barbara?«

»Mach keinen Lärm. Hör mal, kannst du den Bulldozer fahren?«

»Ja, natürlich.«

»Kannst du auch mit der Schaufel und diesen Sachen umgehen?«

Neil setzte sich auf und wischte sich die letzten Cannabis-Spuren von den Lippen. »Wollen Sie noch eine Rollbahn bauen?«

»Noch eine Rollbahn? Wir haben doch jetzt schon eine zuviel. Steh auf und zieh dich an, Neil.«

Sie wartete, bis er sich seine Sachen übergestreift hatte, ohne ihren Blick auch nur eine Sekunde von seinem nackten Körper zu wenden. Dann zog sie sein Moskitonetz wieder über das Bett, hob die Zeltklappe und winkte ihn hinaus ins Dunkel. Leise gingen sie an dem Zelt vorbei, wo Monique und ihr Vater schliefen. Die Positionslampen der Anderson-Jacht schienen in der Schwärze der Lagune fast zu ertrinken. Das Rinnsal, das aus der Wasserleitung gluckerte, war vor dem Rauschen der Brandung unhörbar.

Der Schweiß auf Dr. Barbaras Stirn begann in der kühlen Nachtluft zu trocknen. Immer noch leicht benommen vom Haschisch stolperte Neil in eine der Vertiefungen, die von den Rädern der Dakota stammte, und Dr. Barbara mußte ihn auffangen. Sie zeigte auf den Bulldozer, der neben einer langen Reihe von Paletten und Kisten mit Spenden geparkt war.

»Schmeiß den Bulldozer an, Neil!«

Neil hörte das Seufzen der *Dugong* auf dem Riff. Das Lagerfeuer am Strand war noch nicht ganz erloschen, aber die Hippies schliefen längst in ihren Hütten.

»Ich soll den Motor anlassen? Und was machen Sie?«

»Ich bleibe hier bei dir, Neil. Und jetzt paß auf! Ich möchte, daß du alles ins Meer schiebst. Alles. So weit und so tief du nur kannst!«

»Die Hütten? Dr. Barbara! Da ist ein Baby drin! Und eins der Mädchen hat Malaria!«

»Doch nicht die Hütten! Damit werde ich mich später beschäftigen. Ich meine die Kisten da!« Sie zeigte auf die angesammelten Spenden. »Die sollst du ins Meer kippen! Die müssen wir loswerden!«

Dr. Barbara scharrte so aufgeregt mit den Füßen, daß sich eine kleine Staubwolke um sie erhob. Vergeblich versuchte Neil, sie zu beruhigen. »Wir brauchen die Sachen doch, Dr. Barbara. Man hat uns diese Sachen geschickt, um uns damit zu helfen.«

»Sie helfen uns aber nicht!« Sie packte Neil am Arm und stieß ihn in Richtung des Bulldozers. »Sie helfen uns nicht, und wir brauchen sie nicht. Sie machen einen Rummelplatz aus Saint-Esprit. Wir müssen noch einmal von vorne anfangen, mit eigenen Kräften. So, und jetzt setz dich da oben hin und wirf den Motor an!«

»Aber die Nahrungsmittel...?« Neil stemmte sich gegen die Ketten des Bulldozers. »Die Lebensmittel, die wir im Lager haben, reichen doch bloß für drei Wochen.«

»Das muß alles ins Meer!« Dr. Barbara steigerte sich immer weiter in ihre Wut hinein. »Wir müssen mit dem auskommen, was wir selber anbauen. Versteh doch, Neil! Die Welt muß Saint-Esprit vergessen, dann können wir herausfinden, wer wir selbst sind.«

Dreißig Minuten später stellte Neil den Motor ab und lehnte sich auf dem Metallsitz zurück. Seine Lungen waren mit Dieselruß gefüllt, und seine Haut war mit Schmieröl aus einer leckgeschlagenen Dichtung bespritzt. Am Strand hatten zwei von den Hippies aus zersplitterten Kisten ein Feuer entzündet, und die Flammen spiegelten sich im ölverschmierten Armaturenbrett des Bulldozers.

Alle Inselbewohner standen unter den Bäumen und sahen zu, wie die Wellen sich auf die Kisten und Paletten stürzten. Die Brandung schoß in die Rinnen, die der Bulldozer auf dem Strand hinterlassen hatte, und riß die Liegestühle, Grillgeräte und Sonnenschirme ins tiefere Wasser. Laufbretter trieben auf den Wellen, und die Moskitonetze wiegten sich in den Brechern wie Schleier. Hunderte von Konservenbüchsen rollten im Sand hin und her.

Dr. Barbara ging mit nassem Hemd am Strand auf und ab und lächelte mit dem boshaften Stolz eines Kindes. Befriedigt sah sie zu, wie der große Berg von Geschenken immer kleiner wurde. Einer der Hippies watete in die Wellen hinaus, griff nach einer Büchse und wickelte sich das Etikett um die Hand. Ein anderer zog ein Mountainbike aus dem Wasser, schob es den Abhang hinauf und warf es Dr. Barbara vor die Füße.

Neil lehnte mit der Stirn auf dem Armaturenbrett. Plötzlich war er todmüde. Bis zum Schluß war niemand wach geworden im Lager. Die ersten, die auftauchten, waren die Hippies, und als sie das Lager erreichten, verschwanden die letzten Vorräte, von denen sie so bequem gelebt hatten, gerade im Meer. Major Anderson und seine Frau saßen, in eine Decke gehüllt, auf ihrem Boot und beobachteten die Vorgänge mit Ferngläsern. Die Saitos hatten eilig ihre gelben Regenjacken übergestreift und standen ruhig unter den Palmen, während David Carline – nur mit einer Schlafanzughose bekleidet – ohnmächtig die Hände zum nächtlichen Himmel reckte und verzweifelt den Kopf schüttelte. Nur Kimo lächelte mit offener Bewunderung. Er war nach wie vor bereit, sich von Dr. Barbara und ihrem Eigensinn mitreißen zu lassen.

»Barbara, ich bin bei dir…!«

Im Morgenmantel kam Monique aus ihrem Zelt gerannt und stürmte ans Wasser hinunter. Sie zog den Gürtel fester, umarmte Dr. Barbara und küßte sie ins Gesicht. Eng umschlungen standen die beiden Frauen in der brodelnden Brandung, während die Wellen die letzten Kisten wegrissen.

TEIL II

9
Die Ökologie des Paradieses

Seit der Vernichtung der Vorräte war schon fast eine Woche vergangen, und Neil war immer noch erschrocken über das, was er getan hatte. Das Reservat war jetzt auf sich selbst gestellt, und die Mitglieder der Expedition mußten sich um ihr Überleben kümmern. Der ursprüngliche Grund, nach Saint-Esprit zu kommen, die Rettung der Albatroskolonie, war in den Hintergrund getreten, als die Hilfsflüge und die Medienaufmerksamkeit aufhörten. Am Abend saßen sie nach einer mageren Mahlzeit am Strand und sahen zu, wie die Hippies Konserven aus der Brandung zu fischen versuchten. Der Himmel über ihren Köpfen war plötzlich viel weiter geworden.

Gleich am ersten Morgen nach der Vernichtungsaktion, ehe sich noch irgend jemand richtig erholt hatte, hatte Dr. Barbara ein Treffen im Gemeinschaftszelt angesetzt und ihren Überlebensplan für die unmittelbare Zukunft vorgestellt. Während sie auf die anderen wartete, schien sie zuversichtlicher als je zuvor. Jetzt war sie endgültig Herrin der Insel und überzeugt, daß die Expedition auf dem richtigen Kurs war. Ihre Lungen waren voll frischer Luft, ihre blonden Haare flatterten im Wind, sie wirkte wie eine Kriegerkönigin, die gerade einen erfolgreichen Schlag gegen ihr eigenes Gefolge geführt hat.

Professor Saito war sichtlich eingeschüchtert, er saß wie ein ängstlicher Schuljunge in der ersten Reihe, Notizbuch und Bleistift im Schoß. Mrs. Saito war gelassener als ihr Mann, ihre kühlen Augen waren mit einer gewissen Bewunderung auf Dr. Barbara gerichtet, so als sei sie beeindruckt von der Art und Weise, wie sie die Expedition unter ihre Kontrolle gebracht hatte. Monique half ihrem Vater zu seinem Platz, denn sie machte sich Sorgen wegen seines unsicheren Gangs und seiner zitternden Hände. Aber die Vernichtungsaktion in der Nacht hatte den alten Franzosen eher noch kampfeslustiger gemacht. Er beglückwünschte Neil zu seiner heroischen Tat und erklärte Kimo, die französische Marine würde wahrscheinlich nie mehr nach Saint-Esprit zurückkehren, wenn sich die Aufmerksamkeit der Weltöffentlichkeit erst einmal von der Insel abgewandt habe. Kimo zuckte skeptisch die Achseln, warf aber doch einen Blick zum Gipfel des Berges hinauf, als sähe er dort schon die Fahne seines unabhängigen Königreichs vom Stumpf des Sendemasts wehen.

Carline hatte zunächst nicht kommen wollen. Mit einer am Strand gefundenen Konservendose in der Hand stand er neben der Funkkabine und überlegte, ob er nicht einen kleinen Privatjet chartern und abreisen sollte. Erst als Dr. Barbara anfing zu sprechen, entschloß er sich doch noch, über die Rollbahn zu kommen und seinen Platz im Zelt einzunehmen.

»Hallo«, sagte Dr. Barbara. »Ich freue mich, daß ihr da seid.« Sie stand neben einer schwarzen, von einem Gymnasium in Papeete gestifteten Schultafel, die jetzt erst richtig zur Geltung kommen würde, wie Neil zu Recht annahm. »Sitz gerade, Neil, und hör auf, aus dem Fenster zu starren. Die Kameratürme stehen noch eine Weile. Es gibt eine Menge zu tun. Zuerst möchte ich, daß ihr die Rollbahn wieder blockiert.«

»Aber Dr. Rafferty...« Major Anderson, der neben den Saitos saß, versuchte zu protestieren. »Das ist unsere wichtigste Verbindung zur Außenwelt. Wir brauchen die Rollbahn.«

»Nein, wir brauchen keine Rollbahn.« Dr. Barbara wandte sich abrupt von ihrer Tafel ab und zerbrach dabei die Kreide in den Händen. »Sie ist die Ursache für unsere Probleme. Wenn wir sie nicht mehr haben, wollen uns vielleicht immer noch Leute besuchen, aber dann müssen sie mit dem Schiff kommen, und das bremst ihren Enthusiasmus wahrscheinlich. Wir brauchen Ruhe, damit wir am Reservat arbeiten können. David, wollen Sie etwas sagen?«

Carline stand auf. Mit der Dose in der Hand sah er aus, als wolle er eine Handgranate nach Dr. Barbara werfen. Doch er betrachtete sie respektvoll. Er war zwar anderer Meinung als sie, wollte aber wissen,wohin ihre herrischen Vorstellungen noch führen würden.

»Ich verstehe, was Sie meinen, Barbara. Das war eine großartige Vorstellung heute nacht. Aber ehe ich heute mein Frühstück esse, möchte ich gern sicher sein, daß ich morgen auch eines bekomme.«

»Natürlich gibt es morgen wieder Frühstück«, sagte Dr. Barbara forsch. »Wenn Sie dafür arbeiten.«

»Arbeiten? Das Wort kennen wir alle.« Carline zeigte auf das Leinwanddach des Zeltes. »Eine Menge Leute haben zum Beispiel gearbeitet, damit wir hier ein Dach über dem Kopf haben. Die Sachen, die der gute Neil ins Meer geschubst hat, waren eine Investition. Tausende von Leuten haben sie uns geschickt, weil sie einen Traum haben und an uns glauben. Leute auf der ganzen Welt versuchen uns zu helfen.«

»Aber helfen sie uns denn wirklich?« Dr. Barbara entblößte ihre schiefen Zähne und zeigte auf die Bierdosen und Weinflaschen unter den Bäumen neben der Rollbahn. »Ich bin den Leuten dankbar, die uns Geschenke geschickt haben, aber seht euch doch an, was sie damit erreicht haben – Saint-Esprit ist kein Reservat, sondern eine Müllkippe, in der die Fernsehleute herumstochern.Vielleicht haben Sie es nicht gemerkt, David, mit Ihren Kopfhörern auf den Ohren, aber Sie haben hier einen Cargo-Kult organisiert.«

»Und was ist mit unserem Traum, Barbara? Den hatten wir doch mal gemeinsam.«

»Den haben wir immer noch. Ich will, daß Saint-Esprit ein Reservat wird und kein Ferienlager für Öko-Touristen. Diese Hippies da draußen interessieren sich doch nicht für die Albatroskolonie oder sonst irgendwas. Wenn wir noch länger warten, wird Saint-Esprit ein Paradies für Drogensüchtige. Wir müssen alle arbeiten, und wenn wir jeden Morgen unseren Rausch ausschlafen müssen, dann können wir nicht arbeiten. Wir sind hierhergekommen, um Saint-Esprit vor der Welt zu schützen, und statt dessen haben wir die Welt nach Saint-Esprit gelockt. Man braucht gar nicht mehr nach Brasilien und Burma zu fahren, um Raubbau und Luftverschmutzung zu sehen – es genügt völlig, wenn man Neils psychedelische Freunde besucht.«

»Die fahren bestimmt bald wieder ab«, sagte Kimo, um sie zu beruhigen. »Dann sind wir wieder allein im Reservat. Aber trotzdem brauchen wir ein paar wichtige Dinge – Werkzeug, Ausrüstung, Essen. Essen besonders.«

»Für den Anfang haben wir genug«, erwiderte Dr. Barbara. »Es langt für mehr als zwei Monate, wenn wir es richtig einteilen. Wir haben Ziegen und Hühner, es gibt wilde Jamswurzeln und Brotfrüchte, Taroknollen und Süßkartoffeln. Professor Saito hat mir gesagt, in der Lagune gibt es Dutzende von eßbaren Algen. Wir werden bald wissen, wie viele von uns die Insel ernähren kann, und dann sperren wir die Welt aus. Ich hoffe, ihr werdet alle dableiben, besonders Sie, David. Wir sind sehr dankbar für die medizinischen Hilfsgüter, die Sie haben schicken lassen. Aber notfalls bleibe ich auch allein hier. Wenn jemand gehen will, soll er morgen mit dem Flugboot abreisen. Danach wird es keine Flüge mehr geben. Wir werden Kapitän Garfield sagen, daß wir nichts mehr brauchen. Die Welt soll uns in Ruhe lassen.«

Es gab ein unbehagliches Geflüster und eine unsinnige Zankerei zwischen Mrs. Saito und Moniques Vater, aber noch ehe jemand ernsthaft widersprechen konnte, fing Dr. Barbara an, auf der Tafel einen Arbeitsplan aufzustellen. Neil sollte sich um die Ziegen und Hühner kümmern, während Dr. Barbara, Carline und Kimo die Terrassen für die Pflanzen anlegten. Monique und Mrs. Saito waren für die Küche zuständig. Den Andersons teilte sie etwas leichtere Arbeit zu: Sie sollten einen Gemüsegarten mit den gespendeten Setzlingen und Samen anlegen.

Abgesehen von diesen Sonderaufgaben sollten alle Mitglieder der Gemeinschaft zwei Stunden täglich Wildfrüchte sammeln: Taroknollen, Maniok, Kokosnüsse, Brotfrüchte, Süßkartoffeln und Jamswurzeln. Professor Saito war bereits dabei, eine Liste zu erstellen, in der alle eßbaren Pflanzen und Pilze der Insel aufgezählt waren. Mit seiner Hilfe würden sie dann berechnen, wie viele bedrohte Arten sie aufnehmen konnten.

»Wir werden verdammt viel zu tun haben«, sagte Dr. Barbara und klatschte in die Hände, um den Kreidestaub zu entfernen. »Ich werde an eurer Seite arbeiten bis zum Umfallen. Es wird alles viel anstrengender werden, aber ich denke, es lohnt sich. Stellt euch Saint-Esprit als ultimatives Umweltprojekt vor – wir schaffen die Ökologie des Paradieses.«

Glaubte ihr das irgend jemand? Neil wartete darauf, daß die ersten Abtrünnigen ihre Zelte abbauten und sich mit ihrem Gepäck zum Landesteg begaben, aber niemand schien sich entschließen zu können. Beflügelt von Dr. Barbaras Glauben an ihre Sache, machten sie sich an die Arbeit. Immer wieder machte Dr. Barbara ihnen klar, daß sie jetzt selbst eine bedrohte Art waren, noch empfindlicher als die Lemuren und Plumploris. Ihr Überlebenstraining beherrschte die nächsten Tage. Sie verlegten das Vorratszelt mit den Lebensmitteln hinter die Küche, wo es besser geschützt war, sie zogen Abflußgräben rings um das Lager, und vor allem suchten sie die Hänge nach eßbaren Wurzeln und Beeren ab. Die Welt war plötzlich viel enger geworden. Die Grenzen lagen am Ende der Hacken, Macheten und Spaten in ihren Händen.

Dr. Barbara trieb sie rücksichtslos an. Sogar die geschützten Tiere in ihren Gehegen hatten Angst vor ihr und wichen zurück, wenn sie kam. Für jeden Teilnehmer der Expedition hatte sie sich eine eigene Methode ausgedacht. Kimo wurde aus seinen Tagträumen aufgescheucht, wenn er wieder einmal mit der Machete in der Hand eine Meditationspause einlegen wollte, mit Professor Saito schäkerte sie, um seine Frau zu größerer Arbeitsleistung zu veranlassen, und Carline machte sie Komplimente über seine wachsenden Armmuskeln.

Carline ließ sich zwar alles gefallen, aber Neil war immer noch erstaunt, daß der Amerikaner nicht abgereist war. Manchmal fragte er sich, ob Carline vielleicht die Rolle der beiden Anthropologen übernehmen wollte, die Kimo ausgeräuchert hatte. Aus Gründen, die Neil nicht ganz begriff, schien Carline höchst zufrieden darüber, daß Dr. Barbara so autoritär geworden war.

»Schultern zurück, Neil«, sagte er, als sie beim Latrinengraben für das Lazarett eine Pause einlegten. »Du mußt für Dr. Barbara alles geben.«

Neil hob die Hände und leckte sich die aufgeplatzten Blasen. »Mehr kann ich nicht geben.«

»Da wäre ich mir nicht so sicher... Unsere Kommandantin hat noch große Pläne für ihr kleines Gulag.«

»Sie schuftet doch am meisten.«

»Natürlich, und außerdem länger als alle anderen. Für sie steht aber auch am meisten auf dem Spiel.«

»Sie sind verrückt, David. Dr. Barbara hat keinen Pfennig.«

»Glaub mir, Neil, sie hat hier sehr viel investiert. Wenn das Reservat scheitert, ist sie ruiniert.«

Neil studierte das offene und keineswegs bösartige Lächeln des Amerikaners. »Wollen Sie denn, daß es scheitert?«

»Sollte ich? Vielleicht ist es ja schon gescheitert. Ich glaube, keiner von uns kann Dr. Barbaras Erwartungen wirklich erfüllen. Auch du nicht, Neil.«

»Und trotzdem bleiben Sie da?«

»Natürlich. Es beeindruckt mich, daß sie bisher immer recht gehabt hat. Seit wir Honolulu verlassen haben, ist jede Entscheidung, die sie getroffen hat, von den Ereignissen bestätigt worden. Es hat viel Mut verlangt, aber es war richtig, den französischen Kanonen zu trotzen. Und sie hatte auch recht damit, die Landebahn zu schließen und die ganzen Spenden ins Meer zu versenken.«

»Sie testet wohl, was wir aushalten können.«

»Neil, Neil.« Carline nahm ihm den Spaten aus der Hand und fing an, den sandigen Boden damit aufzubrechen. »Sie testet sich selbst...«

Warteten sie womöglich bloß noch darauf, gerettet zu werden, ehe Saint-Esprit sie erschöpfte und völlig zerstörte? Jedesmal, wenn ein Flugzeug über der Insel auftauchte, stützten sie sich auf ihre Hacken und Spaten, sahen dem Kondensstreifen hinterher und träumten von den Nahrungsmitteln und dem frischen Obst, die das Flugboot immer an Bord gehabt hatte. Als Mrs. Anderson merkte, daß Neil immer magerer wurde, brachte sie ihm eine Büchse Rindfleisch von Bord der Jacht mit. Und während sie zusahen, wie Kimo die Taroknollen mühsam zerkleinerte, klopfte und schließlich erhitzte, um ein bißchen Stärke daraus zu gewinnen, legte sie ihm die Büchse unauffällig in den Schoß.

»Mrs. Anderson...« Neil folgte ihr in den Gemüsegarten. »Das kann ich nicht annehmen – das brauchen Sie, wenn Sie nach Papeete zurücksegeln.«

»Schon gut, Neil.« Befriedigt sah sie zu, wie er die Büchse öffnete und das fette Fleisch in den Mund schob. Ihr Sohn war als Angehöriger der UN-Friedenstruppe im Libanon gewesen und 1987 bei einem Terroristenüberfall erschossen worden, und Neil hatte schon lange den Eindruck, daß er dem Ermordeten ähnlich sah. Als er aufgegessen hatte, nahm sie ihm die Büchse aus der Hand und versteckte sie. »Sehr gut. *Robinson Crusoe* hat mir noch nie gefallen, aber Dr. Barbara scheint sich obendrein noch vorgenommen zu haben, ihn rückwärts zu spielen. Jeden Tag haben wir weniger, und jeden Tag geht es uns schlechter.«

»Glauben Sie nicht, daß Dr. Barbara will, daß es uns allen bessergeht?«

»Vielleicht will sie ja, daß alles schlimmer wird.«

»Aber warum sollte sie das wollen?« fragte Neil. »Was hätte das für einen Sinn?«

»Um zu sehen, was wir taugen, wahrscheinlich. Ob wir stark genug für das Reservat sind.«

»Aber wenn wir stark wären, wofür brauchten wir dann ein Reservat?«

»Das hängt davon ab, was man darunter versteht – und was man schützen will.«

»Den Albatros, dachte ich?«

»Ich glaube, noch etwas mehr… etwas ganz Besonderes, was Dr. Barbara gehört.«

Neil erinnerte sich an diese kryptische Bemerkung, als die Dakota zurückkam. Den ganzen Vormittag hatte er Monique geholfen, ihren kränkelnden Vater zu pflegen. Eine chronische Nierenbeckenentzündung machte ihm zu schaffen, die gegen Dr. Barbaras Antibiotika offenbar resistent war. Kimo hatte den alten Mann ins Lazarett getragen, wo er sich auf einem Bett im Kühlen ausruhen konnte. Monique und Mrs. Anderson wuschen ihn, aber Didier war kaum bei Bewußtsein. Er klammerte sich an die Hände seiner Tochter und preßte sie an seine fiebrigen Wangen.

Plötzlich hörte man die Dakota über der Insel. Dr. Barbara kam vom Hügel herunter und marschierte über die Rollbahn, die sowohl vom Bulldozer als auch von den Überresten des Sendemastes blockiert war.

»Dr. Rafferty!« rief Mrs. Anderson aus dem Lazarett. »Könnten Sie bitte mal herkommen?«

Dr. Barbara zögerte. Ihre Aufmerksamkeit wurde von den silbernen Schwingen des Flugzeugs über der Lagune und den aufgescheuchten Albatrossen abgelenkt.

»Ich habe nicht viel Zeit. Was gibt's denn?«

»Moniques Vater. Ich glaube, er muß zurück nach Tahiti. Monique ist auch meiner Meinung. Das Fieber ist ziemlich hoch...«

»Ich werde ihn mir mal ansehen.« Dr. Barbara betrat das Lazarett und ging in den bescheidenen Krankenraum, wo der alte Mann unter seinem Moskitonetz lag. Seine Haut war so blaß, daß man ihn unter den weißen Gazeschleiern kaum sah.

Monique zog das Netz zurück. Schon der bloße Anblick ihres Vaters machte sie unglücklich. »Barbara, ich muß ihn nach Papeete bringen. Wir müssen die Rollbahn frei machen und dem Piloten sagen, er soll landen.«

»Der Flug würde ihm wahrscheinlich mehr schaden als nutzen.« Dr. Barbara lächelte den alten Mann gewinnend an. »Es geht Ihnen schon wieder viel besser, Monsieur Didier. Sie werden bald wieder gesund, nicht wahr?«

»Dr. Rafferty«, sagte Mrs. Anderson, als sie am veränderten Motorengeräusch merkte, daß die Dakota schon fast wieder abdrehte, »das ist vielleicht die letzte Chance. Ich möchte wirklich empfehlen...«

»Ich komme bestimmt zurück, Barbara«, sagte Monique. »Spätestens in einem Monat bin ich wieder da.«

»Monique, ich brauche dich hier.« Dr. Barbara schloß das Moskitonetz wieder. »Glaub mir, dein Vater hat das Schlimmste überstanden. Wenn wir ihn jetzt ins Flugzeug setzen, bringt ihn das um.«

Neil griff nach der Reisetasche des alten Mannes. »Ich werde die Rollbahn frei machen«, sagte er.

»Neil!« Dr. Barbara hob die Hand, als wolle sie ihm ins Gesicht schlagen, und fing sich erst, als Mrs. Anderson dazwischentrat. »Geh wieder an deine Arbeit! Wenn jemand mit dem Piloten spricht, dann bin ich es selbst!«

Die Dakota umkreiste das Atoll, und die mißtrauischen Albatrosse zerstreuten sich wie Flugblätter im Wind. Kimo und Major Anderson hoben kaum den Kopf, sondern hackten verbissen weiter, so als wüßten sie von vornherein, daß keine Freudenbotschaft sie erreichen würde. Aber auch die Jamswurzeln auf dem Friedhof waren inzwischen fast alle. Professor Saito kam aus dem Gewächshaus und schützte seine Augen mit der Hand gegen die Sonne, als er zum Himmel hinaufschaute und zusah, wie die Dakota über dem Wrack der *Dugong* wendete. Aber noch ehe ihn seine Frau am Ärmel ins Laboratorium zurückziehen konnte, kehrte er schon pflichtbewußt von selbst zurück.

Monique und Mrs. Anderson standen auf den Stufen des Lazaretts. Sie warteten darauf, daß Neil den Bulldozer in Gang setzte und die Landebahn freiräumte. Aber noch hatte Dr. Barbara das Signal nicht gegeben. Sie stand mit dem Mikrofon im Eingang der Funkstation und winkte dem Piloten und allen etwa an Bord des Flugzeugs befindlichen Journalisten zu. Niemand sollte den Eindruck haben, in Saint-Esprit stünde nicht alles zum besten.

Würde sie der Dakota erlauben, zu landen, ihre Hilfsgüter auszuladen und Moniques Vater nach Papeete zu evakuieren? Neil erinnerte sich noch recht gut an das letzte Gespräch, das sie mit Kapitän Garfield geführt hatte. Äußerst überzeugend hatte sie dem skeptischen Piloten dargelegt, daß sie reichlich Vorräte hätten und sehr gut ohne seine Hilfsflüge auskommen könnten. Aber noch während sie Garfield dazu überredete, seine Motoren wieder zu starten, waren die Teilnehmer der Expedition auf den Landungssteg gelaufen und hatten wie Strafgefangene gierig in den Laderaum des Flugzeuges gestarrt, wo sich die Kisten mit frischem Obst, Mineralwasser und Shampoo stapelten.

Monique erwartete, daß Dr. Barbara den Piloten zur Landung auffordern würde. Aber Neil war sich ziemlich sicher, daß er keinerlei Befehl erhalten würde, die Rollbahn zu räumen. Sie hatte ihn zwar nicht geschlagen, aber wenn er an die Wut in ihrem Gesicht dachte, spürte er die Ohrfeige trotzdem.

Für den Bruchteil einer Sekunde hatte er einen Blick in die Hölle geworfen, und eine ganz andere Dr. Barbara hatte ihn angestarrt. Neil hörte dem Rumpeln des Dieselmotors zu und sah zu, wie die Auspuffgase über die Rollbahn zur Funkstation wehten. Mrs. Anderson hatte sich schon wieder abgewandt und war kopfschüttelnd ins Lazarett zurückgekehrt, um weiter am Bett des Kranken zu wachen.

Neil stellte den Motor ab und sprang von der Maschine herunter. Dr. Barbaras Blicke vermeidend, wanderte er auf die Halbinsel neben dem Friedhof hinaus und sah der Dakota nach, die nach Tahiti zurückflog.

Dr. Barbara hatte ihren Willen durchgesetzt, aber über Saint-Esprit hing ein argwöhnisches Schweigen, verstärkt durch die Krankheit des alten Mannes und das Gefühl, daß sie jetzt gänzlich abgeschnitten waren von der Welt, die hinter dem Horizont lag. Sie hatten sich selbst eingesperrt, indem sie alle anderen ausgesperrt hatten. Die schwarzen Strände der Insel waren eine Mauer, und der ganze Pazifik war der Wassergraben um Dr. Barbaras Festung.

Jetzt, wo das publizistische Trommelfeuer der ersten Monate abgeflaut war, kamen nur noch wenige Boote. Eine Woche nach dem gescheiterten Besuch der Dakota ankerte ein Katamaran mit drei peruanischen Marineoffizieren auf Urlaub in der Lagune. Dr. Barbara lud sie ein, das Reservat zu besichtigen, und verbrachte eine Stunde mit ihnen im Gemeinschaftszelt, um den Wein zu probieren, den die Offiziere mitgebracht hatten. Von den anderen Expeditionsteilnehmern nahm keiner an dem Gespräch teil, aber Neil und Carline ruderten am nächsten Tag hinaus, um Nachrichten für

Neils Mutter und Mrs. Carline auf Band zu sprechen, die von den Peruanern später übermittelt werden sollten.

Neil versicherte seiner Mutter wie üblich, daß alles in Ordnung sei, aber spätestens als er Carlines stolze Beschreibung ihrer Fortschritte hörte, wurde Neil bewußt, daß ihre Worte in keinem Zusammenhang mehr mit den Zuständen auf Saint-Esprit standen. Er hatte seiner Mutter ganz wahrheitsgemäß berichtet, daß ihm die Moskitos und Sandfliegen zu schaffen machten und daß er schwer arbeiten müsse, daß er aber gesund sei, genug zu essen habe und die Wunde an seinem Fuß völlig verheilt sei. Trotzdem hatte er das Gefühl, daß er und Carline einen alten Text vorlasen. Inzwischen war ein ganz anderes Saint-Esprit entstanden, mit einer Landebahn im Inneren von Dr. Barbaras Kopf. Und die Güter, die dort angeliefert wurden, waren sehr merkwürdig.

Als die Peruaner in der Abenddämmerung die Segel setzten, wurden sie nur von Dr. Barbara verabschiedet. Anschließend zog sie sich aus und schwamm im Meer. Dann zog sie sich wieder an, kletterte auf den Gipfel des Berges und stand, umkreist von den Albatrossen, im Dunkel.

Neil war keineswegs überrascht, als am nächsten Morgen die Funkstation abgebrannt war. Alle gaben den Hippies die Schuld.

»Barbara, man kann den Dingen ihren Lauf lassen, und man kann handeln! Aber irgendwann muß man einfach etwas tun!« Mit der Pistole in der Hand stolzierte Carline um den rauchenden Trümmerhaufen herum, in dem das verkohlte Funkgerät lag. »Wir sind viel zu geduldig gewesen.«

»Wirklich?« Dr. Barbara schienen die Spuren des Vandalismus nicht sehr zu erschüttern. Sie sog den Harzgeruch der abgebrannten Bretter ein. »Was schlagen Sie vor? Eine Strafexpedition?«

»Es muß jetzt endlich Schluß mit diesen Chaoten gemacht werden!« Carline zeigte auf das Hüttendorf am anderen Ende des Strandes. »Öffentlicher Geschlechtsverkehr, Drogen und Bettelei! Und das Wasser aus unserer Quelle trinken sie auch!«

»Klingt himmlisch. Vielleicht sollte ich einfach mitmachen?« Dr. Barbara legte Neil einen Arm auf die Schulter. »Wir müssen nachsichtig sein, David. Nichts ist ärgerlicher als der Anblick von Leuten, die den ganzen Tag arbeiten. Außerdem, ist es nicht völlig egal? Wir brauchen doch keine Funkstation. Es landen sowieso keine Flugzeuge mehr.«

»Barbara...« Wütend hob Carline die Pistole an seine Schläfe. »Woher sollen wir wissen, was sie als nächstes zerstören? Das Gemeinschaftszelt? Das Lazarett? Das Gewächshaus? Sie haben meinen Flughafen kaputtgemacht! Wir müssen etwas unternehmen!«

»Na, schön! Wir schicken Neil zu ihnen. Er kennt sie ja recht gut – vielleicht kann er etwas herausfinden.«

»Eine fünfte Kolonne? Keine schlechte Idee, Barbara.« Carline steckte seine Pistole ins Halfter und lächelte. »Jetzt brauchst du nur noch ein hölzernes Pferd, Neil...«

Gründlich von Carline instruiert, machte Neil sich auf den Weg. Die zweite Piratenjacht mit den Briten und den Australiern war schon vor einiger Zeit abgefahren, und es waren nur noch die *Parsifal* und ihre Besatzung da: die beiden Deutschen mit den zwei Frauen und dem zurückgebliebenen Kind. Manchmal kamen sie über den Strand und lungerten vor der Küche herum in der Hoffnung, vielleicht etwas Milchpulver zu bekommen. Trudi, eine zierliche, dunkelhaarige junge Frau Anfang Zwanzig mit einem blassen, aber attraktiven Gesicht und zahllosen zerstochenen Venen an den Armen, kam oft mit dem Kind zum Gehege mit den Ziegen und Hühnern und fragte Neil, ob er ihr nicht ein bißchen Milch oder ein paar Eier geben könnte.

Da er das Kind mochte, half er ihr meistens. Die LSD-Streifen, die sie zum Tausch anbot, lehnte er allerdings ab.

»Nimm nur, sie sind wirklich gut«, sagte sie. »Du wirst eine ganz neue Insel sehen, voller Vögel.«

»Sie sind doch schon zurückgekommen, Trudi.«

»Ich meine doch Traumvögel.«

Trotz Carlines Feindseligkeit wurde Neil von den Deutschen freundlich aufgenommen. Gern teilten sie die aus der Brandung geretteten Konservendosen mit ihm, die allerdings alle keine Etiketten mehr hatten.

»Jede Mahlzeit ist eine Überraschung«, sagte Werner, der Skipper der *Parsifal*, zu Neil, als sie abends rund ums Feuer saßen. »So hat sich Gott das gedacht, als er die Erde geschaffen hat. Damals mußten wir auch immer das essen, was gerade kam. Mal waren es Nüsse, mal waren es Früchte, mal war es Fisch aus dem Meer. Heute wissen wir es immer ganz genau: Wiener Schnitzel, Spiegeleier ... richtig langweilig.«

Werner war ein stämmiger Rheinländer mit einer Tätowierung auf der Backe. Er ließ das Kind auf seinem Knie reiten und zeigte ihm ein kleines Spielzeughaus, das er aus Treibholz und Muscheln gebaut hatte.

»Das ist dein Haus, Gubby. Da werden wir alle drin wohnen.«

Gubby gluckerte vergnügt, versuchte noch mehr Muscheln auf das Dach des Hauses zu legen und wehrte sich gegen Wolfgang, der ihn mit den Fingern neckte. Der Steuermann der Jacht war ein stiller, ausgemergelter junger Mann. Dr. Barbara hatte den Verdacht geäußert, er könnte Tb haben. Die beiden Männer waren völlig zufrieden damit, daß die Frauen arbeiteten, während sie mit dem Kind spielten. Trudi sammelte trockene Palmwedel und Kokosnußschalen. Inger, eine ehemals robuste Blondine mit ausgebleichtem Haar und pockennarbigem Gesicht, deren Schenkel mit zahllosen Injektionsnarben übersät waren, hielt das Feuer in Gang und wählte eine Konservenbüchse aus ihren bescheidenen Vorräten aus.

»Sag einen Zauberspruch, Inger!« drängte Wolfgang, als

sie die Büchse aufmachte. »Vielleicht sind es ja Würstchen. Oder wenigstens Heringe oder Spargel…?«

»Von wegen! Schuhkrem! Ich werde Gubbys Hintern damit polieren!« Sie beugte sich vor und malte dem Kind zwei Hörner auf die Stirn. »So, jetzt ist er ein kleiner Teufel.«

Trudi suchte nach einer anderen Büchse. »Ein kleiner Teufel ist er doch sowieso schon. Du wirst Dr. Raffertys geliebte Vögel erschrecken, Gubby, so wie du jetzt aussiehst.« Sie wandte sich an Neil, dessen breite Schultern sie schon lange bewunderte. »Du bist also gekommen, um den Albatros zu retten?«

»Ja… in gewisser Weise.«

»In gewisser Weise? Soll das heißen, du willst sie eigentlich gar nicht retten? Das werd' ich Dr. Rafferty sagen.«

»Er möchte eine Atombombe«, sagte Werner. »Eine Sonne ist für Neil nicht genug.«

»Vielleicht ist er einfach verrückt«, sagte Inger. »Gegen den Inselkoller gibt's kein Rezept. Er hat dein ganzes Essen ins Meer geschmissen, Gubby.«

Während er mit dem Kind spielte, überlegte Neil immer noch, wer von den beiden Frauen die Mutter war. »Ich mußte«, sagte er ohne innere Überzeugung. »Dr. Barbara hat es mir befohlen.«

»Tust du immer, was sie sagt?«

»Nein. Meistens tue ich nichts von dem, was sie sagt. Oder nur die wichtigen Sachen.«

»Das sind genau die Sachen, die du auf gar keinen Fall tun solltest.« Inger kratzte an ihrer geschwollenen Nase. Ihr ausgebleichtes Jeans-Hemd zeigte Milchflecken über den Brüsten, aber es gelang ihr kaum noch, das Baby zu stillen. »Wenn die Leute sagen, daß etwas *wichtig* ist, dann darf man es auf keinen Fall tun.«

»Wahrscheinlich hast du recht, Inger.« Neil setzte sich neben das Feuer und sah zu, wie das Baby die Wellen anlachte. Die Schätze des Riffs waren weitestgehend erschöpft, aber die Hippies machten sich keine Sorgen. Sie waren unterernährt und wurden schnell müde, aber im Verhältnis zu Dr. Barbaras strengem Regime war ihre Gesellschaft viel angenehmer. Neil wußte genau, daß sie sich für das Reservat nicht sonderlich interessierten und die Funkstation mit Sicherheit nicht abgebrannt hatten. Ihre sturmerprobte Jacht lag vor Anker, und eines Tages, aus irgendeiner Laune heraus, würden sie einfach weitersegeln.

Gegenwärtig allerdings war ihre Trägheit ansteckend und gefährlicher für das Reservat als Wolfgangs Tb. Denn die plötzliche Verminderung der Essensrationen hinterließ auch bei den Expeditionsteilnehmern ihre Spuren. Sie hatten nur noch wenig überschüssige Kräfte. Nach der Tagesarbeit lagen sie müde in ihren Zelten oder wanderten am Strand entlang, in der Hoffnung, noch die eine oder andere Konserve zu finden. Nur Carline glaubte noch ernsthaft, daß die Hippies die Funkstation abgebrannt hätten, aber in ihrer Sorge um die sinkende Moral benutzte Dr. Barbara den Verdacht, um die latente Feindseligkeit gegen die arbeitsscheuen Deutschen zu schüren.

Eines Abends kam Trudi wieder einmal den Strand herauf, aber als sie das Gemeinschaftszelt betreten wollte, wo die anderen beim Essen saßen, stellte sich ihr Dr. Barbara demonstrativ in den Weg. Gubby lag apathisch in Trudis Arm, sein Lachen war schon lange nicht mehr zu hören gewesen.

Aber Dr. Barbara war zu keinem Zugeständnis bereit und schickte auch Monique zurück in die Küche, als die Französin dem Baby einen Becher Ziegenmilch bringen wollte. »Wir können keine Medikamente entbehren«, sagte sie zu Trudi. »Außerdem ist die einzige Medizin, die das Kind braucht, Nahrung. Wenn du nicht genug ißt, kannst du dem Kind auch keine Milch geben.«

»Es gibt nichts mehr zu essen, Doktor. Das Meer ist leer. Könnte uns Neil nicht ein paar Eier geben? Ich habe noch Acid.«

»Trudi, wir wollen deine Drogen nicht, und die Eier sind für Monsieur Didier. Wenn ihr nichts mehr zu essen habt, müßt ihr eben zurücksegeln.«

»Aber ohne Vorräte können wir hier nicht weg – man braucht sechs Tage bis Tahiti.«

»Dann müßt ihr eben arbeiten, genau wie wir. Ihr könnt euch ja im Wald etwas zu essen suchen. Und ihr könnt auch außerhalb des Riffs fischen.«

»Das ist zu anstrengend. Und die Sachen aus dem Wald schmecken nicht.«

Mit dem reglosen Kind im Tragetuch wandte Trudi sich ab. Neil und Kimo war es peinlich, daß sie abgewiesen wurde, aber Dr. Barbara stand hochaufgerichtet im Eingang und sah zu, wie Trudi niedergeschlagen zum Strand zurücktrottete.

Neil wußte genau, daß Moniques Vater viel zu krank war, um Eier zu essen. »Wie geht es Monsieur Didier eigentlich?« fragte er. »Monique sagt, er ißt überhaupt nichts mehr.«

»Es geht ihm den Umständen entsprechend gut«, sagte Dr. Barbara. »Aber er ist schon sehr alt. Eines Tages wird er vielleicht nicht mehr dasein. Das Reservat ist ein wunderbarer Ort, um Abschied von allem zu nehmen.« Nachdenklich betrachtete sie die Ziegen, die ihre Hälse durch den Zaun des Geheges gesteckt hatten, um das Unkraut auf der anderen Seite zu fressen. »Wir müssen an die Lebenden denken. Wir haben schon viel geleistet, aber alle sind irgendwie deprimiert.«

»Müde sind sie, Dr. Barbara. Vielleicht. Aber sie könnten auch irgendwann durchdrehen. Wir müssen wachsam bleiben...«

Als er am nächsten Morgen den Hühnerstall saubermachte, entdeckte Neil, daß ein Vogel fehlte. Er war sich ziemlich sicher, daß die Deutschen keine Hühner stehlen würden, und beschloß, erst einmal den Wald in der unmittelbaren Umgebung abzusuchen. Als er durch die dichten Farnkräuter stapfte, stellte er fest, daß Dr. Barbara schon bei der Arbeit war und die Terrassen für die bedrohten Bambusarten und Orchideen vorbereitete. Sofort wuchs bei ihm der Verdacht, daß sie das Huhn aus dem Gehege geholt hatte. Denn inzwischen war er sich beinahe sicher, daß Dr. Barbara auch die Funkstation abgebrannt hatte.

Ihre Arme hoben und senkten sich rhythmisch, aber die Hacke richtete im harten, von Wurzelstöcken durchzogenen Boden kaum etwas aus. Es war erst acht Uhr morgens, aber sie war schon in Schweiß und Staub gebadet, während alle anderen Expeditionsmitglieder noch auf ihren Betten saßen und über den kommenden Tag nachdachten. Dr. Barbara war ungeduldig und brannte darauf, die Schraube fester anzuziehen, das spürte Neil deutlich. Sie hatte Moniques Vater nicht nur deshalb daran gehindert, Saint-Esprit zu verlassen, weil sie die Rollbahn nicht frei machen wollte, sondern weil sie alle mit ihrer Kaltblütigkeit provozieren wollte. Sie verabscheute den Stillstand und suchte Konflikte und Spannung. Dennoch bewunderte Neil sie mehr als jede andere Frau, die er kannte. Es gefiel ihm, wie sie mit ihren starken Armen die Hacke schwang, es gefiel ihm, wie sie sich eine blonde Strähne aus der Stirn wischte, als wolle sie einen Windstoß abwehren.

Sie hatte ihn offenbar gehört und drehte sich um. Neil trat in den Schatten eines Eukalyptusbaumes, um nicht gesehen zu werden. Er wollte ungestört überprüfen, ob die Deutschen etwas mit dem Verschwinden der Henne zu tun hatten. Durch das hüfthohe Farnkraut wanderte er in den Wald. Immer wieder glitt er auf der morastigen Erde und dem fauligen Laub aus. Schon bald kreuzte er den sonnengesprenkelten Pfad, den Dr. Barbara mit dem Kapitän der *Croix du Sud* entlanggeschlendert war. Auch diesmal zog ihn der von Zwergpalmen und Schlingpflanzen überwucherte Kameraturm magisch an.

Eine plötzliche Brise schob die Palmwedel vor der Betonwand beiseite, und Neil sah ein verrücktes Bild im Rahmen der wuchernden Ranken. Ein geisteskranker Künstler hatte den Beton mit Blut beschmiert. Die Zeichnung war kindisch und obszön zugleich.

Neil schob die Zweige beiseite, um das Werk genauer betrachten zu können. Das Bild war offenbar mit den Fingern gemalt, aber es klebten auch Federn und Fleischfetzen auf dem Beton. Man sah einen grotesken, auf den Hinterbeinen stehenden Ziegenbock mit einer gewaltigen Erektion, der gerade dabei war, eine kniende Frau mit hängenden Brüsten und einer großen Nase zu besteigen.

Das Blut war eben erst trocken geworden. Es war in wenigen, rasenden Strichen auf die Wand geschmiert worden. Im Bunkereingang war eine Blutlache, daneben lagen der Kopf, die Füße und die Eingeweide des Huhns. Neil machte einen großen Schritt über die fettige Pfütze und folgte einer Reihe von blutigen Fußspuren die Treppe hinauf. Der Beobachtungsraum war leer, und durch den halb zugewachsenen Sehschlitz sickerte staubiges Licht. Neil sah den weißen Fetzen in der Ecke sofort. Er bückte sich und faltete ihn auseinander. Es war eins von Dr. Barbaras alten Hemden, mit Hühnerblut vollgesogen wie ein Tampon.

Neil drückte den nassen Stoff zusammen, als ob er Dr. Barbaras Geschlecht in der Hand hätte. Er spürte, wie das Blut zwischen seinen Fingern heraustropfte. Er überlegte, wer wohl den drohenden Ziegenbock gemalt hatte, der sich daranmachte, die Frau zu begatten. Wer immer der Künstler gewesen war, er hatte das Hemd absichtlich liegenlassen. Neil oder sonst irgend jemand sollte es finden und sich darauf einstellen, daß auf Saint-Esprit auch weiterhin mit Gewalt gerechnet werden müßte. Die erschlagenen Albatrosse waren nur der Anfang gewesen.

10
Der Angriff auf die Hütten

Gleich würde es losgehen. Vorsichtig schob Neil das Farnkraut auseinander und kroch auf den Strand zu, während die anderen Mitglieder des Stoßtrupps ihre Position einnahmen. Angeführt von Carline hatten sie sich durchs Unterholz den Abhang hinuntergeschlichen, ohne daß die am Strand liegenden Hippies etwas gemerkt hätten. Die Strafexpedition konnte beginnen.

Etwa fünf Meter entfernt hockten Professor Saito und seine Frau in einem flachen Graben neben dem Bach. Ihre Gesichter waren mit Erde und Blättern getarnt, und in den Händen hielten sie die Bambusspeere, die sie nach dem Frühstück noch einmal angespitzt hatten. Neil war immer noch überrascht, wie begeistert sie sich in das militärische Abenteuer gestürzt hatten. Seit einigen Stunden waren sie plötzlich fanatische Kämpfer, nicht anders als die japanischen Infanteristen, die im Zweiten Weltkrieg auf den Pazifikinseln gekämpft hatten. So wie ihre Väter sich eingegraben und auf den Ansturm der amerikanischen Soldaten gewartet hatten, die durch das flache Wasser an Land wateten, warteten jetzt die Saitos darauf, die Insel gegen die Angriffe der Hippies, Fernsehleute und Tourismusmanager zu verteidigen, und ihre Gesichter waren so grimmig, daß man mit vielen Opfern rechnen mußte.

Allmählich wurde die Warterei langweilig. Aus einem abgestorbenen Palmwedel baute sich Neil einen Schutzschirm und legte sich auf den Rücken. Mit seinem Knüppel zielte er auf den größten Albatros, der über dem Riff kreiste. Er wollte gerade den Finger krumm machen, als sein Schutzschirm umgerissen wurde. Eine schweißbedeckte Gestalt landete neben ihm auf der Erde.

»Neil, was tust du? Das ist doch kein Spiel!«

Monique duckte sich unter die Farnwedel, ihr Gesicht war voller Schlamm. Sie hatte sich wieder einmal verirrt und war übelster Laune.

»Wo sind die Saitos? Neil, hast du wieder an dir rumgespielt? Barbara hat gesagt, ich soll auf dich aufpassen.«

Sie starrte kurzsichtig in den Wald wie eine gehetzte Stewardeß, die ihre Passagiere nicht findet. Auch hier auf Saint-Esprit wurde sie noch von den Erinnerungen an pöbelnde Touristen und ungebärdige Jugendliche wie Neil verfolgt, die ihre Sicherheitsgurte nicht anlegen wollten. Von den finsteren Gestalten, die womöglich Hijacker waren, ganz zu schweigen. Sie hockten immer noch vor ihr in der Kabine und lachten über ihre Vorführung der Schwimmwesten.

»Sind die Saitos schon da?«

»Schon seit einer halben Stunde«, sagte Neil und zeigte zu dem Graben der beiden Japaner hinüber. »Jetzt können wir uns erst einmal ausruhen.«

»Zum Ausruhen ist keine Zeit.« Monique krabbelte vorwärts, und Neil spürte ihre Schultern und strammen Schenkel, als sie sich an ihm vorbeidrängte. Ihr Nacken war voller Sommersprossen, ihr linkes Ohrläppchen zierte eine Narbe – hatte sie da ein liebestoller Ko-Pilot bei einer gemeinsamen Übernachtung zärtlich gebissen? Oder hatte sie einer der Bären aus dem Pyrenäen-Reservat umarmt? Aber so wild ihre Brauen auch aussahen, ihre Wimpern waren sehr zart. Der berauschende Duft ihres Körpers und der dunkle Schatten zwischen ihren Brüsten hatten Neils Versteck in eine Höhle pubertärer Lust verwandelt.

Sie stieß mit dem Ellbogen an seinen Kopf. »Neil! Es geht los – David gibt das Zeichen…«

Unter ihnen, kaum dreißig Meter entfernt, war die Siedlung der Hippies. Trudi und Inger saßen mit dem Baby am Feuer. Zu kochen hatten sie allerdings wenig. Trotz des strahlenden Sonnenscheins waren die Frauen niedergeschlagen und müde und machten sich kaum die Mühe, die Fliegen zu verscheuchen, die sich auf ihre Augen und Münder zu setzen versuchten. Die vier Deutschen und ihr Baby litten an chronischer Unterernährung und waren zu müde, um die Lenzpumpe der *Parsifal* zu bedienen, die jeden Tag ein bißchen tiefer im Wasser lag und wahrscheinlich bald sinken würde. Sie hatten versucht, bei den verschiedenen Schiffsbesatzungen, die zu Besuch kamen, etwas zu erbetteln, aber ihr ungepflegtes Äußeres und die offensichtliche Rauschgiftabhängigkeit hatten alle abgeschreckt.

Jetzt, bei Ebbe, wirkte sogar das Meer müde. Träge rollten die Wellen auf den schwarzen Sand. Werner saß abseits von den anderen und starrte trübsinnig auf die abblätternde Bemalung der Jacht. Er verbrachte die meiste Zeit damit, in seiner Treibholzhütte vor sich hin zu brüten oder seine Marihuanapflanzung unter den Palmen zu jäten. Wolfgang dagegen wanderte am Strand entlang und suchte nach den letzten Konservendosen, die Neil ins Meer befördert hatte. Jedesmal, wenn die kalten Wellen seine tätowierten Beine trafen, zitterte er.

»Neil, wir greifen an! *Vite, vite!*«

Professor Saito und seine Frau waren aus ihrem Graben gesprungen und stürzten sich auf die beiden Frauen am Feuer. Carline stürmte mit der silbernen Pistole in der Hand an der Wasserlinie entlang, und die Gischt sprühte um seine Beine. Er riß das Vorzelt von Werners Hütte herunter und zerrte es in die Brandung. Dann bückte er sich und warf dem geduldigen Deutschen schwarzen Sand ins Gesicht.

Monique war aufgesprungen und zerrte Neil am Hemd durch den Farn. Sie stieß heisere Beschimpfungen aus, die an Trudi und Inger abprallten wie Lautsprecherdurchsagen. Neil folgte ihr an den Strand und schwenkte brav seinen Knüppel. Die beiden deutschen Frauen sahen teilnahmslos zu. Carline hüpfte brüllend herum, und Gubby fing an zu kichern. Zitternd vor Empörung standen die Saitos am Feuer. Der Professor sah die beiden Frauen an, als wären sie besonders dumme Studenten, während seine Frau mit einem Fußtritt die brennenden Scheite zerstreute.

Neil winkte Trudi beruhigend zu, tätschelte dem Baby den Kopf und rannte weiter. Sein Knüppel streifte den salzverkrusteten, halb eingegrabenen Bildschirm des Fernsehers, und das Gerät implodierte. Der Knall erschreckte alle Beteiligten. Gubby begann zu weinen, und Trudi wiegte ihn an der Brust. Wolfgang gab seinen Fischzug in der Brandung auf und watete an Land zurück, während Werner den Kopf über Neils Ungeschicklichkeit schüttelte.

Der Überfall war beendet. Geführt von Carline, der die letzten Konserven der Hippies beschlagnahmt hatte, liefen sie am Strand zurück. Neil schleuderte seinen Knüppel ins Meer. Als er an Werners Marihuanabeeten vorbeikam, achtete er sorgfältig darauf, die Pflanzen nicht zu beschädigen.

»Gut gemacht, Yukio! Sehr gut, Monique!«

Carline wartete hinter dem Bulldozer. Seine blassen Augen leuchteten aufgeregt. Obwohl er ausgebildeter Polizist war, hatte Kimo sich stets geweigert, die Strafexpeditionen zu leiten, aber Carline machte es ein kindisches Vergnügen, die Hippies zu tyrannisieren. Wie ein Pfadfinderführer beim Geländespiel trieb er die Expeditionsmitglieder an, achtete aber darauf, daß niemand wirklich verletzt wurde. Die verchromte Pistole war seine Schiedsrichterpfeife, und Neil hatte das Gefühl, daß der Amerikaner auf Saint-Esprit seine wahre Berufung entdeckt hatte. Trotz der von seinem Vater geerbten pharmazeutischen Fabrik und der Besuche bei den Missionaren hatte Carline sich offenbar noch nie so nützlich gefühlt wie bei den Angriffen auf die vier Hippies. Wenn man von Geburt an zu den reichen Leuten gehörte, blieb einem wohl gar nichts anderes übrig, als Sport für das Wichtigste im Leben zu halten.

»Alles in Ordnung, Neil? Du hast dich geschnitten!« Carline zeigte auf die blutigen Spuren, die Neil auf dem Korallenstaub der Landebahn hinterließ. »Oder hat dich eine der

Frauen gebissen? Bei den Deutschen mußt du vorsichtig sein – die machen vor nichts halt.«

»Es war der Fernseher. Ich hab' versehentlich den Bildschirm zertrümmert.«

»Muß ein lausiges Programm gewesen sein. Ich finde, Dr. Barbara sollte sich die Wunde mal ansehen. Du warst großartig, Neil. Die Kerle stehlen sicher nichts mehr bei uns.«

Carline, Monique und die Saitos marschierten die Rollbahn hinunter, jeder von ihnen trug eine der erbeuteten Dosen. Ehe sie wieder Süßkartoffeln und Jamswurzeln suchen gingen, wollten sie sich noch von Dr. Barbara beglückwünschen lassen. Neil zog die Splitter aus seinem Fuß, wanderte zum Lager der Hippies zurück und half Trudi und Inger, ihre Hütten wieder aufzubauen. Er brachte das Feuer wieder in Gang und spielte mit Gubby.

Die Strafexpeditionen waren eine Farce, erfüllten aber insofern ihren Zweck, als sie das Gefühl der stammesmäßigen Zusammengehörigkeit stärkten. Die Vorstellung, daß zahllose äußere Feinde die Insel bedrohten, war außerdem ein angenehmer Nervenkitzel im sonst recht monotonen Alltagsleben der Insel.

Vor allem die rastlose Suche nach Nahrung beherrschte jetzt ihre Tage auf Saint-Esprit. Dank der Reserven im verschlossenen Vorratszelt und gelegentlicher Gemüse- und Obstgeschenke von Bord der Jachten, die sie besuchten, hatten sie bisher überlebt, was Dr. Barbara immer mehr in ihrem Glauben bestärkte, sie brauchten die Außenwelt nicht. Die Gruppe bildete jetzt eine eingeschworene, disziplinierte Gemeinschaft, die sich völlig auf die Arbeit konzentrierte.

Zu Neils Überraschung schien das Dr. Barbara eher zu irritieren. Er hatte gehofft, der allgemeine Fleiß würde sie freuen, aber die Dienstpläne und Arbeitsprogramme, die Carline und Professor Saito aufstellten, schienen sie eher zu langweilen. Die von Mrs. Saito rund um das Gemeinschaftszelt und das Lazarett angelegten Blumenbeete, die von Monique dekorativ mit Steinen gesäumten Wege und die von Kimo immer tiefer gezogenen Entwässerungsgräben rund um die Zelte schienen bei Dr. Barbara nur Anfälle von Ungeduld auszulösen. Vor lauter Arbeitsethos und Disziplin war der anarchische Antrieb verlorengegangen, der sie ursprünglich auf die Insel gebracht hatte. Monique war säuerlich geworden, und Kimo lag nur noch auf dem Bett und träumte von seinem Königreich Hawaii, das inzwischen wahrscheinlich nur noch so groß wie sein Zeltboden war, vermutete Neil. Die Saitos verließen kaum noch ihr Laboratorium, während Carline auf den alten Eingeborenenpfaden die Insel durchstreifte und nach neuen Feinden suchte.

In den sechs Wochen nach der Zerstörung der Funkstation war die Gemeinschaft immer sektenähnlicher geworden. Ein Zaun aus Telefondraht umgab das Lager, aber auch innerhalb des Lagers durften die Hühner und Ziegen nicht mehr überall herumlaufen. Hühnerdreck im Gemeinschaftszelt und Ziegenkot in der Küche wurden nicht mehr geduldet. Die Haustiere lebten in streng abgegrenzten Gehegen, und die tropischen Vögel, die früher auf den Wäscheleinen gehockt hatten, waren jetzt in einer eleganten Voliere aus Glas und Aluminium untergebracht, die eine Firma aus Idaho gestiftet hatte.

Wenn er die Loris und Lemuren, die bolivianischen Pekaris, die Beutelratten und die javanischen Palmenroller in ihren beschrifteten Käfigen fütterte, hatte Neil oft das Gefühl, in einem Zoo zu arbeiten, dem Gegenteil des freizügigen Naturreservats, von dem er geträumt hatte. Wie lange, fragte er sich, würde es wohl noch dauern, bis sie auch die Albatrosse einsperrten?

Natürlich dienten die Käfige nur der Sicherheit der Tiere. Uneingeschränkte Freiheit, sagte Professor Saito, würde zum Chaos führen. Indem sie eine etwas straffere militärische Ordnung auf Saint-Esprit einführten, wurde das Reservat effektiver. Die geschützten Tiere begannen sich zu vermehren, und auch die bedrohten Pflanzen auf den Terrassen und in den Keimbeeten schienen sich gut zu entwickeln.

Nicht allen bekam das neue Regime. Auf Anweisung von Dr. Barbara, die damit »zeitweise« die Eiweißversorgung aufbessern wollte, mußte Neil jetzt täglich zur Unterwasserjagd in die Lagune, und die langen Stunden im kalten Wasser ließen ihn auch nachts in seinem Schlafsack noch frösteln. Besorgt um seine Gesundheit, machte Dr. Barbara eine Reihe von Blut- und Urinuntersuchungen und schlug sogar vor, er solle ein paar Tage im Lazarett bleiben.

Aber das lehnte Neil ab. Er hoffte, das Wasser in der Lagune werde sich zum Jahresende erwärmen. Obwohl er es als sehr lustvoll empfand, als Dr. Barbara sein Zwerchfell und seine Leber abtastete und mit dem Stethoskop an seinen knochigen Schultern und Rippen hantierte, war es ihm doch unbehaglich im Lazarett. Das schmale Bett mit dem Moskitonetz sah aus wie eine Falle.

Geheilt worden war in dieser Klinik noch niemand, aber Moniques Vater war hier gestorben, und zwar unter Umständen, die nicht nur die Andersons sehr deprimiert hatten. Die Anstrengungen der ersten Wochen und das Fieber hatten den alten Mann sehr geschwächt, aber nachdem Neil begonnen hatte, in der Lagune zu fischen, und seine Tochter ihm täglich einen Teller Bouillabaisse gab, war er wieder einigermaßen zu Kräften gekommen. Er wurde wieder munterer, setzte sich im Bett auf und gab Neil einen detaillierten Kommentar zu den Gerüchen, die aus den Tierkäfigen kamen.

Aber ausgerechnet an dem Abend, als er zum erstenmal wieder aufstand und auf die Latrine ging, erlitt er einen schweren Schlaganfall. Monique fand ihn erst am nächsten Morgen, als sie ihm das Frühstück bringen wollte. Sein blutleeres Gesicht glich einer verschrumpelten Pampelmuse mit tabakbraunen Zähnen hinter den bleichen, aufgeplatzten Lippen. Professor Saito wies auf die Verletzungen am Kinn und auf der Stirn des alten Mannes hin, aber Dr. Barbara konnte daran nichts Besonderes finden. Der Tote wurde auf dem alten Friedhof neben der Wellblechkirche begraben, Carline hielt eine kurze Predigt, und Dr. Barbara gab sich Mühe, Monique zu trösten. Es sei alles für ihren Vater getan worden, sagte sie.

Neil hatte aber noch einiges andere gesehen, außer den Hautabschürfungen. Dr. Barbara hatte die schmutzige Bettwäsche hinter dem Lazarett verbrennen lassen, und als sie Neil nachsehen ließ, ob auch alles verbrannt sei, stellte er fest, daß sich der Kopfkissenbezug nicht einmal entzündet hatte, weil er voll Blut war. Deutlich war ein rostroter Gesichtsabdruck auf dem weißen Baumwollstoff zu erkennen. Während er die Glut noch einmal ordentlich schürte, um auch dieses letzte Stück zu verbrennen, stellte Neil sich vor, wie jemand aus der Dunkelheit kam, das Moskitonetz beiseite schob und dem alten Mann das Kopfkissen mit aller Kraft aufs Gesicht drückte. Er konnte sich gut vorstellen, wie die Lippen geplatzt und das Blut ins Kissen gesickert war, während der alte Umweltschützer verzweifelt nach Luft rang.

Plötzlich mußte Neil auch wieder an die obszöne Malerei am Kameraturm und die sexuelle Drohung gegen Dr. Barbara denken. Irgend jemand hatte das Huhn geschlachtet und den geilen Ziegenbock gemalt, der sich mit einer Frau paarte. War es Kimo gewesen? Oder Carline? Oder Werner in einem seiner LSD-Räusche? War der Deutsche im Morgengrauen ins Lazarett geschlichen, weil er glaubte, daß Dr. Barbara unter dem Moskitonetz schlief...?

Neil machte einen Versuch, sie zu warnen, aber sie lächelte bloß, starrte seine Blut- und Urinproben an, die wie Schachfiguren auf ihrem Tisch standen, und sagte: »Niemand würde mir etwas antun. Nicht einmal Werner. Jeder weiß doch, daß ich alles für das Reservat geopfert habe.«

»Ich weiß«, sagte Neil. »Aber das tote Huhn und diese

Zeichnung am Kameraturm …« Es war ihm peinlich, das Bild genau zu beschreiben. »Das war doch eine Warnung.«

»Ach, Neil …« Dr. Barbara schob eine Blutprobe über den Tisch, als wollte sie den gegnerischen König mit diesem Zug matt setzen. »Vielleicht hast du Fieber gehabt oder wieder mal von der Bombe geträumt. Saint-Esprit lebt im Frieden mit sich selbst. Manchmal finde ich fast, zu selbstzufrieden.«

Auch die Außenwelt ließ sich davon überzeugen. Major Anderson und seine Frau waren über den Tod Didiers erschüttert gewesen und hatten sich fern von den anderen Trauergästen gehalten. Aber sie hatten nichts gesagt, als Neil sie auszuhorchen versucht hatte. Die wenigen Besucher, die jetzt noch kamen – ein paar Journalisten, die sich wegen der Schließung der Landebahn erkundigen wollten, ein paar australische und amerikanische Jachten mit seltenen Tieren und eine Gruppe von französischen Umweltschützern mit einer großen Lieferung gefährdeter Pflanzen –, konnten sich am Anblick tausender Albatrosse erfreuen, die von einer schweigsamen Gruppe unter Führung einer willensstarken und rastlosen Matriarchin beschützt wurden. Wie eine fundamentalistische Sekte hatten sie sich von der Außenwelt verabschiedet und lehnten alles ab, was jenseits des Riffs lag. Die angebotenen Geschenke lehnten sie ab und baten die Besucher nur, ihren Freunden und Verwandten zu sagen, daß es allen auf Saint-Esprit gutging. Und noch ehe die Fernsehkameras sie richtig im Bild hatten, waren sie schon wieder mit ihrer täglichen Arbeit beschäftigt: hacken, pflanzen, Wasser tragen. Aber rund um diesen mürrischen Stamm wuchsen und gediehen die bedrohten Tiere und Pflanzen wie Besucher von einem anderen Stern.

Nur wenn er sich zu den Hippies schlich und Trudi und Inger die Brocken brachte, die er aus der Küche stahl, konnte Neil sich vom spartanischen Regiment in der Gruppe ein wenig erholen. Bei allem Engagement für das Leben hatte er im Reservat doch stets das Gefühl, daß aus Saint-Esprit noch eine Insel der Dunkelheit werden könnte, daß im Hintergrund Kräfte lauerten, die nichts Gutes verhießen. Es schien wie eine Beschwörung, wenn Dr. Barbara mit ihren Blutproben spielte, und wenn er an die blutige Malerei auf dem Betonbunker dachte, wußte er, daß da ein böser Zauber im Gang war. Neil war auf die Insel gekommen, weil er von einem Atomblitz geträumt hatte, aber in Wirklichkeit lauerte ein anderer Tod in den Kulissen und wartete nur darauf, die Bühne zu betreten.

Nach dem Überfall auf das Lager der Hippies hatte er Werner auf der Lichtung in der Nähe des Bunkers getroffen. Der Deutsche wanderte oft stundenlang durch den Wald, um Rinden und Pilze zu suchen, aus denen er bereits einen bescheidenen Vorrat an Halluzinogenen gebraut hatte. Als Neil sich näherte, sah er, daß Werner neben einem toten Albatros kniete. Er schien nach einer großen Schwungfeder zu suchen, mit der er die obszöne Zeichnung von Dr. Barbara und dem Ziegenbock noch weiter ausschmücken konnte.

Aber als Neil dann neben ihm stand und ihn zur Rede stellen wollte, sah er, daß Werner dabei war, den Albatros zu begraben. Er murmelte ein Mantra über dem toten Vogel, zupfte eine Feder aus seinem Flügel und steckte sie sich ins Knopfloch. Seine Schaffelljacke war bereits mit zahlreichen Grashalmen, Blumen und einem Hühnerfuß dekoriert. Es schien, als hätte er die Absicht, zum wandelnden Reliquienschrein für alles zu werden, was auf Saint-Esprit starb.

»Neil! Wo ist denn deine Keule?«

»Die hab' ich ins Meer geschmissen.« Neil hob entschuldigend die Hände. »Ich habe Inger und Trudi geholfen, das Feuer wieder anzumachen. Tut mir leid wegen dem Überfall, Werner.«

»Wir haben uns inzwischen daran gewöhnt. Für den Fernseher hatten wir sowieso keine Batterie mehr. Aber Gubby hat ihn trotzdem gern angeschaut.«

»Ich werde mal sehen, ob ich einen anderen für ihn finde.

Weißt du, wir machen das nur wegen David. Er regt sich immer so auf. Eigentlich meinen wir es gar nicht so ernst.«

»Er meint es, glaube ich, sehr ernst.« Werner drehte sich zu Neil um, als müßte er Maß für ein Grab an ihm nehmen. »Alle Leute hier meinen es ernst, außer dir. Sei vorsichtig, Neil. Dieser David ist ein kleiner Mann, aber auf so einer kleinen Insel wird er plötzlich ganz groß.«

Neil half dem Deutschen, den Albatros ins Grab zu legen und Sand auf sein Gefieder zu schütten. Um ihn zu trösten,sagte er: »Nichts ist ewig, Werner. Auch nicht auf Saint-Esprit. Man kann nicht jedes Blatt begraben, das zur Erde fällt.«

»Du redest zuviel mit Dr. Barbara«, sagte Werner. »Alles braucht seine Zeremonie. Jeder Atemzug ist ein Fest, und für den letzten muß es eine ganz besondere Zeremonie geben. Nicht nur bei den Menschen, sondern auch bei Vögeln und Blumen.« Werner sog den Rauch des Feuers ein. »Ißt du mit uns, Neil?«

»Nein, das Essen ist für euch und Gubby. Ich will sehen, ob ich euch morgen etwas Reis bringen kann.« Ehe er wegging, fragte Neil noch: »Was würdest du denn machen, wenn morgen ein toter Hai angespült würde? Oder ein Walfisch?«

»Ich würde seine Augen tragen, Neil. Und deine auch. Dann könnten sie ein neues Leben jenseits von Dr. Barbara sehen.«

Kurz vor Sonnenuntergang kamen Trudi und Inger die Rollbahn heruntergeschlurft und setzten sich am Lagertor in den Staub. Gubby lag in einem Tragetuch an Trudis Schulter. Der aufgeblähte Ballon seines Kopfes schwankte auf dem schwachen Hals hin und her, und seine Augen wanderten durch die Baumkronen, als suchten sie vergeblich nach etwas zu lachen. Kimo erbarmte sich ihrer, holte einen Rucksack aus seinem Zelt und gab jeder der beiden Frauen einen Schokoladenriegel. Während sie gierig die Süßigkeit aßen, patrouillierte Carline mit unbehaglichem Lächeln hinter dem Zaun, und Mrs. Saito kam aus ihrem Zelt und beschimpfte sie auf japanisch.

Aufmerksam geworden, erschien schließlich auch Dr. Barbara auf den Stufen des Lazaretts. Sie warf Monique, die vor der Küche stand und die Töpfe auskratzte, einen wütenden Blick zu und stieß einen der von den Andersons als Wegbegrenzung ausgelegten Schmucksteine mit einem Fußtritt beiseite. Mit den Händen auf den Hüften musterte sie die beiden Frauen hinter dem Zaun. »Inger, wenn ihr die Nacht da draußen verbringen wollt«, sagte sie mit einem Blick auf die abgezehrten Gesichter und Arme der beiden Deutschen, »dann solltet ihr euch Decken mitbringen.«

»Wir haben nichts mehr zu essen, Doktor«, sagte Inger sachlich. »Wir können auf den Schiffen nichts stehlen, und die Leute schenken uns nichts. Heute nachmittag haben Sie uns die letzten Büchsen weggenommen.«

»Die habt ihr zuerst bei uns gestohlen. Wir brauchen sie genauso dringend wie ihr.«

»Wir haben sie im Meer gefunden. Alle. Eine davon hat Neil vom Grund heraufgeholt.«

»Dann müßt ihr eure Nahrung eben weiter im Meer suchen.« Dr. Barbara starrte hinaus zum Wrack der *Dugong*. Das Schicksal der Hippies interessierte sie schon lange nicht mehr. »Nehmt eure Jacht und fahrt hinters Riff.«

»Tauchen?« Trudi drückte den Kopf des Kindes an ihre milchlose Brust. »Dazu sind wir zu müde. Man jagt den ganzen Tag und hat am Ende nicht mal für einen genug.«

»Dann fahrt nach Tahiti zurück.Warum wollt ihr hier verhungern?«

»Wir mögen die Insel. Saint-Esprit ist auch unsere Insel.«

Dr. Barbara schlug wütend mit der Faust an den Torpfosten. »Es ist nicht eure Insel! Saint-Esprit gehört den Albatrossen und allen anderen Tieren und Pflanzen, die unseren Schutz brauchen ...«

»Mein Baby braucht auch Schutz.« Trudi versuchte, das quengelnde Kind zu beruhigen. »Geben Sie uns ein bißchen Milch für Gubby. Nur für das Baby.«

»Die Trockenmilch ist für Notfälle. Außerdem ist Milchpulver für Kinder gar nicht gesund.«

»Dr. Barbara…« Kimo hob die Arme, um den zitternden Torpfosten wieder zur Ruhe zu bringen. »Dem Baby können wir doch ruhig was geben. Ausnahmsweise…«

»Natürlich – und morgen?«

»Ich denke an heute.«

»Und ich denke an morgen.« Dr. Barbara sah die anderen herausfordernd an, als müßte sie sich daran erinnern, daß sie das Reservat mit ihnen teilte. »David, Sie sind doch bestimmt meiner Meinung?«

»Natürlich, Barbara…« Carlines Gesicht wurde von verschiedenen, widerstreitenden Gefühlen zerrissen. »Es ist kein einfacher Fall, aber natürlich haben Sie recht.«

»Gut. Was denken Sie, Yukio?«

»Wir könnten die Rationen neu einteilen…« Aber als er seine Frau ansah, wurde der Professor nervös. »Vielleicht sollten wir doch besser bei unserer Einteilung bleiben.«

»Ganz bestimmt. Wir haben schließlich viel Zeit mit der Planung verbracht.«

Neil saß auf den Stufen des Lazaretts. Er hatte das Gefühl, einem raffinierten, grausamen Experiment beizuwohnen. Die Frage, ob die Hippies zu Recht etwas zu essen verlangten, war dabei sekundär. Dr. Barbara testete die Entschlossenheit der Reservatsangehörigen, so wie sie alles auf Saint-Esprit testete. Die Albatrosse, die gefährdeten Pflanzen und Tiere und alle anderen Lebewesen auf der Insel nahmen an einer endlosen Versuchsreihe teil, bei der sich zeigen mußte, ob sie Dr. Barbaras Erwartungen entsprachen.

Überraschenderweise waren es die Frauen, die sich am entschiedensten weigerten, den beiden Hippiemädchen mit dem kranken Kind zu helfen. Monique und Mrs. Saito bildeten eine Einheitsfront gegen die eher zögernden Männer und warfen dem unglücklichen Trio vor dem Zaun wütende Blicke zu. Durch diese Unterstützung bestärkt, marschierte Dr. Barbara hinter dem Zaun auf und ab und prüfte die Festigkeit der angerosteten Drähte.

Plötzlich erschien Neil neben ihr, in den Händen zwei Dosen mit Milchpulver.

»Was soll das, Neil? Hast du die am Strand gefunden?«

Neil zeigte ihr die unbeschädigten Etiketten. »Nein, die hab' ich aus dem Regal in Ihrem Büro genommen.«

»Ach, wirklich?« Dr. Barbara fixierte Neil mit einer solchen Intensität, wie er es noch nie erlebt hatte. Es schien, als wäre sie vor allem neugierig darauf, wie er auf die anstehende Konfrontation reagieren würde. »Na schön. Dann wirst du sie jetzt wieder zurückbringen.«

»Nein, Doktor. Ich gebe sie Trudi, damit sie das Kind füttern kann.«

»Und was geschieht, wenn alle Büchsen weg sind? Wenn nichts mehr zu essen da ist, weil wir alle so schrecklich nett zueinander waren?«

»So weit ist es noch nicht, Dr. Barbara. Um die Albatrosse und die anderen Tiere kümmern wir uns ja auch.«

»Die Albatrosse sind in Gefahr, Neil, deshalb haben wir das Reservat ja gegründet. Aber auch bei den Tieren und Pflanzen gehen wir selektiv vor. Man kann nicht alles retten.«

»Aber wir können menschlich sein, Doktor. Sie haben sich ja auch um mich gekümmert, als die Franzosen mich umbringen wollten.«

»Und ich kümmere mich auch jetzt noch um dich. Die Verhältnisse können sich schnell ändern, und dann wirst du mich wieder um Rat fragen. Und jetzt bring die Büchsen bitte zurück in mein Büro.«

»Nein.« Neil trat aus dem Tor, stellte sich neben die beiden am Boden hockenden Frauen und lächelte das Kind an, das ihm zuwinkte. »Wenn ich Gubby die Milch nicht geben darf, dann werde ich an den Strand ziehen. Ich werde für Trudi, Inger und das Kind fischen und das Reservat verlassen.«

»Aber Neil!« Dr. Barbara packte ihn heftig am Arm. »Wir sind zusammen hierhergekommen. Du kannst doch nicht einfach gehen...«

»Wir werden unser eigenes Reservat gründen, Dr. Barbara.«

Carline trat vor, um sie zu trennen. Er lächelte so tolerant wie ein Missionar, der zwei rivalisierende Einheimische daran hindern muß, sich zu streiten. »Barbara, lassen Sie uns noch mal darüber nachdenken. Ich kann sofort eine ganze Tonne Milchpulver einfliegen lassen. Sie können darin baden, wenn Sie gern möchten.«

»Neil ist unser bester Speerfischer«, sagte Kimo. »Wir brauchen ihn, Doktor.«

Neil wartete. Er wußte, daß Monique und Mrs. Saito auf der Seite von Dr. Barbara standen. Sie behandelten ihn schon jetzt wie einen Ausgestoßenen.

»Ein Faulpelz ist er«, rief Mrs. Saito. »Er arbeitet nicht, sondern träumt den ganzen Tag nur vor sich hin.«

»Laß ihn gehen, Barbara«, sagte Monique. »Er wohnt doch sowieso schon am Strand. Behalten wir statt dessen die Frauen hier; denen kann man vielleicht noch beibringen, wie man arbeitet.«

»Ja, gar nicht schlecht...« Der Vorschlag schien Dr. Barbaras üble Laune zu besänftigen. Sie nickte Monique zu und musterte die beiden deutschen Frauen genauer. Wieder einmal schien sie weit vorauszudenken, schien eine andere Insel, ein Reservat ohne Güte und andere menschliche Schwächen zu sehen.

»Na gut, Monique. Sollen sie mit dem Baby hier bei uns leben. Du bist für sie verantwortlich, Neil. Sie können hierbleiben, aber nur, wenn du für sie sorgst.«

11
Die Brutstation

Dr. Barbara wollte ein Kind – kein eigenes, das hatte sie gleich klargemacht, aber ein von Neil gezeugtes Kind. Entweder Trudi oder Inger sollte es empfangen und austragen – ein auf der Insel geborenes Kind zur Feier des neuen Königreichs Saint-Esprit. Neil durchbrach die Wasseroberfläche in der Lagune und schwamm Richtung Strand, wo die beiden Frauen neben dem Grill auf ihn warteten. Bedauerlicherweise interessierten sie sich nach wie vor mehr für das, was Neil ihnen zu essen brachte, als für das Geschenk, das sich Dr. Barbara von ihnen erhoffte. Sie wollten sich nicht die Gebärmutter füllen lassen, sondern den Magen.

Neil watete an Land. Anderthalb Stunden Unterwasserjagd mit Neoprenanzug, Sauerstoffgerät und Harpune hatten ihn müde gemacht. Inger jubelte, als sie den sterbenden Zackenbarsch sah, den er aufgespießt hatte. Gubby schaukelte vergnügt hin und her und lachte über den großen Fisch, während Trudi ins Wasser lief, um Neil bei den letzten Schritten zu helfen.

»Neil! Der ist ja riesig! So einer hat wahrscheinlich Jonas verschluckt!«

Auch zu zweit hatten sie sehr mit den Wellen zu kämpfen und waren bald beide mit Fischblut bedeckt. Schließlich verließ auch Inger das Feuer und half. Sie nahm die Harpune und faßte Neil an der Hand.

»Du Ärmster! Das war sicher eine richtige Schlacht!« Mit der freien Hand rieb sie die Druckstelle weg, die das Atemgerät auf Neils Gesicht zurückgelassen hatte. »Trudi, er hat wieder rumgeknutscht«, sagte sie. »Ich glaube, er hat eine Freundin da unten.«

»Du kriegst natürlich den größten Anteil«, sagte Trudi, als sie den Zackenbarsch zum Feuer trugen. »Du ißt die eine

Hälfte, und wir teilen uns den Rest. Du bist so stark, Neil! Du könntest bestimmt den ganzen Weg nach Honolulu schwimmen.«

»Bring ihn nicht auf solche Ideen! Ohne Neil würden wir hier verhungern!«

Neil stand schwankend im schwarzen Sand und spritzte dem kichernden Gubby Wassertropfen ins Gesicht. Die Frauen schnallten unterdessen seinen Schultergurt ab und legten das Sauerstoffgerät auf den Boden. Dann zogen sie ihm den schwarzen Neoprenanzug aus. Inger kniete sich vor ihm hin, streifte seine Badehose herunter und entfernte eine Strähne Seetang von seinem Skrotum. Dann gab sie ihm einen Schubs, damit er sich in den Sand setzte.

Während Neil mit dem Baby spielte, um sich zu erholen, putzten die Frauen den Fisch. Das große Fleischmesser blitzte in ihren Händen, sie schlitzten dem Barsch den Bauch auf und zerrten die Eingeweide heraus, bis ihre Unterarme blutig und schleimbedeckt waren. Dann schnitten sie den Kopf, den Schwanz und die Brustflossen ab und steckten das Tier auf einen starken Bambusspieß.

Als die ersten Fettspritzer in der Glut zischten, nahmen die beiden Frauen ein großes Badetuch und rubbelten Neil kräftig ab.

»Neil, du bist der neue Johnny Weissmüller«, sagte Inger. »Vielleicht schaffst du es, daß wir nach Hollywood kommen! Stell dir das mal vor! Tarzan mit zwei Janes...«

»Niemand fischt wie Neil«, sagte Trudi und betrachtete liebevoll das knusprige, blasenwerfende Fischfleisch. »Wolfgang nicht, und Werner schon gar nicht. Eines Tages, schon bald, werden wir dich lieben, Neil...«

Eine Stunde später hatten sie ihre Mahlzeit beendet. Neil fand, daß es ein guter Tag war für eine Verführung, aber ihn zu verführen war Sache der Frauen, und die ließen sich Zeit. Meer, Sonne und Himmel hätten auch dann nicht romantischer sein können, wenn Dr. Barbara das Bühnenbild persönlich gemalt hätte. Die ganze Insel war ein Liebesnest. Nach einer kühlen Woche mit ständigen Stürmen wärmte jetzt eine freundliche Sonne die Wellen. Während der Regentage war das Wasser zum Fischen zu trübe gewesen, und Inger und Trudi hatten mürrisch unter dem Schilfdach der Hütte gesessen, die Neil für sie gebaut hatte. Wenn er ihnen Süßkartoffel- und Pisangrationen gebracht hatte, waren sie seinem Blick ausgewichen und hatten mit ihren Korallenketten gespielt.

Jetzt hatte sich das Wasser beruhigt, und die Fische kamen an die Oberfläche zum Fressen. Dr. Barbara hatte sogar einen Krug mit Kokoswein gestiftet, den Kimo nach einem Rezept von Professor Saito gebraut hatte. In der festen Überzeugung, daß die sexuellen Sterne günstig standen, hatte ihnen Dr. Barbara sogar erlaubt, den kleinen Gubby aus dem Lazarett mitzunehmen. Offenbar glaubte sie, der Säugling würde Neil an seine Pflichten erinnern.

Aber trotz der Sonne und des süßen Weins bezweifelte Neil, daß Dr. Barbaras Hoffnungen sich bald erfüllen würden. Am Anfang war er viel zu müde gewesen. Er hatte die Hütte gebaut, und er hatte sich Tag für Tag bei der Jagd nach Fischen verausgabt. Es war nicht ganz einfach gewesen, genügend Fische für vier Personen zu fangen. Schließlich hatte er beschlossen, die Sauerstoffflaschen zu bergen, die er selbst ins Meer gestoßen hatte. Sie waren in den tiefen Graben vor dem Riff gefallen, und als er danach tauchte, waren ihm fast die Lungen geplatzt.

Als er die Taucherausrüstung erst einmal hatte, konnte er das Holzkohlenfeuer regelmäßig mit Fischen versorgen, und die beiden Frauen fanden, er sei ein prachtvoller Bursche. Dennoch behandelten sie ihn wie ein Maskottchen, wie einen älteren Bruder Gubbys. Beide nahmen rasch zu. Rauschgift stand ihnen nicht mehr zur Verfügung, und so entwickelten sie sich schnell zu zwei stämmigen deutschen

Hausfrauen. Sie hatten jahrelang in den Bars einer amerikanischen Air Base gearbeitet und waren dem arglosen Neil nicht nur in erotischer Hinsicht mehr als gewachsen.

Dr. Barbara hatte verlangt, daß Gubby abgestillt wurde, und so hatte Trudi ihn widerwillig in der Krankenstation abgeliefert. Als sie sich mit Werner und Wolfgang zusammengetan hatten, waren sie und Inger beide schon schwanger gewesen. Sie hatten beide in Vancouver entbunden. Aber Inger wollte ihr dunkelhäutiges Kind nicht behalten und überließ es einer katholischen Adoptions-Agentur. Jetzt, wo sie aller Pflichten ledig waren, lagen die beiden Frauen meistens am Strand in der Sonne und warteten auf die nächste Mahlzeit.

»Du hast wahre Wunder bei Trudi und Inger vollbracht«, lobte ihn Dr. Barbara nach dem ersten Monat. »Die beiden sehen prachtvoll aus.«

»Ich muß auch schwer arbeiten, Doktor«, sagte Neil. Er saß neben ihr in der Krankenstation, die von Dr. Barbara neuerdings immer »die Klinik« genannt wurde, und betrachtete seine letzte Urinprobe. »Ist das so etwas Ähnliches wie die Ehe?«

»Nein, in der Ehe müssen die Frauen arbeiten, und die Männer gehen ins Büro und machen sich's gemütlich.« Sie warf einen spöttischen Blick zu Professor Saitos Laboratorium hinüber und ließ ihren Blick dann zur Funkstation gleiten, die Carline wieder aufgebaut hatte. »Hier auf Saint-Esprit ist es ja auch nicht viel anders.«

»Gibt es hier auch Bürojobs, Dr. Barbara?«

»Nein, nicht direkt. Und das ist auch gut so.« Sie hatte sich mit einem intensiven Lächeln zu Neil umgedreht, und er wußte, daß damit wieder ein überraschender, grundsätzlicher Themenwechsel einhergehen würde. »Aber für Inger und Trudi habe ich einen Job.«

»Gut.« Die Aussicht freute Neil. »Sie können ja im Garten arbeiten und sich um die Hühner kümmern.«

»Nein, nicht im Garten. Ich dachte an etwas, was ihrem Talent mehr entspricht.«

»Talent?« Neil sah sich vor einem Abgrund. »Was anderes als auf dem Rücken liegen können die doch gar nicht.«

»Genau.« Dr. Barbara nahm Neil die Urinprobe aus der Hand und stellte sie zurück ins Gestell. »An so etwas hatte ich auch gedacht.«

»Was ist mit Küchenarbeit? Sie könnten Monique helfen.«

»Sie sind jetzt schon zu fett. Nein, ich finde, sie sollten jede ein Kind kriegen.«

Neil drehte sich erschrocken zu Gubby um, aber der saß in seinem Babystuhl und verstand sowieso nichts. Vergnügt verfolgte er Dr. Barbaras herrische Gesten. »Aber Inger hat doch schon ein Kind in Vancouver, und Trudi hat Gubby.«

»Ja, aber Gubby ist... nicht gesund.« Sie erlaubte Gubby, mit ihren Fingern zu spielen, aber es war Neil nicht entgangen, daß sie dem wasserköpfigen Kind nie ins Gesicht sah. Sie berührte das warme Glas mit Neils jüngster Urinprobe, als erwarte sie davon eine Inspiration. »Sie brauchen einen neuen Anfang. Neues Leben auf Saint-Esprit! Das wäre ein gutes Signal für die Welt.«

»Wenn Sie mit ihnen reden, Doktor... Ich glaube, Sex interessiert die beiden durchaus. Wer sollen denn die Väter sein?«

»Eigentlich dachte ich nur an einen.«

»Wolfgang? Ja, der schläft meistens mit ihnen. Manchmal hat Werner auch mit Trudi geschlafen, wenn sie unruhig war...«

»Nein!« Das schloß Dr. Barbara aus. »Man kann von Rauschgiftsüchtigen keinen gesunden Nachwuchs erwarten. Deren DNA muß doch wie Konfetti aussehen.«

»Und was ist mit Kimo?«

»Der spart sich seinen Samen für das Königreich Hawaii auf.«

»Und David?«

»Zu alt. Und außerdem ist er schon verheiratet.« Dr. Barbara preßte Neil das Reagenzglas mit der Urinprobe an die Stirn wie ein Erzbischof, der einen jungen König salbt. »Ich habe an dich gedacht, Neil.«

»Doktor...?« Verblüfft versuchte Neil ihrem Lächeln auszuweichen, das auf ihn zurollte wie eine riesige Flutwelle. »Ich glaube, sie würden nicht...«

»Du bist jung und gesund, auf dem Höhepunkt deiner Kräfte und bereit, Verantwortung zu übernehmen. Warum, glaubst du, habe ich die ganze Zeit dein Blut und deinen Urin getestet? Sie gefallen dir doch, oder?« Dr. Barbara schien sich plötzlich Sorgen um Neils Wohlergehen zu machen. »Ist dir Trudi zu klein? Inger ist viel kräftiger, aber diese schweren Brüste sind vielleicht ein bißchen... erstickend?«

»Ich mag sie alle beide. Sie sind...«

Dr. Barbara war in sexueller Hinsicht immer sehr offen gewesen. Sie hatte sogar notiert, wie oft er masturbierte, aber jetzt ging ihm diese Offenheit auf die Nerven. Er sah beunruhigt zu, wie sie hin und her ging und gedankenlos die Stühle und Reagenzgläser zählte. Es fiel ihm auf, daß sie wieder sehr ungepflegt aussah. Ihre Kleider waren fleckig und die Haare ungekämmt, ein Zeichen dafür, daß neue Veränderungen bevorstanden.

Dr. Barbara langweilte sich im Reservat. Jede Minute ihres Lebens bedeutete Arbeit. Die Tiere am Leben zu halten und genügend Nahrung zu finden war ein ständiger Kampf. Widerwillig ließ sie es zu, daß ein japanischer Walfänger eine Ladung Tierfutter an Land brachte, aber das Ergebnis davon war, daß Kimo und Carline nur noch länger in ihren Zelten faulenzen konnten. Je schwächer die Männer wurden, desto mehr arbeiteten die Frauen, und Dr. Barbara hatte das Gefühl, daß ihr Leben sich immer mehr den kleinbürgerlichen Zuständen näherte, die sie in ihrer düsteren Kindheit in Schottland erlebt hatte: ständige Schinderei, keinerlei Abwechslung.

Während sie Gubby finster betrachtete, spürte Neil, daß sie neue radikale Pläne in ihrem Kopf wälzte. Ein Umsturz, der sie erst verwirren und dann stärken würde. Immer wieder hatte Dr. Barbara sie auf die Probe gestellt, den französischen Kanonen und den Fernsehkameras ausgesetzt und sie schließlich gezwungen, auf die Unterstützung der Außenwelt zu verzichten. Sie hatten alle Probleme gelöst, aber mit ihren immer tieferen Abwassergräben und den Laufstegen zwischen den Zelten hatten sie Dr. Barbara nur provoziert. Jetzt würde sie die Gemeinschaft mit den Kräften der Sexualität aus dem Gleichgewicht bringen, die seit ihrer Ankunft in Saint-Esprit fast völlig verdrängt worden waren. Es war eine mächtige, gefährliche Waffe. Der absurde Streit um das Milchpulver hatte sie wütend gemacht, aber jetzt erkannte Dr. Barbara, daß Neils Hormone bestens geeignet waren, um das Leben in der Kolonie durcheinanderzubringen. Schon der kleinste Hinweis, daß Neil mit Trudi und Inger vögeln oder gar der Vater ihrer Kinder sein könnte, würde Monique und Mrs. Saito an ihrer empfindlichsten Stelle berühren.

Neil lag neben dem Feuer, spielte mit Gubby und musterte die beiden Frauen, die neben ihm schliefen. Die Narben von den Injektionsnadeln an ihren Armen und Beinen waren völlig verheilt. Die Fischdiät und Dr. Barbaras Vitaminspritzen hatten aus den müden Hippies, die mit stumpfer Haut von ihrer lecken Jacht gekommen waren, zwei blühende junge Frauen gemacht. Von Werner und Wolfgang, die in ihren Hütten hockten und versuchten, die *Parsifal* wieder seeklar zu machen, hatten Trudi und Inger sich abgewandt, ohne auch nur mit der Wimper zu zucken. Das Leben im Reservat gefiel ihnen allerdings auch nicht besonders. Besonders Trudi litt darunter, daß sie so oft von ihrem Baby getrennt war. Sie war zierlich, spitznasig und weitaus scharfsinniger als ihre Freundin, aber sie ahnte genausowenig wie Inger, was Dr. Barbara mit ihnen vorhatte.

»Gubby, Gubby…« Neil kitzelte die Nase des Babys mit einem Fischschwanz und ließ ihn dann über Gubbys Kopf kreisen. Die Augen des Kindes folgten seinen Bewegungen mit staunendem Blick. Wie Kameraschlitze standen sie unter der bunkerhaft gewölbten Stirn. »Ein fliegender Fisch, Gubby.«

»Du magst Kinder, nicht wahr?« sagte Trudi. Die beiden Frauen waren aufgewacht und reckten ihre nackten Brüste der Sonne entgegen. »Hast du einen kleinen Bruder in England?«

»Nein, aber Gubby ist ein lustiger Bursche. Und er ist sehr intelligent.«

»Natürlich. Er spielt eben gern.« Sie klemmte Gubbys Nase zwischen zwei Finger und lachte, als er strampelte und laut trompetete, um sich zu wehren. »Er hat dich auch sehr gern, Neil. Du bist der geborene Vater.«

»Ja, weißt du…« Neil war plötzlich sehr vorsichtig, denn er sah Dr. Barbara in den Bäumen am Strand stehen, und er hatte das Gefühl, daß sie ihn beobachtete wie eine nachgeborene Margaret Mead bei ihren anthropologischen Studien. »Vielleicht werde ich ja mal Vater. Ehe ich's nicht ausprobiert habe, werd' ich's nicht wissen.«

»Dann solltest du es bald ausprobieren.« Inger lag auf der Seite und sah Neil herausfordernd an. Mit kundigem Auge musterte sie seine langen, kräftigen Schenkel und die muskulösen Schwimmerschultern und wog in Gedanken sein sandiges Skrotum. Sie streckte einen Zeigefinger aus und ließ ihn über die harte Sehne an seinem Knie gleiten, wo die Muskelstränge seines Oberschenkels sich trafen wie die Zügel in der Hand des Wagenlenkers. »Neil, hat Dr. Barbara mit dir gesprochen?«

»Wieso?« fragte Neil erschrocken. »Worüber sollte sie mit mir gesprochen haben?«

»Über wichtige Dinge natürlich.« Inger nahm einen Schluck aus dem Weinkrug. »Dr. Barbara spricht immer nur über wichtige Dinge. Leben und Tod zum Beispiel, und ihre kostbaren Tiere.«

»Den Albatros«, erinnerte Trudi.

»Ja, natürlich. Immer dran denken! Bloß die Albatrosse nicht vergessen.« Inger streifte den Sand von Neils Brustwarzen. »Eines Tages fliegen sie davon, und der Himmel ist weg.«

»Und Leben und Tod gibt es dann auch nicht mehr. Dr. Barbara ist viel zu ernst für Leben und Tod.« Trudi bot Neil ihre Kehrseite an, ihre Hand lag auf seiner Hüfte. »Und jetzt tun wir brav, was Dr. Barbara von uns will – fischen und träumen und am Nachmittag ausruhen.«

Inger hatte angefangen, Neils Haar nach Flöhen abzusuchen. Die Brandung rauschte, Gubby plapperte vor sich hin, und der Palmwein machte Neil schläfrig. Bald spürte er nur noch weiches, warmes Fleisch auf seiner Haut und hörte das sanfte Flüstern der beiden Frauen.

»Inger…?«

»Ja, Neil?«

»Dr. Barbara hat sich was Neues ausgedacht. Es betrifft dich und Trudi.«

»Laß hören. Es interessiert uns immer, was Dr. Barbara sich ausdenkt.«

»Sie hat es mir erklärt«, sagte Neil und suchte eine möglichst delikate Umschreibung. »Sie möchte ein Kind.«

»Wie schön. Aber sie hat doch dich. Du bist doch ihr Baby.«

»Nein, sie meint etwas anderes. Sie möchte ein richtiges Baby. Sie möchte, daß du schwanger wirst. Du und Trudi.«

»Wie sollen wir das machen?« Trudi drehte sich zu Neil um. Sie schien wirklich überrascht. »Wir können uns doch nicht selbst schwängern, auch für Dr. Barbara nicht.«

»Na ja«, sagte Neil. »Ihr müßtet es ja nicht selbst machen…«

»Nein? Kannst du uns zeigen, wie man es macht?« Inger

setzte sich auf, ihre Brüste streiften Neils Kinn. »Da gibt es doch bestimmt eine besondere Ausrüstung. Ist die nicht da unten irgendwo? Zwischen den Beinen? Trudi, ich glaube, es ist nicht mehr da!«

»Der arme Neil! Du mußt mit ihm zur Klinik und es Dr. Barbara sagen…«

Die beiden Frauen hockten lachend neben ihm, hielten seine Beine und Arme fest und häuften Sand auf seine Weichteile. Jetzt erst wurde ihm klar, daß sie ihn bloß geneckt und Dr. Barbara eine Nase gedreht hatten. Er versuchte sich aufzusetzen, aber Inger fluchte und stieß ihn zurück in den Sand. Man hörte Carlines wütende Stimme und das bedrohliche Rattern von Bambusstangen im Wald. Werner und Wolfgang waren über die Rollbahn gekommen und lehnten provozierend an der Schaufel des Bulldozers. Carline hatte seinen Strohhut abgesetzt und stieß Wolfgang seinen Bambusstock vor die Brust. Werner trat beiseite und rannte zum Strand. Aber da stieß auch schon Kimo einen warnenden Ruf aus und stürmte hinter ihm her. Er fegte den sandigen Abhang hinunter, packte den abgemagerten Deutschen und schleuderte ihn meterweit hinaus in die Brandung. Wolfgang hatte schon aufgegeben und trottete zu seiner Hütte zurück. Unter seinen Füßen stiegen kleine weiße Staubwolken auf.

»Neil, wir gehen.« Erschrocken über die Gewalt nahm Trudi ihr Kind in die Arme.

»Wir sehen uns morgen.« Inger wischte sich den Sand von den Armen. »Heute ist es nicht schön…«

Sie griffen nach ihren Kleidern, zogen sich eilig an, um sich nicht den Blicken von Carline und Kimo auszusetzen, und flüchteten in ihr Zelt.

Vom Sonnenlicht gesprenkelt lag der Lagunenboden da wie ein hängender Garten. Zwischen den Seeanemonen und Seegurken wuchsen Schwämme wie biegsame Ziersträucher, und kleine Seetangwälder ließen ihre langen Arme wie Fahnen in der Strömung wehen. Fast zwanzig Meter darüber lag Neil auf der silbrigen Oberfläche des Wassers, als wäre er gerade aus einem tiefen Traum erwacht.

Langsam ließ er sich aus dem Dingi der Andersons gleiten. Als erstes setzte er den Treibanker aus, dann sog er die Lungen voll Luft und griff nach dem schweren Zementklotz auf dem Hecksitz des Bootes. Noch einmal sog er die Lungen voll Luft, dann hob er den Zementklotz heraus. Das Gewicht zog ihn schnell auf den Grund der Lagune. Ein Schwarm von Korallenfischen stob hastig beiseite, und eine große Meeresschildkröte schwamm gelassen heran, um ihn zu begutachten. Sie sah aus wie eine gekenterte Galeone, als sie eilig davonpaddelte.

Neil hatte das geliehene Dingi mit Dutzenden von schweren Steinen bepackt, obwohl ihn Kimo vor dieser Methode des Passivtauchens gewarnt hatte. Dabei würden auf die Dauer die Lungen geschädigt, hatte Kimo gesagt, das wisse er von den Perltauchern. Aber mit den Sauerstoffzylindern und der Atemmaske zu tauchen war Neil oft zu anstrengend, außerdem sah man mehr, wenn man sich von den Steinen in die Tiefe hinabziehen ließ, ohne sich viel bewegen zu müssen.

Er war zwei Meilen weit hinausgerudert, bis zu der Stelle, wo die Blicke der Kameratürme sich trafen. Er hoffte, hier etwas zu finden, was zur Befestigung eines atomaren Sprengsatzes auf dem Grund der Lagune gedient haben könnte. Und selbst wenn er weder die Waffe noch irgendeine Verankerung fand, war dies doch zumindest der Bodennullpunkt von Saint-Esprit, das Epizentrum all seiner Träume von Mururoa, Bikini und Eniwetok.

Seine Füße berührten den weichen Sand, und der Aufprall ließ ihn für einen Augenblick in die Knie gehen. Immer noch umklammerte er die Zementplatte und sah zu, wie die überschüssigen Luftblasen aus seiner Taucherbrille zur Oberfläche emporstiegen. Gefleckte Muränen lauerten in den turmhohen Korallenstöcken, die ihn wie die Säulen eines Palastes im dämmrigen Wasser umgaben. Die Auseinandersetzung am Strand hatte ihn beunruhigt. Er hatte die unterschiedlichen Rivalitäten auf der Insel bis dahin nicht wahrhaben wollen, aber hier, in der stillen Tiefe des Meeres, am Rand des Kraters, der in einen dunklen, kalten Abgrund hinunterführte, gelangte er wieder zur inneren Ruhe.

Ein paar Meter vor ihm lag das korallen- und muschelüberzogene Wrack eines französischen Patrouillenbootes auf einem Bett von Schwämmen. Die Torpedorohre ragten aus dem Sand wie die Scheren eines riesigen Hummers. Die Reling und alle Leitern des Schiffes hatten sich als Korallenstöcke selbst abgebildet. Ein Stück weiter fand Neil das Wrack eines Flugzeugs. Die Flügel waren geknickt, aber über dem Rumpf erhob sich die Kanzel des Heckschützen wie ein verlassener Beobachtungsposten.

Neil hätte sich das Wrack gern genauer angesehen, aber er konnte den Atem nicht länger anhalten. Er ließ die Zementplatte los und schoß in einem Schwall silbriger Luftblasen an die Oberfläche hinauf. Mühsam kletterte er in das Dingi und ruhte sich eine halbe Stunde aus. Dann holte er den Treibanker ein und ruderte, bis er genau über dem Flugzeugwrack war.

Sein zweiter Tauchgang brachte ihn direkt zu der abgestürzten Maschine. Es war ein zweimotoriger Bomber unbekannter Bauart. Während ihm das Wrack entgegenwuchs, verscheuchte Neil einen kleinen Riffhai. Durch die offene Kanzel sah er den Pilotensitz und die überkrusteten Instrumente. Neil fragte sich, ob der Flugzeugabsturz etwas damit zu tun hatte, daß die Franzosen ihre Atomversuche auf Saint-Esprit eingestellt hatten.

Er ließ die Betonplatte los, hielt sich an der Heckflosse des Flugzeugwracks fest und warf einen Blick in die Kanzel des Heckschützen. Auf dem Sitz lagen die Überreste einer gepanzerten Weste und einer zerrissenen, von Hunderten von Fischen angefressenen Fliegermontur. Neil überlegte gerade, ob der Besitzer den Bomber wohl lebend verlassen hatte, als er auf dem Boden der Kabine ein paar abgerissene Wirbel und Rippen entdeckte. Während er nach oben schoß, um Luft zu schnappen, und sich keuchend an die Bordwand seines Dingis klammerte, wurde ihm klar, daß er endlich die Spur des Todes gefunden hatte, die er so lange gesucht hatte. Jeder Tropfen Wasser in der Lagune war irgendwann durch die porösen Knochen der Leiche geströmt.

Bald darauf wurde das Lager von fiebrigem Durchfall heimgesucht. Kimo war das erste Opfer. Er war gerade dabeigewesen, oberhalb der Pflanzenterrassen Palmenstämme zu fällen, als er über seiner Axt zusammenbrach und sich in Krämpfen wälzte. Er ruhte sich etwas aus und machte sich dann wieder an die Arbeit, fiel aber erneut auf die Knie und mußte sich von Neil und Carline in sein Zelt helfen lassen. Drei Tage lang blieb er mit Schüttelfrost liegen und war kaum in der Lage, Dr. Barbaras Thermometer zwischen den Zähnen zu halten.

Professor Saito und Monique waren die nächsten. Den Professor fand seine Frau eines Vormittags im Gewächshaus in den Orchideensetzlingen. Nach einer fiebrigen Nacht verzehrte er eine Schale mit warmem Tapioka, was aber nur neues Erbrechen und heftigen Durchfall auslöste. Dann versäumte es Monique, den Expeditionsmitgliedern das Frühstück zu machen, und Dr. Barbara fand sie neben der Wellblechkapelle auf dem besudelten Grab ihres Vaters, wo sie wirr vor sich hin redete.

Trudi und Inger machten sich daran, alle Töpfe und Teller in der Küche auszukochen, und Dr. Barbara befahl Neil, alle Hühnereier wegzuwerfen. In den nächsten Tagen lebten sie von den Fischen, die Neil aus der Lagune holte, und den restlichen Konserven aus dem Vorratszelt, die allerdings immer weniger wurden.

Neil war beeindruckt, wie konsequent Dr. Barbara das mysteriöse Fieber bekämpfte, auch als sie selbst schon erste Symptome aufwies. Eisern machte sie noch ihre Runden bei den Patienten, als ihr schon kalter Schweiß auf der Stirn stand, und überwachte das Graben der neuen Latrinen.

Neil fing an zu glauben, seine Atombombenträume hätten die Fische in der Lagune vergiftet. Aber als er Dr. Barbara von den Knochen im Wrack des Bombers und seinen Schuldgefühlen erzählen wollte, war sie schon viel zu erschöpft, um noch zuzuhören.

»Du mußt David bitten, ein Auge auf Trudi und Inger zu haben«, sagte sie. »Die haben womöglich irgendwas Häßliches von den Marquesas mitgebracht. Dann mußt du Mrs. Saito helfen, ihren Mann zu waschen. Die Bettwäsche unbedingt auskochen. Nur gut, daß du noch gesund bist, Neil, und so stark.«

»Dr. Barbara, diese Knochen, die ich gesehen habe … Dieses Skelett … Vielleicht ist die ganze Lagune vergiftet.«

»Unsinn. Die Knochen sind schon über zwanzig Jahre alt. Da sind keine Keime mehr dran. Für Aberglauben haben wir jetzt keine Zeit, Neil.«

Glücklicherweise entdeckte Professor Saito die Ursache des Fiebers sehr bald. Wie befürchtet, hatten die Hippies die Kolonie infiziert. Der Biologe hatte sich vom Krankenbett erhoben und das Trinkwasserreservoir untersucht. Wie sich herausstellte, hatte eine ungeheure Menge Kolibakterien das Filtersystem der Reinigungsanlage überschwemmt. Im weiteren Verlauf der Untersuchung zeigte sich, daß der Aquädukt mit Fäkalien verunreinigt war.

Neil blieb zwar skeptisch, aber die anderen waren sich einig, daß Werner und Wolfgang sich auf perverse Weise dafür gerächt hatten, daß man ihnen ihre Frauen weggenommen hatte. Es wurde eine letzte, von Carline und Mrs. Saito angeführte Strafexpedition angesetzt, bei der die Deutschen endgültig von der Insel verjagt werden sollten.

Immer noch erschöpft vom Fieber, baute Professor Saito

ein provisorisches Destilliergerät, das einen bescheidenen, aber absolut sicheren Trinkwasservorrat erzeugte. Dr. Barbara lag mit Schüttelfrost und Fieber unter ihrem Moskitonetz in der Krankenstation, wo sie nur das gereizte Schreien des Babys gelegentlich aufschreckte, als Carline mit Kimo und Mrs. Saito den letzten Angriff auf die Hippies plante. Die Andersons waren zu alt, um daran teilzunehmen, aber als sie sahen, daß Carline Benzin in eine Weinflasche füllte, protestierten sie heftig.

»David...«, sagte Major Anderson. »Verstößt das nicht gegen den Geist unseres Reservats? Wir wissen doch gar nicht, ob die Verschmutzung absichtlich erfolgt ist.«

»Major, das sagen die Leute seit zweihundert Jahren!« Carline riß einen Baumwollstreifen von seinem Hemdkragen ab und stopfte ihn in die Flasche. »Und was ist das Ergebnis? Auf der ganzen Welt werden Chemikalien in die Flüsse geleitet, unsere Strände werden mit Abfall versaut und unsere Kinder werden vergiftet. Lassen Sie uns nur dieses eine Mal annehmen, daß die Verschmutzung absichtlich erfolgt ist.«

»Warum reden wir nicht einfach mit ihnen?« fragte Mrs. Anderson und starrte auf den Molotowcocktail, als wolle sie den Jahrgang der Flasche erkennen. »Es läßt sich doch sicher ein Kompromiß finden...«

»Dazu ist es zu spät, Mrs. Anderson. Wir sind hierhergekommen, um Leben zu retten, und ich werde nicht zulassen, daß man uns vernichtet...«

Carline zitterte leicht, schien aber fest entschlossen, so als wäre das seine letzte Chance, um sich zu beweisen. Die endlosen Zweifel, die ihn sein ganzes Leben begleitet hatten, sollten endgültig beseitigt werden. Genau wie Dr. Barbara brauchte er permanente Spannungen. Seine ganze gute Erziehung hatte nur dazu gedient, ihn zu schwächen, aber jetzt konnte er sich auf sehr einfache Weise seine Stärke beweisen. Neil war aufgefallen, daß der Amerikaner einer der wenigen war, die nicht krank geworden waren. Hatte Carline das Wasser vergiftet, das Huhn gestohlen und die obszöne Zeichnung auf den Bunker gemalt? All das waren kindische Taten gewesen, die Rache eines ewigen Kindes gegen die herrische Gouvernante im eigenen Inneren.

Neil wollte an diesem neuen Angriff auf die beiden friedlichen Deutschen nicht teilnehmen und setzte sich in den Schatten neben der Rollbahn. Kimo und Mrs. Saito nahmen den Weg durch den Wald, Carline dagegen hatte das Dingi beschlagnahmt. Ganz im Stil von General MacArthur plante er wohl eine überraschende Landung im Rücken des Feindes. Als der Amerikaner in die dunkle Brandung hinausruderte, hörte Neil wieder Gubbys ermüdendes Schreien aus der Krankenstation.

Neil erwartete jeden Augenblick, die Hütten am Strand in Flammen aufgehen zu sehen, aber Carline hatte sich ein größeres Ziel vorgenommen. Jenseits der Wellen kam es zu einer Explosion, dann stieg ein lodernder Feuerball über der sinkenden Jacht auf. Brennendes Benzin floß über den Rumpf der *Parsifal* und verzehrte die psychedelischen Muster. Wie Feuerwerk stürzte die brennende Takelage aufs Deck.

Wolfgang kam nackt aus seiner Hütte gerannt und stürzte sich hastig ins Wasser, aber die Jacht war nicht mehr zu retten. Die Kabine leuchtete von innen wie eine Laterne, und der Rumpf versank rasch in denWellen. Auch Kimo und Mrs. Saito schienen überrascht. Sie standen am Ufer und starrten verblüfft auf das Feuer. Carline ruderte in den brennenden Trümmern herum und grinste wie ein betrunkener Erwachsener auf einem Kinderfest.

Neil kehrte ihnen den Rücken, überquerte die Rollbahn und machte sich auf den Weg zur Lagune. Die Flut überspülte gerade die Reste des Feuers, wo er mit Gubby und den beiden Frauen gespielt hatte. Die letzten Gräten des Zackenbarsches wurden über den schwarzen Sand geschwemmt und zurück in die dunkle Lagune gezogen.

Als er eine Stunde später ins Lager zurückkehrte, waren auch die letzten brennenden Wrackteile der *Parsifal* auf den Meeresboden gesunken. Saint-Esprit war wieder eine nachtschwarze Insel geworden, die nur von den weißen Flügeln der Albatrosse und der schäumenden Brandung erhellt wurde, die wie eine unermüdliche Wäscherin über den Strand spülte.

»Monique! Trudi!«

Das Licht einer Taschenlampe flackerte hinter den Fenstern der Krankenstation. Inger saß schluchzend auf den Stufen, getröstet von Mrs. Anderson, während Kimo auf und ab marschierte wie ein hilfloser Polizist bei einem tödlichen Unfall. Auch Professor Saito war von dem Lärm aufgeschreckt worden und kam aus seinem Laboratorium. Während er über den Lagerplatz eilte, knöpfte er sich hastig das Hemd zu.

War Dr. Barbara gestorben? Neil hatte das Gefühl, daß ihm die Landebahn unter den Füßen wegrutschte. Schon stellte er sich den Leichenzug vor, mit dem die Herrscherin von Saint-Esprit zum Friedhof neben der Wellblechkapelle gebracht werden würde. Saint-Esprit mit all seinen vulkanischen Klippen und Albatrossen schien in die Lagune zu sinken, als er auf das Lazarett zulief, an der schluchzenden Inger vorbei die Treppen hinaufstürmte und im Licht der schwankenden Taschenlampen Kimos Gesicht zu deuten versuchte.

Major Anderson stand neben Dr. Barbaras Bett und hob das Moskitonetz, als wolle er sie aus dem tödlichen Mechanismus einer Falle befreien. Das Licht seiner Taschenlampe erhellte die weiße Kammer, in der Dr. Barbara auf ihrem naßgeschwitzten Kopfkissen lag. Ihr blondes Haar war zu einer feuchten Perücke verklebt. Als der Strahl der Taschenlampe sie traf, verdrehte sie die Augen und schien sekundenlang weit draußen auf der brennenden *Parsifal* zu sein.

Neil stieß Major Anderson beiseite und kniete sich neben das Bett. »Dr. Barbara! Ich bin es, Neil. Bitte, nicht sterben…«

Monique zog ihn beiseite, ohne auf Dr. Barbara zu achten. Als sie Neil in den Arm nahm, spürte er unter ihren Brüsten ihr Herz schlagen.

»Dr. Barbara stirbt nicht«, versicherte sie. »Das Fieber ist gesunken. Allerdings... Leider ist jemand anderes gestorben.«

Mrs. Anderson stand neben dem Bettchen des Babys und hob das große Kissen auf, das auf Gubbys Gesicht lag. Das Kind lag still, die Hände hinter dem Rücken. Seine Pupillen reagierten nicht auf das Licht. Mrs. Anderson schob ihre Hand unter Gubbys schweren Kopf und hob ihn soweit hoch, daß alle seinen leeren Blick sehen konnten.

Aber Neil starrte nicht das tote Kind an, sondern das Kissen. Der Bezug war genauso mit Speichel und Erbrochenem bedeckt wie der von Monsieur Didier, und auch hier fand sich der Abdruck eines blutigen Mundes.

12
Fieber im Blut

Hoch über dem Berg war der Schrei eines Albatros zu hören. Neil lehnte sich an den Sockel, auf dem der Sendemast gestanden hatte, und winkte dem Geschöpf zu, das rastlos und einsam den Wind jagte. Andere Vögel schien der Himmel zu langweilen. Sie hockten auf den Klippen wie Passagiere eines verspäteten Fluges, ein Nomadenstamm, den die Zeit vergessen hatte.

Tausende von Albatrossen kamen jetzt nach Saint-Esprit, in dieser Hinsicht war Dr. Barbaras Traum ein voller Erfolg. Während er die Insel durchstreifte, den Wald durchsuchte und zu den entfernter liegenden Sandbänken hinausschwamm, hörte Neil überall ihre Schreie. Ihre monotonen Stimmen, so schien es ihm, riefen nach der blonden Frau, die sie verlassen hatte.

Neil ging auf dem Felsgrat entlang und musterte aufmerksam den bewaldeten Abhang des Berges. Von hier oben schien alles friedlich im Lager, und das war wohl auch der Eindruck gewesen, den die Piloten und Passagiere der wenigen Flugzeuge mitnahmen, die noch von Papeete hierherkamen und die Insel fotografierten. Aus der Küche stieg Rauch auf. Monique machte Frühstück. Inger und Trudi hatten schon eine Stunde lang Wäsche gewaschen, eine lange Reihe von Bettlaken hing zwischen den Bäumen. In ihrer eigenen kleinen Küche hinter dem Laboratorium war Mrs. Saito dabei, Fisch und Meeresfrüchte einzulegen, die sie aus den Felsentümpeln unterhalb der Steilküste holte.

Von den Männern hatte sich noch keiner gerührt. Es war schon nach zehn, aber sowohl Kimo als auch Carline lagen noch in ihren Zelten, schon jetzt von der Aussicht ermüdet, einen weiteren Tag mit Tarostampfen und Jamswurzelsuchen verbringen zu müssen. Später würde Carline zur Funkstation pilgern, mit dem Mikrofon und den Knöpfen des Funkgeräts spielen und seinem zerstörten Flugplatz nachtrauern. Kimo, der unter Dr. Barbaras Abwesenheit noch stärker litt als Neil, suchte meist bei den Tieren Trost, hatte allerdings zugelassen, daß einige seltene Vögel aus der Voliere entwichen. Am Nachmittag würde Professor Saito aus dem Laboratorium kommen, in die Sonne blinzeln und eine Stunde lang Mrs. Anderson dabei helfen, die überwucherten Pflanzenterrassen zu gießen und das Unkraut zu jäten, während Major Anderson mit versteinertem Gesicht im Cockpit der Jacht saß. Seit Tagen weigerte er sich, den beschmutzten Sand von Saint-Esprit zu betreten.

Es schien alles in Ordnung, aber ohne Dr. Barbara hatte die Kolonie die Orientierung verloren. Neil vermißte sie sehr, und auch jetzt, drei Wochen nach ihrem Verschwinden, fand er es kaum vorstellbar, daß sie nicht allmorgendlich auf den Stufen der Klinik stand und ihn schimpfte, weil er mit Inger und Trudi herumalberte, statt fischen zu gehen. Er ging davon aus, daß sie die Insel verlassen hatte. Aus Sorge, daß die französischen Behörden Nachforschungen wegen Gubbys Tod anstellen könnten, hatte sie sich wahrscheinlich von einer vorbeifahrenden Jacht mitnehmen lassen.

Niemand wußte mit Sicherheit, ob sie das Baby umgebracht hatte, aber alle verhielten sich, als hätten sie Dr. Barbara mit dem blutigen Kissen in den Händen gesehen. Neil erinnerte sich noch sehr gut, wie sie am nächsten Morgen ihren Tee getrunken, das Fieber abgeschüttelt und die Mitglieder der Expedition einfach ignoriert hatte. Kimo hatte die Fäuste geballt, offensichtlich über den Tod des Kindes gegrübelt, ehe er schließlich zum Friedhof ging und zornig ein Grab aushob. Professor Saito und seine Frau zogen sich in die vernünftige Welt des Laboratoriums zurück und ließen ihren Verstand nur hin und wieder an das moralische Rätsel heran. Monique holte das Bild ihres Vaters hervor und versuchte offenbar vergeblich, den Verdacht abzuschütteln, daß er ebenfalls ermordet worden war. Nur Carline schien völlig ungerührt. Er lächelte krampfhaft und betrachtete Dr. Barbara mit ängstlicher Bewunderung.

Die Andersons dagegen hatten beschlossen, etwas zu unternehmen. Sie waren über Gubbys Tod entsetzt und machten ihre Jacht seeklar. Sie waren fest entschlossen, mit der ersten Flut auszulaufen, nach Tahiti zu segeln und dem Polizeipräfekten Meldung über ihren Verdacht zu machen. Zunächst aber gingen sie mit den vier trauernden Deutschen, Kimo und Neil auf den Friedhof und begruben das Baby. Kimo trug den kleinen Sarg, den er aus einer leeren Spielzeugkiste gemacht hatte. Voller Wut, weil sie das Kind nicht zu schützen vermocht hatten, sah das alte Ehepaar zu, wie Neil den schwarzen Sand auf den Sarg schaufelte.

»Das genügt«, rief Major Anderson ärgerlich und winkte Neil beiseite. »So kommen wir nicht weiter.«

Als sie zum Lager zurückgingen, faßte Mrs. Anderson den Jungen fest an der Hand und überließ es Werner und Wolfgang, die beiden jungen Frauen zu trösten. Die Angriffe auf die Hütten am Strand und die Zerstörung der *Parsifal* waren vergessen nach der Entdeckung des toten Kindes. Carline hatte es sogar fertiggebracht, den beiden Hippies sein Bedauern auszudrücken. Die Zerstörung der Jacht und den Tod des Babys stellte er als unglückliche Folgen übertriebener sportlicher Auseinandersetzungen dar. Aber Mrs. Anderson ließ sich nicht täuschen. Sie wußte, daß Dr. Barbara mit harten Bandagen kämpfte und daß es sich keineswegs um Übertreibungen handelte.

»Neil, paß gut auf dich auf! Hüte dich vor Dr. Barbara. Vielleicht solltest du lieber mit uns fahren?«

»Mir passiert schon nichts, Mrs. Anderson. Dr. Barbara wird mir nichts tun.«

»Sei dir da nicht so sicher. Der arme Gubby. Ich weiß, daß du ihn sehr gemocht hast. Er war nicht der erste, und womöglich ist er auch nicht der letzte.«

»Aber Mrs. Anderson ... es hat doch niemand gesehen, daß Dr. Barbara Gubby umgebracht hat.« Vergeblich versuchte Neil, sich gegen den Verdacht zu stemmen, der Dr. Barbara unter sich zu begraben drohte. Mrs. Anderson ging mit gesenktem Kopf zum Lazarett zurück. Neil spürte, daß sie Saint-Esprit, das Reservat und die Albatrosse, die über ihrem Kopf kreisten, längst hinter sich hatte. Trotzdem ließ er nicht locker. »Die anderen versuchen Dr. Barbara doch bloß zum Sündenbock zu machen, weil sie müde sind und jemandem die Schuld geben wollen. Wir haben doch gewußt, daß es harte Arbeit sein würde, das Reservat aufzubauen.«

»Aber wir haben nicht gewußt, daß hier Leute umgebracht werden würden.« Mrs. Anderson und Neil hörten Trudis Weinen im Wind. »Erst Moniques Vater und jetzt Gubby. Wer ist der nächste, Neil?«

»Moniques Vater ist nicht umgebracht worden. Er ist an einem Schlaganfall gestorben.«

»Ja, natürlich.« Major Anderson schien sich darüber zu

wundern, daß der Junge Dr. Barbara verteidigte, und seine nächste Bemerkung klang schon fast so, als hätte er Neil im Verdacht, der Ärztin geholfen zu haben. »Wenn man erstickt wird, erleidet man ziemlich schwere Gehirnschäden. Dr. Barbara behauptet, sie hätte ihn am nächsten Morgen gefunden. Aber wir haben sie kurz nach Mitternacht im Lazarett gesehen, als sie das Moskitonetz zuzog.«

»Und dann noch einmal um zwei Uhr morgens«, fügte Mrs. Anderson hinzu. »Was hat sie da gemacht, Neil? Das würden wir gern wissen.«

»Sie hat ihm beim Einschlafen geholfen«, sagte Neil störrisch.

»Ja, das fürchten wir auch.«

Neil versuchte, Dr. Barbaras Verhalten zu rechtfertigen, aber das alte Ehepaar war fest entschlossen, die französischen Behörden über ihren Verdacht zu informieren. Als er ihnen half, das Dingi ins Wasser zu schieben, hatte Neil sich schon mit dem Gedanken abgefunden, daß sie Saint-Esprit verlassen würden. Aber dann kam Carline. Der Amerikaner watete ohne zu zögern hinaus in die Brandung und packte die Pinne des Dingis. Sein Hemd stank immer noch nach dem Benzin, das er beim Basteln des Molotowcocktails verschüttet hatte, aber er hatte seine Entschlossenheit wiedergewonnen. Die anderen waren von den Ereignissen der Nacht verwirrt, aber für Carline hatte der Tod des Kindes die Dinge geklärt.

»Sie wollen abreisen, Major?«

»Je eher, desto besser. Aber ich bin sicher, wir kommen zurück. Sie werden eine Aussage machen müssen.«

»Nun, ich will ehrlich sein, Major.« Carline lächelte die versteinerten Andersons freundlich an. »Wenn Sie jetzt die Franzosen holen, ist alles vorbei. Das Reservat ist so tot wie der arme kleine Gubby. Alles, was Sie getan haben, all die harte Arbeit, die Sie in das Projekt gesteckt haben, war dann umsonst.«

Major Anderson zeigte auf Dr. Barbara, die mit den Händen auf den Hüften im Eingang der Krankenstation stand, als wolle sie jedermann daran hindern, ihr Revier zu betreten. »Diese Frau hat das Kind umgebracht. Das können Sie nicht ignorieren. So, und jetzt lassen Sie uns bitte an Bord.«

Carline hielt das Boot mit beiden Armen fest und versuchte es ruhig zu halten. »Es hat doch niemand gesehen, daß sie es getan hat. Wir können die Sache doch selbst klären, Major, und das Reservat kann weiterbestehen. Denken Sie an die viele Arbeit, die Sie hier investiert haben.«

»Damit müssen wir leben. Es war alles freiwillig.«

»Denken Sie an den Albatros.« Als Major Anderson das Ruder hob, um Carline wegzustoßen, griff der Amerikaner danach und hielt es fest. »Und was soll aus Neil werden?«

»Dem Jungen geschieht nichts. Sie wird ihm nichts tun.«

»Vielleicht nicht direkt. Aber wer weiß, was noch alles geplant ist. Sie haben doch die Gerüchte gehört, Mrs. Anderson...«

Dieser letzte brutale Appell hatte schließlich genügt. Die Andersons blieben erst einmal da, um Dr. Barbara zu verhören und Neil zu überreden, sie nach Tahiti zu begleiten. Diese Entscheidung und Carlines Entschlossenheit, das Reservat zu retten, brachten einen eigenartigen Sinneswandel zutage. Trotz aller Empörung gab es keine sofortige Abrechnung mit Dr. Barbara, und zu Neils Überraschung schienen sich die Frauen zuerst mit Gubbys Tod abzufinden. Mrs. Saito brachte ihren Mann zurück ins Laboratorium, und Mrs. Anderson führte ihren Mann auf die kühlen Pflanzenterrassen. Sogar Werner und Wolfgang schienen begriffen zu haben, daß das Bestehen des Reservats von ihrem Schweigen abhing.

Einer nach dem anderen kehrten sie an die Arbeit zurück. Sie bewegten sich langsam, und immer wieder ließen sie die Hacken und Macheten sinken und starrten auf die Kameraschlitze der Beobachtungstürme, als hätten sie Angst, daß ihre Komplizenschaft mit einem Verbrechen heimlich gefilmt wurde. Dr. Barbara zog sich in die Krankenstation zurück, verschloß die Tür und blieb für den Rest des Tages unsichtbar.

Als die Andersons am nächsten Tag mit ihr reden wollten, stellten sie fest, daß Dr. Barbara nicht mehr da war.

Die Albatrosse, wußten sie von ihrer Rettung? Neil kletterte von den Felsen herunter und ließ die Vögel auf ihrem Ausguck allein. Während er sich seinen Weg durch den Wald suchte, starrten sie mit mißtrauischen Augen in den wechselnden Wind. Ein einzelner Albatros schwebte über dem Strand in Richtung des Baches, wo Dr. Barbara mit dem Kapitän der *Croix du Sud* entlanggeschlendert war. Wie es schien, hatte er etwas Ungewöhnliches unter dem Blätterdach des Waldes entdeckt, denn er begann plötzlich zu kreisen.

In dem schwarzen Sand war eine nasse Fußspur, die zu einem schmalen, von Farnen und Zwergpalmen überwachsenen Pfad führte. Die Fußstapfen führten einen steilen Abhang bis zu einer verlassenen Wetterstation unterhalb der Felswände hoch. Neil hatte die Station schon kurz nach der Ankunft auf der Insel erforscht. Es war nicht viel mehr als eine kahle Betonzelle am Eingang einer kleinen Höhle. Früher war sie vermutlich mit elektronischen Geräten und einem kleinen Sender ausgerüstet gewesen, jetzt war sie vollkommen leer.

Neil verließ den Wald und schlidderte über die lockere Bimssteinhalde unterhalb der Bäume auf den Wetterbunker zu. Als er die Fußspur erreichte, stellte er fest, daß die Abdrücke noch feucht waren, so als hätte der Besucher des Waldes voll bekleidet im Bach gebadet. Die Felswände fielen steil auf den felsigen Strand ab, wo das Meer unaufhörlich im vulkanischen Geröll wühlte. Neil versteckte sich hinter den Tamarinden, die den Pfad überwucherten, und beobachtete den kreischenden Vogel, der ihn hierhergeführt hatte. Der steinige Abhang war mit Knochen und Federn von einem leuchtenden Kupferrot übersät. Ein Rot, das Neil zuletzt in der Voliere neben dem Lager gesehen hatte.

Aus der Wetterstation hörte man, wie jemand Wasser in eine Blechbüchse goß. Eine blonde Frau in einem nassen Hemd und kurzen Hosen trat ins Sonnenlicht. In der Hand hatte sie kleine, blutige Fleischfetzen. Sie kratzte sich an der energischen Nase und sah dem aufgeregten Albatros zu, der vor ihr herumflatterte. Es machte ihr offenbar Spaß, den Vogel zu necken. Schließlich warf sie das Fleisch mit einem rauhen Schrei in die Luft und lachte, als es der Albatros in der Luft fing, lange ehe es von den Klippen ins Meer fiel.

Neil stand auf und kletterte den steilen Pfad hinauf. Erst als sich Dr. Barbara mit der Machete in der Hand zu ihm umdrehte, wurde ihm bewußt, daß sie ihn vielleicht angreifen könnte.

»Neil...?« Als sie ihn erkannte, machte sie einen Schritt vorwärts und musterte mißtrauisch den Wald hinter ihm. Nachdem sie sich überzeugt hatte, daß er allein war, gönnte sie ihm ein mageres Lächeln. Ihr Gesicht war blaß und ausdruckslos, aber als sie ihn an den Schultern faßte, schien sie für einen Augenblick zu erröten. »Ich wußte, du würdest kommen. Wie hast du mich gefunden?«

»Ich bin dem Albatros gefolgt.«

»Ich hätte es mir denken können – wir sind ja schon so lange zusammen.«

Neil berührte ihre zerfransten Haare und die zerkratzte Stirn. Die vergrößerten Pupillen machten ihm angst. Er spürte, daß sie kaum noch wußte, wen sie vor sich hatte. Sie hatte zwar gerade im Bach gebadet, aber der Geruch von Blut und Fett an ihren Händen war so stark, daß er ihn fast schmeckte.

»Ich habe Sie überall auf der Insel gesucht, Dr. Barbara. Drei Wochen lang jeden Tag.«

»Ich weiß. Ich hab' dich zwischen den Sandbänken schwimmen sehen.« Dr. Barbara sah ihn auf ihre beunruhigende Weise an. So als hätte sie zuviel Zeit mit ihren Vögeln verbracht und erwarte jeden Augenblick, daß er seine Schwingen ausbreite. »Hast du irgend jemandem gesagt, daß ich hier bin?«

»Nein, ich werde es keinem verraten.«

»Gut. Es ist besser, wenn sie es nicht wissen. Komm herein, du siehst so aus, als ob du dich hinsetzen müßtest.«

Sie führte ihn in die Höhle hinter dem Bunker, wo ihr Schlafsack auf einer Matratze aus Palmwedeln lag. Daneben standen ein Primuskocher, eine Tasche mit Konservenbüchsen, ein Segeltuchsessel und ein Wassereimer. Diese bescheidene Einrichtung ergab ein etwas schäbiges Bild. Man konnte sich in die Höhle einer heruntergekommenen Circe versetzt fühlen.

»Setz dich, Neil. Ich sehe, du bist müde.«

Ihr schwarzer Arztkoffer lag auf dem Sessel, daneben, in einer Nierenschale, eine Spritze. Dr. Barbara stellte beides beiseite, legte sich auf den Schlafsack und betrachtete den schlaksigen jungen Mann, der die Höhle ausfüllte wie ein sperriges Tier. Mal erschien sie Neil blutleer, mal wieder hitzig erregt, so als hätte sie das Fieber noch nicht ganz überwunden und beherberge noch Reste einer Infektion, um sie bei Bedarf zu verwenden.

»Sag mir, Neil, wie geht's der Kolonie? Kümmert sich Kimo immer noch um die Tiere, weil du keine Zeit hast? Ich hoffe, er füttert sie jeden Tag. Und Monique …?«

»Denen geht's gut. Jedenfalls einigermaßen.« Neil entfernte ihre müßige Hand von seinem Knie. »Kommen Sie zurück, Dr. Barbara? Die Kolonie ist nicht mehr dieselbe. Die Leute brauchen Sie.«

»Wirklich? Da bin ich mir gar nicht so sicher.« Dr. Barbara starrte durch den Höhleneingang aufs Meer, als erwarte sie, den Toppmast eines Schiffes am Horizont zu sehen. »Ich wollte, daß sie in die Zukunft blicken und sehen, was aus dem Reservat noch werden kann. Aber ich bin zu schnell vorgegangen.«

»Sie haben recht, Dr. Barbara. Die anderen brauchen bloß etwas mehr Zeit – dann werden sie es verstehen.«

»Zeit...?« Dr. Barbara tastete nach der Spritze, als müsse sie sich vergewissern, wo sie lag. »Wir haben schon jetzt zuviel Zeit vertrödelt. Die Franzosen werden bald kommen, Neil. Sie werden mich mitnehmen wollen.«

»Die Franzosen kommen nicht. Alle denken, Sie arbeiten noch in der Klinik. Sie können in Saint-Esprit bleiben, solange Sie wollen.«

Dr. Barbara richtete sich auf. Was Neil gesagt hatte, schien sie zu interessieren. »Sind die Andersons nicht nach Papeete gefahren? Ihre Jacht ist zwar noch da, aber ich dachte, sie wären trotzdem weg. Sie haben sich so über dieses unglückliche Kind aufgeregt...«

»Nein, sie sind nicht weggegangen. David hat ihnen alles erklärt. Wenn die Franzosen Sie aus Saint-Esprit wegholen, müssen alle Albatrosse sterben. Niemand hat mehr über Gubby gesprochen, auch Trudi und Inger nicht.«

Dr. Barbara kratzte an einem entzündeten Mückenstich auf ihrer Hand, ließ den Kopf auf den Schlafsack sinken und tastete schläfrig nach Neil. Jetzt war sie beruhigt. Ihr Rückzug in die jämmerliche Höhle hatte die anderen überzeugt.

»Es tut mir leid, daß Gubby gestorben ist, Neil. Du hast ihn sehr gern gehabt, nicht wahr? Aber er war wirklich sehr behindert.«

»Ich weiß, Doktor.« Ihr Zustand beunruhigte ihn. Nervös sah er den Albatrossen zu, die um den Wetterbunker kreisten und sich um die Knochenreste stritten. »Trudi hoffte immer, es würde ihm bald bessergehen. Ich habe ihm das Lesen beizubringen versucht. Und eines Tages wäre er erwachsen gewesen.«

»Richtig, Neil. Das war es, was die anderen nicht wahrhaben wollten. Was hätte denn der kleine Kerl für eine Zukunft gehabt? Er war ein Baby zur Unzeit, hineingeboren in eine Welt ohne Zukunft. Ärzte müssen oft rücksichtslos sein. Gubby war alles, woran sie gedacht haben – die Kolonie fing an, sich in eine Kinderkrippe zu verwandeln. Du hast mir doch immer vertraut, Neil.«

»Ich vertraue Ihnen immer noch, Dr. Barbara. Gubby konnte nicht lesen, jedenfalls nicht richtig. Wir vertrauen Ihnen alle, sogar der alte Major Anderson.«

»Der alte Major...?« Dr. Barbara massierte die Injektionswunde auf ihrem Arm. »Manchmal denke ich, es ist ein Fehler, alt zu werden. Dir vertraue ich auch, Neil. Aber ich bin mir nicht sicher, ob die anderen stark genug sind. David und Kimo und Professor Saito haben hart gearbeitet, aber jetzt sind sie immer häufiger krank, und bald werden sie chronisch krank sein, genau wie der kleine Gubby.«

»Wir sind stark genug, Doktor – Sie und ich. Wir können das Reservat allein halten. Die anderen können gehen, wenn sie wollen.«

»Neil...« Gerührt von seiner Naivität, zwickte ihn Dr. Barbara in die Wangen. »Ich bin zu alt für dich, leider. Du brauchst jüngere Frauen, auch jüngere als Trudi und Inger.«

»Wir können ja neue Leute nach Saint-Esprit einladen«, sagte Neil. Er war erleichtert, daß Dr. Barbara bereit war, an die Zukunft zu denken. »Sie brauchen bloß zu sagen, daß Sie noch Freiwillige brauchen – Dutzende von Männern werden herkommen.«

»Ein Mann genügt, Neil. Wenn er nur das richtige Fieber im Blut hat.« Sie warf Neil einen kalten Blick zu. »Wir brauchen Frauen. Sie sind anspruchsloser und arbeiten härter.«

»Das stimmt. Monique und Mrs. Saito arbeiten ununterbrochen und essen fast gar nichts.«

»Ich hätte von Anfang an mehr Frauen mitbringen sollen, aber ich mußte nehmen, was kam, und das waren nun mal die Männer...«

Dr. Barbara wandte sich ab. Sie war eingeschlafen. Ihre rechte Hand ruhte auf der Spritze. Ihre tonlose Stimme beunruhigte Neil. Er versuchte, über die Injektionsnarben an ihren Armen hinwegzusehen. Er hoffte, daß es Vitaminspritzen waren. Dr. Barbara war dünn und unterernährt, ihre blasse Haut hatte dieselbe Farbe wie die seltenen arktischen Pilze in Professor Saitos Laboratorium. Obwohl sie seinen Besuch zu akzeptieren schien, hatte sich eine Kluft zwischen ihnen aufgetan, die er unbedingt schließen wollte. Im Schlaf hatte sich ihr blondes Haar auf dem verschwitzten Schlafsack ausgebreitet. Neil beugte sich ganz dicht über sie und flüsterte: »Dr. Barbara, ich verstehe, warum Sie Gubby umgebracht haben…«

Kurz nach Sonnenuntergang wachte Dr. Barbara wieder auf. Munter streifte sie sich das strähnige Haar aus der Stirn und prüfte ihre Zähne mit der Zunge. Ihre blauen Augen musterten die dunkle Höhle. Neil war neben ihr sitzen geblieben und hatte ihren Schlaf bewacht. Er spürte, wie sie ihre Kraft zurückgewann, und ihr energisches Schnarchen ermutigte ihn genauso wie das kindliche Knattern ihrer Blähungen. Er hatte die Moskitos vertrieben und Ausschau nach etwaigen französischen Patrouillenbooten gehalten.

»So, Neil…« Dr. Barbara setzte sich auf und übernahm wieder die Kontrolle über ihr bescheidenes Reich. »Du hast bestimmt Hunger, nicht wahr?«

Neil studierte die Etiketten auf den Konserven in Dr. Barbaras Tasche. »Ravioli, Frankfurter Würstchen… soll ich was für Sie kochen?«

»Die kannst du drinlassen. Du brauchst frisches Fleisch. Zum Fischen ist jetzt keine Zeit. Wir werden also jagen müssen.«

»Jagen? Aber hier gibt es doch nichts zu jagen.«

»Hier gibt es alles mögliche, Neil. Du wirst sehen, es gibt jede Menge Wild auf Saint-Esprit.«

Der Schlaf hatte die lethargische Einsiedlerin in der Wetterstation wieder zur zielstrebigen Dr. Barbara von der *Dugong* gemacht. Sie wartete geduldig auf den Einbruch der Dunkelheit und ging mit der Energie einer jungen Frau vor der Höhle hin und her. Schließlich krempelte sie ihre Shorts um, winkte Neil, ihr zu folgen, und ging den Weg hinunter. Neil hatte Mühe, ihren leichtfüßigen Schritten auf dem steilen Abhang zu folgen. Sie verschwand zwischen den Tamarinden und hackte sich mit der Machete den Weg frei. Sie wateten durch das Farnkraut zum Bach und folgten dann der Schlucht, die sich das Wasser durch den Wald zum Strand gegraben hatte. Der Kameraturm erschien in den wechselnden Schatten, und man hörte den Wind durch die leeren Fensterhöhlen pfeifen.

Neil blieb neben dem Bunker stehen, direkt vor dem blutig-schwarzen Wandbild, das Dr. Barbara mit dem Ziegenbock zeigte, während die Ärztin sich im Bach die Schultern und das Gesicht wusch.

»Gut, und jetzt besorgen wir uns unser Abendessen.« Sie wischte sich die letzten silbrigen Tropfen aus dem Gesicht und betrachtete mit einem abfälligen Grinsen die obszöne Malerei auf dem Beton. »Ein häßliches Bild… Ich hoffe, als Medizinerin tauge ich mehr, eine große Malerin bin ich wohl nicht.«

Sie ging jetzt an dem Aquädukt entlang, der schon seit einiger Zeit nicht mehr in Gebrauch war. Bereits drei Meter vor ihm war sie kaum noch zu sehen, ihre starken Schultern verschwanden geradezu zwischen den Bäumen. Neil warf noch einen verwirrten Blick auf die wüste Wandmalerei und stolperte hinter ihr her. Was waren bloß ihre Motive? Sie hatte das Huhn getötet und seine blutigen Eingeweide auf den Beton geschmiert, um ihn zu provozieren, und dann hatte sie das Wasser im Aquädukt mit ihren Exkrementen verunreinigt.

Sie traten durch den schmalen Palmengürtel neben der

Rollbahn. Ohne anzuhalten, ging Dr. Barbara an den Zelten vorbei, in denen die Expeditionsteilnehmer schliefen. Aus der Wasserentsalzungsanlage erhob sich eine kleine Dampfwolke und schwebte als bleicher Trauerflor auf den Schultern des Windes davon. Dr. Barbara prüfte das Vorhängeschloß an der Krankenstation, dann winkte sie Neil, zu den Tiergehegen weiterzugehen.

»Warte hier auf mich, Neil. Willst du ein Hähnchen? Die sind am besten.«

»Ich verstehe nicht, Dr. Barbara…?«

»Hahn oder Henne? Was möchtest du? Alles andere ist unwichtig…«

Mit der Machete in der Hand schlüpfte sie durch den Zaun und verschwand in der Dunkelheit zwischen den Käfigen. Neil brachte den schwankenden Zaun mit den Händen wieder zur Ruhe. Er hörte, wie sich die Tiere ängstlich in ihre Verstecke zurückzogen. Jeden Augenblick erwartete er, daß im Laboratorium Licht anging oder grelle Taschenlampen nach den Eindringlingen suchten. Hörte Kimo denn nichts? Weckte niemand die Frauen?

Aber man hörte nur ein kurzes, heftiges Flattern in einem der Käfige und das verzweifelte Scharren von Krallen auf einer Sperrholzwand. Dr. Barbara kehrte zurück, und noch ehe ihr Neil dabei helfen konnte, war sie schon durch den Zaun. Von ihrer linken Hand tropfte Blut. In der anderen hielt sie den zitternden Körper eines seltenen chinesischen Mikadofasans, den ein Chirurg aus Taiwan dem Reservat gestiftet hatte. Die hervorquellenden Augen unter seinem schlaffen Hahnenkamm starrten Dr. Barbara so erstaunt an, als ob er zum ersten Mal ihr wahres Gesicht sähe.

13
Jäger und Liebhaber

Die letzte Glut des Feuers verglimmte. Dr. Barbaras Gesicht, das im Licht der Flammen geleuchtet hatte, wurde plötzlich fahl und konturlos, als die Scheite erloschen. Sie beugte sich vor und blies in die Asche. Als sie merkte, daß es aussichtslos war, das Feuer noch einmal zu entfachen, setzte sie sich wieder in den Segeltuchsessel und wischte sich das Fett vom Kinn.

Neil saß neben ihr auf dem Boden der Höhle und kaute das dunkle Fleisch des Fasans. In seiner Kindheit war ihm Wildgeschmack zuwider gewesen. Dr. Barbara schien die Mahlzeit sehr genossen zu haben. Sie riß die zarte Fasanenbrust auseinander, als wäre das für sie der Höhepunkt des Tages. Neil war immer noch schockiert darüber, wie routiniert sie dem Geschöpf den Hals umgedreht hatte. Wenn das Reservat nicht einmal die Vögel in den Käfigen beschützen konnte, wozu war es dann überhaupt gut? Wenn er daran dachte, wie viele Stunden er den seltenen Vogel gefüttert und seinen Käfig geputzt hatte... Und das alles bloß, um ihn für dieses mitternächtliche Festmahl zu mästen?

Während er das Feuer in Gang gebracht hatte, war Dr. Barbara mit der Zubereitung des Fasans beschäftigt gewesen. Mit chirurgischem Geschick hatte sie Kopf, Füße und Flügel abgetrennt und den Vogel ausgenommen. Die schleimig glänzenden Eingeweide lagen immer noch neben den Überresten des Feuers. Der Anblick des Blutes schien sie noch mehr zu stimulieren als die »Vitaminspritze«, die sie sich als Aperitif injizierte, während Neil im Wald nach Feuerholz suchte.

Als die Glut erlosch, wühlte sie mit den Fingern in den Eingeweiden und suchte das Herz des Fasans. Feierlich malte sie Neil einen blutigen Strich auf die Stirn.

»So, jetzt wirst du dich für immer an mich erinnern.« Sie

betrachtete das blutige Paisley-Muster auf ihren nackten Armen und sagte: »Wer weiß, vielleicht wirst du eines Tages mich fressen...«

»Wolfgang und Werner essen jetzt die toten Albatrosse«, sagte Neil. »Was soll bloß aus dem Reservat werden?«

»Es ist ja noch da. Mehr denn je. Seit ich für mich allein lebe, habe ich das wahre Reservat entdeckt. Das wirkliche, wonach wir alle suchen.«

»Das wirkliche?« Neil zog einen Knochensplitter aus den Zähnen. »Vor einer halben Stunde war dieser Fasan auch noch sehr wirklich.«

»Nein, der war nicht wirklich!« Dr. Barbara schnaubte verächtlich bei dem Gedanken. »Saint-Esprit war eine Phantasie, etwas, was wir uns ausgedacht haben. Eine Scheinwelt, die wir aus unseren sentimentalen Tierschutzillusionen zusammengesetzt haben.«

»Es waren nicht nur Illusionen, Doktor. Sie wollten den Albatros retten.«

»Das tue ich auch.« Besorgt wischte sie Neil das Blut von der Stirn. »Tut mir leid. Erst hast du zusehen müssen, wie ich den Fasan gestohlen habe, und dann habe ich dich auch noch gezwungen, ihn zu essen.«

»Er hat sehr gut geschmeckt – besser als Zackenbarsch oder Blaufisch. Aber wenn wir weiter die Tiere aus den Käfigen essen, wird es bald kein Reservat mehr geben.«

»Nein, so ist es nicht, Neil. Denk doch mal darüber nach, wofür das Reservat eigentlich da war. Warum sind wir nach Saint-Esprit gekommen? Das war doch nicht wegen der Vögel. Es gibt genügend Albatrosse auf der Welt.«

»Sie haben gesagt, sie wären bedroht.«

»Das sind sie auch, aber sie werden schon überleben. Ob ein paar Albatrosse oder Laborratten oder Beagles sterben, ist doch nicht wichtig. Bedroht sind eigentlich wir. Monique und ich, Mrs. Saito, Inger und Trudi, sogar die arme Mrs. Anderson, die sich ständig von dem Major herumschubsen läßt… Es wundert mich, daß er sie noch nicht dazu gebracht hat zu salutieren.«

»Monique und Mrs. Saito? Sie meinen die Frauen?«

»Ja! Wir Frauen!« Dr. Barbara blickte triumphierend zur Decke der Höhle hinauf, als begrüße sie einen Konvertiten. »Saint-Esprit ist kein Reservat für den Albatros, sondern ein Schutzgebiet für Frauen – oder könnte es jedenfalls sein. Wir sind die bedrohteste aller Arten. Wir sind hierhergekommen, um den Albatros zu retten, und was haben wir statt dessen getan? Wir haben Saint-Esprit zu einem weiteren Vorort der patriarchalischen Gesellschaft gemacht, wo wir die ganze Arbeit machen. Wir schleppen uns ab, wir sorgen für andere, wir planen und machen uns Sorgen.«

»Kimo arbeitet doch. Und David auch.« Neil warf einen abgenagten Fasanenknochen in die Asche. Dr. Barbaras selbstanklägerischer Ton ging ihm auf die Nerven. »Und Professor Saito hat Tausende von seltenen Pflanzen katalogisiert.«

»Das sind kleine Jungs, Neil, die spielen ihre Spiele. Sie jagen und fischen und sammeln Briefmarken, während Inger und Trudi das Wasser ranschleppen und Monique das Brot bäckt. Mein Gott, wenn ich sie noch ein einziges Baguette backen sehe, dann platz' ich vor Wut.«

»Sie bäckt nun mal gerne Brot. Mrs. Saito wäscht gern. Inger und Trudi haben sich gern um Gubby gekümmert.«

»Natürlich. Wer waren die ersten Haustiere? Frauen! Wir haben uns selber domestiziert. Aber ich weiß, daß Frauen aus härterem Material gemacht sind. Wir haben Geist, Leidenschaft und Feuer. Oder jedenfalls hatten wir sie mal. Wir können grausam sein und gewalttätig, viel grausamer als Männer. Wir können Killer sein, Neil. Hütet euch vor uns, Neil, hütet euch!«

»Und was ist mit den Männern?«

»Männer?« Dr. Barbara stutzte nur einen winzigen Augenblick. »Männer gibt es zu viele. Wir brauchen heute einfach nicht mehr so viele Männer. Das größte Problem auf der Welt ist nicht, daß wir zu wenige Wale oder Pandabären haben. Wir haben zu viele Männer.«

»Und was soll mit ihnen geschehen?«

»Wer weiß? Und wen kümmert's? Die Zeit der Männer ist vorbei, sie gehören zu den Seejungfrauen und Dodos. Wissenschaft und Vernunft haben ihren Höhepunkt überschritten, sie können getrost ins Museum. Die Zukunft gehört vielleicht der Magie, und das ist die Domäne der Frauen. Wir werden immer ein paar Männer brauchen, aber wirklich nur ganz wenige. Und mir geht es nur um die Frauen. Ich möchte, daß Saint-Esprit ein Schutzgebiet für ihre bedrohten Stärken wird, für ihr Feuer, ihre Grausamkeit und Wut...«

Neil hörte die Albatrosse in der Dunkelheit kreischen. Er glaubte, ihre Schwingen im Wind zu hören, als ob sie durch Dr. Barbaras eisige Träume segelten. Um sie zu beruhigen, begann er damit, ihr das getrocknete Blut von den Armen zu zupfen.

»Kommen Sie zurück, Dr. Barbara. Wir vermissen Sie im Lager. Kimo und David können nicht ohne Sie leben.«

»Können Sie denn *mit* mir leben?« Dr. Barbara lachte. »Ich werde ihnen viel abverlangen. Können sie denken wie Frauen? Sind sie stark genug?«

»Ich werde stark sein.«

»Das weiß ich. Du bist der einzige, der mich verstanden hat.« Dr. Barbara fröstelte in der kalten Luft, die vom Meer heraufstieg und die feuchte Höhle erfüllte. Sie griff nach ihrem Schlafsack, aber als Neil aufstehen und gehen wollte, hielt sie ihn am Arm fest.

»Dazu ist es zu spät«, sagte sie. »Wir werden hier schlafen. Ich brauche dich heute nacht, Neil...«

Eine ganze Woche lebte Neil bei Dr. Barbara in der Höhle und war fast ständig mit ihr zusammen. Tagsüber durchstreiften sie die Insel und bahnten sich im tiefen Wald ihren Weg.

Gleichzeitig beobachteten sie, wie das Leben in der Kolonie erstarb. Zum ersten Mal wurde Neil bewußt, daß auch er eine wichtige Rolle gespielt hatte; er hatte den anderen das Gefühl vermittelt, daß diese Expedition einen Sinn hatte. Seine Fischzüge, seine träge, ausgeglichene Natur, seine vergeblichen Bemühungen um Trudi und Inger, seine Begeisterung fürs Schwimmen und sein leidenschaftliches Interesse an den Atomversuchen waren der Maßstab gewesen, an dem die anderen sich messen konnten.

Seit er gegangen war, redeten sie kaum noch miteinander. In vieler Hinsicht war es Neil gewesen, der sie zusammengehalten hatte, nicht Dr. Barbara. Und auch wenn er sich den größten Teil seiner Nahrung selbst aus dem Meer fischte, mußte ein junger Mann wie er natürlich dauernd gefüttert werden.

Jetzt wurden die Tiere nur noch von der alten Mrs. Anderson gefüttert, die Pflanzenterrassen waren schon wieder voll Unkraut, und nach Süßkartoffeln oder Jamswurzeln mochte auch niemand suchen. Das letzte Huhn war längst gegessen, und die von Dr. Barbara zurückgelassenen Konserven waren das einzige, was sie noch hatten. Mrs. Saito hackte Brennholz für die Entsalzungsanlage, Trudi und Inger schleppten Wasser in die Küche, wo Monique nur noch eine Mahlzeit täglich zubereitete, die sie am frühen Nachmittag servierte.

Carline mit seinem Strohhut saß den ganzen Tag neben der Ruine der Funkstation und bewachte seinen Flugplatz. Kimo lag berauscht vom Kokoswein in seinem Zelt. Professor Saito, der immer noch unter den Nachwirkungen des Fiebers litt, verließ nur selten das Laboratorium. Das Reservat bestand für ihn praktisch nur noch aus seinen Tabletts mit seltenen Pilzen und seinen bedrohten Orchideen; manchmal starrte er auf die Rollbahn und die Lagune hinaus, als erkenne er die Insel nicht wieder. Mrs. Saito führte ihn dann von der Tür fort, damit er etwas Bewegung hatte. Mit der steifen Förmlichkeit einer Schwester in der Psychiatrie zeigte sie auf die vertrauten Bäume im Lager.

Wartete Dr. Barbara darauf, zurückgerufen zu werden? Oder wartete sie darauf, daß sie den Mannschaften der Jachten, die immer noch gelegentlich vorbeikamen, von ihren Verbrechen erzählten? Major Anderson saß im Cockpit seines Bootes und registrierte jede Einzelheit ihrer Mißwirtschaft mit strengen Augen, was Neil wiederum dazu veranlaßte, sich ostentativ an ihre Seite zu stellen; denn er wußte, daß die Andersons Dr. Barbara bestimmt nicht bei den französischen Behörden anzeigen würden, solange Neil an ihrer Seite blieb. Schon deshalb nicht, damit er nicht ihr nächstes Opfer wurde.

Seine Tage als Jäger und seine Nächte als Dr. Barbaras Geliebter hatten inzwischen alle Zweifel bei ihm beseitigt. Er wurde beherrscht von den Stimmungen dieser wilden Frau, die ihn mit ihren starken Schenkeln ritt, als müsse sie ein Hengstfohlen zureiten, und dabei ihre langen Brüste als Zügel benutzte. Überall auf der Haut trug er die Spuren ihrer Hände und ihrer Zähne, aber das steigerte nur sein Bedürfnis, sich von ihr gebrauchen zu lassen. Er war besessen vom Duft ihrer Brüste, die zahlreiche Narben zeigten, als hätte der unglückliche Gubby sich in ihnen verbissen, als sie ihn erstickte. Jede Nacht kniete Dr. Barbara sich über ihn, packte ihn an den Schultern und trieb ihn an, lange nachdem er erschöpft war.

Manchmal schien es Neil, als ob sie ihn prüfte, als ob sie seine sexuelle Leistungsfähigkeit, sein Herz, seine Lungen und Genitalien mit den Seglern, Rettungsschwimmern und sonstigen Männern verglich, die sie in ihrem bisherigen Leben gehabt hatte. Wenn sie ihm den Speichel aus dem Gesicht wischte, betrachtete sie ihn mit dem wissenden Blick eines Erwachsenen, der ein Kind schändet. Und wenn sie ihm ihren Urin auf die Salzwassergeschwüre auf seiner Brust spritzte, lächelte sie und hielt ihm den Mund zu, so daß er heftig strampelte und nach Luft schnappte.

Am Ende nahm er jedesmal ihren schweißnassen Kopf in die Hände, preßte ihn an seine Schulter und streichelte ihr das Haar aus der Stirn. Während er dem Kreischen der Albatrosse lauschte, die sich um die Knochen stritten, versuchte Neil die Frau in seinen Armen zu beruhigen, indem er ihre Wangen streichelte. Er wußte, daß ihn Dr. Barbara vorbereitete für die bevorstehenden Aufgaben, daß sie überprüfte, ob er den künftigen Anforderungen gewachsen war. Er wartete auf die Zuneigung, die sie ihm auf der Reise von Honolulu gezeigt hatte, aber daran schien Dr. Barbara gar nicht zu denken.

Nacht für Nacht schrien die Albatrosse, durchdringend bis auf die Knochen.

Das weiße Flugboot war auf der Lagune gelandet und näherte sich über das Wasser. Neil saß auf den Stufen der Wetterstation und sah zu, wie Kapitän Garfield den Landesteg ansteuerte. Die Propeller wirbelten kleine Gischtwolken auf. Man konnte glauben, der versunkene Vulkankrater habe plötzlich zu dampfen begonnen.

Garfield hatte seine Besuche trotz Dr. Barbaras Verbot fortgesetzt. Einmal im Monat brachte er einen Sack Post, gute Wünsche von Kindern aus aller Welt, frisches Obst und Milch, ein oder zwei neugierige Journalisten und neue Tiere für das Reservat. Die Expeditionsteilnehmer nahmen das Flugboot allerdings kaum noch zur Kenntnis. Carline verließ seinen Sessel in der Funkstation ohnehin nur noch selten, und Kimo schlug höchstens mal seine Zeltklappe auf. Auch Monique warf den Neuankömmlingen meist nur einen kurzen Blick zu, ehe sie fortfuhr, den Teig ihres Tarokuchens zu kneten.

Farbiges Gefieder blitzte im ersten Käfig, den Garfield auf den Landungssteg stellte, und weckte Neils Aufmerksamkeit. Vielleicht war es ein prächtiger Seidenband-Paradiesvogel von einem Spender aus Papua-Neuguinea oder ein seltener

Grünflügelara aus Peru. Bedauerlicherweise hatten Neil und Dr. Barbara feststellen müssen, daß die schönsten Vögel, die die Herzen der Tierschützer am meisten bewegten, im Kochtopf meist die zähesten waren. Das Reservat, fanden sie, brauchte mehr gewöhnliches Viehzeug, mehr Gänse und Enten.

»Dr. Barbara ...« rief er.

Die Ärztin, die gerade dabei war, sich unter den neugierigen Blicken der Albatrosse in dem Wasser zu waschen, das Neil vom Bach heraufgeschleppt hatte, hob den Kopf. »Was gibt's, Neil? Haben sie uns endlich eine Kuh geschickt? Dann macht Monique bestimmt bald Käse.«

»Nein, aber da passiert etwas Merkwürdiges ... David ist aufgestanden. Und jetzt auch Kimo.«

Carline hatte seinen Strohhut abgenommen und ging auf die Pier zu. Die Passagiere, die das Flugboot verließen, begrüßte er wie ein Distriktsbeamter eine Regierungsdelegation. Kimo hatte sich aus seiner Hängematte gewälzt und die Krone fallen lassen, die er gerade aus Grashalmen flocht. Major Anderson kam in seinem Dingi ans Ufer gerudert, während seine Frau die Küche verlassen hatte und über die Rollbahn zum Landungssteg hastete. Monique klopfte sich das Mehl von den Händen und verließ ihren Backofen. Sie stellte sich neben Mrs. Saito vor die an der Wäscheleine flatternden Laken und sah zu, wie Carline die Neuankömmlinge begrüßte. Zwei Uniformierte mit Pistolentaschen an den Gürteln gingen auf ihn zu und hoben freundlich die Mützen.

»Dr. Barbara ...« Neil mußte etwas blinzeln, weil so viele Vögel vor seiner Nase herumflogen. »Ich glaube, es sind französische Polizisten.«

Dr. Barbara knöpfte ihr Hemd zu und stellte sich neben ihn. Zum erstenmal wirkte sie unsicher. So als müßte sie sich ihrer eigenen Person vergewissern, schnupperte sie an ihren frischgewaschenen Fingern, ohne den beruhigenden Geruch von Blut und Erde dort noch zu finden.

»Ja, es sieht so aus, als müßten wir weg, Neil. Ich hätte nicht gedacht, daß sie noch kommen.«

»Aber warum sind sie da, Doktor? Hat ihnen jemand was von Gubby erzählt?«

»Wahrscheinlich. Es war ja auch kein Geheimnis, die Jachten haben fast alle starke Sender an Bord.« Sie lächelte benommen und nahm Neil in den Arm. »Ich mache mich fertig.«

Sie zog sich rasch an, packte die Spritze, ein paar Medikamente und andere Sachen in ihre Tasche. Sie stand am Ausgang der Wetterstation und betrachtete die Insel wie einen verlorenen Traum. Selbst die Albatrosse schienen sie zu verlassen. Aufgeschreckt durch das Flugboot hatten sie die knochenbestreuten Klippen unterhalb der Höhle verlassen und kreisten über dem Riff.

»Gehen wir, Neil.« Dr. Barbara schien dem leiser gewordenen Kreischen der Vögel zu lauschen. »Es ist besser, wenn sie die Höhle nicht finden. Den Schlafsack lasse ich da – dann hast du einen Ort, an den du dich zurückziehen kannst, wenn du mal allein sein willst. Denkst du manchmal an mich, ja?«

»Ich komme mit nach Papeete«, sagte Neil. Er wollte ihr Mut machen, aber sie hatte sich schon in sich zurückgezogen. Sie war nicht länger die wilde Jägerin und Liebhaberin. Sie war plötzlich wieder die abgerissene, gescheiterte Medizinerin, die er in Waikiki kennengelernt hatte. »Ich werde denen sagen, daß Sie das Baby nicht umgebracht haben.«

»Aber ich hab' es getan, Neil. Ich hab' es getan. Ich will, daß du hierbleibst und meine Arbeit fortsetzt. Mrs. Saito weiß, was zu tun ist.«

Neil nahm ihr die Tasche ab und folgte ihr den Pfad hinunter. Auf dem Landungssteg unterhielten sich die Polizisten mit Carline und Monique. Auf den ersten Blick benahmen sie sich wie Touristen und zeigten interessiert auf das Laboratorium, die Tiergehege, das Gemeinschaftszelt und die Krankenstation, als wollten sie sich dort herumführen lassen. Neil war nach wie vor fest entschlossen, mit nach Papeete zu fliegen, damit Dr. Barbara wenigstens einen Zeugen hatte, der mit ihr sympathisierte. Er überlegte verzweifelt, mit welchem Trick er sie retten könnte, und fragte sich erneut, ob sie nicht vielleicht heiraten könnten. Seine Mutter wäre sicher schockiert, aber Colonel Stamford würde es vielleicht gutheißen.

Zwanzig Minuten später, als sie aus dem Wald kamen, waren die anderen schon wieder auf den Landungssteg zurückgekehrt. Neil erwartete, daß Trudi und Inger anklagend auf Dr. Barbara zeigen würden, aber sie saßen am Strand und betrachteten die eleganten Linien des Flugboots. Noch wäre Zeit gewesen zu flüchten. Neil hätte mit Dr. Barbara auf eine der außenliegenden Inseln des Atolls schwimmen und sich monatelang auf den Sandbänken verstecken können. Fische und Vögel, die man fangen konnte, gab es genug.

»Neil…« Dr. Barbara war am Rand der Rollbahn stehengeblieben. »Hör mal… was ist das für ein Geräusch?«

»Die Motoren…« Die Tasche in Neils Hand schien schon leichter zu werden. Einer der Propeller begann sich zu drehen. Die Sonne spiegelte sich im blanken Metall und warf einen hellen Lichtstrahl auf die Felswand über ihnen. »Sie fliegen wieder ab! Dr. Barbara, die Polizisten fliegen zurück!«

Dr. Barbara lehnte sich an den Bulldozer. Erst als das Flugboot sich vom Landungssteg entfernte, strafften sich ihre Schultern. Einer der Polizisten hockte in der offenen Ladeluke des Flugzeugs und salutierte für Monique und Mrs. Saito, während Mrs. Anderson bereits in die Küche zurückgekehrt war. Ihr enttäuschter Ehemann stand neben seinem Dingi am Strand und suchte die umliegenden Berghänge nach einem Lebenszeichen von Neil und Dr. Barbara ab, ohne zu sehen, daß sie hinter dem Bulldozer standen. Kimo schlenderte durch den von den Propellern aufgewirbelten

Korallenstaub zu seiner Hängematte zurück, während Inger und Trudi ihre Röcke festhielten und den jungen Besatzungsmitgliedern zuwinkten.

»Dr. Barbara...« Neil hob die Tasche wie eine Siegestrophäe. »Sie haben es der Polizei nicht gesagt – das heißt, Sie brauchen Saint-Esprit nicht zu verlassen. Sie können hierbleiben.«

»Es bedeutet noch einiges mehr, Neil. Sehr viel mehr.« Dr. Barbara lächelte bescheiden. Mit einer Hand hielt sie Neil zurück, als er versuchte, das Donnern der Motoren zu überschreien. Die drei Gelbhaubenkakadus auf dem Landungssteg hatten sich in ihren Bambuskäfigen schon umgedreht und sahen der majestätischen Gestalt ihrer neuen Herrin entgegen.

Carline stand neben der Funkstation und hielt das angesengte Mikrofon in der Hand, als das Flugboot seinen Abflugpunkt ansteuerte. Er sah Dr. Barbara mit stiller Zufriedenheit auf sich zukommen. Er bewunderte ihre Entschlossenheit und war froh, daß er das Versprechen, das er sich selbst gegeben hatte, gehalten hatte.

In straffer Haltung ging Dr. Barbara auf ihn zu. Sie war bereit, die ersten Befehle des Tages zu geben.

TEIL III

14
Ein Neuankömmling

Von den Wellen gebeutelt lag der starke Fisch im Treibnetz unter dem Riff. Seine gelben Kiemen waren voll Blut. Zehn Meter entfernt, in der Sicherheit des offenen Wassers, hielt sich Neil an einem alten Seil fest, das von der Reling der *Dugong* herabhing. Der riesige Rochen, der sich in der Reuse gefangen hatte, die Kimo und Neil mühselig aus Federballnetzen einer Sportgerätefabrik in Tokio geknüpft hatten, war die größte Beute, die Neil jemals gemacht hatte.

Neil überließ den Fisch seinem Schicksal und schwamm zu dem kleinen Ruderboot, wo Inger und Monique unter einem Sonnensegel aus Fallschirmseide ruhten. Sie hatten ihn mit Beifallsrufen angetrieben, als sie den Fisch sahen, der für viele Mahlzeiten reichen würde. Neil konnte sich jetzt schon vorstellen, wie sie den gegrillten Rochen mit den Zähnen zerrissen. Ein paar Tage lang würden sie die Tiergehege nicht heimsuchen müssen. Viel zu viele bedrohte Arten waren schon im Kochtopf gelandet, aber glücklicherweise schien der Vorrat der Welt unerschöpflich, und es kam stetig Nachschub.

»Gut gemacht, Neil!« rief Monique von ihrem gepolsterten Sitzplatz herüber. »Was für ein Kampf! Ein toller Fisch!«

»Der ist genauso groß wie Sie, Monique!«

»Das ist gut! Bei meinem Hunger könnte ich mich glatt selber auffressen.«

Neil klammerte sich an die Bordwand und grinste aus dem hellen Wasser. »Ich sage Ihnen, wo es am saftigsten ist!«

»Frecher Kerl! Findest du nicht auch, Inger?«

»Warte nur, bis Dr. Barbara den Fisch sieht«, sagte Inger. »Wir geben dir auch die größte Portion, Neil.«

Wenn sie erst rund um den Tisch im großen Gemeinschaftszelt saßen, würden sich die Frauen wohl kaum noch an dieses Versprechen erinnern. Inger stand auf und faltete das Sonnensegel zusammen, das die *Ärzte ohne Grenzen* zusammen mit den letzten Arzneimittelspenden geschickt hatten. Sie hatten es jetzt eilig, in die Küche zu kommen und den Fisch zu braten.

Neil ließ sich von den Wellen treiben und bewunderte den Anblick der Frauen. Beide waren hochschwanger und trugen so schwer an den Kindern, daß er fürchtete, schon das kleinste Schaukeln des Bootes könnte die Wehen auslösen. Er erinnerte sich noch gut an Trudis schreckliche Entbindung und Dr. Barbaras ständiges: »Pressen... pressen... pressen...«, als die junge Frau darum kämpfte, das mißgebildete Kind aus ihrem Leib zu stoßen. Es war ein kleiner Junge gewesen – das Geschlecht hatte Neil von Professor Saito erfahren, der sich an seinem selbstgebrauten Sake berauscht hatte und in seinem Unglück indiskret war. Das Kind war bald darauf gestorben, aber weder Trudi selbst noch die anderen Frauen schienen darüber besonders unglücklich. Das Kind habe einen genetischen Defekt gehabt, sagten sie.

Dr. Barbara hatte verhindert, daß Neil das Kind zu Gesicht bekam, aber als es in seinem Sarg lag, hatte sie ihm erlaubt, es neben Gubby zu begraben. Kimo und Professor Saito nahmen an der Beerdigung teil, und der weinende Botaniker hielt eine kurze Rede in würgendem Japanisch, als Neil seinen Erstgeborenen ins Grab legte.

Diesmal, hatte Neil sich geschworen, würde es kein Unglück und keine erblichen Defekte mehr geben. Neil hielt es für unwahrscheinlich, daß Monique oder Inger eine Fehlgeburt haben könnten. Nichts schien ihren Appetit auf Licht, Luft und frische Nahrung dämpfen zu können. Monique stand mit heruntergerolltem Badeanzug im Bug. Ihre großen, prallen Brüste sahen aus, als wären sie selbst schwanger. Die hart arbeitende, ernsthafte Stewardeß war eine träge Juno geworden, die ständig ihre gravitätischen Späße mit Neil trieb. Mal versteckte sie seine Kleider, mal schrieb sie ihm unanständige Wörter mit Lippenstift auf den Rücken, während er schlief.

Gelegentlich fand Neil diesen hausbackenen Humor etwas mühselig. Die schlagfertige, stachlige kleine Französin, die so stolz ihre Küche regiert hatte, war ihm eigentlich lieber gewesen. Aber immerhin hatte er ein paar Nächte lang ihr Zelt geteilt und ihr Bett, wenn er auch ihr Herz nicht erobert hatte. Die Erinnerung an die kurze Zeit ihres Zusammenseins während ihrer fruchtbaren Tage unmittelbar nach dem Eisprung war allerdings inzwischen schon wieder verblaßt. Wenn er ihre Kinder gezeugt hatte, neigten die Frauen dazu, Neil ziemlich rasch zu vergessen.

Inger trug ihre Haare jetzt genauso männlich kurz wie Trudi und Monique, was ihr Gesicht ziemlich grobknochig aussehen ließ. Selbstbewußt stand sie im Bug des Ruderboots. Die rosa Fallschirmseide bauschte sich wie eine Krinoline um ihre Hüften. Ihre rechte Hand lag auf ihrem Bauch, als erwarte sie das neueste Bulletin von ihrem Baby. Nach Angaben von Dr. Barbara würden beide Kinder Mädchen sein. Mit ihrer Geburt würde sich die weibliche Bevölkerung der Insel soweit vergrößern, daß sie die Zahl der Männer deutlich überstieg, aber Neil war froh, daß es mehr Frauen auf der Insel geben würde. Er war Inger, Trudi und sogar Monique dankbar dafür, daß sie ihn zum Mann gemacht hatten. Seit sie seine Kinder zur Welt brachten, gab es den erwachsenen Neil. Zuvor war er selbst noch ein Kind gewesen, jetzt war er ein bärtiger, siebzehnjähriger Patriarch.

Sobald ihre Babies geboren waren, würde Dr. Barbara ihn veranlassen, wieder mit den Frauen zu schlafen. Er erinnerte sich noch an ihre letzten gemeinsamen Nächte vor fünf

Monaten, ehe Dr. Barbara bestätigt hatte, daß alle schwanger waren. Monique war selbst überrascht gewesen, wie die Mutterschaft sie veränderte. Als sie wußte, daß sie schwanger war, hatte sie plötzlich alles Gouvernantenhafte abgelegt, während sie sich zuvor nie ganz entspannt hatte. Auch wenn sie mit Neil im Bett war, hatte sie ihm die einschlägigen Teile ihrer Anatomie erklärt, als müßte sie einem besonders dummen Passagier erläutern, was er im Falle eines plötzlichen Druckabfalls in der Kabine zu tun habe. Einmal, in einem unvorsichtigen Augenblick, sprach sie ziemlich bitter über ihren Vater. Der große Naturschützer sei ein schrecklich strenger Erzieher gewesen, sagte sie. Sogar das Binden der Schnürsenkel habe er zu einer Frage der Selbstdisziplin und der moralischen Haltung gemacht.

Trudi und Inger waren dagegen wie ältere Schwestern gewesen, die fröhlich Inzest mit ihm begingen. Neil liebte es, wie sie ihm mit der Hand auf den Po klatschten, wenn er übereifrig und ungeschickt war, und ihm sagten, er solle gefälligst nicht bloß an seinen Spaß denken, sondern vor allem an ihren. Er liebte es, wenn sie an seinen Brustwarzen knabberten oder seine Hoden in den Händen wogen, als wollten sie das Sperma prüfen, das er für sie ausbrütete. Sex mit Inger und Trudi war eine fröhliche Variante der Leidenschaft, die er mit Dr. Barbara erlebt hatte, und gehörte zu einem Reich, das – wie er glaubte – die wenigsten Menschen auf dem Planeten je betreten hatten.

Er war überrascht und gekränkt, als sie ihn aus dem Bett stießen, sobald Dr. Barbara ihnen sagte, daß sie schwanger waren. Nur Trudi hatte sich seiner noch einmal erbarmt, als sie ihn trübsinnig am Strand sitzen sah. Sie war für eine Stunde zu ihm ins Zelt gekommen, obwohl sie schon drei Monate weiter war als die anderen. Als sie ihn verließ, hatte er das Gefühl, als ob sie ins Lager des Feindes wechselte.

»Neil! Wach auf!« Er döste mit den Rudern in der Hand, und Monique zupfte an seinen Barthaaren, um ihn zu wecken. »Inger, jetzt ist der Kerl doch schon wieder eingeschlafen.«

»Los, Neil...« Inger klemmte sich die Fallschirmseide zwischen die Beine und rüttelte an den Rudern. »Schlafen kannst du später. He, da kommt Trudi. Sie scheint bei Dr. Barbara gewesen zu sein!«

Neil griff nach den Rudern und wendete das Boot zum Ufer. Trudi kam über den Strand gelaufen und schwenkte fröhlich die Arme. Als das Boot nahe genug heran war, packte sie es am Bug und zog es durch die Brandung an Land. Inger und Monique ließen das Sonnensegel im Stich, klopften Neil auf den Rücken, kletterten über die Bordwand und sprangen ins Wasser.

»Gute Neuigkeiten«, sagte Trudi strahlend. »Ich bin wieder schwanger!«

»Toll, Trudi! Diesmal klappt's bestimmt!«

Die drei Frauen standen bis zu den Hüften im wogenden Wasser. Die Gischt schäumte um sie herum, als ob der Ozean sie schwängern wollte. Neil lächelte müde, während die Frauen ausgelassen die neue Schwangerschaft feierten. Aber trotz seines Beitrags dazu ließen sie ihn vollkommen außer acht. Erst als sie schon längst am Strand waren, kehrte Trudi noch einmal zurück und holte Neil aus dem Boot.

»Ist es nicht wunderbar?« sagte sie, und ihr schmales Gesicht strahlte vor Stolz und Erleichterung. »Du kannst sehr stolz auf dich sein. Jetzt haben *wir* auch ein Mädchen für Dr. Barbara – und für dich.«

»Das ist großartig, Trudi.« Neil faßte sie um die schlanke Taille, als sie in den Wellen schwankte. Er wußte, es würde das letzte Mal sein, daß er sie anfassen durfte. »Und diesmal gibt es kein Anzeichen von Mißbildungen?«

»Mißbildungen?« Trudi schien überrascht. »Natürlich nicht. Es ist ja ein Mädchen. Du wirst wieder einen Gubby haben zum Spielen.«

»Gubby war aber ein Junge.«

»Ein Mädchen ist noch viel netter. Das weißt du doch, Neil.« Sie lief voraus und rief ihm zu: »Dr. Barbara will dich in der Klinik sehen. Sie hat einen Sonderauftrag für dich ...«

Als Neil zum Lager kam, war das Lachen der Frauen immer noch aus den Zelten zu hören. Der Lärm hatte die Pekaris aufgeschreckt, die jetzt verstört in ihrem Gehege stampften, während die Kakadus und Loris aus Sympathie mitkreischten. Alle Geschöpfe auf Saint-Esprit, selbst jene, die am Schluß auf dem Mittagstisch landen würden, feierten den Zuwachs der Kolonie.

In den zwölf Monaten seit ihrer Ankunft hatte das Reservat sich stabilisiert. Trotz des nachlassenden Medieninteresses hatten die französischen Behörden keinen Versuch gemacht, Saint-Esprit wieder in Besitz zu nehmen, so froh waren sie, daß sie das Atom-Atoll aus den Schlagzeilen hatten. Es kamen allerdings nach wie vor Journalisten und berichteten über den großen Bestand an gefährdeten Säugetieren und Vögeln, die von vorbeifahrenden Schiffen und Kapitän Garfields Flugboot gebracht wurden. Saint-Esprit war mittlerweile zu einer fest verankerten Arche Noah voller bizarrer und seltener Tiere geworden. Fast jeder Winkel der Erde war durch irgendein exzentrisches Pärchen vertreten, und sobald sie genügend Nachkommen hatten, wanderten sie paarweise unter das Hackebeil in der Küche. Andere verkümmerten in der Feuchtigkeit und Hitze, unfruchtbar, aber geschützt durch ihre Nicht-Eßbarkeit.

Die Pflanzenterrassen dienten jetzt teilweise dem Nahrungsmittelanbau, aber auch von den gefährdeten Pflanzenarten überlebten einige. Ein Kamerad Colonel Stamfords aus Honolulu besuchte die Insel und war sehr beeindruckt. Er berichtete, Neil habe sich auf Saint-Esprit prächtig entwickelt. Er sei sehr selbständig geworden und verstünde von Tier- und Pflanzenzucht inzwischen soviel, daß er gewiß eine erfolgreiche landwirtschaftliche Karriere einschlagen könne. Neils eigentliche Zuchterfolge – die drei geschwängerten Frauen – brachte der amerikanische Offizier allerdings nicht mit dem jungen Mann in Zusammenhang und empfahl seiner Mutter, Neil noch ein weiteres Jahr auf der Insel zu lassen. Es herrschten dort ebenso spartanische wie idealistische Prinzipien, schrieb er, wohl wissend, daß Colonel Stamford dergleichen höher als alles andere schätzte.

Eigentlich war es fast ein bißchen *zu* idyllisch im Reservat. Neil lagerte im Schatten des Kameraturms neben der Rollbahn und betrachtete die Bunker rings um die Lagune. Er nahm sie in letzter Zeit kaum noch wahr, seine pubertären Träume von Atomversuchen und ihrer schwarzen Verheißung waren im überreichen Leben des Reservats verschwunden.

Die einzige Art, die Saint-Esprit nicht geschützt hatte, waren die Männer. Nachdem so viele von den Frauen schwanger waren, mußten die Männer einen größeren Teil der Arbeit übernehmen. Professor Saito war aus dem Labor vertrieben worden und mußte seine botanischen Fähigkeiten auf den Küchengarten richten, wo er sich alsbald eine Infektion durch einen Krankheitserreger im Boden zuzog. Kimo arbeitete unter Moniques Aufsicht am Herd und am Spülbecken. Mit seinem Sarong und seinen langen, fettigen Haaren sah er wie ein gemästeter Transvestit aus. David Carline mußte jeden Tag Jamswurzeln suchen, und wenn er erschöpft zurückkehrte, saß er meist nur noch dumpf brütend in seinem Zelt und dachte über die Pistole nach, die Dr. Barbara requiriert hatte.

An diesen Niedergang seiner Geschlechtsgenossen mußte Neil denken, als er die Stufen zur Klinik hinaufging. Als erstes hörte er Dr. Barbara, die Professor Saito beschimpfte, weil er versehentlich das Moskitonetz über seinem Bett zerrissen hatte. Ihre scharfe, mitleidlose Stimme brachte jeden Protest des kranken Botanikers automatisch zum Schweigen.

Unbewußt legte Neil die Hände schützend vor seine Genitalien, als er die Klinik betrat. Er spürte geradezu, daß nur sein Samen ihn davor schützte, sich ebenfalls ins Krankenbett legen zu müssen.

»Gut gemacht, Neil. Ich bin stolz auf dich...« Dr. Barbara stand vom Schreibtisch auf und umarmte Neil mit dem feierlichen Ernst eines Generals, der einen heimgekehrten Soldaten nach der Rückkehr von einem gefährlichen Auftrag begrüßt. »Du hast es mal wieder geschafft.«

»Ich habe mein Bestes getan«, sagte Neil. »Sind Sie sicher, daß es ein Mädchen ist?«

»Absolut. Was denn sonst?« Dr. Barbara hielt ihn auf Armeslänge von sich weg und wischte sich eine einsame Träne von der Wange, ein emotionales Juwel, das wie von einem routinierten Requisiteur dorthin geklebt worden war. Sie trug einen sehr männlichen Khaki-Anzug und hatte sich den Schädel fast kahlgeschoren. Nur wenn sie erregt war, standen ihr ein paar Haare zu Berge, als wollten sie an eine etwas weiblichere Phase in ihrem Leben erinnern. Das Jahr auf Saint-Esprit hatte sie härter gemacht – zu hart, wie Neil fand. Sie rationierte selbst die kleinsten Gesten. Sie saß auf einem ungepolsterten Stuhl und schlief auf einer brettharten Pritsche wie die Mutter Oberin eines Klosters.

»Komm, laß uns anstoßen, Neil. Das hast du verdient.« Sie öffnete ihren Medizinschrank und nahm eine Flasche Meßwein heraus, den ein frommer, aber recht naiver Priester, Pater Vergnol, dagelassen hatte, der aus Papeete gekommen war, um den Friedhof neu zu weihen. Neil hatte ihm auch von den Knochen des toten Fliegers in der Lagune erzählen wollen, aber die Tiefen des Meeres waren für diesen einfältigen Priester ein zu kompliziertes Gebiet.

»Jetzt trinken wir auf dich, Neil. Nur einen kleinen Schluck, denn du mußt noch etwas erledigen. Trudi hat mir gesagt, sie weiß schon einen Namen.«

»Gudrun? Brunhilde?« Neil nippte an dem Meßwein und versuchte sich die germanischen Heldinnen vorzustellen, von denen ihm Trudi erzählt hatte. Er genoß es, sich zu betrinken, aber Dr. Barbara schloß den Alkohol immer weg. »Ich hätte gern einmal einen Sohn – ist es eigentlich so wichtig, daß immer Mädchen gezeugt werden?«

»Ja, das ist wichtig.« Dr. Barbara nickte mit großer Ernsthaftigkeit. »Die Kolonie braucht noch mehr Frauen, wenn sie sicher sein soll, noch mehr Schwestern und Töchter.« Sie dachte einen Augenblick über diese schönen Aussichten nach und fügte dann mit ihrem rabenschwarzen Humor, der Neil so oft beunruhigte, hinzu: »Und wenn du möchtest, daß deine Kinder ein langes und glückliches Leben haben, dann ist es auch besser...«

»Natürlich will ich das. Aber kann denn ein Sohn nicht genauso stark und gesund sein? Sie haben doch immer gesagt, ich wäre sehr stark.«

»Das bist du auch, Neil.« Dr. Barbara drehte sich zu ihm um und ließ ihre Augen wohlgefällig über seine Gestalt gleiten. »Das habe ich gleich gewußt, als ich dich in Waikiki das erste Mal sah. Ärzte haben für so etwas einen Instinkt. Ich war mir gleich sicher, daß du einen guten Vater abgeben würdest.«

»Dann wären meine Söhne also auch gesund.«

»Nicht unbedingt.« Dr. Barbara goß sich ein zweites Glas Wein ein. Schon jetzt waren ihr Hals und ihr Gesicht gerötet, und sie ignorierte das fiebrige Stammeln Professor Saitos. »Die Männer haben es schwer auf der Welt. Sieh dir David, Kimo und den armen Professor an. Alle waren sie krank. Ich glaube, sie würden nicht überleben, wenn man sie sich selbst überließe.«

»Sie haben einfach zu viel gearbeitet«, sagte Neil. »Sie haben ihnen keine Ruhe gegönnt.«

»Sie haben nicht vernünftig gearbeitet.« Dr. Barbara gestikulierte mit ihrem Glas. »Sie haben ihre Kräfte nicht richtig eingeteilt. Und vor allem: Sie haben nicht zusammengearbeitet. Es gab zu viele komplizierte Pläne.«

»So wie Davids Palisade? Oder Professor Saitos Fischzucht?«

»Wunderbare Ideen, aber nicht zu verwirklichen. Frauen wissen, wie man zusammenarbeitet und miteinander auskommt. Wir stehen mit beiden Füßen auf dem Boden und konkurrieren nicht die ganze Zeit miteinander.« Aus dem Hintergrund hörte man Professor Saito stammeln, und Dr. Barbara runzelte die Stirn. »Ich wünschte nur, ich hätte mehr Frauen angeheuert, als wir Honolulu verließen. Vielleicht sollten wir das Reservat für neue Freiwillige öffnen. Wärst du damit einverstanden, Neil?«

»Natürlich. Ich werde irgendwann weggehen müssen, und David und Kimo wohl auch. Sie brauchen aber noch mehr Hilfe, Doktor.«

»Es gibt so viele prachtvolle junge Frauen, die nur darauf warten, hierherzukommen.« Dr. Barbara zeigte auf einen Stapel Briefe, der auf ihrem Tisch lag, und zog ein paar von den Fotos heraus. »Lauter starke junge Frauen, die darauf brennen, uns bei unserer Arbeit zu helfen.«

»Und starke Männer auch. Sie könnten sich die besten aussuchen.«

»Nein, wir brauchen keine weiteren Männer, selbst wenn sie stark sind. Ein starker und gesunder Mann ist genug, und dafür haben wir dich, Neil.«

Dr. Barbara berührte Neils Bart und fuhr ihm mit nach Formalin duftenden Fingern über die Lippen, aber er zögerte, sie zu umarmen. Er sehnte sich nach weiblicher Gesellschaft und hatte angefangen, sich in der Krankenstation herumzutreiben, weil er hoffte, sie würde ihn vielleicht versehentlich wieder zu sich ins Bett nehmen. Er hatte sogar Professor Saitos Bettpfanne geleert und seine blutigen Laken gewechselt, um das zu erreichen. Tatsächlich hatte sie ihn auch sehr mütterlich gestreichelt, als sie die tiefe Wunde versorgt hatte, die er sich beim Tauchen an einem der Korallenstöcke zugezogen hatte. Aber die Zeit der sexuellen Leidenschaft war vorbei.

Dr. Barbara breitete die Fotos wie Tarot-Karten vor sich auf dem Tisch aus und tippte auf die offenen, freundlichen Gesichter: eine blonde Zahnärztin aus Stockholm, eine dreißigjährige Spielbankangestellte aus Atlantic City, Mitglieder einer Lesbierinnen-Kooperative aus Sydney, Schulmädchen aus Süd-London, eine promovierte Physikerin von der Sorbonne, eine Kellnerin aus Florida und zwei Nonnen.

»Ich bringe ihnen alles bei, was ich weiß«, sagte Neil. »Wenn Inger und Trudi entbunden haben, zeige ich ihnen, wie man mit dem Speer fischt.«

»Ich hatte eigentlich an etwas anderes gedacht.« Dr. Barbara sammelte die Fotos wieder ein und warf sie in eine Schublade. »Das Hauptproblem ist die Zeit. Es dauert alles so lange. Wenn uns der liebe Gott bloß eine kürzere Schwangerschaft und einen schnelleren Generationswechsel geschenkt hätte! Dann könnte ich die Zukunft im Treibhaus erzeugen und das Reservat im Nu mit Frauen füllen.«

»Ein Reservat für Frauen?« fragte Neil gleichmütig. »Für Frauen, die Männer nicht mögen?«

»Nein«, sagte Dr. Barbara, und die Vorstellung schien sie ehrlich zu überraschen. »Es ist nicht so, daß Frauen die Männer nicht mögen. Wir bringen sie auf die Welt und verbringen den Rest unseres Lebens damit, ihnen dabei zu helfen, sich selbst zu verstehen. Wir sind bloß immer zu nachsichtig mit ihnen und ihren gefährlichen Spielen gewesen. Das richtet sich nicht gegen dich, Neil, du bist von Anfang an der loyalste gewesen. Und daß Inger und Trudi schwanger sind, haben wir auch dir zu verdanken.«

»Und Monique ist auch schwanger.«

»Ja, Monique auch. Das war eine beachtliche Leistung. Ich hätte nie gedacht, daß du das schaffst. Wir brauchen so viele Töchter wie nur möglich. Ja, und deshalb wollte ich mit dir reden. Es gibt noch eine Frau auf Saint-Esprit. Ich möchte, daß du sie besuchst, Neil.«

»Wen?« fragte Neil. Er machte einen Schritt vorwärts und blickte auf das schmale Bett hinter dem Schreibtisch. »Sie, Doktor?«

»Nein…« Dr. Barbara wandte sich ab. »Leider bin ich fürs Kinderkriegen zu alt. Ich meine Mrs. Saito.«

»Professor Saitos Frau?« Neil sah durchs Fenster zum Treibhaus hinaus, wo Mrs. Saito zwischen den Beeten mit seltenen Pflanzen stand. Sie hatte ein Insektenspray in der Hand und deckte die zarten Blätter mit strafenden Giftwolken ein. Neil schüttelte den Kopf. Diese zierliche, strenge Frau, die Professor Saito jeden Wunsch erfüllte, um ihn mit eiserner Hand regieren zu können, würde Neil auf keinen Fall an sich heranlassen. »Aber, Dr. Barbara! Mrs. Saito würde niemals zustimmen, selbst wenn der Professor tot wäre. Ich kenne Mrs. Saito…«

»Ich kenne sie besser.« Dr. Barbara lächelte an ihrer langen Nase herunter. »Wir haben über alles gesprochen, und sie weiß, was sie zu tun hat.«

Neil versuchte zu protestieren, aber dann fiel ihm ein, daß sich Mrs. Saito in letzter Zeit kaum noch um ihren kranken Mann gekümmert hatte oder jedenfalls sehr viel weniger als früher. Es hatte sich etwas zwischen den beiden Wissenschaftlern verändert. Neil glaubte sogar, daß Professor Saito mit Kapitän Garfield darüber gesprochen hatte, ob er mit ihm zurückfliegen könne. Einmal hatte er den Professor nachts in einer Hütte am Strand getroffen, wo er im Licht einer Taschenlampe seine Briefe las.

»Doktor, ich kann nicht glauben, daß sie…«

»Weck Professor Saito nicht auf mit deinem Geschrei.« Dr. Barbara öffnete einen Schrank, nahm ein winziges Bonsai-Bäumchen heraus und drückte es Neil in die Hand. »So, und jetzt geh zu ihr. Gib ihr das Bäumchen. Sie wartet auf dich…«

15
Freiwillige

Zwanzig Minuten später stand Neil auf den Stufen des Laboratoriums und hörte das Insektengitter hinter sich zufallen. Mrs. Saito war bereits wieder angezogen und kümmerte sich zungenschnalzend um ihre Pflanzen. Mit einem Ruck riß sie ein Klappfenster auf, um die letzte Spur von Neils Geruch aus dem Labor zu tilgen, auch wenn dabei die Klimaanlage außer Funktion gesetzt wurde.

Die Grobheit des Geschlechtsverkehrs zwischen ihnen hatte Neil überrascht. Immer noch atemlos berührte er die Druckstellen an seinen Schultern, wo ihn Mrs. Saito mit ihren harten Händen gepackt hatte. Er warf einen Blick auf das schweigende Lager, das nur vom Jammern eines Makaken gestört wurde, der Neil an Professor Saitos Stammeln erinnerte. Ein Experiment mit dem Tod war einst für Saint-Esprit geplant worden, und jetzt plante Dr. Barbara hier ein genauso bizarres Experiment mit dem Leben.

Zum ersten Mal spürte Neil, daß die beiden Experimente enger miteinander verbunden waren, als er gedacht hatte. Jetzt noch schmerzten seine Hoden von Mrs. Saitos energischen Fingern. »Du fauler Bursche…« hatte sie gemurmelt, als sie ihn auf die gleiche Weise zum Höhepunkt gebracht hatte wie die paarungsunwilligen Pekaris. Als er mit dem Bonsaibäumchen in der Tür stand – das Signal hatte sie wahrscheinlich vorab mit Dr. Barbara vereinbart –, hatte sie Neil ein Lächeln geschenkt, das wie ein Kameraverschluß auf- und zuschnappte. Sie hatte ihm das Bäumchen abgenommen, ihn zu einer Matratze im Laboratorium geführt, wo er dann nackt zwischen den übelriechenden Pilzen gelegen hatte und sich fragte, ob sie wohl jeden Augenblick ihren batteriebetriebenen Ejakulationsbeschleuniger herausholen würde.

Sie hatte sich ausgezogen wie eine Zauberkünstlerin und war sofort zu Werke gegangen. Ihr Körper war der eines Kindes mit winzigen Brüsten. Ihr weißes Gesicht schwebte über ihm, schien eine Welt zu verbergen, die für alle Gefühle gesperrt war. Unter ihrem Blick hatte Neil sich wie ein seltener Fisch gefühlt, der von einer routinierten Biologin durch leichte Massage zum Ablaichen gebracht werden sollte. Sein Samen war wie der kostbare Rogen des Störs.

Neil wußte, daß er bloß gemolken worden war, aber er akzeptierte seine Rolle auf Saint-Esprit. Er wanderte an den stillen Zelten des Lagers vorbei auf die Rollbahn. Der Korallenstaub war genauso bleich wie Mrs. Saitos Gesicht und schien auch den Bäumen in der Umgebung alle Farbe zu nehmen. Die Kameratürme und Bunker waren im Dschungel verschwunden. Eingeschüchtert von Dr. Barbaras Lebenswillen, schien die Insel den Tod zu verschlingen.

Ein schriller Vogelschrei ertönte aus der Richtung des Berggipfels. David Carline, auf seiner unermüdlichen Suche nach Werner und Wolfgang, marschierte durch den Farn. Kurz nachdem Dr. Barbara wieder das Kommando übernommen hatte, waren die beiden deutschen Hippies verschwunden. Sie hatten sich wahrscheinlich von einer vorbeifahrenden Jacht nach Papeete mitnehmen lassen. Aber Carline war fest überzeugt, daß sie sich noch auf der Insel versteckten und nur darauf warteten, sich an der Kolonie zu rächen.

Neil sah ihn den Pfad herunterkommen. In der einen Hand hielt er seinen abgetragenen Panamahut, in der anderen seinen teuren Spazierstock. Jedesmal, wenn er an einer Palme vorbeikam, schlug er mit dem Stock an den Stamm, in der Hoffnung, die Deutschen auf diese Weise aus ihrem Versteck treiben zu können. Das vergangene Jahr hatte aus dem schüchternen Bostoner Amateur-Missionar einen ruhelosen Insel-Polizisten gemacht. Ständig verscheuchte er unwillkommene Segler und duldete nur widerwillig die Delegationen von Greenpeace und anderen Naturschutzorganisationen, die Dr. Barbara besuchen wollten.

Mit seinem langen, bleichen, von einem roten Stirnband gehaltenen Haar, seinem ärmellosen französischen Tarnanzug und seinen Armeestiefeln glich er einer exzentrischen Schuldirektorin, die am Wochenende ein Geländespiel machte. Selbst seine Frau erkannte ihn nicht wieder, als sie eines Tages mit Kapitän Garfield und einer Haut, die weißer war als das Flugboot, zu einem kurzen Besuch kam. Carline umarmte sie begeistert, zeigte ihr alle Errungenschaften der Kolonie und hätte sie am liebsten gleich für seine Einmannmiliz rekrutiert.

Er versprach ihr zwar, daß er innerhalb von drei Monaten nach Boston zurückkehren würde, aber Neil war sicher, daß er keineswegs die Absicht hatte, Saint-Esprit zu verlassen, solange Dr. Barbara dablieb. Sie hatte zwar seine verchromte Pistole beschlagnahmt, aber Carline hatte sich ihr mit Leib und Seele verschrieben und war bereit, alles zu akzeptieren, was sie aus der Insel machen wollte. Alle Selbstkritik und Unzufriedenheit seiner jungen Jahre waren verschwunden, seit er Dr. Barbara kannte und beschlossen hatte, ihr bis zum Ende zu folgen.

»Neil! Deine Augen sind schärfer als meine. Hast du jemand gesehen?« Er starrte zum Gipfel hinauf, den eine Wolke von Albatrossen mit schwarzen Flügelspitzen umkreiste. »Irgend etwas hat sie beunruhigt.«

»Sie, David. Sie schlagen mit Ihrem Stock an die Bäume.«

»Das haben sie gern. Es hält sie wach.« Carline hob den Stock und winkte den Vögeln vergnügt zu. »Schau du dich noch mal im Affenhaus um, ich kümmere mich um die Albatrosse. Halt die Augen offen, ob es irgendwo brennt.«

»Sie sind weg, David. Wolfgang und Werner sind seit sechs Monaten nicht mehr auf der Insel.«

»Neil...« Geduldig zupfte Carline die losen Fasern von seinem Panama. Der Hut war sein Sheriffstern, den er Kimo und Neil auch auslieh, wenn sie offizielle Besucher begrüßten. »Ich will dir mal etwas sagen – die Deutschen sind da. Ich hab' mit ihnen im Kongo gearbeitet. Die graben sich ein und halten so lange wie nötig durch.«

»Saint-Esprit ist nicht Stalingrad.«

»In gewisser Hinsicht gibt es da durchaus Parallelen. Die Frauen kommen in Wellen. Wie geht's denn Trudi? Halten dich die Ladies auf Trab?«

»Trudi ist guter Hoffnung – Dr. Barbara hat es bestätigt. Ein Mädchen.«

»Gut für dich, Neil. Du wirst bald mehr Töchter als ich haben. Ein Mädchen, ja? Genau, was Barbara verlangt. Wirklich schade, daß sie die Stuten nicht selbst besteigen kann, aber ein paar Dinge haben wir eben doch noch zu bieten.« Er tätschelte Neils Kopf, teils freundschaftlich, teils bewundernd. »Meiner Erfahrung nach bringen Töchter eine Menge Probleme mit sich ...«

Während Carline seine Suche fortsetzte, kam Neil an Kimos Hütte vorbei. Der Hawaiianer schlief schon, erschöpft von der langen Arbeit und einem Magengeschwür, das Dr. Barbara bei ihm diagnostiziert hatte. Neil gab sich Mühe, ihn nicht zu stören. Das verdunkelte Zelt war mit Unabhängigkeitsbannern und gerahmten Fotografien von König Kalakaua und Königin Kapiolani, den letzten Herrschern von Hawaii, geschmückt, die mit Lilien und Frangipani bekränzt waren. Kimo hatte ihn gewarnt, die welken Blumen ja nicht anzurühren, die ihn an die erste Zeit auf Saint-Esprit erinnerten, als Kimo noch das stärkste Mitglied der Expedition gewesen war.

Neben Kimos Zelt war eine Bambushütte, die Neil zusammen mit den Andersons gebaut hatte. Seit das alte Ehepaar die Insel verlassen hatte, war sie als Kinderkrippe hergerichtet worden, die auf die Neuankömmlinge wartete. Während

Kimo sich von den ersten schweren Magenblutungen erholte, war er damit beschäftigt, kleine Körbe für die Kinder von Trudi, Monique und Inger zu flechten. Trotz aller derben Frotzeleien war er stolz auf Neil, und seine mächtigen Hände zerteilten liebevoll die Büschel von Bastpalmenstengeln, die Neil aus dem Wald holte.

Der Anblick der Kinderstation, die Dr. Barbara jeden Tag sorgfältig ausfegte und desinfizierte, irritierte Neil jedesmal, wenn er daran vorbeikam. Für ihn war die Hütte mit der Erinnerung an die vielen glücklichen Abende verbunden, die er hier mit den Andersons verbracht hatte, wenn sie Tee mit ihm tranken und Algebra und Trigonometrie mit ihm übten. Trudi und Inger erwähnten sie nie, und mit Monique sprachen sie überhaupt nicht, denn sie verabscheuten das geschmacklose Experiment, für das Neil mißbraucht wurde, zutiefst. Neil war sehr traurig gewesen, als die Andersons beschlossen, nicht länger in Saint-Esprit zu bleiben.

Ehe sie abreisen konnten, mußte er ihnen allerdings helfen, ihre Sloop zu reparieren, die beschädigt am Landungssteg lag, mit versengten Segeln und aufgerissener Kabine. Nach Dr. Barbaras Rückkehr aus dem Exil in den Felsen hatte ein gespannter Waffenstillstand geherrscht, aber nachdem die französischen Polizisten aufgetaucht waren, hatte sich jemand an den Andersons gerächt, denen man offenbar unterstellte, sie hätten die Behörden mit einem versteckten Funkgerät alarmiert.

Seit Dr. Barbaras Rückkehr hatten die Andersons immer an Land geschlafen. Sie wollten in der Nähe von Neil bleiben, hofften vielleicht sogar, ihn von seinen schändlichen Besuchen in den Frauenzelten abzubringen. Eines Nachts war die Lagune dann plötzlich von einem großen Feuer erhellt worden, das alle aus dem Schlaf riß. Neil war mit den Andersons hinausgerudert, und gemeinsam hatten sie das Feuer an Bord der kleinen Jacht gelöscht, als die Flammen gerade den Hauptmast erreicht hatten. Sie hatten das Boot zum Ufer geschleppt und neben der Pier an Land gezogen. Noch tagelang stiegen Dampfwolken aus dem beschädigten Rumpf auf.

Glücklicherweise hatte Major Anderson die notdürftigsten Reparaturen gerade noch beenden können, ehe er an einer schweren Enteritis erkrankte. Dieses »Inselfieber« schien die Bewohner zu überfallen, wann immer es ihm gefiel. Mrs. Anderson beschuldigte Dr. Barbara offen, ihren Mann zu vergiften, aber Carline und Kimo beruhigten sie und halfen ihr, die Notsegel aufzuziehen und die kaum noch seetüchtige Jacht ins Wasser zu schieben. Major Anderson saß fiebernd im Heck und klammerte sich mit einer Hand an die Pinne, als seine Frau Neil zum Abschied noch einmal umarmte. Einen Platz an Bord hatten sie ihm diesmal wohl deshalb nicht angeboten, weil sie fürchteten, die Sloop würde die Fahrt nach Tahiti nicht überstehen.

Nach einem letzten Blick auf die Hütte überquerte Neil die Rollbahn und lief zum Strand hinunter, um endlich den gelben Rochen an Land zu ziehen. Er konnte den Fisch fünfzig Meter vom Boot entfernt auf dem Grund liegen sehen. Das Sonnensegel blähte sich wie eine Lunge im Wind, und die Wellen spielten mit dem gelben Kadaver wie gelangweilte Hunde mit einem toten Kaninchen.

Die Unterseite des Rochens war mit karmesinroten Streifen seines eigenen Blutes verschmiert. Neil packte das schlaffe Netz und versuchte es, während er zog, zu entwirren. In den nassen Maschen waren lange Seetangfahnen, ein paar Tintenfische, zwei Barsche, zahlreiche Seegurken und eine rostige Konservenbüchse gefangen.

Was er draußen im Schaum vor dem Riff für einen gelben Rochen gehalten hatte, war gar kein Fisch. Vor ihm lag eine aufblasbare, mehrfach durchlöcherte Schwimmweste. Die rote Farbe stammte aus der Kapsel mit einer Flüssigkeit, die Haie abschrecken sollte. Neil zog das zerfetzte Gummibündel aus dem Netz und wischte den Seetang herunter. Welche

Farbe hatten die Schwimmwesten der Andersons gehabt? Dutzende von Hochseeseglern waren gestorben, und ihre Schwimmwesten waren jahrelang über die Meere getrieben. Aber er konnte sich auch sehr gut vorstellen, daß der alte Major und seine Frau zunächst von der sinkenden Sloop weggeschwommen waren, dann aber beschlossen hatten, die Schwimmwesten abzustreifen und Hand in Hand in die Tiefe des Pazifiks zu sinken.

Neil wollte gerade am Strand zurücklaufen, um Dr. Barbara von seinem Fund zu berichten, als er sah, daß eine große Ketsch mit hohen Masten in die Lagune eingefahren war. Die *Petrus Christus* war in Den Haag registriert. Die Segel waren gerefft, das Boot lief mit Maschinenkraft auf den Landungssteg zu. Der Motor pochte fast genauso schnell wie Neils Herz. Es klang wie ein Alarmsignal. Eine sonnengebräunte Frau Anfang Vierzig stand am Ruder, während ihr fast kahlköpfiger Mann am Fockmast stand, neben sich zwei blonde Töchter in Neils Alter.

Dr. Barbara schritt mit klingenden Stiefeln über die Pier. Neil, der am Strand mit der zerrissenen Schwimmweste winkte, beachtete sie überhaupt nicht, sondern studierte in aller Ruhe die Ketsch und ihre Besatzung wie eine Zollbeamtin ein fremdes Schiff in einem kleinen Hafen.

Ein junger kupferhäutiger Molukker kam aus der Kabine und stellte sich neben die Mutter der beiden Mädchen. Er war vielleicht drei Jahre jünger als Neil, hatte aber die Figur eines Preisboxers mit schmalen Hüften, breiten Schultern und einem mächtigen Brustkorb. Als er David Carline sah, der die Ketsch wie ein mürrischer Traffic-Master auf einem Flugzeugträger mit seinem Strohhut heranwinkte, schob der Junge die Kinnladen vor.

Neil kletterte die eisernen Stufen hoch, die vom Strand auf den Landungssteg führten. Er erwartete, daß Dr. Barbara die Besucher bitten würde, nach Ergänzung ihrer Süßwasservorräte wieder den Anker zu lichten. Aber sie musterte die Ketsch mit offensichtlichem Interesse, die Hände in die Hüften gestemmt. Hoffte sie, daß die holländische Familie ein wertvolles Tier für das Reservat mitgebracht hatte?

Aber ihr Blick ruhte auf den hübschen Töchtern, die sich wegen Neil bereits verlegene Blicke zuwarfen, und auf dem gutaussehenden Molukker. Der Junge hatte seinen Hauptrivalen auf Saint-Esprit bereits zur Kenntnis genommen und gab die feindseligen Blicke Neils genauso aggressiv zurück.

Dr. Barbara brachte Carline zum Schweigen und hob die Hände. Ihr Begrüßungslächeln war so breit, daß daneben die Sonne verblaßte.

»Willkommen auf Saint-Esprit! Wir können Freiwillige brauchen! Ich hoffe, Sie bleiben recht lange auf unserer schönen Insel …«

Hinter ihr auf dem Strand versammelten sich die schwangeren Frauen, Inger, Trudi und Monique, deren ozeanische Bäuche groß genug schienen, um den ganzen Pazifik zu fassen.

16
Ein Festmahl der Tiefe

Der Weg war steiler, als ihn Neil in Erinnerung hatte. Zwanzig Meter unterhalb des Gipfels mußte er sich auf die verwitterten Stufen vor dem Sendemast setzen. Während er seine Lungen wieder zur Ruhe kommen ließ, lauschte er dem nervösen Zirpen der Insekten im Wald. Saint-Esprit schien beunruhigt über sich selbst. Palmwedel raschelten im Wind, die gekerbten Stengel der seltenen Bambusarten rieben sich aneinander, und die Wellen donnerten durch das Wrack der *Dugong*. Über ihm kreisten die Albatrosse und schrien sinnlos in den Himmel, was die Migräne verschärfte, die ihn seit Tagen plagte.

Nicht einmal das morgendliche Schwimmen in der Lagune hatte seinen Kopf frei gemacht. Neil umfaßte seine schweißnassen Schenkel, um den Schüttelfrost einigermaßen unter Kontrolle zu bringen. Die anstrengende Unterwasserjagd hatte ihn das letzte Gramm Fett gekostet, und sein Körper erinnerte ihn an die Männer auf den Anatomietafeln in den Handbüchern seines Vaters, denen man die Haut heruntergezogen hatte, um die Muskelstränge und Sehnen bloßzulegen.

Zum erstenmal war ihm das Wasser in der Lagune zu kalt gewesen, trotz der Sonne. Er war zweihundert Meter weit hinausgeschwommen, war dann aber rasch umgekehrt und hatte zitternd am windgepeitschten Strand gesessen. Als dann auch noch die Schwestern van Noort gekommen waren, um mit ihrer strapaziösen Neckerei zu beginnen, hatte er Taucherbrille, Sauerstoffflaschen und Flossen am Ufer gelassen und war in den Wald gegangen. Er hatte gehofft, in der kühleren Luft des Gipfels würde das Fieber verfliegen.

Als er die letzten Stufen vor dem Sendemast hinaufgestiegen war, sah er, daß die beiden Schwestern mit seiner Taucherausrüstung spielten. Ihre blonden Haare leuchteten wie weißes Vogelgefieder. Wie alle anderen Inselbewohner waren sie ständig hungrig, und ihre Neckerei verfolgte durchaus einen Zweck: Sie war Teil der Kampagne, Neil in Bewegung zu halten und zum Fischen anzutreiben. Es gab zu viele hungrige Mäuler auf Saint-Esprit, und die meisten davon gehörten schwangeren Frauen und pubertierenden Mädchen, die die Gefräßigkeit von Haifischen haben.

Aus Dr. Barbaras überraschender Einladung an die van Noorts war inzwischen der offene Versuch geworden, sie für die Kolonie zu rekrutieren. Sie waren jetzt seit über einem Monat auf Saint-Esprit. Nach ihnen waren noch zwei neuseeländische Krankenschwestern gekommen, die auf einer südafrikanischen Jacht von Hongkong nach San Francisco unterwegs waren. Anne Hampton und Patsy Kennedy waren begeisterte Umweltschützerinnen und verfielen rasch Dr. Barbaras energischem Zauber. Ohne weiteres waren sie dazu bereit, auf Saint-Esprit zu bleiben und für das Reservat zu arbeiten. Sie waren es gewohnt, sich um heranwachsende Patienten zu kümmern, und nahmen Neil bald gänzlich in ihre Obhut. Mit Unterstützung von Monique und Mrs. Saito versuchten sie, jede Stunde und Minute seines Tages zu organisieren.

Kurz nach ihrer Ankunft traf ein Katamaran mit drei mexikanischen Sportseglern ein, die ruhiges Wasser suchten, um ein paar Reparaturen durchzuführen. Die drei Öl-Ingenieure interessierten sich lebhaft für die Entsalzungsanlage und boten an, deren schlechte Leistung wesentlich zu verbessern. Auch für das Abwassersystem der Kolonie machten sie einige Verbesserungsvorschläge.

Aber trotz ihrer Hilfsbereitschaft und ihres Sachverstands blieb Dr. Barbara abweisend und zeigte sich erleichtert, als der Doppelrumpf des Katamarans die Lagune wieder verließ. Ein älteres kanadisches Ehepaar und seine beiden Enkelinnen, zwei Lehrerinnen Mitte Zwanzig, wurde dagegen freudig empfangen. Neil war enttäuscht; er hatte gehofft, die Mexikaner würden bleiben, und sich schon eine Affäre zwischen Dr. Barbara und einem der Männer ausgemalt.

Aber Dr. Barbara schien am glücklichsten, wenn sie von Frauen umgeben war, und Neil hatte das Gefühl, daß er bald der einzige Mann auf Saint-Esprit sein könnte. Es war eine Reihe von eng verbundenen Gruppen entstanden, aus denen er und Carline ausgeschlossen waren. Im Zentrum dieser Frauenrepublik stand Dr. Barbara, die von ihrem Sprechzimmer in der Klinik aus die Nahrungsmittel und Medikamente verwaltete. Alle ihre medizinischen Bemühungen hatten allerdings nicht genügt, um Professor Saito und Kimo zu retten, die ein rasendes Fieber verzehrt hatte. Umgeben war Dr. Barbara von den ursprünglichen vier: Mrs. Saito, Monique, Inger und Trudi. Um diesen inneren Kreis gruppierten sich die Novizinnen: die Schwestern van Noort, die beiden neuseeländischen Krankenschwestern und die zwei Kanadierinnen, die sich alle sehr für den Erfolg der Kolonie einsetzten, auch wenn sie noch nicht schwanger waren.

Wann immer Neil sich näherte, um vielleicht einen großen Zackenbarsch in die Küche zu bringen oder auch nur, um mit ihnen zu lachen, fühlte er sich wie ein Eindringling bei einer privaten Party. Die Frauen hörten auf zu reden, starrten ihn wortlos an und warteten darauf, daß er mit seinem Essen in sein Zelt zurückkehrte. Bei aller fröhlichen Geselligkeit gab es eine versteckte Grausamkeit in der Gruppe, vor der Neil sich fürchtete. Ähnliche Grausamkeit war ihm zuletzt in seiner Kindheit begegnet, als seine fünfjährigen Kusinen einen loyalen Teddybär köpften, weil er angeblich »unartig« war.

Es blieb Neil und Carline überlassen, für den sterbenden Kimo zu sorgen. Ungeschickt badeten und trösteten sie den fiebernden Hawaiianer in seinem Zelt.Vergeblich versuchten sie, den Schweiß abzutrocknen, der aus seinem verfallenden Körper drang und die Matratze durchnäßte. Dr. Barbara erschien nur, um ihm seine tägliche Spritze zu geben; sie hatte Monique angewiesen, seine Essensrationen zu streichen, lange bevor er tot war. Neil hatte verzweifelt nach Taroknollen für Kimo gesucht, die er kleinstampfen, kochen und dem kraftlosen Riesen einflößen konnte, der seinen Kopf beim Essen an seine Knie lehnen mußte.

Je größer die Zahl der Mäuler geworden war, die gestopft werden mußten, desto mehr Tiere aus dem Reservat wurden für den Kochtopf geschlachtet und desto mehr Pflanzen mußten ihre eßbaren Knollen und Sprossen hergeben. Die wenigen, die überlebten, waren nur noch eine Art Schaufensterdekoration, die dazu diente, Besucherdelegationen zu beeindrucken. Die Frauen hatten Neil aber nicht nur von den Freuden der Tafel ausgeschlossen und speisten ihn oft genug mit einem halbverbrannten Fischschwanz ab, den Trudi grillte, während sie auf deutsch mit Inger plauderte, sie verweigerten ihm auch endgültig alle Freuden des Bettes.

Dr. Barbara hatte ihm weder die beiden van Noort-Mädchen noch die Krankenschwestern ins Zelt geschickt, wahrscheinlich weil sie das Fieber fürchtete, das ihn erfaßt hatte und gegen das ihre Spritzen machtlos waren. Aber manchmal hatte er auch den Verdacht, daß er seine Schuldigkeit für Dr. Barbara jetzt getan hatte und sein Nachfolger schon ernannt worden war.

Wenn er ins Lager hinunterblickte, konnte er Nihal, den vierzehnjährigen Molukker, unter der Freiluftdusche hinter der Klinik stehen sehen. Trotz ihres schweren Leibes stieg Monique gerade mit einem Eimer die Treppe hinauf und füllte den Wassertank für die Dusche, während Trudi dem jungen Mann die Badehose bis auf die Knöchel herunterzog und fröhlich sein nacktes Hinterteil einseifte.

Dr. Barbara lag in ihrem Liegestuhl und sah von ihrer umzäunten, privaten Terrasse zu. Sie hatte unter den Bäumen auf dem Abhang hinter der Klinik einen kleinen Garten angelegt, wo sie Heilkräuter anpflanzen wollte. Dieser Garten war ihr Refugium. Niemand durfte hinein, und abends saß sie dort immer neben ihrem großen Spaten und sah auf die von ihr geschaffene Siedlung hinunter.

Als Nihal duschte, lehnte Dr. Barbara sich zurück, wandte aber kein Auge von seinem muskulösen, geschmeidigen Körper. Sie war ganz besessen von ihm und hatte Neil mehrfach aufgefordert, ihm die Unterwasserjagd beizubringen. Aber Neil war der junge Eindringling mit den verschlagenen Augen unheimlich, und er ahnte nur zu genau, was in Dr. Barbaras Kopf vorging.

Abgesehen davon war die Lagune Neils Domäne. Dieser riesige Krater enthielt alle seine pubertären Obsessionen, seine ganze Leidenschaft für den Tod, die ihn nach Saint-Esprit geführt hatte. Die Gewässer der Lagune mischten sich mit seinem Blutstrom, und in seinen Träumen filterte er die Knochen des ertrunkenen Bomberpiloten heraus, die er in der Tiefe entdeckt hatte. Immer noch standen die Kameratürme am Rand der Lagune und warteten auf ein nukleares Ereignis, das nie mehr stattfinden würde, außer in seinem Kopf. Dann endlich würde er frei sein und könnte die Insel mit ihren Toten neben der Wellblechkapelle verlassen.

Umkreist von Albatrossen stand Neil auf den Klippen und verfolgte eine einzelne Kumuluswolke mit den Augen, deren Bild sich im glasig-blauen Aquamarin spiegelte. Sie segelte in nordwestlicher Richtung über die Lagune, überquerte das Riff und begann die lange Himmelsreise nach Tahiti.

Ihr weißes Spiegelbild aber blieb in der Lagune zurück, nur wenige hundert Meter entfernt vom Wrack des Bombers, weit außerhalb von Neils Fischgründen. Die Wellen glätteten sich, und Neil erblickte ein weißes Dreieck, das dem Bug und Kiel einer gesunkenen Jacht ähnelte. Es sah aus wie ein gekentertes Boot, das langsam über die Lagune glitt.

War da draußen, eine Meile vom Lager, eine Jacht gekentert, während alle schliefen? Erfrischt von der kühlen Luft auf dem Gipfel, rannte Neil durch das Farnkraut den Abhang hinunter zur Rollbahn. Aus Gründen, die er nicht begriff, waren in letzter Zeit viele Besucher bei Nacht abgefahren. Die van Noorts, dieses liebenswürdige Architektenehepaar aus Amsterdam, hatten, sehr zur Überraschung ihrer beiden Töchter, noch vor Morgengrauen Segel gesetzt und lediglich die Nachricht hinterlassen, daß sie Ende des Monats aus Tahiti zurückkehren würden, wie Dr. Barbara sagte. Auch das kanadische Ehepaar war nach Einbruch der Dämmerung aufgebrochen, ohne sich von seinen Enkeltöchtern zu verabschieden. Sie hatten Monique und Mrs. Saito erklärt, sie würden ihre Enkelinnen abholen, wenn sie aus Bora Bora zurückkämen.

Die Kanadier hatte Neil zufällig abfahren sehen. Er war mitten in der Nacht aus seinem Fieberwahn aufgewacht und hatte ein geisterhaftes Segel auf der Lagune entdeckt. Dann hatte er Carlines Stimme und die Ruder des Dingis im Wasser gehört. Er war wieder eingeschlafen, aber später noch einmal aufgewacht. Draußen war alles ruhig und völlig windstill gewesen, und die Kanadier hatten das Riff schon passiert. Neil war aufgestanden, um sich bei einem nächtlichen Bad in der kalten Brandung den Schweiß abzuwaschen.

Carlines Zelt war leer gewesen, die Zeltklappen waren zurückgeschlagen, und der Schlafsack war unberührt, aber als Neil die Rollbahn überquerte, sah er ihn zwischen den Palmen. Ohne Neil zu bemerken, ging er an ihm vorbei. Er schien von stundenlangem Rudern erschöpft, und seine Kleider waren völlig durchnäßt. Er war zu seinem Zelt zurückgekehrt, hatte die Klappen von innen geschlossen und sich von Dr. Barbara und der Kolonie abgeschottet.

Mit den Erinnerungen an diese gespenstische Nacht erreichte Neil die Rollbahn. Das grelle Licht blendete ihn. Hatte Carline versucht, die Kanadier einzuholen, weil er mit ihnen abreisen wollte? Neil sah den Amerikaner auf der Lichtung neben der Wellblechkapelle herumwandern, wo er offensichtlich nach Süßkartoffeln suchte, um die spärlichen Rationen zu ergänzen, die ihm die Frauen zuteilten. Sein Gesicht war grau und erschlafft, und die Augen unter dem Strohhut schienen weniger nach Nahrung Ausschau zu halten als nach den Gräbern. Es lagen inzwischen schon so viele Tote auf dem Friedhof, daß sich die Umrisse der kleinen Landzunge zu verändern begannen. Kimo lag unter einem großen Hügel von Steinen und Erde begraben, der mit den Symbolen des freien Hawaii geschmückt war und Professor Saitos bescheidenes Grab fast verdeckte. Der zierliche Botaniker war bei seinem Tod so abgemagert gewesen, daß ihn Neil auf seinen Armen zum Friedhof hinaustragen konnte, gefolgt von Dr. Barbara und der übellaunigen, von Neil geschwängerten Witwe.

»He, was machst du denn hier, Neil?« Carline schlug mit seinem Stock auf den Boden, als ob er hoffte, auf diese Weise Werner und Wolfgang aus irgendwelchen unterirdischen Verstecken zu scheuchen. »Du kannst woanders nach Jamswurzeln suchen.«

»Ich war auf dem Gipfel«, sagte Neil, »und habe die Albatrosse gezählt.«

»Aber warum denn, um Himmels willen? Spar deine Kräfte. Hast du jemand gesehen?«

»Nein, niemanden.«

»Kein Lagerfeuer und kein Versteck? Eine Hütte oder dergleichen?«

»Nein. Werner und Wolfgang haben die Insel schon lange verlassen.«

»Das sagt Barbara auch. Aber ich weiß es besser.« Carline starrte auf Neils Hände, als sei dort eine geheime Botschaft der Deutschen verborgen. Carline war offenbar so einsam, daß er Neil beneidete, weil er dachte, der hätte Kontakt mit den Deutschen. Seine ausgemergelte Vogelscheuchen-Gestalt schien zwischen den verstümmelten Jamsstauden Wurzeln schlagen zu wollen. Er kaute an seinem Daumen und schnupperte hungrig an ein paar Blutstropfen, die er sich anschließend ins strähnige Haar schmierte. Es war mittlerweile so lang, daß Neil den Verdacht hatte, Carline versuche einer Frau zu ähneln.

»David, kommen Sie mit mir fischen. Vielleicht fangen wir einen kleinen Hai und braten ihn unten am Strand.«

»Das geht nicht. Barbara muß sich das erste Stück aussuchen.« Carline sah finster zum Lager hinüber, wo sich die Frauen rund um das Gemeinschaftszelt versammelten, um eine ihrer endlosen Konferenzen abzuhalten. »Jetzt werden sie wieder indoktriniert. Bleib lieber weg, Neil. Stimmt es, daß du Saint-Esprit verlassen willst?«

»Vorläufig nicht. Was ist denn mit Ihnen?«

»Ich würde es lieber nicht versuchen, mit dem Ruderboot

nach Tahiti zu kommen. Wahrscheinlich würdest du es nicht mal durchs Riff schaffen.«

»Ich will doch gar nicht weg. Warum sollte ich?«

»Ach, ich könnte mir schon ein paar Gründe vorstellen. Es hat sich so vieles geändert, Neil. Deine Zeit ist vorbei.«

»Ich bleibe hier.« Neil starrte auf Professor Saitos Grab und dachte an sein letztes angstvolles Stammeln unter dem Moskitonetz, während ihn seine Frau zu beruhigen versuchte. Der Botaniker hatte auf das Reservat geschimpft und etwas über das Flugboot und die Albatrosse gesagt, aber einiges durcheinandergebracht. »Warum bleiben Sie denn hier, David?«

»Ich habe hier noch etwas zu erledigen...« Carline hielt seinen blutenden Zeigefinger ans Licht. »Der Wind riecht nach Blut, Neil. Sieh zu, daß du nicht damit bespritzt wirst. Ein Tropfen schon kann dich töten.«

»Dann gehen Sie doch weg, David! Gehen Sie nach Hause, nach Boston zu Ihrer Frau und Ihren Töchtern.«

»Zu meiner Frau und meinen Töchtern?« Carline lächelte über Neils Naivität. »Die sind hier auf Saint-Esprit... du sprichst jeden Tag mit ihnen, du hast sogar ihr Bett geteilt. Männer sind sehr unterschiedlich, Neil, jeder von uns ist eine Ausnahme. Frauen sind alle gleich. Sie mögen unterschiedlich aussehen, aber im tiefsten Innersten sind sie alle wie Barbara Rafferty. Vergiß das nicht, Neil...«

Er schlug nach dem Grab und trottete über den Friedhof davon, die Augen ständig zum Himmel erhoben, als ob er sofort zur Funkstation laufen wollte, sobald ein Flugzeug auftauchte.

Neil sah ihn im Wald verschwinden und blieb noch eine Schweigeminute neben Kimos Grab stehen. Er vermißte den phlegmatischen Hawaiianer mit seinen melancholischen Stimmungen, seinen hundert kleinen Freundlichkeiten und seinen schwerfälligen Versuchen, ihm die nuklearen Träume auszureden. In den ersten Monaten auf der Insel hatte er Neil nur für ein Ärgernis gehalten, für ein Maskottchen, das wegen seiner Schußverletzung im Fuß gebraucht wurde, aber später hatte Kimo sein Engagement für das Reservat anerkannt. Er bewunderte Neils Fähigkeiten beim Schwimmen und Fischen und versuchte ihn auf ungeschickte, aber brüderliche Weise vor den Frauen zu schützen. Am Ende, kurz bevor er starb, hatte er nach Neils Händen gegriffen, als ob er hoffte, der Junge könnte Dr. Barbara dazu bringen, ihn doch noch zu retten.

Dann blieb Neil bei dem kleineren Grab stehen. Auch um Professor Saito tat es ihm leid. Durch irgendeinen Kunstgriff hatte es der introvertierte Botaniker geschafft, mit seiner unangenehmen und strengen Frau glücklich zu sein, ein Sachverhalt, den Neil schwer verständlich, aber irgendwie tröstlich gefunden hatte. Daß die beiden Gründungsmitglieder so kurz nacheinander gestorben waren, hatte alle gelähmt und sogar die Trauer erstickt. Vor allem die Schwachen und Unentschlossenen, behauptete Dr. Barbara, fielen dem endemischen Fieber der Insel zum Opfer. So waren Kimo und Professor Saito kaum betrauert ins Grab gesunken, und die Erde hatte sich über ihnen geschlossen wie die Wellen über zwei sinkenden Schiffen.

Neil vermißte sie, aber gleichzeitig wußte er, daß er selbst schon infiziert war von Dr. Barbaras gnadenloser Ethik. Weder Kimo noch Professor Saito hatten den Bedürfnissen der Kolonie entsprochen. Sie waren zu sehr mit sich selbst beschäftigt gewesen, hatten sich zu oft in ihre eigenen Welten zurückgezogen, und die Natur hatte sie schließlich beseitigt. Außerdem waren sie Männer gewesen, und ein Mann zu sein war in den Augen von Dr. Barbara der übelste genetische Defekt von allen.

Das Wasser war kalt, und nur der Neoprenanzug schützte Neil davor zu erfrieren. Als er sich aus dem Ruderboot hinabließ, streckte die dunkle Strömung ihre Arme aus und griff nach seinen Beinen. Ein Papageifisch tippte an seine Gesichtsmaske, als wolle er Neil begrüßen, aber ansonsten war dieser Teil der Lagune wie ausgestorben. Die Tintenfische und Muränen, Barsche und Schildkröten waren alle zu einem dringenden Rendezvous unterwegs und hatten Neil allein in der frostigen Tiefe gelassen.

Der Sauerstoff aus der Maske belebte Neil etwas, und er schwamm zügig durch die verlassenen Gärten auf dem Grund der Lagune. Der Papageifisch tänzelte vor ihm her durch die Korallenstöcke und Felsen. Etwa zwanzig Meter voraus, wo das tiefblaue Wasser begann, patrouillierte ein einsamer Riff-Hai. Der Korallengarten brach ab, und Neil glitt über eine schwarze Sandwüste, die zu einem vulkanischen Felsenriff abfiel, das wie ein muschelbedeckter Ozeanriese auf dem Grund lag.

Neil ließ sich einen Augenblick treiben und spähte über den Rand der Felsen in das dahinterliegende Becken, einen eingesunkenen Krater.

Da unten herrschte ein wahnsinniges Treiben, ein Festmahl der Tiefe war im Gange. Von allen Seiten drängten die Geschöpfe der Lagune sich um den weißen Rumpf der *Petrus Christus*, die auf dem sandigen Grund lag. Die Masten standen schräg im milchigen Licht, und ein blauweißroter Wimpel flatterte in der Strömung. Hunderte von Fischen drängten sich vor der offenen Luke, die in die Kajüte hinabführte. Wie Schneegestöber trieb tierischer Abfall im Wasser. Tausende von Gewebefetzen hatten die Fische aus dem in der Kombüse eingeklemmten Kadaver gerissen. Ein entschlossener Blaubarsch zerrte auf der Suche nach einem stillen Plätzchen eine blutige Eingeweidefahne hinter sich her.

Ein anderer taumelte so ungestüm durchs Wasser, daß er Neils Beine streifte. Das Wasser trübte sich, als eine weitere Eruption von organischem Material aus der gesunkenen Ketsch quoll. Was die Fische nicht interessierte, waren die blonden Haare, die sich für einen Augenblick in der Takelage verfingen. Sie hingen von einem Stück Kopfhaut herunter wie die Schleimfäden einer Meduse. Neil sah, wie sich das Haar aus dem Tauwerk befreite und ins dunklere Wasser davonglitt wie ein blonder Trauerflor vor den Toren der Tiefe.

Eine neue Jacht war gekommen und ankerte eine halbe Meile vom Ufer entfernt. Neil hatte das Sauerstoffgerät und den Neoprenanzug ausgezogen und ruhte sich, die Hände auf die Ruder gestützt, im Boot aus. Sein Fieber war zurückgekehrt, als er die Wasseroberfläche durchbrach, es schien aus der Sonne Kraft zu beziehen. Er versuchte seinen Kopf zur Ruhe zu bringen und sah gedankenlos zu, wie ein motorisiertes Schlauchboot zum Landesteg brauste, wo Mrs. Saito die Ankömmlinge mit erhobenen Armen begrüßte. Zwei blonde junge Frauen saßen im Bug, während ihre Männer hinten neben dem Außenbordmotor standen. Einer der Männer filmte die Ankunft mit einer Videokamera, die er vom albatrosumschwärmten Gipfel zu den Zelten und von dort zu den Tiergehegen und der Voliere gleiten ließ.

Schließlich blieb die Linse an Mrs. Saito hängen, die so angestrengt lächelte wie ein Schlepper vor einem miesen Lokal in der Ginza. Der Tod ihres Mannes hatte Mrs. Saito wenig berührt, und Neil glaubte zu spüren, daß sie den ernsten Botaniker schon abgeschrieben hatte, ehe er krank wurde. Professor Saito war zu einseitig für diese zähe kleine Frau gewesen. Er hatte sich hinter seinen dicken Brillengläsern verborgen und versucht, das Leben dadurch zu begreifen, daß er seinen endlosen komplizierten Artenreichtum erfaßte. Das hatte ihr nicht genügt.

Sie fing die Leine auf, die eine der Frauen ihr zuwarf, und half den beiden Blondinen an Land. Mit dem routinierten Blick einer Warenhauseinkäuferin erfaßte sie die kräftigen Zähne, die geschwungenen Hüften und die gesunden Gesichter der Frauen. Dann gab sie Dr. Barbara ein Zeichen, die von den Stufen der Klinik aus zugesehen hatte und jetzt mit lässigen Schritten zum Landungssteg herunterkam. Auch Trudi und Inger schoben ihre dicken Bäuche über die Rollbahn. Die van Noort-Schwestern und die neuseeländischen Krankenschwestern saßen noch im Gemeinschaftszelt, wo die Klappstühle wie in der Schule aufgestellt waren. Monique war gerade dabei, einen Vortrag zu halten. Sie hatte die Arme um Nihals Schultern gelegt, als wolle sie den Frauen eine Rettungsübung vorführen, die aus irgendwelchen Gründen den Umgang mit den verborgenen Teilen der männlichen Anatomie erforderlich machte.

Neil war entschlossen, Dr. Barbara sofort darüber zu informieren, daß Carline die *Petrus Christus* versenkt und die Eltern der beiden van Noort-Mädchen ertränkt hatte. Er zog das Ruderboot auf den Strand und trug den Neoprenanzug und das Sauerstoffgerät durch die Wellen. Er war erschöpft und ließ sich in den schwarzen Sand fallen. Das Fieber brannte in seinen Knochen, und ein häßlicher Hautausschlag bedeckte seine Arme und Schenkel. Er rieb an den Blasen herum, und an einigen Stellen löste sich Haut ab. Er sah jetzt schon aus, als wäre er das nächste Festmahl der Fische.

»Barbara!« rief Mrs. Saito. »Sie kommen, sie kommen!«

Mrs. Saito ließ die Besucher auf dem Landungssteg stehen und rannte wie gehetzt ans Ufer zurück. Ihre Hände umklammerten ihren Hemdkragen, als müßte sie ihre Brüste vor irgendwelchen Angreifern schützen. Sie stolperte im weichen Sand, als sie an Neil vorbeistürmte, und mußte sich auf den Bug des Ruderboots stützen. Viel zu verwirrt, um Neil zu erkennen, starrte sie auf ihn hinunter. Stumm öffnete und schloß sich ihr Mund wie bei den Fischen, die sich auf die Leichen der van Noorts gestürzt hatten.

»Sie... kommen!«

»Wer, Mrs. Saito? Wer kommt?«

»Neil? Was machst du denn hier?« Ihr Gesicht verzog sich

zu einer haltlosen Grimasse. »Du Narr! Die Franzosen kommen zurück!«

Neil wartete, bis Dr. Barbara bei ihnen war und die Japanerin beruhigte. Sie umarmte Mrs. Saito, streichelte ihr den Kopf und winkte zugleich den Besuchern, die immer noch verlegen auf dem Landungssteg standen. Aber aus Rücksicht auf die Frauen, die wie vom Himmel heruntergestiegene schwangere Engel über die Rollbahn herankamen, hatte der Mann mit der Videokamera ohnehin schon aufgehört zu filmen.

»Barbara…« Mrs. Saito schluckte ihren Speichel hinunter. »Die Franzosen… kommen… zurück…«

»Miko… wir haben nichts zu befürchten.« Dr. Barbara wischte der Japanerin die Tränen von den Wangen. »Denk an dein Baby…«

»Die französische Flotte…« Mrs. Saito zeigte auf die Besucher. »Sie haben es im Radio gehört. Barbara…!«

»Ist schon gut. Warte auf mich in der Klinik.« Dr. Barbara schob sie Trudi und Inger entgegen und wandte sich Neil zu. Sie schien von königlicher Ruhe, völlig ungerührt von der Nachricht, die die Besucher mitgebracht hatten. Es schien, als hätte sie ihre Entscheidung längst getroffen und wüßte genau, was sie zu tun hatte. Ihre Hände waren gefaltet, und an die Stelle der rastlosen Energie, die sie in den ersten unglücklichen Monaten auf Saint-Esprit entwickelt hatte, war eine Heiterkeit getreten, die so groß wie das Meer war.

»Na, gibt's keinen Fisch heute, Neil?«

»Dr. Barbara, die Franzosen kommen zurück.«

»Ich weiß, Neil. Mrs. Saito hat es mir erzählt. Wir werden sie gebührend empfangen müssen, nicht wahr?«

»Aber kommen sie denn wirklich?«

»Das kann ich nicht sagen. Gelegentlich wird so etwas auch nur behauptet, um unsere Entschlossenheit zu prüfen…«

Neil stand auf, aber seine Füße glitten im Sand aus, seine

Hände griffen ins Leere. Fiebrig suchte er nach den passenden Worten, die er jetzt brauchte. »Dr. Barbara, ich habe die Jacht der van Noorts gefunden. Ich glaube, David hat sie auf der anderen Seite der Lagune versenkt. Sie sind gar nicht nach Tahiti gefahren.«

»Bist du sicher, Neil?« Dr. Barbaras Hände streichelten seinen Rücken und glätteten die Druckstellen, die das Atemgerät hinterlassen hatte. Sie berührte seine heiße Stirn. »Ruh dich ein bißchen aus, Neil. Du hast so viel gearbeitet.«

Neil lehnte sich an ihre Brust. Er war ungeheuer erleichtert. Er roch den faulig süßen Geruch ihrer Haut, den er nächtelang geatmet hatte, als sie umgeben von Knochen und dem Kot der Albatrosse in der Höhle hinter der Wetterstation geschlafen hatten. Als sie den Besuchern zulächelte, sah er das entzündete Zahnfleisch in Dr. Barbaras Mund und merkte plötzlich, daß ihre Brüste geschrumpft und verwelkt waren. Sie war auf Saint-Esprit zur alten Frau geworden.

»Dr. Barbara, Sie müssen es den holländischen Mädchen sagen. Ihre Eltern sind tot.«

»Du mußt versuchen, dich zu entspannen...«

»Sie werden von den Fischen gefressen...«

»Neil, du hast so viel für uns getan.« Dr. Barbara streichelte sein nasses Haar und seinen heißen Kopf. »Hab keine Angst. Du kannst jetzt in der Klinik bleiben, und ich werde für dich sorgen. Da bist du ganz nahe bei deinen Kameratürmen. Du mußt mir genau erzählen, was sie sehen, Neil.«

Neil konnte ihr Herz schlagen hören, ganz ruhig und gelassen, während sein eigener fiebriger Puls galoppierte.

»Dr. Barbara...«

»Ja, Neil?«

»Die Kameratürme sehen gar nichts.«

17
Das Ende der Liebe

Die Transparente flatterten über der Rollbahn, und ihre schrillen Farben verhöhnten die staubigen Bäume. Neil hob das Moskitonetz, blinzelte durch das Fenster der Krankenstation und heftete seine Augen auf die gemalten Slogans. Morgens war das Fieber immer niedriger; er konnte die vertrauten Parolen lesen, die dem Himmel predigten.

Das Leben ist das letzte Reservat!
Verteidigt Saint-Esprit jetzt!
Sagt nein zu den Atomversuchen!

Unter Anleitung von Mrs. Saito kletterten die van Noort-Schwestern die Leiter hoch, die an einen der höchsten Bäume gelehnt war. Neil lächelte müde, als er ihre ungeschickten Bemühungen sah. Wie um Himmels willen hatten sie wohl ihren Eltern geholfen, die *Petrus Christus* um die halbe Welt zu segeln? Noch ehe sie das Seil am Stamm verknoten konnten, entglitt ihnen das Transparent, fegte über die halbe Rollbahn und verfing sich im Bulldozer.

»Martha...! Helena...!« Mrs. Saito war äußerst ungehalten. Das dauernde Gekicher der Mädchen machte sie wütend. Vom Fuß der Leiter aus drohte sie mit den Fäusten. »Ihr albernen Schulmädchen! Das ist doch kein Spiel! Jetzt kommen Männer, die euch Beine machen werden. Brutale, rücksichtslose Kerle!«

»Brutal...?« Helena kletterte noch ein Stück höher, um ihre Beine außer Reichweite der erzürnten Mrs. Saito zu bringen, und machte große runde Augen. »Hast du das gehört, Martha? Brutale Männer mögen wir!«

Während Mrs. Saito noch mit ihnen schimpfte, schlenderte Monique vorbei und setzte sich schwerfällig auf einen der ausgebleichten Leinwandsessel vor dem Gemeinschaftszelt. Ohne rechte Überzeugung las sie die Transparente, so als hätte sie mit Saint-Esprit und seiner zweifelhaften Zukunft nichts mehr zu tun. Ihre Augen streiften das Grab ihres Vaters und blieben dann an Neils Gesicht hängen. Neil schob seinen Kopf noch ein Stück weiter aus dem Moskitonetz, das ihn wie ein grauer Schleier umgab. Er hoffte, sie würde ihn vielleicht anlächeln oder wenigstens eine flüchtige Irritation zeigen, aber sie betrachtete ihn völlig ausdruckslos, und er spürte, daß er für sie genauso zur Vergangenheit des Reservats gehörte wie ihr Vater, Kimo und Professor Saito.

Monique sah zu, wie Mrs. Saito den van Noorts befahl, das Transparent aufzuheben, und summte dabei dem Kind in ihrem Bauch ein Liedchen vor. Wußte Monique, daß die Eltern der beiden Mädchen tot in ihrer versenkten Jacht lagen? Die französischen Soldaten würden die *Petrus Christus* innerhalb weniger Tage entdecken, und dann waren alle in der Kolonie des Mordes verdächtig. Als ihm Monique am Abend eine Schüssel mit Tapioka in die Krankenstation brachte, versuchte ihr Neil das böse Bankett zu beschreiben, das er in der Tiefe gesehen hatte, aber genau wie Dr. Barbara hielt die Französin die Geschichte auch bloß für eine Fieberphantasie.

Trotz seiner Krankheit war Neil der einzige, der die Zukunft der Insel noch klar sah. Bei allen anderen hatte nämlich hinsichtlich der Warnungen vor den Franzosen alsbald eine völlige Amnesie eingesetzt. Ganz gezielt versuchten sie, die bevorstehende Landung aus ihrem Bewußtsein zu verdrängen, so als ob eine Besetzung der Insel mit dem eigentlichen Leben auf Saint-Esprit nichts zu tun hätte. Selbst Dr. Barbara schien völlig sorglos. Sie saß auf ihrem Liegestuhl neben den immer noch ungenutzten Heilkräuterbeeten in ihrem Privatgarten und schien die Bedrohung ihrer Herrschaft, die hinter dem Horizont lauerte, nicht zu bemerken.

Neil sah sie lässig zurückgelehnt Ausschau halten nach Flugzeugen, die eine Hand auf ihren Spaten gestützt, die andere um die Hüfte des vierzehnjährigen Molukkers gelegt, der neuerdings mit in den Privatgarten durfte. Nihal, der sonst ständig von Mrs. Saito herumgescheucht wurde, suchte gern Zuflucht an Dr. Barbaras Seite. Sie hatte ein Schwimm- und Tauchprogramm für ihn erstellt, das seine Muskeln gekräftigt und seinen Brustkorb geweitet hatte; ansonsten hatte er noch keine weiteren Aufgaben und schlief allein in Kimos Zelt.

Aus irgendwelchen Gründen machte Dr. Barbara mit ihrem Zuchtprogramm Pause. Weil er jetzt ständig in der Krankenstation bleiben mußte, hatte Neil sein Bett ans Fenster geschoben und behielt alles, was draußen vorging, im Auge. Nachts, wenn sein Fieber am schlimmsten war und Hunderte von verletzten Albatrossen an der Zimmerdecke über seinem Bett aufmarschierten, rief er laut nach Dr. Barbara, die in ihrem Büro schlief. Verschlafen und Selbstgespräche führend kam sie an sein Lager gestolpert und tauchte wie eine Dämonenkönigin vor dem Moskitonetz auf. Aber zumindest schlief sie allein. Der Gedanke, der verschlagene Molukker könnte zwischen ihren Schenkeln liegen, hatte Neil in den ersten Tagen so beunruhigt, daß ihn allein schon die Eifersucht aufrechterhielt.

Neil wischte sich den Schweiß mit dem Moskitonetz ab, das immer noch nach Professor Saitos Haaröl roch. Vergeblich versuchte Neil, den kleinen Botaniker zu vergessen. Von draußen waren jetzt wieder die Wutschreie seiner Witwe zu hören, die das Aufhängen der Transparente mit lautem Gebrüll überwachte. Wegen des Windes mußte dieser Vorgang jeden Tag ein- bis zweimal wiederholt werden, und Mrs. Saitos Repertoire von Grunzen und Toben machte ihn zu einem archaischen japanischen Drama.

Andererseits war Mrs. Saito die einzige, die sich überhaupt auf die Rückkehr der Franzosen vorzubereiten versuchte. Der Bericht der beiden schwedischen Ehepaare über die Ankündigung des französischen Verteidigungsministeriums hatte hektische Aktivität bei ihr ausgelöst. Während Dr. Barbara in ihrem Garten döste, während Trudi, Inger und Monique kochten, trieb Mrs. Saito die neu auf die Insel gekommenen Frauen zu fast hysterischer Betriebsamkeit an. Große Haufen Farnkraut und Treibholz lagen an beiden Enden der Rollbahn. Sie würden zu lodernden Feuern werden, sobald die ersten Fernsehteams eintrafen, um die Landung der Franzosen zu filmen.

Die beiden neuseeländischen Krankenschwestern waren Mrs. Saitos treue Arbeitspferde. Dr. Barbara hatte ihnen versichert, sie könne Neil auch ohne ihre Hilfe versorgen, und so konzentrierten sie sich mit Unterstützung der kanadischen Lehrerinnen auf die Verteidigung der Kolonie. Sie hatten die Transparente gemalt und den Drahtzaun rund um die Tiergehege verstärkt. In diese Festung sollten sich am Ende alle zurückziehen und die letzten Tiere und Vögel verteidigen, die nicht im Kochtopf gelandet waren. Diese überzeugten Umweltschützerinnen, die sich schon im Kampf gegen die japanischen und norwegischen Walfangflotten bewährt hatten, konnten weder Hitze noch Regengüsse von ihrer Arbeit abhalten. Erholung suchten sie allenfalls am Grab von Monsieur Didier.

Den beiden Schwedinnen hingegen war Mrs. Saitos Kamikaze-Eifer unbehaglich, und sie beteiligten sich nicht an den Maßnahmen zur Verteidigung Saint-Esprits. Sie saßen auf ihren Schlafsäcken im Gemeinschaftszelt und schienen immer noch leicht betäubt von der plötzlichen Abreise ihrer Ehemänner, die nach Tahiti aufgebrochen waren, um weitere Nachrichten zu beschaffen und die internationalen Tierschutzorganisationen zu alarmieren. Ihre spontane Abreise hatte die beiden Frauen, die auf Einladung von Dr. Barbara an Land geschlafen hatten, gänzlich unvorbereitet getroffen, aber sie hatten sich mit der Erklärung zufriedengegeben, die Männer hätten im Schutz der Dunkelheit auslaufen müssen, damit sie nicht von französischen Beobachtungsflugzeugen entdeckt wurden.

Daß sie David Carline mitgenommen hatten, überraschte allerdings niemanden. Mrs. Saito und Dr. Barbara hatten den Amerikaner, der seit langem nur noch wie ein Geistesgestörter in seiner verbrannten Funkstation saß, längst abgeschrieben. Er war kaum noch in der Lage, sich zu ernähren, und bildete für alle bloß eine Belastung. Wenn er wieder in Boston war, konnte er sich wie gewohnt von seiner Frau und seinen Töchtern herumkommandieren lassen und dann zur nächsten Missionsreise in den Kongo aufbrechen. Neil allerdings bedauerte, daß Carline weg war, er vermißte seinen schrulligen Idealismus, seinen Zorn über eine Welt, die ihm bei der Geburt so viel in die Wiege gelegt und sich dann Stück für Stück alles zurückgeholt hatte, bis ihm kaum noch ein Rest Selbstachtung blieb.

Endlich waren die Transparente sicher befestigt, die Slogans in den Himmel gestempelt. Einen Augenblick lang schwiegen alle und studierten die trotzigen Sprüche, die von jedem niedrig fliegenden Flugzeug aus deutlich zu lesen sein mußten. Für Mrs. Saito war der Anblick zuviel. In einem Anfall von Panik und Wut verbarg sie ihre Tränen hinter den erhobenen Händen, schob Inger und Trudi beiseite und rannte schluchzend ins Laboratorium.

Von seinem Krankenbett aus konnte Neil sie beobachten, wie sie hinter der Glastür ruhelos zwischen den Gestellen mit flachen Zuchtbeeten hin und her ging, in denen ihr Mann in seinem weltfremden Versuch, die ganze Welt zu klassifizieren, seltene Pilze gezüchtet hatte. Neil fiel es schwer, sich an die klarsichtige und energische Frau zu erinnern, die soviel zum Aufbau der Kolonie beigetragen hatte. Sie betrat zwar nur selten das Krankenzimmer, aber jedesmal prallte sie vor dem Moskitonetz zurück, als wäre sie überrascht, Neil immer noch vorzufinden. Er spürte, daß sie über die Ursachen seines Fiebers Bescheid wußte und anderer Meinung als Dr. Barbara war, wie es zu behandeln sei. Einmal hörte er sie im

Büro mit Dr. Barbara streiten. Sie solle die Dosis erhöhen, forderte sie. Aber Dr. Barbara hatte ihre eigenen Behandlungsmethoden für Neil.

Als er Mrs. Saito in ihrem überheizten Käfig herumirren sah, mußte Neil an sein Kind denken, das in ihrem Bauch heranwuchs. Sie hatte alles Selbstvertrauen verloren, und Neil suchte in seinem fiebrigen Hirn vergeblich nach einem guten Wort, um sie zu trösten. Es war ihm nie gelungen, ihr Vertrauen zu gewinnen, aber vielleicht wußte sie seinen guten Willen zu schätzen. Als Botanikerin kannte sie natürlich auch die Heilwirkung der verschiedenen Pflanzen. Vielleicht konnte sie ihm einen Kräutertee kochen, der sein Fieber zum Abklingen brachte.

Neil schob das feuchte Moskitonetz beiseite und stellte seine nackten Füße auf den Boden. Vorsichtig stand er auf und versuchte sich auf den Beinen zu halten, ohne daß die Wände sich um ihn drehten, aber ein starker Schwindelanfall zwang ihn, sich zu erbrechen. Der Eimer stand schon neben dem Bett. Als er nichts mehr herauswürgen konnte, stand Neil erneut auf, wischte sich den Mund am Moskitonetz ab und strich sich über das Haar, um Mrs. Saito etwas gepflegter entgegenzutreten. Um sich seine eigenen Kleider in Dr. Barbaras Büro zusammenzusuchen, war er zu schwach, deshalb nahm er Professor Saitos Kimono vom Haken hinter der Tür.

Er durchquerte Dr. Barbaras Büro mit ihrem spartanischen Bett und den abgeschlossenen Schränken, in denen sich die letzten Lebensmittel und Medikamente befanden, öffnete leise die hintere Tür, tastete sich die hölzerne Treppe hinunter und schwankte die wenigen Meter zum Laboratorium.

Endlich erreichte er die Glastür und trat in die schale, abgestandene Luft. Ein Geruch von verfaulenden Blüten, ranzigen Nüssen und vertrockneten Samenkapseln stieg aus der gestörten Pflanzenwelt auf. Nur die wuchernden Orchideen kämpften noch um das letzte Licht. Aber Neil vermochte nicht mehr zu unterscheiden, ob der stechende Geruch von der Pflanzung ausging oder ob er aus seinem eigenen Kopf kam. Die Pflanzen schienen genauso krank wie er selbst und nahmen ihn freudig unter sich auf.

Neil lehnte sich an eins der Regale und wartete darauf, daß sich das Schwindelgefühl legte, als ihn ein wütendes Zischen erschreckte. Aus dem schmalen Winkel, wo er sich mit Mrs. Saito gepaart hatte, ertönte ein schauriges Winseln. Die Japanerin hockte zwischen den sterbenden Pilzkulturen, ihr Gesicht war das einer Irren. Sie starrte den Kimono ihres toten Mannes an, und aus dem Zischen und Winseln wurde ein kehliges Knurren. Wie eine rasende Hündin versuchte sie, den gespenstischen Eindringling zu vertreiben.

»Wir wollen doch, daß du wieder gesund wirst«, sagte Dr. Barbara, als sie Neil die Bettdecke bis zu den Hüften herunterzog. »Du hast soviel für unser Reservat getan. Du mußt mir versprechen, daß du nicht wieder aufzustehen versuchst.«

»Aber es tut mir gut, wenn ich aufstehe.« Neil ließ seinen schmerzenden Kopf in das schweißfeuchte Kissen sinken. »Ich fühle mich besser, wenn ich herumlaufe. Ich wollte Mrs. Saito helfen.«

»Du hast ihr bloß Angst eingejagt. Sie hat in letzter Zeit viel durchgemacht. Ich mache mir Sorgen um sie. Ich mache mir um alle Sorgen. Ich hoffe, wir sind den Aufgaben gewachsen, die uns bevorstehen.«

»Ich bin es, Dr. Barbara.«

»Ich weiß, Neil. Aber ich möchte, daß du im Bett bleibst, bis du wieder gesund bist.«

»Werde ich denn wieder gesund?« Neil drehte den Kopf zur Seite, um zu sehen, wie sie darauf reagierte, und eine Woge von Übelkeit durchflutete sein Gehirn. Er hatte das Gefühl, in seinem Bett zu schwimmen. Kälte und Fieber stritten in seinem Körper wie die warmen und kalten Strömungen in der Lagune. »Manchmal denke ich ...«

»Natürlich wirst du wieder gesund. Ich werde immer für dich sorgen, Neil.«

Sie setzte sich vorsichtig auf sein Bett und schob den Kopf durch das Moskitonetz. Jetzt war sie im Innern des Käfigs, in dem schon zwei von ihren Patienten dahingerafft worden waren. Neil war glücklich, wenn sie bei ihm saß, so wie damals in der Wetterstation, umgeben von weißen Albatrosfedern. Die Bedrohung durch die Franzosen und das möglicherweise bevorstehende Ende der Kolonie hatten ihrer Haut alle Farbe genommen. Grell wie Warnlampen stachen die entzündeten Insektenstiche von ihrer weißen Haut ab. Nach außen wirkte sie ruhig und beinahe heiter, so als hätte sie beschlossen, daß ein Fehlschlag nicht in Betracht käme. Aber ihre stark erweiterten Pupillen beunruhigten Neil, und als sie die Spritze aus dem Nierenbecken nahm, um Neil eine Injektion zu geben, erwartete er fast, daß sie die Nadel in den eigenen Arm stoßen würde.

»Dreh dich um, Neil«, sagte sie leise, mit einer Stimme, als wüßte sie, daß sie einen fügsamen jungen Mann vor sich hatte. »Es ist Zeit für deine Medizin. Gleich fühlst du dich besser.«

Neil entblößte sein Hinterteil. Er fürchtete die starke Reaktion, die jedesmal auf die Injektion folgte, und schloß die Augen, während Dr. Barbara nach einer Einstichstelle suchte, wo die Haut noch unversehrt war.

»Was ist das eigentlich für eine Medizin, Doktor? Ich fühle mich danach immer viel schlechter.«

»Das kommt vor. Gerade bei besonders guter Medizin. Diese hier kühlt dein Blut und vertreibt das Fieber. So, und jetzt mußt du die Zehen krümmen…«

Neil spürte, wie die Nadel seine Haut durchstieß und sich in sein Fleisch bohrte. Der Kolben senkte sich langsam unter dem Druck von Dr. Barbaras starken Fingern. Dann plötzlich zuckte es in ihrem Gesicht, und sie stieß Neil die volle Dosis in den Körper.

»Ist es eigentlich dasselbe Fieber, an dem auch Professor Saito gestorben ist?« fragte Neil. Er lag auf der Seite und hatte ihr die Hand auf den Schenkel gelegt. Der Schweiß rann von seinem Gesicht in das Kissen. »Und Moniques Vater?«

»Ja. Ein seltenes Fieber, das es nur hier gibt. Übertragen wird es von Stechfliegen. Aber du bist viel stärker als Professor Saito.«

»Können die Albatrosse es auch kriegen?«

»Vielleicht. Ja.« Dr. Barbara legte die Spritze in das Nierenbecken zurück und massierte Neils Hüfte. »Bald wirst du schlafen und von den Albatrossen träumen. Ich höre oft, daß du mit ihnen redest.«

Neil sah in ihre leeren, stahlblauen Augen. Sie lächelte geistesabwesend wie ein Patient mit einer schweren seelischen Krankheit, und er spürte, daß sich ein Teil ihrer Persönlichkeit aufgelöst hatte und bei den großen weißen Vögeln lebte.

»Dr. Barbara – warum werden eigentlich nur Männer krank? Keine der Frauen hat Fieber.«

»Das stimmt. Männer sind nun mal weniger widerstandsfähig als Frauen. Mrs. Saito allerdings macht mir Sorgen. Ich habe das Gefühl, sie könnte bald krank werden.«

»Ja, das könnte sein... und die beiden Schwedinnen auch.« Neil brach ab. Die perverse Logik des Gesprächs verwirrte ihn. Als er die Stimmen aus dem Gemeinschaftszelt hörte, wurde ihm bewußt, daß er jetzt der einzige erwachsene Mann auf Saint-Esprit war. »Die Franzosen werden bald landen, nicht wahr, Doktor?«

»Das fürchte ich auch. Saint-Esprit ist ihre Todesinsel. Unser Reservat des Lebens ist für sie eine unerträgliche Konkurrenz.«

»Und David?« Er beschloß, die versenkte Jacht nicht zu erwähnen, um Dr. Barbaras Entschlossenheit nicht zu erschüttern. »Vielleicht kommt er zurück und bringt Hilfe.«

»Das glaube ich nicht, Neil – er hat alles getan, was er hier tun konnte.«

»Er war sehr müde, genau wie Kimo und Professor Saito.«

»Genau. Wir haben ihn aus Freundlichkeit gehen lassen.«

»Sie waren alle sehr müde.« Neil ließ eine Welle von Übelkeit vorbeigehen, die über ihn hinwegrollte wie die Brandung über das Wrack der *Dugong*. Dann fragte er: »Warum werden die Männer immer so müde?«

»Das ist... schwer zu erklären. Männer ermüden sehr schnell. Ich bin schon sehr lange Ärztin, Neil, und ich muß sagen, den Männern geht es im allgemeinen nicht besonders gut.«

»Können Sie ihnen nicht helfen, Doktor? Mit Ihrer Medizin?«

»Ich habe es versucht. Aber die Männer tragen eine große Schwäche aus der Vergangenheit mit sich herum. Ihre Gene sind von Aggression und Konkurrenz vergiftet. Sie sind wie Soldaten, die zu lange in der Schlacht waren. Wir müssen sie ausruhen lassen.«

»Aber wo denn, Doktor?« Neil versuchte dieses riesige Genesungsproblem zu erfassen. »Es gibt doch so viele.«

»Es wird sich schon ein Platz finden.« Dr. Barbara sah Neil so freundlich an, als suche sie bereits nach einem stillen Rasenplätzchen, wo er für immer ausruhen könnte. »Die Männer haben sich beim Aufbau der Welt übernommen. Sie sind wie übermüdete Kinder, die ständig streiten und gar nicht merken, daß sie sich dabei schaden. Jetzt sind die Frauen an der Reihe, wir sind die einzigen, die noch die Kraft zum Weitermachen haben. Stell dir Frauenstädte vor, Neil, Straßen und Parks, wo es nur Frauen gibt...«

»So wie Saint-Esprit, Doktor?«

»Ja, wie Saint-Esprit. Diese Insel ist kein Reservat für die Schwachen, sondern eine Kolonie für die Starken. Ich habe versucht, hier ein Beispiel zu schaffen, aber ich weiß nicht, ob es mir geglückt ist. Vielleicht sind auch die Frauen nicht stark genug. Wir haben zuviel gegeben, zuviel von allem, aber vor allem zuviel Liebe. Jetzt ist das Ende der Liebe gekommen.«

Trotz seines Fiebers griff Neil nach ihrer Hand, um sie zu beruhigen.»Ich bleibe bei Ihnen, Dr. Barbara. Ich werde Sie nie verlassen.«

»Ja, du wirst hierbleiben, Neil.« Ihre Hand berührte seine Stirn. »Du wirst für immer auf Saint-Esprit bleiben.«

Wieder einmal gab es Fliegeralarm. Unter dem Kommando von Mrs. Saito rannten die Frauen aus dem Gemeinschaftszelt und nahmen ihre Positionen an der Landebahn ein. Alle fünfzig Meter stand eine und schlug mit ihrer Machete auf ein leeres Ölfaß. Neil stand im Eingang der Krankenstation. Er war zu müde, um zu denken. Das grelle Sonnenlicht und der Lärm verwirrten ihn. Mit beiden Händen umklammerte er seinen Brustkorb und versuchte Luft in seine Lungen zu pressen. Sein Herz pochte unter den Rippen, verwirrt vom Rhythmus der trommelnden Frauen. Schweiß strömte an seinen Schenkeln herunter, und er fühlte sich kränker als je zuvor. Er wollte Dr. Barbara rufen, aber sie paradierte die Rollbahn hinunter, die Arme stolz zu den Fahnen und Transparenten erhoben.

Neil war entschlossen, so lange wie möglich auf den Beinen zu bleiben. Er wickelte sich den Kimono um die Hüften und schlurfte zu den Gehegen. Fast alle Tiere waren weg, aber im ersten Käfig hockten zwei Lemuren auf dem mit Abfall übersäten Boden. Einst waren sie Neils ganzer Stolz gewesen, aber jetzt wichen die beiden geisterhaften Gestalten vor ihm zurück, als wüßten sie, daß sie kurz davorstanden, auf der Speisekarte zu landen.

Im nächsten Gehege schnupperte ein Pekari am Zaun, das auf sein Futter wartete. Das Tier sprang um seine Füße herum, als er eintrat, und stieß ihm seinen Rüssel in die Waden. Der Boden war von längst vertrocknetem Kot bedeckt.

Der Zaun zu Dr. Barbaras Garten zeigte Spuren energischer Angriffe, offenbar hatte sich das Tier auf seiner verzweifelten Futtersuche darunter durchzuwühlen versucht.

Neil lehnte seinen heißen Kopf an einen der Zaunpfosten. Trotz der Aufregungen der letzten Tage hatte Dr. Barbara im Garten gearbeitet und weitere Beete für Blumen und Kräuter angelegt, so als rechne sie damit, auf Saint-Esprit bleiben zu können. Eins der Beete war am Vormittag fertig geworden, der aufgebrochene Boden war schwer und dunkel vom nächtlichen Regen. Der Spaten lehnte an Dr. Barbaras Klappsessel, über dem Griff hing ein Strohhut.

Das Pekari stupste Neil an den Beinen. Es roch die Insektenlarven in der feuchten Erde und bettelte, in den Garten gelassen zu werden. Aber Neil ignorierte das Tier. Er starrte den Strohhut an. Es war ein teurer Panama, den er noch nie an Dr. Barbara gesehen hatte. Die ausgefranste Krempe war an mehreren Stellen geflickt, und Neil erinnerte sich, daß er Carline gesehen hatte, wie er neben der Funkstation gesessen hatte und Bast in seinen Vogelscheuchenhut geflochten hatte.

Wie kam der Hut in Dr. Barbaras Garten? Hatte Carline ihn der Ärztin vererbt, ehe er die Insel mit den beiden Schweden verließ? Neil schob den Stacheldraht auseinander und trat in den Garten. Das Wildschwein drängte sich quietschend an ihm vorbei und stürzte sich auf die Beete. Neil sah deutlich, wie es sich das zottige Fell an den spitzen Stacheln zerriß.

Neben dem leinwandbespannten Sessel blieb er stehen. Kein Zweifel, es war Carlines Hut! Neben dem neuen Beet war eine flache Grube ausgehoben. Auf dem feuchten Boden, einen halben Meter tief in der Erde, lagen Neils Kleider: ein ausgebleichtes Hemd, Baumwoll-Shorts und der Ledergürtel mit dem königlich hawaiianischen Wappen, den ihm Kimo geschenkt hatte.

Dachte Dr. Barbara, er würde seine Sachen nicht mehr

brauchen? Neil zog sich den Kimono fest um den Leib. Wahrscheinlich wollte sie nur die mit Krankheitskeimen verseuchten Kleider aus dem Verkehr ziehen. Aber warum hatte sie ihm dann erlaubt, die Sachen zu tragen, bis er in die Klinik mußte?

Auf den Blumenbeeten wuchsen Lilien, aber die wurden rasch von dem Pekari zertrampelt, das mit seiner Schnauze die weiche Erde aufwühlte und immer weitere Kleidungsstücke herauszerrte. Aufgeregt schnaubend kam es zu Neil zurück, stieß ihm den Rüssel in die Kniekehlen und leckte den salzigen Schweiß ab, dann verbiß es sich erneut in den Gummistiefel, der aus dem Boden ragte.

Bald erwachten in den aufgewühlten Beeten überall Geheimnisse. Neil griff nach dem Spaten und begann rings um den Stiefel zu graben. Nach dem linken erschien der rechte, dann kamen blutige Leinenhosen ans Licht. Neil wischte die sandige Erde beiseite. Immer noch hoffte er, daß Dr. Barbara bloß verseuchte Kleidung vergraben hatte, statt sie in den Verbrennungsofen der Klinik zu stecken.

Aber die Hosen und die Stiefel enthielten zwei Beine. Die Beine eines Mannes, auf denen kurze blonde Härchen im Sonnenlicht glänzten. Das verblüffte Wildschwein wurde von Erde überschüttet, als Neil mit fiebrigen Händen das Gesicht und die Arme des jüngeren schwedischen Seglers freilegte. Rücklings lag er auf der Leiche des älteren, dessen Hände seine Hüften umfaßten, als hätte er auf ihm in den Tod reiten wollen.

Im nächsten Beet lag ein großer, dürrer Mann in französischen Uniformhosen und Kampfstiefeln. Im Leben hatte er damit oft so lächerlich ausgesehen. Carlines Augen waren geschlossen, seine Stirn war gerunzelt und schien sich gegen die Erde zu wehren, die auf seinem Gesicht lag. Seine Hände umklammerten die Videokamera der Schweden. Neil konnte sich gut vorstellen, wie er neben den Gräbern gestanden und überlegt hatte, ob er die makabre Szene für Dr. Barbara festhalten sollte. Wahrscheinlich hatte er bis zum letzten Augenblick nicht gewußt, daß er das nächste Opfer sein würde.

Neil nahm den Spaten und schaufelte die Erde wieder auf Carlines Gesicht. Seine letzte Grimasse sollte bedeckt bleiben. Während er sich schwankend aufrecht hielt, spürte Neil, wie ihn die Kameratürme rings um die Lagune beobachteten. Das große nukleare Finale hatte man ihnen verweigert, sie mußten sich mit den Toten hier zufriedengeben. Ein kleines Sterben, aber es stand ja noch ein weiteres bevor.

Die Albatrosse segelten hoch über den Transparenten, die ihre Sicherheit auf Saint-Esprit proklamierten. Die Frauen schlugen immer noch mit ihren Macheten auf die Ölfässer, aber Dr. Barbara versuchte sie zur Ruhe zu bringen. Sie stand auf den Stufen der Krankenstation, in der Hand die Nierenschale mit der Spritze, und suchte nach Neil.

Neil warf den Spaten weg und kletterte den Abhang hinauf zum Waldrand, der die obere Begrenzung von Dr. Barbaras Garten bildete. Während er den Zaun von den Baumstämmen riß, zerrte das Pekari gerade eine menschliche Hand aus dem Boden. Die schmutzigen Finger reckten sich aus den zertrampelten Lilien und griffen starr nach dem Himmel. Wieder wurde Neils Gehirn von der Fieberflut überschwemmt. Er riß sich den Kimono vom Leib und flüchtete nackt in die Wälder.

18
Geschenk für den Tod

Die Vögel begannen zu sterben. Während Neil im Farnkraut neben der Rollbahn versteckt lag, zählte er drei tote Albatrosse auf dem Landungssteg. Ihre schlaffen Flügel hingen zwischen den Bohlen. Ein vierter Albatros torkelte hilflos an ihnen vorbei, die toten Augen auf die Lagune gerichtet. Zu erschöpft, um sich in die Luft zu erheben, hockte er sich auf das Geländer. Ein Dutzend der toten Geschöpfe lag auf dem Scheiterhaufen neben der Funkstation. Wie Blumen schmückte ihr weißes Gefieder das aufgestapelte Holz.

Konnte man die toten Vögel essen? Während er an das tranige Fleisch und die grausame Krankheit dachte, die sich der Kolonie bemächtigt hatte, starrte Neil das Kuchenblech an, das vor der Küche auf einem Gestell stand. Drei frischgebackene Weißbrote lagen darauf, die Inger zum Auskühlen dorthin gestellt hatte. Schon jetzt wurden sie von einem kleinen rotschöpfigen Honigfresser fixiert, der aus der Voliere entkommen und offenbar genauso hungrig wie Neil war.

Inger war in der Küche. Ihre Bewegungen waren so schwerfällig, als müßte sie schon jetzt einen Kinderwagen vor sich herschieben. Sie wusch sich in einem Eimer das Mehl von den Armen. Ansonsten war es im Lager still. Die anderen Frauen schliefen anscheinend noch. Neil trat aus dem Farnkraut und schob sich durch den Palmenhain vor dem Lager. Sobald sich Inger zu ihrer morgendlichen Erholungspause hinlegte, würde er sich auf die Brote stürzen. Anne Hampton, die ältere der beiden neuseeländischen Krankenschwestern, trat mit einem Handtuch auf den Schultern aus ihrem Zelt und starrte fröstelnd auf die Transparente über der Rollbahn.

Die Scheiterhaufen mit ihrer Last von toten Vögeln warteten darauf, angezündet zu werden, und die Transparente schrien ihre Slogans in den leeren Himmel. Vor dem Gemeinschaftszelt stand eine Reihe von Stühlen für eine Pressekonferenz bereit, die wahrscheinlich nie stattfinden würde, da die Franzosen, wie Neil vermutete, nicht kommen würden. Er wartete darauf, daß Dr. Barbara auf den Stufen der Klinik erschien, aber sie schlief neuerdings lange und stand meist erst gegen Mittag auf. Bis dahin würde Mrs. Saito längst die jüngeren Frauen geweckt und die Tagesarbeit verteilt haben: Treibholz sammeln für die Feuer, Plakate malen und vor allem den Horizont bis zur Erschöpfung nach den Anzeichen einer Invasionsflotte absuchen.

Der Honigfresser flatterte auf einen leeren Tisch, um seinen Angriff auf das Brot vorzubereiten. Neil stieß eine Serie von Pfiffen aus, um ihn abzulenken, bis Anne zu den Duschen gestapft war. Bis jetzt waren die morgendlichen Brotdiebstähle nicht angezeigt worden, und Neil hoffte insgeheim, daß man ihm das Brot bewußt überließ oder zumindest duldete, daß er sich bediente, als Reminiszenz an frühere, glücklichere Tage der Kolonie. Zwar hatte Dr. Barbara versucht ihn zu vergiften, aber Neil konnte sich einfach nicht vorstellen, daß Inger und Trudi sich nicht doch noch einen Rest Zuneigung für den jungen Mann bewahrt hatten, der ihr Liebhaber gewesen war und ihre Kinder gezeugt hatte.

Inger hatte sich in der Küche niedergelassen. Dick und ungepflegt saß sie in ihrem Sessel und hatte die Füße auf den Herd gelegt, um die geschwollenen Beine zu entlasten. Der Wasserkessel summte und schien kurz vor dem Kochen, aber Inger träumte vor sich hin. Wahrscheinlich dachte sie an das Kind, das in der folgenden Woche geboren werden sollte, das erste von Dr. Barbaras Kindern, die das Licht der Welt im Reservat erblicken sollten. Als nächste war Monique dran, dann Trudi und Mrs. Saito, und mit diesen einzigartigen kleinen Mädchen würde die Neu-Bevölkerung der Frauenrepublik Saint-Esprit beginnen.

Neil brachte den Honigfresser mit erhobenem Zeigefinger zum Schweigen. Ingers Kopf sank auf die Lehne ihres Sessels, sie hatte die Augen geschlossen und summte ein deutsches Schlaflied. So schnell er konnte, überquerte Neil das offene Gelände vor dem Gemeinschaftszelt, wedelte die Fliegen weg und griff mit seiner schmutzigen Hand nach dem größten der Brote. Die rauhe Kruste war immer noch warm.

»*Salaud...!*«

»Scheißkerl...! Schnappt euch den Faulpelz...!«

»Wir haben ihn, Inger...«

Die Klinge eines Tranchiermessers traf seinen Arm. Der Schock war so groß, daß Neil den Schmerz gar nicht spürte, als Monique sich von der Seitentür der Küche aus auf ihn stürzte. Sie schielte fast vor Wut. Ein mehlbestäubter Scheitel zog sich wie ein weißer Pfeil durch ihr kurzgeschnittenes Haar. Direkt vor ihm stand Trudi, die sich mit einem Fleischerbeil in der Hand hinter dem Wasserbehälter versteckt hatte. Während sie das Beil in der kleinen Hand schwenkte, schien sie kaltblütig abzuschätzen, wie sie ihn am besten abschlachten könnte.

»Los, Monique, jetzt den anderen Arm...! Der kleine Scheißer wird uns nicht mehr bestehlen...!«

»Inger, stich zu!«

Neil trat zurück und versuchte sich mit dem Baguette zu verteidigen. An seinem linken Arm floß Blut herunter. Die Frauen hatten ihm eine Falle gestellt, und das unbewachte Brot der vergangenen Tage war nur ein Köder gewesen. Was ihn entsetzte, war die offene Verachtung in ihren Augen. Mit einer schnellen Drehung wich er aus, als sich Monique erneut auf ihn stürzte und dabei zischte, als wäre er ein räudiger Köter mit einer bösen Krankheit.

»He, Monique!« rief er. »Ich bin es! Wir sind zusammen auf der *Dugong* gefahren! Wir wollten den Albatros retten...!«

»Du hast dich selbst retten wollen!« Monique versuchte erneut, ihm den Arm aufzuschlitzen. Trotz ihrer Schwangerschaft war sie immer noch sehr beweglich und brannte darauf, sich an allen Passagieren zu rächen, denen sie jemals den Sitzgurt zugeschnallt hatte. »Du kannst bei den Fischen leben! Such dir eine andere Insel – in Saint-Esprit herrschen wir!«

Inger kam mit einer Schaufel glühender Holzkohlen aus der Küche. Mit einem Fluch schüttelte sie Neil die heiße Glut auf die Füße.

»Komm, Trudi, wir lassen ihn für sein Brot tanzen! Los, auf den Tisch, Neil, du kannst für uns tanzen...!«

Trudi sprang vor und schlug das Fleischerbeil in die Tischplatte. Neil machte einen Ausfall und stieß ihr das blutige Brot ins Gesicht, dann sprang er über die glühende Asche. Verfolgt von den schimpfenden Frauen rannte er über die Rollbahn und verschwand in den Bäumen. Als er an der Klinik vorbeikam, sah er Dr. Barbara hinter der Moskitotür stehen, den Arm um Nihals Schultern. Mit erhobenem Kinn sah sie der Verfolgungsjagd zu, so als hätten spielende Kinder sie aus dem Schlaf aufgeschreckt.

Neil hockte im Eingang der Wetterstation und saugte sein Blut aus dem Brot. Gleichzeitig versuchte er, seinen verletzten Arm vor den Blicken der kranken Albatrosse zu schützen, die über ihm auf dem Kliff hockten. Die Wut der Frauen hatte ihn erschreckt, und er war viel zu verstört, um das schmutzige Brot zu essen. Er wußte, daß ihn Mrs. Saito von Anfang an gehaßt hatte, weil er viel selbstbewußter war als ihr Mann. Monique war immer mißtrauisch ihm gegenüber gewesen, weil sie seinen Motiven nicht traute, aber daß ihn Inger und Trudi gemocht hatten, dessen war er sich ziemlich sicher.

Jetzt hatten sie sich gegen ihn gewandt, nicht nur weil sie von Dr. Barbaras Verachtung für die Männer angesteckt waren, sondern auch, weil er die Wahrheit über die Morde auf Saint-Esprit wußte, eine Wahrheit, von der sie nichts wissen wollten.

Trotz der Sonne fröstelte Neil in Dr. Barbaras Decke. Er drückte sich den abgeschabten Stoff ins Gesicht und sog den schwachen Duft ihres Körpers ein, der dem Gewebe noch anhaftete. Er wickelte den verletzten Arm in sein Hemd und erinnerte sich daran, wie nackt er gewesen war, wenn ihm Dr. Barbara die Sachen im Bach gewaschen hatte. Er konnte sich einfach nicht vorstellen, daß sie ihn umbringen wollte, so wie sie Professor Saito, Kimo und Carline umgebracht hatte.

Andererseits wußte er jetzt, daß Dr. Barbara geisteskrank war und daß er von Saint-Esprit fliehen und den französischen Behörden in Papeete alles erzählen mußte, was er über sie wußte. Ihr Reservat für bedrohte Arten war zu einem Vernichtungslager für Männer geworden. Sie hatte nicht nur ihre Expeditionskameraden getötet, sondern auch Besucher, die ihr im Weg standen, einschließlich der Eltern der jungen Holländerinnen, die sie für ihr Zuchtprogramm haben und mit Nihal paaren wollte. Außerdem hatte sie Gubby erstickt und Neils Erstgeborenen getötet, weil es ein Junge war.

Für die toten Männer konnte Neil nichts mehr tun, aber Dr. Barbara blieb eine Gefahr für jeden auf Saint-Esprit. Sie würde wieder töten, wenn sie es für nötig hielt. Neil war erschüttert, daß er das alles so lange mitgemacht hatte. Er hatte sich blenden lassen von dieser willensstarken Frau, die seine kindische Leidenschaft für den Atomtod ausgenutzt und das Vakuum in seinem Leben besetzt hatte, das seine passive und depressive Mutter nicht hatte ausfüllen können.

Neil erinnerte sich an die robuste Zuneigung, die ihm Dr. Barbara einst gezeigt hatte, und suchte nach Entschuldigungsgründen für sie. Er stellte sich vor, wie verzweifelt sie darüber sein mußte, daß die Kolonie gescheitert war und das französische Militär zurückkehren würde. Auf irgendeine verquere Weise mußte sie Neil wohl als Bestandteil jener männlichen Welt identifiziert haben, deren Todesspiele alles gefährdeten, wofür sie auf Saint-Esprit gearbeitet hatte.

Aber schon als er nackt von den Gräbern weggerannt war, hatte er gewußt, daß die Flucht in die Wetterstation immer noch ein Akt des Glaubens war. Ein Teil von ihm glaubte immer noch an Dr. Barbara und hoffte, daß sie ihn brauchte. Nachts, wenn er in ihrem Schlafsack lag und sich mit dem Geruch ihres Urins tröstete, wußte er genau, daß sie ihn hier ohne weiteres finden und dafür sorgen konnte, daß Mrs. Saito seine Knochen auf dem Abhang verstreute, wo die Überreste all der Mahlzeiten lagen, die sie gemeinsam verzehrt hatten. Wahrscheinlich würde er sie anzeigen und dafür sorgen müssen, daß sie verhaftet und vor Gericht gestellt wurde, aber dennoch hoffte er, daß die Wetterstation immer ein geheimer Ort des Herzens für sie bleiben würde. Ein Ort, wo Neil immer auf sie warten würde.

Solche wirren Phantasien hatten ihn aufrechterhalten, bis er den Unterschlupf erreicht hatte. Erschöpft von seiner Flucht und dem steilen Anstieg zur Höhle, war er eingeschlafen und hatte von der Lagune geträumt. Er schien durch das seichte Wasser seines Todes zu schwimmen. Am vierten Tag erst fiel das Fieber. Sein Kopf klärte sich, und das verschwommene Bild des Abhangs wurde plötzlich wieder scharf. Er roch den Kot der Albatrosse im salzigen Wind und den Rauch des Scheiterhaufens, den Mrs. Saito bei einem Fehlalarm entzündet und dann mit Seewasser wieder gelöscht hatte. Die riesige Dampfwolke hatte noch tagelang über der Insel gehangen.

Drei Wochen lang blieb Neil in der Wetterstation. Meist schlief er und gewann im selben Maß seine Stärke zurück, wie sein Körper sich von den Giften befreite, die ihm injiziert worden waren. In seinem Heißhunger plünderte er die Nester der Seevögel auf den Klippen und würgte die rohen Eier hinunter. Nackt schlich er durch den Wald und suchte am Strand nach Krabben und Seeschnecken. Einmal fing er in der Dämmerung eine kleine Schildkröte in den flachen Tümpeln unter der Steilküste. Er schnitt ihr mit einem scharfen Stein den Kopf ab und trank das Blut, das aus dem Hals quoll.

Am nächsten Tag untersuchte er das verfallene Hippie-Lager am Strand. Unter den eingestürzten Hütten und den halbvergrabenen Tarnnetzen fand er ein zerrissenes, handbedrucktes Hemd und ein Paar alte Jeans, die er sich mit einem Stück Elektrokabel um die Hüften band. Inzwischen war er fest überzeugt, daß auch Wolfgang und Werner die Insel nie verlassen hatten. Wahrscheinlich lagen sie in den tiefsten Gräbern in Dr. Barbaras Garten. So gesehen hatte Carline schon recht gehabt mit seiner Vermutung, daß sie Inger und Trudi keineswegs im Stich gelassen hatten. Sie waren immer noch irgendwo auf der Insel.

Aber hatte Carline gewußt, daß Dr. Barbara sie umgebracht hatte? Neil vermutete, daß sich der unglückliche Amerikaner in Dr. Barbaras Pläne, noch mehr Frauen nach Saint-Esprit zu holen und die männliche Bevölkerung zu beseitigen, hatte hineinziehen lassen, ohne genau zu wissen, wie sie dieses Ziel erreichen wollte. Vielleicht hatte sie behauptet, die van Noorts seien an einem geheimnisvollen Fieber gestorben, das von einem der geschenkten Tiere eingeschleppt worden war, und ihn dann überredet, die Jacht mit den Leichen zu versenken, damit die französischen Behörden nicht eingriffen.

Neil erinnerte sich, wie er Carline neben der Wellblechkapelle getroffen hatte. Wahrscheinlich hatte der Amerikaner da schon gar nicht mehr nach Süßkartoffeln und Jamswurzeln, sondern nach den Gräbern der beiden Deutschen gesucht, weil er bereits ahnte, daß er das nächste Opfer sein könnte. Carline hatte nicht die Kraft gehabt, sie zur Rede zu stellen oder die Besucher der Insel zu warnen, aber Neil hatte sich Dr. Barbaras rücksichtslosem Ehrgeiz nur allzugern unterworfen.

Neil hatte geahnt, daß sie ihn vergiftete, aber von ihrer Hand zu sterben hatte gleichzeitig bedeutet, daß er ihr nahe war und im Mittelpunkt ihrer Aufmerksamkeit stand. Er hatte vor den Morden, die sie begangen hatte, die Augen verschlossen und war am Ende sogar bereit gewesen, sich von ihr töten zu lassen. Aus Gründen, die er nicht kannte, hatte sie gezögert, vielleicht um zu sehen, wie stark er war und ob er vielleicht die Kraft hatte, sie auf der Insel zu überleben.

Trotz der Toten hatte Dr. Barbara recht gehabt: Die Männer waren schwach, die Frauen waren stark. Kimo, Carline und Professor Saito hatten versagt, sie hatten Dr. Barbara im Stich gelassen und auch das Projekt. Sogar jetzt hatte Neil noch Schuldgefühle, weil er nicht mehr bei Dr. Barbara war. Insgeheim wäre er gern auf Saint-Esprit geblieben, bis sie ihn wieder zu schätzen gewußt hätte.

Trotzdem war er so vorsichtig, die Wetterstation immer nur nach Einbruch der Dunkelheit zu verlassen. Wenn sich die Nacht auf Saint-Esprit herabsenkte, schlich er zur Rollbahn hinunter und wartete unter den Bäumen neben der Wasserleitung. In der Regel saßen die Frauen um ein großes Lagerfeuer vor dem Kameraturm und sangen einen französischen Kanon, den Monique ihnen beigebracht hatte. Mrs. Saitos Vorbereitungen auf das Landungsunternehmen der Franzosen hatten das Gemeinschaftsgefühl sehr gestärkt, und sogar die Frauen der beiden ermordeten Schweden nahmen am Rundgesang teil. Seit die beiden Schweden Alarm geschlagen hatten, die jetzt in inniger Umarmung in Dr. Barbaras Garten lagen, waren allerdings nur zwei Flugzeuge in großer Höhe über der Insel erschienen. Die Zahl der Besucher, die übers Meer kamen, war ebenfalls geringer geworden. Es hatte sich herumgesprochen, daß auf der Insel eine feindselige Sekte von Naturschützern hauste, die alle Besucher ihres calvinistischen Himmels mit grimmigen Gesichtern empfing.

Ein Segler mit kolumbianischen Seekadetten blieb unter den einschüchternden Blicken der Schwangeren gerade nur so lange in der Lagune, wie sie brauchten, um die Wassertanks zu füllen. Sie hatten ein Paar seltene Klammeraffen dabei, aber als sie die verlassenen Käfige sahen, beschlossen sie, die Tiere wieder mitzunehmen. Sie schienen sehr erleichtert, als sie Anker lichten und davonsegeln konnten, während die Frauen bedrohlich auf ihren verbeulten Ölfässern trommelten. Mrs. Saito trommelte am lautesten. Den Kadetten hatte sie den schmalen Rücken zugekehrt und bedachte die van Noort-Schwestern und die beiden Schwedinnen, die insgeheim überlegten, ob sie nicht mit den Kolumbianern abreisen sollten, mit drohenden Blicken.

Inzwischen waren aber alle fest in Mrs. Saitos zunehmende Sinnestäuschungen verwoben. Das rituelle Schlachten und Braten des Pekaris, dem Neil von seinem Versteck an der Rollbahn aus zusah, entwickelte sich fast zur Eucharistie.

Dem eingeschüchterten Nihal wurde das erste blutige Fleischstück gereicht. Umgeben von schwangeren Frauen, die ihm aufmunternd zulächelten, biß er hinein, schien aber zu ahnen, daß er seine eigentliche Rolle im Drama der Insel noch gar nicht kannte.

Unterdessen arbeitete Dr. Barbara geduldig in ihrem Garten. Leise singend grub sie die Hände und Füße wieder ein, die das dumme Pekari aus der Erde gezerrt hatte. Sie lockerte den Boden erst sorgfältig auf und strich ihn dann ebenso sorgfältig wieder glatt, um nicht die Träume der schlafenden Männer zu stören.

Ein klebriger Dunst, der aus den geborstenen Treibstofftanks der *Dugong* zu stammen schien, stieg aus dem Dschungel auf und klammerte sich geisterhaft an die staubigen Eukalyptusbäume und Tamarinden. In der Sicherheit seines Verstecks zwischen Himmel und Erde sah Neil den kränkelnden Albatrossen zu, die auf den Felsen herumtorkelten und den schweren Dunst aus den Federn zu schütteln versuchten. Es war eine tödliche Seuche unter ihnen ausgebrochen, die einer der importierten Vögel mitgebracht haben mußte. Die stärksten Albatrosse hatten die Insel bereits verlassen.

Neil aß das blutbefleckte Baguette und ließ auch auf die letzte Kruste etwas Blut von seinem Arm tropfen. Er breitete sein Hemd im Höhleneingang aus und legte sich in die Sonne. In Gedanken war er schon mit der nächsten Mahlzeit beschäftigt. Wenn er wieder stark genug war, würde er die Taucherausrüstung aus Nihals Zelt stehlen und in der Lagune Barsche schießen. Wenn ihn Dr. Barbara mit der Harpune und dem Neoprenanzug sah, würde sie seine Fähigkeiten als Fischer und Jäger wieder zu schätzen wissen und ihn zu ihrem Stellvertreter machen, wenn sie ins Gefängnis mußte. Monique und Mrs. Saito würden lernen, ihn zu respektieren, und Inger und Trudi würden ihn als Vater ihrer Kinder anerkennen.

Der Nebel drang jetzt auch in die Höhle, eine Wolke von ätzend riechendem, benzolgeschwängertem Dunst. Neil erhob sich und trat auf den Felsvorsprung vor der Höhle. Aus den Bäumen zu beiden Seiten des Pfads stiegen Rauchsäulen auf, und ein Wirbelsturm von aufgescheuchten Insekten umtoste die Felswand. Als die grauen Rauchwolken den oberen Rand der Klippen erreichten, erhoben sich die Albatrosse von ihren Felsnestern und flogen hinaus auf die offene See.

Neil wedelte mit seinem blutigen Hemd, um den Rauch zu vertreiben, und machte sich auf den Weg. Kleine Flammenströme flossen wie glühende Lava den Abhang hinunter, entzündeten das trockene Unterholz und verzehrten die abgestorbenen Palmen. Ein öliger Regen ging auf ihn nieder und bedeckte Neils Gesicht und Brust. Scharfer Dieselgeruch hing in der Luft.

Über ihm auf den Klippen standen Inger und Monique, jede mit einem Treibstoffkanister aus dem Ersatzteillager des Bulldozers. Sie schienen zwar erschöpft nach der langen Kletterpartie, sprühten das Dieselöl aber im hohen Bogen den bewaldeten Abhang hinunter. Dann rissen sie brennende Scheite aus dem kleinen Feuer zu ihren Füßen und warfen sie hinterher.

»Inger! Monique! Hört auf, ihr bringt die Albatrosse um…!« Neil wischte sich den Mund ab und schrie zu den Frauen hinauf.

Monique zeigte auf ihn und schüttelte ihren Kanister. Als er ihre gefletschten Zähne sah, wurde Neil klar, daß sie keineswegs bloß die Vögel hatte umbringen wollen, als sie den Hügel hinaufgestiegen war.

Mit den Händen vor dem Gesicht suchte sich Neil einen Weg durch die beißenden Rauchschwaden. Neben der Wetterstation stand Mrs. Saito mit einem Messer. Sie hielt Neils Hemd in der Hand. Mit dem großen Blutfleck darin sah es aus wie eine Karikatur der japanischen Flagge. Mrs. Saito zerschlitzte den nassen Stoff mit wenigen Schnitten.

Um den Frauen zu entkommen, schlidderte Neil den knochenübersäten Abhang hinunter. Die Frauen hatten ihn durch den Wald verfolgt, als wären die Kinder in ihren Bäuchen ein Geschenk für den Tod. Als sie ihn unter sich erblickten, warf Mrs. Saito das Hemd beiseite und griff nach ihrem Kanister. Sie schickte eine Fontäne von Dieselöl durch die Luft, die Neil völlig durchnäßte. Dann rief sie zu Monique hinauf, sie solle ein glühendes Holzscheit auf ihn werfen, solange er noch hilflos zwischen den Knochen der seltenen Vögel herumrutschte, die auf dem Abhang in der Sonne bleichten.

Aber Monique und Inger starrten mit erhobenen Armen zum Himmel hinauf. Ein leichter Hubschrauber, den Neil zuletzt an Deck der *Sagittaire* gesehen hatte, näherte sich Saint-Esprit aus Nordwesten. Er flog über die außenliegenden Sandbänke, umkreiste die versenkte *Petrus Christus*, die der Pilot im klaren Wasser der Lagune sehen konnte, und hielt dann auf die Hauptinsel zu.

Schon hatten Monique und Inger ihre Kanister fallen lassen und liefen zum Lager hinunter. Als Neil den Abhang wieder heraufkam, stürzte sich Mrs. Saito durch den Rauch hindurch auf ihn, und ihr Blick war mörderischer als das Messer in ihrer Hand. Sie stieß nach seinen öligen Händen und schrie, aber ihre Stimme ging im Lärm der Trommeln und des Hubschraubers unter. Schimpfend rannte sie den Pfad hinunter, fluchte auf Gott und die Welt und die Männer.

»Männer…! Faule Männer…!«

19
Lilien der Insel

Das Schweigen war nach Saint-Esprit zurückgekehrt. Neil stand in der Mitte der Rollbahn, umgeben von toten Vögeln, und musterte das unbewachte, leere Lager. Die Zeltklappen schlugen im Wind, und die Fliegen umkreisten den Abwasch. Hatten Dr. Barbara und die Frauen die Insel verlassen? Waren sie auf einem Walfangschiff geflohen? Geschwärzt von den Scheiterhaufen hingen die Transparente an den versengten Palmen. Alles Brennbare hatten die Frauen ins Feuer geworfen, und immer noch wehten glühende Aschereste über die Rollbahn. Laufbretter, Stühle aus dem Gemeinschaftszelt, Tierfutterkisten und Sperrholz schmorten immer noch in den Gluthaufen, die auch der nächtliche Regen noch nicht ganz gelöscht hatte.

Niemand allerdings hatte diese Notsignale gesehen. Neil hockte sich neben eins der Feuer und wärmte sich die Hände. Auf diesem Scheiterhaufen war ein toter Tölpel geröstet worden. Neil riß ein Stück des verkohlten Gefieders weg und versuchte das tranige Fleisch, das ein bißchen nach Kerosin schmeckte.

Drei Tage lang hatte es auf der Insel gebrannt. Nachdem er Mrs. Saito entkommen war, die ihn verbrennen oder erstechen wollte, hatte er bei den Felstümpeln unterhalb der Klippen gehaust. Unter den Augen der sterbenden Albatrosse fing er Fische und Krabben, während sich über der Insel ein gewaltiger Amboß aus schwarzem Rauch erhob. Die Insel schien nur noch auf den Hammer zu warten, der sie bis zum Grund spaltete. Zum ersten Mal seit seiner Ankunft in Saint-Esprit blickte Neil zum Horizont und wünschte sich die französische Flotte herbei, aber der Aufklärungshubschrauber war nicht wieder erschienen. Und während die Scheiterhaufen immer höher brannten und die Bäume neben der Rollbahn versengten, schlief Neil in seinem Kameraturm neben dem Bach, bewacht von Dr. Barbaras obszönem Cartoon.

Er war immer noch erschrocken über den Haß, den er in den Augen von Monique und Mrs. Saito gesehen hatte, aber die entzündete Wunde an seinem Arm und das Dieselöl, das auf seiner Haut haftete, machten ihm nur allzu deutlich, daß ihn bei einer Rückkehr in die Kolonie nur eins erwartete: der

Tod. Er hockte im Wald oberhalb der Pflanzenterrassen und sah die Frauen in Dr. Barbaras Garten sitzen. Der Anblick der Schwangeren, die mit ihren kurzgeschnittenen Haaren zwischen den Gräbern saßen, brachte ihn zu der Überzeugung, daß sie von Anfang an von Dr. Barbaras Plan gewußt haben mußten, alle Männer auf der Insel zu beseitigen. Dennoch litt er unter der Vorstellung, daß sie ihn ausrangiert hatten.

Er dachte voller Wehmut an die langen Nachmittage mit Trudi und Inger, wo sie wie Kinder mit ihren nackten Körpern gespielt hatten. Aber jetzt schienen ihnen diese glücklichen Stunden nichts mehr zu bedeuten, von Monique und Mrs. Saito ganz zu schweigen. Sie hatten ihn benutzt, um ihre Töchter zu zeugen, und ihn weggejagt, als Nihal erschien mit seinem jüngeren und frischeren Blut.

Neil wischte sich das Tölpelfett von den Lippen und ging über die Rollbahn zum Lager. Die halbverbrannten Transparente hingen von den Bäumen herunter wie die Schwänze von abgeschossenen Kampfflugzeugen. Eine plötzliche Bö wirbelte heiße Asche über den Boden, als wolle die Kolonie ihre Wut noch einmal tüchtig hinausschnauben.

Neil ging die Stufen zur Klinik hinauf und stieß die unverschlossene Tür auf. Sein ungemachtes Bett stand immer noch im Krankenzimmer. Man sah den Abdruck seiner Schultern auf der Matratze und das abgewischte Blut auf dem Moskitonetz.

Bei einer letzten hektischen Suche hatte Dr. Barbara sämtliche Regale und Schränke nach Medikamenten durchwühlt. Überall lagen Ampullen und Spritzen verstreut auf dem Boden, als hätte sie in den letzten Stunden von Saint-Esprit noch eine ganze Garnison impfen müssen. Neil setzte sich auf das schmale Bett. Er hob das Kopfkissen vor sein Gesicht und versuchte sich vorzustellen, wie Dr. Barbara es ihm auf Mund und Nase drückte und darauf wartete, daß er erstickte. Irgendwo in den Ampullen und Flaschen auf dem Tisch war auch das Gift versteckt, mit dem sie Kimo, Carline und Professor Saito umgebracht hatte.

Der Seidenkimono des Professors hing wieder hinter der Tür des Krankenzimmers. Neil berührte den abgetragenen Stoff und trat dann hinaus ins Freie. Mit einer Hand auf dem verletzten Arm durchquerte er die Quartiere der Frauen. Vor Moniques Zelt standen Mrs. Saitos Holzschuhe, das einzige Zeichen von Ordnung in der zerstörten Landschaft. Neil hob die Zeltklappe und sah hinein. Im Inneren war es dämmrig. Schwärme von Fliegen erhoben sich, und ein bitterer Geruch lag in der Luft, eine Mischung von Mundwasser, Desinfektionsmitteln und einem süßlichen japanischen Parfum in einer offenen Kristallflasche, die zwischen Romanen auf dem Bambustisch verdunstete.

Mrs. Saito und Monique lagen zusammen auf dem schmalen Bett, beide mit den Händen auf den Hüften der anderen. Fliegen krochen auf ihren zerbissenen Lippen herum und tranken die Tränen aus ihren Augen. Die nackten Schultern der Frauen waren mit Aschenflocken bedeckt, die von den Scheiterhaufen hereingeweht waren wie Konfetti bei einer sapphischen Hochzeit. Moniques Lippen waren zu einer letzten Grimasse verzerrt und entblößten die Zähne, ihre starren Augen waren aufs Zeltdach gerichtet. Mrs. Saitos schmale Hüften erschienen winzig neben den üppigen Schenkeln Moniques, ihr Gesicht war eingefallen wie eine Papiermaske. Ihre Nase war geschwollen und dunkel, und ihre Stirn glich der ihres Gatten, so als hätte sie seine Identität angenommen, um ihn auch im Tod zu beherrschen.

Neil stöpselte die Parfumflasche zu. Was war das für ein eigenartiger Stolz, der die beiden Frauen veranlaßte, ihre Totenkammer mit einem solchen Duft zu erfüllen? Neil spuckte eine Fliege aus, die sich zwischen seine Lippen gedrängt hatte, trat aus dem Zelt und mußte erst einmal innehalten, um sich gegen die weiße Geometrie der Rollbahn zu behaupten.

Im nächsten Zelt lagen Inger und Trudi. Inger hatte ihren kräftigen Arm um Trudis schmale Schultern gelegt. Die Dunkelheit hatte von ihren Gesichtern Besitz ergriffen und das Fleisch bis auf die Knochen zurückweichen lassen. Zwischen den Injektionswunden auf ihren Armen kämpften die Fliegen. Jetzt sahen sie wieder genau wie die schäbigen Hippies aus, die mit Wolfgang und Werner am Strand gelebt hatten.

Neil zog das Laken über die beiden Frauen und versuchte dabei nicht auf ihre Bäuche zu sehen, in denen seine Töchter schliefen. Aber in seinem Kopf hämmerte wieder die gleiche schmerzhafte Alarmglocke, die ihn aus Dr. Barbaras Garten hatte weglaufen lassen.

»Neil …? Du bist zurückgekommen …«

Blut lächelte. Dr. Barbara stand neben ihm, den Spaten in der Hand. Sie lächelte voller Überraschung und Freude, als hätte sie ein Freund bei der Gartenarbeit besucht. Ihr Hemd war mit dem gelben Magenöl der Albatrosse bekleckert, aber ansonsten schien sie die niedergebrannten Scheiterhaufen und die Zerstörung ringsum nicht zu bemerken. Wußte sie von den toten Frauen in den Zelten?

»Neil …« Stolz berührte sie seine Bartstoppeln. »Ich habe immer gehofft, dich wiederzusehen. Mrs. Saito sagt …«

»Mrs. Saito ist tot, Doktor.« Neil sah die frische Erde auf dem blanken Spaten und machte einen Schritt rückwärts. Er hatte immer noch Angst, sie könnte mit diesem Spaten sein Grab ausheben. »Sie sind alle tot – auch Inger, Trudi und Monique.«

»Tut mir leid, Neil.« Dr. Barbara lächelte gequält. »Sie wußten, daß es Zeit war abzutreten. Sie haben mich gebeten, sie zur Ruhe zu bringen. Du kannst mir helfen, sie in den Garten zu holen. Da werden die Franzosen sie nicht finden.«

»Dr. Barbara – Monique ist nicht mehr schwanger. Was ist mit dem Baby passiert? Ist es in der Krippe?«

»Nein.« Dr. Barbara machte mit dem Spaten eine Geste,

als wolle sie die Insel segnen. »Die Kleine liegt im Garten und wartet auf ihre Mutter. Wir werden Lilien über ihnen pflanzen. Die Lilien der Insel.«

»Doktor...« Neil drehte sich zornig zu den schweigenden Zelten jenseits der Krippe um und zählte die lose im Wind flatternden Zeltklappen, hinter denen wohl die kanadischen Lehrerinnen, die beiden Krankenschwestern und die Schwedinnen tot auf ihren kalten Betten lagen. »Und was ist mit Nihal? Und Martha und Helena?«

»Die sind auch nicht mehr da. Sie sind alle zusammen gegangen. Sie wollten nicht, und ich mußte ihnen den Weg weisen.«

»Aber warum nur, warum?« Neil schrie jetzt fast, aber Dr. Barbara schien plötzlich taub. Er machte einen Schritt vorwärts und schleuderte ihr den Spaten mit einem Tritt aus der Hand. »Warum haben Sie alle getötet? Sie haben das Reservat doch geliebt!«

»Sie brauchten Ruhe, Neil. Alle, sogar der kleine Nihal.« Dr. Barbara rieb sich die verschrammte Hand und lächelte zum Himmel hinauf. »Sie sind hier nie glücklich gewesen. Saint-Esprit hat einfach zuviel von ihnen verlangt.«

»Erst haben Sie die Männer umgebracht...« Neil wurde plötzlich bewußt, daß er Kimos, Professor Saitos und Carlines Tod bereits akzeptiert hatte, aber die Tötung der Frauen war sinnlos. »Warum haben Sie jetzt auch die Frauen getötet?«

»Sie waren nicht stark genug. Nur die Stärksten können in einem Reservat überleben. Du und ich, Neil. Wir haben das Recht zu leben. Wir haben es uns verdient.«

Aus dem Zelt hinter der leeren Kinderkrippe kam ein schwacher Schrei, nicht viel lauter als der einer Katze. Neil bückte sich, nahm den Spaten und schob Dr. Barbara von sich weg, als sie ihn zu umarmen versuchte. Aus einem offenen Geschwür auf ihrer Lippe tropfte Blut. Er warf ihr den Spaten vor die Füße und rannte ins Lager zurück.

Die beiden neuseeländischen Krankenschwestern lagen in ihrem Zelt auf dem Boden und hatten in ihrem Überlebenskampf das Bettzeug und ihre Kleider um sich verstreut. Patsy war fast bewußtlos und viel zu erschöpft, um Neil zu erkennen, aber Anne hob ihm die Hand entgegen.

»Neil, du mußt die Kinder suchen... sei vorsichtig... Dr. Barbara...«

Neil zog sie hoch, lehnte sie an die Bettkante und zwang sie, sich zu erbrechen. Sie würgte und wischte sich den blutigen Schleim auf die Bluse, dann stützte sie den Kopf an seine Schulter und rang keuchend nach Luft. Als er sicher war, daß sie wach bleiben würde, wandte er sich Patsy zu. Als sie das Bewußtsein verlor, versuchte er sie mit Ohrfeigen wieder zu wecken. Er kniete sich auf ihre Beine, massierte ihre Schenkel und trieb damit das Blut zum Herzen, so wie es ihn die Rettungsschwimmer in Waikiki gelehrt hatten. Beide Krankenschwestern trugen ihre Arbeitskleidung. Neil dachte an die Spritzen und Ampullen in Dr. Barbaras Sprechzimmer und konnte sich sehr gut vorstellen, was geschehen war: Dr. Barbara hatte den Frauen eine Kräftigungsspritze versprochen, Vitamine oder dergleichen, und sie auf diese Weise dazu gebracht, ihre Arme für sie zu entblößen. Wahrscheinlich hatten die beiden Neuseeländerinnen die mörderische Injektion widerstandslos empfangen.

»Die Kinder. Und Nihal...« Anne holte mühsam Luft. »Du darfst nicht zulassen, daß Dr. Barbara ihnen etwas antut...«

Neil hatte sich wieder ihr zugewandt und verscheuchte die Fliegen von ihrem Gesicht, aber sie stieß ihn beiseite und richtete sich auf. Sie schien jetzt in der Lage, sich um Patsy zu kümmern. Neil ging hinaus und überlegte, wie er Dr. Barbara zwingen könnte, den Frauen zu helfen.

Sie stand in der Mitte der Rollbahn und beobachtete lächelnd einen Albatros, der taumelnd vom Strand heraufkam.

»Dr. Barbara!« rief Neil. »Anne und Patsy sind stark genug! Sie können mit uns zusammenarbeiten...« Er wartete auf eine Antwort, aber es war nicht zu übersehen, daß sie alles Interesse an Neil, Nihal und den jungen Frauen verloren hatte. Fasziniert von den Dämonen ihrer abgestürzten Welt, wanderte sie über die Rollbahn. Das Flugzeug, das sich näherte, hörte sie nicht.

Etwa eine Meile entfernt fegte ein französischer Marinehubschrauber über die Lagune. Dr. Barbara runzelte die Stirn, als die Maschine über die Sandbänke brauste und den schwarzen Sand mit Gischt bedeckte. Sie zeigte auf die graue Silhouette der *Sagittaire*, deren scharfgeschnittener Bug und blitzende Signallampen jenseits des Riffs aus den Rauchschleiern auftauchten, die von Saint-Esprit übers Meer wehten.

»Neil, wir müssen uns beeilen!«

Mit drei Schritten war Dr. Barbara bei ihm. Nach einem kurzen Augenblick des Zweifels hatte sie das Kriegsschiff erkannt, und ihre ganze Energie war wieder zurückgekehrt. Die Insektenstiche auf ihrer knochigen Stirn waren gerötet, und sie wirkte wieder genauso willensstark und entschlossen wie die Frau, die Neil in Honolulu kennengelernt hatte. In der Hand hielt sie Carlines verchromte Pistole.

»Die Franzosen kommen, Neil.«

»Tun Sie die Pistole weg! Man wird Sie erschießen –«

»Hör zu... wir haben noch Zeit.« Sie hob die Pistole, als wolle sie auf Neil schießen. Er trat zurück, als könne er die Kugel mit den Händen aufhalten. Aber Dr. Barbara zeigte auf den hilflosen Vogel vor ihr auf der Rollbahn.

»Neil, wir müssen die Albatrosse erschießen!«

20
Die Geheimtür

Vorsichtig wurde die letzte Bahre auf das Achterdeck der *Sagittaire* gesenkt. Neil duckte sich, um dem Abwind des Hubschraubers auszuweichen, und folgte den französischen Sanitätern auf die Landeplattform. Auf Patsy Kennedys Stirn hatte sich Gischt gesammelt wie Eis auf einem gefrorenen Fisch, aber ihre Augen schienen Neil zu erkennen. Passiv und ängstlich starrte sie in sein frisch rasiertes Gesicht, als hätte sie Angst, er könnte ihr weh tun. Als er versuchte, ihr Kinn zu berühren, zuckte sie zurück und wandte den Kopf ab.

Nihal, Anne, die kanadischen Lehrerinnen und die anderen Frauen waren schon in Sicherheit unter Deck und wurden von den Notärzten behandelt, die in aller Eile eingeflogen worden waren. Alle hatten überlebt, auch die van Noort-Schwestern und die Schwedinnen, vom Schicksal ihrer Ehemänner und Eltern wußten sie allerdings noch nichts. Auch die französischen Offiziere, die Neil verhörten, konnten das Massaker kaum fassen, das sie beendet hatten. Zum Glück konnte Anne Hampton trotz ihres angegriffenen Zustandes bezeugen, daß Neil nichts mit den Morden zu tun gehabt, sondern sich vielmehr bemüht hatte, ihnen das Leben zu retten.

Major Anderson und seine Frau standen an der Steuerbord-Reling und musterten durch ihre Ferngläser die rauchgeschwärzten Bäume neben der Rollbahn. Neil wartete darauf, daß sie mit ihm sprachen, aber genau wie alle anderen behandelten sie ihn mit Zurückhaltung, so als wäre er der einzige Überlebende einer Schiffskatastrophe, der zum Kannibalen geworden war. Neil hatte das Gefühl, daß sie ihn trotz ihrer früheren Zuneigung für Dr. Barbaras Komplizen hielten.

Andererseits spürte Neil immer noch die blauen Flecken,

die das alte Ehepaar auf seinen Armen hinterlassen hatte, als sie aus dem Hubschrauber gestiegen waren und ihn vor lauter zorniger Erleichterung umarmten und knufften. Blutbedeckt hatte er zwischen den hingeschlachteten Albatrossen gestanden, und Mrs. Anderson hatte ihm rasch ihre kleinen Hände über die Augen gedeckt und versucht, ihn alles vergessen zu lassen, was er auf Saint-Esprit gesehen hatte.

Auch die Andersons hatten Blut auf ihren gelben Öljacken, und Neil hatte sofort an die roten Streifen auf der Schwimmweste denken müssen, die er vor Wochen im Riff entdeckt hatte. Aber die Andersons waren nicht umgekommen. Völlig erschöpft hatten sie die vermeintlich tödliche Reise nach Tahiti überstanden und die französischen Behörden benachrichtigt. Ihre halbverbrannte Sloop war gleich im ersten Gewitter gesunken, ganz wie von Dr. Barbara geplant. Aber obwohl sie ihre gesamte Ausrüstung verloren hatten, und der Major sogar seine Schwimmweste, hatten sie sich in ihrem Dingi treibend über Wasser gehalten, bis ein japanischer Trawler sie auffischte.

Was immer die Andersons im ersten Augenblick geglaubt haben mochten – Neil hatte keinen der Vögel getötet. Aber er hatte neben Dr. Barbara gestanden, als der Hubschrauber über der Landebahn schwebte und seine Lautsprecher in das Gemetzel hineinbrüllten. Blutbeschmiert hatte Dr. Barbara die Machete geschwungen und mit der Pistole auf die Vögel gefeuert. Seit Wochen schon hatte sie vergifteten Fisch ausgelegt, um sie vor einem Schicksal zu bewahren, das schlimmer als jegliche Ausrottung war. Der Tod war in Dr. Barbaras Augen eine Geheimtür, durch die sich alle Bedrohten und Erschöpften in Sicherheit bringen konnten.

Fast bis zum Ende hatte Neil ihr geglaubt. Ohne sich die Wahrheit einzugestehen, hatte er von Anfang an gewußt, daß sie Gubby und Monsieur Didier getötet, die unwillkommenen Besucher vergiftet und auch Kimo, Carline und den Professor umgebracht hatte. Er wußte auch, daß er selbst ständig in Gefahr gewesen war. Und doch hatte er Dr. Barbaras verrückte Logik akzeptiert, wahrscheinlich weil er glaubte, daß er nur so lange halbwegs sicher war, wie er sich in ihrer Nähe aufhielt und alles tat, was sie ihm befahl. Sie hatte mit seinen Todesträumen gespielt; schon in Honolulu hatte sie es ausgenutzt, daß er sich wegen der Krebserkrankung seines Vaters schuldig fühlte und von Atomversuchen auf Saint-Esprit träumte. Lange bevor er es selbst wußte, hatte sie gespürt, daß Neil sie sexuell begehrte und ihrer Entschlossenheit, eine eigene Welt aufzubauen, nichts entgegensetzen konnte.

Dr. Barbaras eigentliches Reservat war für sie selbst bestimmt gewesen, für ihre gefährliche und grausame Stärke, die von einer menschlichen Gesellschaft nicht akzeptiert werden konnte. Trotz allem, was sie getan hatte, glaubte Neil mit einem Teil seines Bewußtseins immer noch, daß Dr. Barbara recht hatte. Mit den Augen suchte er die rauchgeschwärzten Abhänge ab und hoffte, daß sie den französischen Soldaten entkommen würde, die an Land gegangen waren. Er vermutete, daß sie für den Notfall vorgesorgt und auf einem abgelegenen Teil des Atolls ein Versteck mit Vorräten angelegt hatte. Jetzt war sie vielleicht in einen der Kameratürme geflüchtet und verwirklichte auf diese Weise Neils Phantasien. Wenn die Andersons auf See gestorben wären, wäre sie am Ende allein auf Saint-Esprit übriggeblieben und hätte auf einer vorbeifahrenden Jacht in die Zivilisation zurückkehren können. Wahrscheinlich wäre sie dann irgendwann wieder mit ihren Protestplakaten in den Straßen von Manila, Kapstadt oder Hongkong aufgetaucht.

Auch jetzt noch brachte Neil es nicht fertig, sie zu verraten. Er sagte den Andersons und dem Kommandanten der *Sagittaire*, bei der Ankunft des Hubschraubers hätte sie den Verstand verloren und sich ins Wasser gestürzt, um nicht erleben zu müssen, daß ihr Reservat zum Atomtestgebiet wurde.

Dichte Schwaden von Dieselrauch quollen aus dem Schornstein der Korvette, und Neil zählte zum letzten Mal die Kameratürme. Dr. Barbara hatte ihm einen Todestraum gezeigt, der viel realer war als seine Phantasien über Atomwaffen. Er sah sie immer noch auf der Rollbahn hocken, mit den Eingeweiden der zerhackten Albatrosse bedeckt. Sie hatte die Pistole weggeworfen und Neil ein letztes blutiges Lächeln geschenkt, als bedauerte sie, daß sie ihn nicht in ihr Reich hatte aufnehmen können. Dann war sie an der Klinik, den Tiergehegen und ihrem Garten vorbei in den Wald gerannt.

Lichtsignale gingen zwischen der Brücke und der Rollbahn hin und her. Der Kommandant der *Sagittaire* hatte Neil erklärt, daß es auf Saint-Esprit keine Atomversuche geben würde. Früher oder später würden die Franzosen das Teststoppabkommen unterschreiben und endgültig auf weitere Versuche verzichten. Sie hatten es satt, vor der Weltöffentlichkeit an den Pranger gestellt zu werden. Andererseits hatten sie Dr. Barbara und ihre Expedition ganz bewußt unbehelligt gelassen, weil sie von vornherein damit gerechnet hatten, daß diese sektiererische Gruppe unter Führung einer labilen Ärztin sich wahrscheinlich sehr schnell selbst zerstören und damit auch alle anderen ökologischen Bewegungen auf der Erde in Mißkredit bringen würde.

»Nirgendwo ein Zeichen von ihr…« Major Anderson senkte seinen Feldstecher. Man sah ihm förmlich an, daß er am liebsten ein paar Salven aus den Geschützen der Korvette auf Dr. Barbaras Dschungelfestung abgegeben hätte. »Die werden Wochen brauchen, um das ganze Atoll abzusuchen.«

»Sie ist doch ins Wasser gegangen«, sagte Mrs. Anderson. »Neil hat es gesehen. Es blieb ihr nichts anders mehr übrig.«

»Selbst wenn ich das glaube – andere werden es nicht glauben. Für eine Frau, die so vom Tod fasziniert ist, hängt sie doch ziemlich innig am Leben…«

»Neil…« Mrs. Anderson schob alle Bedenken beiseite und

faßte Neil freundschaftlich am Arm. »Wann wirst du mit deiner Mutter sprechen?«

»Heute abend – sie wollen eine Funkverbindung herstellen.«

»Gut. Sie wird sich freuen, von dir zu hören. Trotzdem, sei vorsichtig, was du sagst. Besonders über die armen Babies. Sie wird noch früh genug davon hören.« Mrs. Anderson unterbrach sich, und plötzlich wurde ihr schmales Gesicht so hell wie der Mond. »Eins darfst du auf keinen Fall vergessen: Du bist jetzt ein freier Mensch. Diese Frau kann dir nichts mehr tun.«

Aber war er wirklich frei? Wollte er überhaupt frei sein? Den Andersons war es doch in seiner Gegenwart genauso unbehaglich wie der gesamten Mannschaft der *Sagittaire*. Neil überquerte das Deck und ging zur Backbord-Reling. Eine Jacht mit der amerikanischen Fahne am weißen Mast war aus dem Rauch aufgetaucht, der auf der windabgewandten Seite der Insel über dem Meer lag. Der Steuermann war gerade dabei, die Tür eines großen geflochtenen Käfigs zu öffnen und zwei bunte, etwas schüchterne Nektarvögel in den Himmel über dem Reservat zu entlassen.

Die Korvette ließ das Riff hinter sich, und Neil warf einen letzten Blick auf das Wrack der *Dugong*. Wenn die Franzosen weg waren, würden andere die Insel besuchen. Und eines Tages würde ihnen vielleicht eine ältere britische Ärztin begegnen, die auf einer Sandbank in einem Atombunker lebte und eine neue Kolonie bedrohter Arten gründen wollte. Dann würde Neil auch zurückkommen und glücklich sein, wenn sie ihn wieder in ihr großes, grausames Herz aufnahm.

INHALT

Teil I

Teil II

Teil III